Fugitive

David Pascoe

Fugitive

ROMAN

Traduit de l'anglais
par François Lasquin

Albin Michel

COLLECTION « SPÉCIAL SUSPENSE »

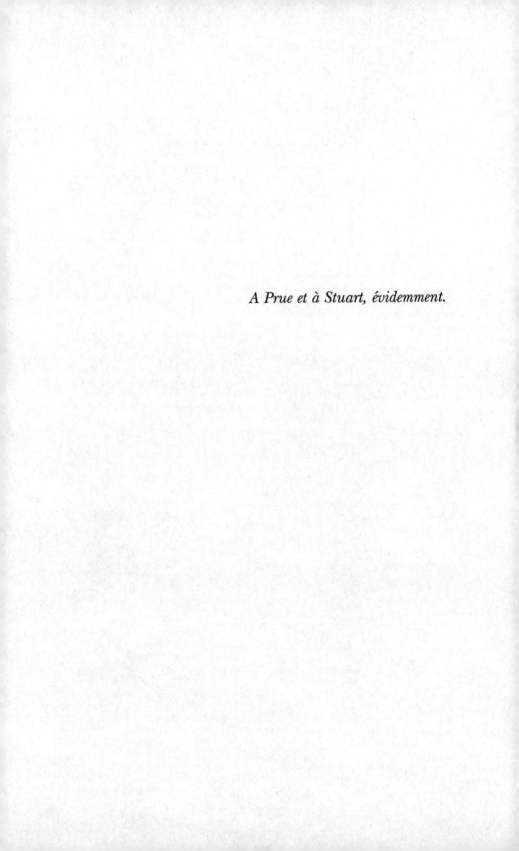

A Prue et à Stuart, évidemment.

Prologue

L A GROTTE était plongée dans une obscurité complète, bien plus complète que celle qui régnait dehors, et le pire était qu'elle n'y était pas seule. Elle se dit que ce devait être des rats, mais les froissements que produisaient les créatures invisibles ressemblaient plutôt à des bruits d'ailes. A l'entrée de la grotte, elle distinguait la faible lueur de la lune aux trois quarts pleine se reflétant sur la mer. Pendant la dernière demi-heure, le grondement de la houle n'avait cessé d'augmenter ; elle comprit que la mer s'était remise à monter.

Les froissements d'ailes, le bruit des vagues s'écrasant sur les rochers à l'entrée de la grotte...

En allant vers le fond, les parois de granit se rétrécissaient progressivement, formant une espèce de V, avant de buter sur un mur aveugle. Elle avança dans cette direction à tâtons, les bras tendus devant elle, ses doigts frôlant le granit rugueux. Elle marchait à tout petits pas, posant prudemment un pied, puis l'autre, bien à plat sur le sol, ses semelles rencontrant tantôt du roc tantôt du sable.

Je vais mourir, se dit-elle. Bientôt je serai morte.

De nouveau, il lui sembla percevoir des battements d'ailes du côté du plafond. Elle leva les yeux mais ne vit que les ténèbres. Elle se retourna vers l'entrée, serra les paupières avec force pendant quelques secondes et rouvrit brusquement les yeux. Elle discerna les stries que la lune dessinait à la surface de la mer. Elle vit aussi que les vagues s'enflaient, leurs couronnes d'écume blanche luisant entre

9

leurs flancs bouillonnants. Un rouleau s'engouffra dans l'étroit goulot de l'entrée et se dispersa en chuintant sur les galets. En haut, les créatures invisibles s'agitèrent en criaillant.

S'adossant à la paroi dure et anguleuse du fond de la grotte, elle s'assit, les genoux ramenés sur la poitrine, en essayant de se faire toute petite, comme si ç'avait pu y changer quelque chose, la mettre à l'abri des regards, à l'abri du danger. Elle était morte de fatigue, de faim, de soif. Morte de peur, surtout. Des tremblements incoercibles la secouaient ; une panique sans nom l'habitait, le genre de panique qu'on éprouve quand on est seul dans un train et qu'un fou entre dans le compartiment, quand on roule à toute allure sur l'autoroute et que la voiture qui vous précède se met à faire de dangereuses embardées, quand la personne qu'on aime vous dit : « Ecoute, il faut qu'on se parle... »

La peur s'insinuait dans ses veines, tel un poison sournois. Elle baissa la tête et essaya de contrôler son souffle dans l'espoir que cela la calmerait, mais les pulsations de son cœur lui résonnaient comme un tambour assourdissant dans les oreilles, et chaque battement ajoutait à sa panique.

Je suis au fond d'une grotte des Cornouailles.

La police est à mes trousses.

Je suis recherchée pour le meurtre de Michael Lester. Un homme que j'ai aimé, mais que je n'ai pas tué.

Je suis la violoncelliste du quatuor Hebden.

Sous peu, je serai morte noyée.

Une vague énorme s'écrasa sur l'entrée de la grotte, projetant du poudrin à l'intérieur. Kate ne voyait pas l'eau qui affluait vers elle en léchant les galets, mais elle sentit le froid et l'humidité qui s'en dégageaient. Si elle avait tenté de s'enfuir à la nage dans cette mer démontée, elle ne serait jamais arrivée jusqu'au rivage. Même à la piscine, elle n'en pouvait plus au bout d'une longueur. Elle avait cherché refuge dans cette grotte et elle était tellement recrue de peur et de fatigue qu'elle s'était endormie comme une masse. A présent, elle en était captive ; bientôt, ce serait sa tombe.

10

C'était toujours à la troisième vague que l'eau montait. Une lame se brisait sur le roc avec un fracas assourdissant, et l'eau déferlait vers Kate en sifflant dans le noir. Une langue glaciale lui lécha les pieds, inondant ses chaussures et le bas de son jean. Le froid se répandit dans tout son corps et sa terreur monta encore d'un cran.

Elle perçut un battement d'ailes, et l'une des créatures invisibles se dirigea vers le pâle halo de lumière qui soulignait l'ouverture de la grotte, suivie d'une deuxième, puis d'une troisième... bientôt il y en eut toute une file, s'enfuyant à tire-d'aile, avant qu'il ne soit trop tard. Kate distinguait confusément leurs silhouettes, l'espace d'une seconde, au moment où elles se précipitaient dehors, s'élevant vers le ciel comme une fumée.

Une autre langue glaciale l'assaillit, l'inondant cette fois jusqu'aux genoux. Elle était acculée, n'avait aucun moyen de monter plus haut. En imagination, elle vit des bateaux sur la mer. Une maison, avec un feu crépitant dans l'âtre. Un jardin, l'été, plein de musique.

Je ne l'ai pas tué.

Mais cela, personne ne le croyait.

Première partie

1

L E CONGRÈS du mouvement Un seul monde durait depuis trois jours et Kate Randall se sentait coupable de ne pas se sentir aussi coupable qu'elle aurait dû. A côté d'elle, Michael se tortillait sur son siège en maugréant dans sa barbe. Plus la session du matin s'étirait en longueur, plus il se renfrognait. Kate en avait un peu par-dessus la tête des photos d'enfants affamés, des documentaires sur les massacres de réfugiés, des discours dénonçant à n'en plus finir l'exploitation de la misère du tiers-monde par des capitalistes sans scrupules. Elle était au bord de l'indigestion. Ce trop-plein d'indignation pouvait donner naissance à la pire sorte d'indifférence. A partir d'un certain moment, on a beau avoir le cœur du bon côté, un génocide n'est plus qu'un alignement de chiffres, la famine et les épidémies des suites d'images qu'on a déjà mille fois vues et qu'on reverra encore mille fois.

L'agacement de Michael Lester n'était pas dû à ce sentiment de gavage, mais à une indignation bien réelle, nourrie par des convictions très fortes. Kate l'avait souvent vu dans cet état, et elle savait ce qui allait suivre. Dix minutes de plus, et il exploserait. L'orateur énumérait les calamités en une litanie interminable. Il était à périr d'ennui. Michael s'était inscrit pour le débat qui devait suivre, et ce type était en train de lui grignoter son temps de parole. Il se contint un peu plus longtemps que Kate ne l'avait prévu, puis se leva d'un bond et se mit à exhaler son impatience et sa rancœur en braillant à tue-tête.

15

Un placier vint le prier de sortir. Michael lui rétorqua qu'il n'avait qu'à épouser sa propre mère, en des termes nettement moins choisis. Kate, qui avait déjà plusieurs fois assisté à des scènes de ce genre, décrocha son sac à main et son foulard du dossier de son siège. Elle vivait avec Michael depuis deux ans. Il était journaliste spécialisé dans les questions d'environnement, adversaire acharné des pollueurs de tout poil. Son acharnement ne lui avait pas porté bonheur. Le grand quotidien pour lequel il travaillait avait été traîné en justice par une société dont il dénonçait les méfaits, et avait perdu son procès. Son rédacteur en chef s'était vu dans l'obligation de lui annoncer que bien qu'appréciant au plus haut point son intégrité et sa bravoure, il ne pouvait pas faire autrement que de... Bref, Michael travaillait désormais en free-lance. Et se sentait d'autant plus libre d'exprimer ses convictions.

Un deuxième placier vint à la rescousse du premier. Michael tempêtait toujours autant. Sur le podium, l'orateur inclina légèrement la tête et fit un pas en arrière, en esquissant un sourire plein de mansuétude. Chez un homme de gauche bon teint, ce genre d'attitude faussement bienveillante, assortie d'un demi-sourire, est l'indice d'une souveraine aversion. Il n'aurait sans doute pas été fâché que Michael se fasse virer par la peau des fesses.

L'un des deux placiers posa une main sur l'épaule de Michael, qui le repoussa d'une bourrade. Une deuxième main apparut. Michael l'écarta d'un revers. La salle éclata en applaudissements polis, pleins d'une évidente autosatisfaction. Kate se dit que Michael allait flanquer son poing dans la figure d'un des deux hommes, et qu'ensuite on le viderait avec pertes et fracas. Mais il cessa soudain de vociférer et se dirigea vers l'allée en heurtant les genoux ou en écrasant les pieds de ses voisins de rang. Kate suivit le mouvement. Tandis qu'ils remontaient l'allée, elle sentit monter en elle un début de colère. Elle en voulait à Michael de s'être donné en spectacle, et elle s'en voulait à elle-même de ne pas être aussi indignée qu'il aurait fallu par les misères du monde.

D'un geste furieux, Michael poussa la porte de la salle de conférences, et Kate la rattrapa au vol. Il était déjà à l'autre bout du hall, fonçant vers la sortie. Elle se retrouva dans une sorte de brouillard méphitique, mélange de gaz d'échappement et de brume marine. On était au milieu de l'après-midi, et à l'extérieur du centre de conférences la route à quatre voies était entièrement bloquée par des voitures qui semblaient avoir été soudées pare-chocs contre pare-chocs. Au-delà de la route, il y avait une promenade lépreuse et noirâtre, une mer qui ressemblait à de l'eau de vaisselle sale, et dont les ridicules vaguelettes brassaient avec indolence une écume brune et grasse. Même le crachin avait une consistance un peu poisseuse. Pour tenir un congrès sur l'écologie, c'était vraiment l'endroit rêvé. Le panorama lui-même militait pour la cause. Chaque bouffée d'air était une voix de plus pour les Verts.

— Allons en Grèce, dit Michael. Si je reste une semaine de plus sans voir le soleil, je vais péter les plombs.
— Tu ne crois pas que tu les as déjà pétés ?
Kate changeait méthodiquement les objets de place, dans l'espoir qu'elle arriverait à se créer un décor tolérable. Elle avait toujours l'impression que le mobilier des chambres d'hôtel était agencé suivant les préceptes d'une sorte de feng shui inhumain et cruel, source inéluctable d'insomnies, d'humeurs de chien, de mauvais karma et de personnel acariâtre.
— Mais non, pourquoi dis-tu ça ?
— Qui vient de se faire virer d'un centre de conférences ? Etait-ce toi ou ton frère jumeau, Lester la Teigne, un emmerdeur de première, qui comme par hasard est journaliste aussi ?
— Je ne supporte pas d'écouter ces gens qui passent leur temps à gémir et à battre leur coulpe. Tu as vu toutes les circonlocutions qu'il leur faut pour condamner les mines antipersonnel ?
— Mais tu les écoutes. Tu les écoutes jusqu'à ce que tu sois sur le point d'éclater. Tu les écoutes jusqu'à ce que tu aies envie de les tuer.
— Je les écoute pour pouvoir écrire des articles dans lesquels je démontrerai par A plus B qu'ils ne sont qu'une

17

bande de mollassons hypocrites, complètement inefficaces en plus.

— Il te faut des preuves, c'est ça ?

— Oui, il me faut des preuves.

Michael sourit et traversa la chambre pour l'aider à remettre un fauteuil en place.

— Excuse-moi. Je t'ai mise en colère.

— Non. Si. Enfin, c'est ma faute, je n'aurais pas dû venir. Ces choses-là me touchent bien sûr, mais pas plus que n'importe quel individu moyen. Tandis que toi, tu es un militant.

— Tu n'es pas obligée d'assister à toutes les réunions. Je m'étais dit que ça te ferait un peu comme des vacances.

Kate éclata de rire.

— Je t'assure, reprit-il. Et puis, je viens de te proposer d'aller en Grèce. Tu ne m'as pas entendu, peut-être ?

— Si, mais je ne peux pas y aller.

— Le soleil, les champs d'oliviers, le retsina, la Méditerranée clapotant doucement comme un égout tiède.

— La semaine prochaine, je serai en Pologne. Et la semaine d'après, en Belgique.

— On ira après ta tournée. La Belgique et la Pologne d'abord, un peu de Bartók, un peu de Beethoven, ensuite la Grèce, plein de Zorba et de bouzouki. Tu amèneras ton violoncelle, il aura droit à son propre siège d'avion. Tu feras tes exercices sur la terrasse, à la fraîche. Les Grecs se masseront dans la rue avec des bougies et des guirlandes. Les cris des oiseaux de mer feront écho à la vibration de tes cordes.

— Arrête tes conneries, lui dit Kate en riant. Quelle terrasse ? D'où tu la sors, cette terrasse ?

— Moi te trouver terrasse, dit-il en prenant l'accent grec et en faisant saillir son biceps gauche. Moi te trouver villa au soleil croulant sous les bougainvillées avec terrasse à la clé.

— Trouve-moi plutôt un beau milliardaire baraqué, mélomane, à la sexualité pas trop exigeante, et propriétaire d'une maison de disques.

— Je suis vexé, dit Michael.

Il lui entoura la taille du bras et lui effleura la bouche

d'un baiser, laissant ses lèvres en position dans l'espoir qu'elle le lui rendrait.

Elle fit mine de s'écarter, mais il la retint.

— Je ne peux pas, Michael.

— De quoi parles-tu ? D'aller en Grèce, ou de faire l'amour avant le dîner ?

— Après la Belgique et la Pologne, on a une séance d'enregistrement. Puis des concerts en Angleterre. Enfin, je devrais plutôt dire en Grande-Bretagne. Londres d'abord, ensuite Glasgow.

— Les violoncellistes, ça ne prend jamais de vacances ?

— Rarement.

— Et la petite partie de jambes en l'air préprandiale, qu'est-ce que tu en dis ?

— J'avais l'intention de prendre un bain.

— Dans ce cas, c'est le moment ou jamais.

Il l'embrassa de nouveau sur la bouche. Kate se détourna et, faisant mine de ne pas s'en être aperçu, il l'embrassa dans le cou.

Je lui parlerai bientôt, songea Kate. Mais pas ce soir. Ce soir, c'est impossible. Ce n'est ni le lieu ni le moment.

Ça lui faisait un effet un peu étrange de remuer des idées pareilles en se livrant à une activité comme celle-là. Michael émit un petit grognement satisfait et se frotta lascivement à elle en lui caressant les cheveux.

Je lui parlerai bientôt. Je lui parlerai dès qu'on sera dans un mois en « r ». Je lui parlerai quand la lune sera pleine. Je lui parlerai la prochaine fois que je filerai mon collant. Je lui parlerai s'il pleut vendredi.

Aux fenêtres, il y avait des stores blancs, semi-transparents. Quand Michael l'allongea sur le lit, Kate distingua à travers eux des mouettes qui voguaient paresseusement au ciel.

Je lui parlerai en revenant de ma tournée.

Les poils de barbe qui hérissaient le menton de Michael lui picotaient les seins. Un frisson lui remonta le long de l'échine et ce n'était pas un frisson de dégoût, oh non. C'était un frisson de plaisir ; Michael lui donnait du plaisir, et ce n'était possible que parce que, tout à coup, elle avait pris sa décision. Désormais, il faisait partie de son passé. L'excitation sexuelle de Kate était une forme de nostalgie.

Il n'en avait pas toujours été ainsi. Kate se souvenait de leur première rencontre, de la première fois qu'ils étaient sortis ensemble, de la première fois qu'ils avaient couché ensemble. Mais ses souvenirs lui semblaient presque trop heureux, absurdement idéalisés, comme de lointaines images d'enfance. Sexuellement, ils s'étaient tout de suite accordés, comme s'ils s'étaient connus dans une vie antérieure. Ils savaient quels gestes il fallait faire, quels gestes il fallait éviter. Quand ils étaient ensemble, ils se comportaient comme s'ils avaient eu tout leur temps, comme s'ils avaient su que rien ni personne n'oserait les interrompre. Ils échangeaient des idées à n'en plus finir, comme s'ils venaient tout juste de découvrir le langage.

C'est insensé de se laisser captiver à ce point par quelqu'un, se disait Kate. On n'est plus soi-même, on n'est plus qu'une boule d'énergie nerveuse. Mais les choses vont si vite, les rapports sont si intenses, que les risques d'accident augmentent. Et en cas d'accident, il y en a généralement un qui reste sur le carreau.

A la table du dîner, pendant qu'il lui parlait, elle comptait les jours. Elle faisait cela sans haine, ni jubilation sournoise, et elle n'avait pas de plaisir particulier à posséder la clé d'un avenir qu'il ignorait lui-même. Mais se livrer à ces petits calculs était étrangement réconfortant pour elle. Depuis qu'elle avait pris sa résolution, qu'elle s'était fixé une date, il lui semblait que la suite des événements ne dépendait plus vraiment d'elle. Michael parlait des agriculteurs qui abusaient des pesticides tout en consommant ses légumes avec un plaisir non dissimulé. Kate éclata de rire, et loin de le prendre de travers il en rit avec elle. Cette faculté de se moquer de lui-même faisait partie de son charme.

Michael avait beaucoup de bons côtés. Il était d'une honnêteté sans faille, généreux, altruiste, passionné dans ses convictions. Et tout en tramant ses plans de rupture, Kate avait une conscience aiguë de ses qualités. La seule chose qui lui mettait un peu de baume au cœur, c'était qu'il n'aurait pas de mal à la remplacer.

La Pologne la semaine prochaine, se dit-elle, puis la Belgique, où je passerai cinq jours. Ensuite, retour en Angleterre. Il n'était pas question qu'elle lui parle de ça avant son départ, car il fallait qu'elle se concentre, qu'elle répète, qu'elle reste cloîtrée avec ses partitions et les autres membres du quatuor, sans se soucier de rien d'autre.

— Tu n'as qu'à l'épouser, lui avait dit un jour Annie Forrester, leur altiste. Une fois que vous serez mariés, la sexualité et les sentiments n'auront plus d'importance.

Elle lui avait dit cela en riant, tout en finissant de s'accorder, mais son sourire s'était vite effacé de ses lèvres.

Au beau milieu d'une phrase Michael se leva et se précipita hors du restaurant, si soudainement que Kate en resta pantoise. Leur table était près d'une fenêtre, et elle était assise face à la rue. Elle tourna la tête, s'attendant à le voir passer la porte, mais il avait déjà disparu. Quand elle reprit sa position initiale, il se matérialisa de nouveau, comme par l'effet d'une étrange illusion d'optique. Il dévala l'escalier du perron et traversa la rue en louvoyant entre les voitures, adressant des gestes d'excuse aux automobilistes qui klaxonnaient.

Kate le vit rattraper un homme qui marchait sur le trottoir d'en face, le long de la balustrade du bord de mer. Il avança une main vers l'épaule de l'homme, mais il avait dû le héler auparavant, car l'autre se retourna, l'air surpris, et recula de quelques pas, évitant le contact. C'était un quinquagénaire chauve et replet, boudiné dans un veston trop étriqué. Il secoua la tête comme pour dire « Pas maintenant » ou « Je n'ai aucune déclaration à faire », et essaya de se dégager, mais Michael le coinça contre la balustrade.

L'homme subit le discours de Michael en regardant ailleurs, l'air visiblement contrarié. Au bout de trois ou quatre minutes, il se retourna vers Michael et le fixa d'un œil excédé, comme pour dire : *Je peux y aller maintenant ? Tu t'es bien défoulé ?* Le visage de Michael se contracta, mais il n'insista pas et sa victime prit la fuite. Michael le regarda s'éloigner. Il avait laissé son blouson au restaurant, et le vent qui soufflait de la mer gonflait les manches de sa chemise.

— C'est Stephen Cawdrey, expliqua-t-il à Kate. Il appartient au groupe Planète Verte. Il est le rédacteur en chef de leur mensuel, c'est comme ça que je l'ai connu.

Kate aurait aimé en savoir un peu plus.

— Qu'est-ce que tu lui as dit ? demanda-t-elle.

— Je lui ai dit qu'il n'était qu'une pâle copie de Jabba le Hut, et une belle merde en plus.

— C'est le pourquoi qui m'intéressait.

— Je sais bien. Alors, la Grèce, tu y as réfléchi ?

— Si nous étions dans le meilleur des mondes possibles...

— Ah, le meilleur des mondes ! dit Michael en levant son verre comme pour porter un toast. C'est pas demain la veille qu'on y sera.

Avec tous les réverbères qui illuminaient les rues, les mouettes ne devaient jamais fermer l'œil. Elles passaient et repassaient au-dessus des étoiles de mer échouées sur la grève et des boîtes d'asticots vides que les adeptes de la pêche nocturne avaient laissées derrière eux, poussant des cris rauques et brefs ou de longues plaintes gémissantes qui se répercutaient dans le vent.

Peut-être qu'elles dorment à tour de rôle, se dit Kate.

Les musiciens perçoivent un rythme dans tout : dans les radiateurs de leur hôtel, un groupe électrogène, une moto qui rugit au loin, la douche que quelqu'un fait couler dans la chambre voisine. Tandis que Michael dormait, Kate écoutait tous ces bruits. Deux sons la frappaient plus que les autres : les plaintes stridentes des mouettes et le mugissement de la houle.

Elle avait l'impression d'être en Grèce.

2

— JE LUI PARLERAI à mon retour, dit Kate. Dans dix jours.
Sa sœur sortit quelques robes de son armoire et
les étala sur le lit. Elle avait un grand sourire aux
lèvres.

— Elles sont toutes à ta taille, dit-elle.

— Je sais ce que cache ce sourire, dit Kate. Tu te fous
de ma gueule, hein ?

— Avoue qu'il y a de quoi, dit Joanna.

— La verte me plaît bien, dit Kate.

— Ça ne m'étonne pas, elle est de chez Issey Miyake.

— Je peux l'avoir ?

— Oui, mais elle s'appelle revient.

— D'accord, je te la rendrai.

— C'est ma seule..., commença Joanna.

Elle laissa sa phrase en suspens, puis reprit :

— Bon, je vais tout te dire. Je l'ai achetée le jour où j'ai
divorcé de Nick. Pratiquement dans l'heure qui a suivi. En
sortant du palais de justice, j'ai sauté dans un taxi et j'ai mis le
cap sur Chelsea. On s'est entendus pour partager la garde de
l'enfant. Quarante minutes après, j'étais dans la boutique.

— Comment va Nick ?

— Bien. Il est en train de faire fortune en Amérique, ce
qui arrange tout le monde, sauf la population du delta du
Niger. Si Michael et lui se rencontraient, ça ferait sûrement
des étincelles.

— Ils ne se rencontreront pas.

— Tu es sûre ?... de vouloir rompre, je veux dire.

23

— Notre relation est en panne sèche, comme on dit dans le jargon des conseillers matrimoniaux. On a mangé notre pain blanc. Il n'y a plus rien à gratter. On est au bout du rouleau.

Kate, en slip et soutien-gorge, faisait passer la robe verte par-dessus sa tête. Le tissu étouffait sa voix.

— Bref, on touche le fond.

— Toi, tu le touches.

La tête de Kate reparut à l'air libre.

— Tu as raison, je ne parle que pour moi.

— Il ne se doute de rien ?

— Va savoir. J'aime mieux ne pas trop me poser de questions là-dessus. Dès que je me mets à penser à ce qu'il peut éprouver, je suis prête à lui accorder un sursis. On n'en sort pas.

— Vous êtes en panne sèche en effet, dit Joanna.

Vu sa manière de sourire, ça la laissait franchement sceptique.

— C'est un obsessionnel. J'en ai par-dessus la tête de sa colère permanente. Il voit toujours tout en noir.

— Il n'a peut-être pas tort.

— D'accord, il a cent pour cent raison. La cause qu'il défend est juste, mais on ne peut pas consacrer tous les instants de sa vie à une cause. Je l'admire, c'est un homme qui croit passionnément à ce qu'il fait. Il prend beaucoup de risques, tu sais. C'est un battant. Il ne recule jamais devant la difficulté. Au début, c'est justement ce qui me séduisait le plus en lui. Mais aujourd'hui je supporte de plus en plus mal d'être avec lui... sauf au lit, conclut-elle avec un sourire. C'est le seul endroit où le tiers monde ne vient pas s'immiscer entre nous.

— Tu parles à une mère de famille divorcée qui a perdu à peu près tout espoir de mettre la main sur un homme, lui dit Joanna. Alors je te prierais de ne pas prendre ce ton geignard. Au lit, le seul plaisir qui me reste, c'est de me regarder un film au magnétoscope en vidant un pot de glace modèle familial.

— Je me demande s'il arrive souvent que les qualités qui vous ont plu chez un homme finissent par devenir la cause même du naufrage.

24

— Ce n'est pas rare.

Comme par acquit de conscience, Kate répéta :

— Je l'admire.

— C'est quand tu dis ça que j'ai vraiment l'impression que c'est sans espoir.

Kate se planta devant le miroir, s'examinant sous toutes les coutures.

— Comment tu me trouves ?

— Elle te va mieux qu'à moi. C'est parfait, pour une réception d'ambassade.

— Il n'y aura qu'un ramassis de vieux cons avec leurs vieilles connes d'épouses, dit Kate d'une voix lugubre. Des gens qui n'ont pas entendu de musique depuis des lustres, à part l'hymne national.

Joanna lui trouva un sac pour y mettre la robe.

— Je croyais que cette fois ce serait différent, dit-elle, faisant allusion à Michael. En tout cas, ça en avait l'air.

— Moi aussi, j'en avais l'impression, dit Kate. Mais c'est toujours comme ça au début.

Une fois rentrée chez elle, Kate rangea la robe dans sa valise, puis elle s'exerça pendant deux heures. L'exercice lui coûta beaucoup d'efforts, comme toujours. Le travail n'était pas moins ardu quand elle se produisait en public, mais au moins on l'applaudissait à la fin. Parfois, elle se sentait incroyablement détachée de la musique. A d'autres moments, elle s'absorbait complètement dedans, s'y abandonnait corps et âme. Et il n'était pas rare qu'elle oscille entre ces deux sentiments, passant insensiblement de l'un à l'autre.

A peine venait-elle de poser son violoncelle contre le mur et de se verser un premier verre de vin que le téléphone sonna. C'était Michael.

— Je t'aime, lui dit-il.

A l'arrière-plan, Kate percevait une rumeur indistincte.

— D'où m'appelles-tu ? demanda-t-elle.

— De ma voiture. Je t'ai dit « Je t'aime ».

— J'étais en train de m'exercer, dit-elle. Tu n'as pas essayé de m'appeler plus tôt ? J'avais débranché le téléphone.

— Non, c'est la première fois que je t'appelle. Je voulais te souhaiter bonne chance pour ta tournée. Et surtout te dire que je t'aimais.

— C'est gentil, merci. Je suis déjà sur les rotules. Une journée de répétition, deux heures d'exercices, les bagages... Je risque de m'assoupir pendant le Beethoven. Tu vas où, avec ta voiture ?

— Si tu veux que je t'emmène à l'aéroport, pas de problème.

— C'est pas la peine. Je prendrai un taxi. On se cotisera avec Annie.

— Bon, d'accord.

Michael était sur le point de raccrocher. Il lui semblait être infiniment plus loin qu'à l'autre bout du fil. Il lui semblait qu'un abîme infranchissable s'était creusé entre lui et Kate. Son téléphone n'était pas équipé d'un dispositif mains libres. Au moment où il s'engageait dans la rampe de sortie de la voie sur berge, un taxi noir lui fit une queue de poisson. L'appareil lui glissa des mains et lui tomba sur les genoux.

— Michael ? Tu es là ? fit Kate.

Comme il ne répondait pas, elle crut qu'il était entré dans un tunnel et que la communication était coupée. Quand il se colla de nouveau le téléphone à l'oreille, elle avait raccroché.

Il la rappela pour lui dire au revoir. Il lui dit au revoir, bon voyage, joue bien, lui répéta qu'il l'aimait. Ensuite il jeta son téléphone sur la banquette arrière et maugréa :

— Salope !

Il rattrapa le taxi noir et lui rendit sa queue de poisson, ce qui lui valut un coup de klaxon furieux.

— Je souhaite que tes cordes pètent, que ton chevalet se décroche, que la mèche de ton archet éclate.

Au carrefour suivant, il dépassa une BMW, salua gaiement son conducteur de la main et brûla le feu rouge.

— Je souhaite que ton avion se casse la gueule.

Il continua de rouler à tout berzingue, frôlant plusieurs fois l'accident, jusqu'à ce qu'il arrive en vue de Parliament Square.

— Tout ira bien, dit-il, parlant toujours à voix haute.
Tout ira bien. Ça va marcher comme sur des roulettes.

Le bureau de Tim Farnol était un minuscule cagibi à
l'ameublement des plus succincts.
— Le vote va bientôt commencer, dit-il. Je n'ai pas beaucoup de temps devant moi.
Michael lui adressa un sourire qui aurait pu passer pour
aimable.
— Métaphore on ne peut plus appropriée, dit-il.
— Qu'allez-vous en faire, de ces pièces ?
— J'adore cette façon de parler, dit Michael. Ces *pièces*.
Qu'est-ce que vous croyez que je vais en faire ? Les mettre
dans ma tirelire ?
Farnol soupira et leva les yeux au ciel. Il arborait son
uniforme de parlementaire : costume gris à fines rayures,
chemise bleu pâle, cravate dans les tons sombres. Sa coupe
de cheveux juvénile, la même que sur ses photos des
années soixante-dix, contrastait un peu ridiculement avec
ses bajoues et sa nuque épaisse.
— Dites-moi ce que vous allez en faire, c'est tout.
— Je vais les publier, bien sûr.
— Il n'en est pas question.
— De quoi d'autre voulez-vous qu'il soit question ?
Réfléchissez un peu.
— C'est trop risqué.
Michael fit mine de compter rapidement sur ses doigts.
— Je ne vois pas où est le problème. Après tout, ces pièces pourraient provenir d'une grande variété de sources...
— Sources dont je fais partie.
— Mais il y en a d'autres. Et puis je vous rappelle que je
suis journaliste d'investigation. Les journalistes d'investigation fourrent leur nez partout, c'est leur métier. Mais ils
protègent jalousement leurs sources. On vous soupçonnera
peut-être, mais vous ne serez pas le seul, et personne ne
découvrira jamais le pot aux roses. Si vous me confiez ces
« pièces », vous ne courez pas plus de risques que ça. Si
vous refusez, ce sera beaucoup plus risqué. Car quand je
révélerai l'affaire, plus rien ne m'obligera à protéger mes
sources. Rien ne m'empêchera de vous dénoncer, de vous

accuser publiquement de corruption. Il n'y a que deux scénarios possibles. La substance sera la même, mais l'angle d'approche sera tout à fait différent. Première hypothèse : vous me remettez ces pièces, ce qui me facilite la vie, me permet de faire un scoop et de m'attaquer à des salopards mille fois plus dangereux que les salopards de votre espèce. Deuxième hypothèse : je me contente pour l'instant des informations parcellaires et néanmoins très intéressantes dont je dispose déjà, et je poursuis mon enquête à partir de là. Ça prendra du temps, mais j'y arriverai. Sauf qu'évidemment ça me rendra beaucoup plus hargneux. Vous voyez où est la différence, non ? Dans le premier cas, je suis content et vous restez anonyme. Dans le second, j'en ai gros sur la patate et vous êtes fait comme un rat.

Farnol resta silencieux, fixant des yeux la surface polie de son bureau. Au bout d'un moment, il se mit à lisser le bois de l'index, dans le sens du grain, comme un ouvrier méticuleux. Michael ne le quitta pas un instant des yeux. Tout en le regardant, il comptait mentalement les secondes. Quand il arriva à cent, il se dit : Ça y est, je l'ai perdu. Il va se fermer comme une huître, à moins qu'il ne décide de tout déballer. A cet instant précis, comme s'il avait deviné ses pensées, Farnol lui demanda :

— Qu'est-ce qui me garantit que vous saurez rester discret ?

— Absolument rien. Peut-être que je vous mens. Mais une chose est sûre, c'est que si vous m'obligez à jouer les archéologues, votre nom s'étalera partout. Ça, je peux vous le garantir. Dans le cas contraire, le résultat sera le même, mais je ne mentionnerai pas de nom. Ou en tout cas pas le vôtre. A condition que je sois réglo, bien sûr. Et je le suis. Si vous m'aidez, vous mettrez toutes les chances de votre côté. Sinon, je vous démolirai. Je dispose même de quelques ragots juteux que je n'hésiterai pas à utiliser le cas échéant.

L'index de Farnol trouva un nœud dans le bois et tourna plusieurs fois autour.

— Si c'est de Vanessa que vous parlez, tout le monde est au courant, dit-il.

Michael secoua la tête.

— Ce n'est pas tout à fait exact. Vos collègues sont au

courant, vos amis sont au courant, votre femme s'en fiche comme de l'an quarante et vos gosses l'appellent « Tante Vanessa ». Mais vos électeurs ne sont pas au courant, eux. Et la presse en ferait ses choux gras.

— Vous vous régalez, hein ? dit Farnol. Ça vous fait jouir ?

— Non, dit Michael, ça ne me fait pas jouir du tout. Mais il me faut ces *pièces*, Farnol. Il me les faut parce qu'il s'agit d'une affaire importante, très dangereuse et secrète. Le secret, c'est ce qui m'embête le plus là-dedans. Il faut absolument qu'il soit levé. Tout à l'heure, quand je vous ai annoncé que j'allais les publier, vous m'avez dit : « Pas question. » Eh bien pour moi, il n'est pas question de laisser des enfoirés de votre espèce mettre la vie des autres en danger par pure cupidité, de les laisser mentir et brouiller les pistes par pure cupidité, se servir de leurs privilèges et de leur pouvoir pour faire tout disparaître sous une chape de béton, comme à Tchernobyl. Vous bétonnez tout, toutes les saloperies qui font du mal aux gens, qui mettent leur santé en danger, vous les bétonnez, vous et les autres crapules de votre espèce, pour pouvoir rester tranquillement assis sur votre tas d'or, comptant et recomptant votre fric. Il n'est pas question que je laisse faire ça.

— Un idéaliste, dit Farnol. Il ne manquait plus que ça.

Michael eut un sourire, puis il se mit à rire aux éclats. Il riait parce que bien que Farnol fît des efforts désespérés pour affecter des airs ironiques et détachés, donner l'illusion qu'il avait encore un semblant de maîtrise sur la situation, sa voix était celle d'un homme gravissant une route de montagne qui vient soudain de s'apercevoir que la pédale des freins ne répond plus.

Farnol avait la disquette sur lui, bien entendu. Il la sortit de sa poche et la donna à Michael.

— Vous n'avez rien à craindre de mon côté, dit celui-ci. Quoi qu'il advienne, je ne mentionnerai pas votre nom.

Farnol haussa les épaules.

— Je considère que je n'ai commis aucun crime, dit-il.

Il se remit à lisser le bois de son bureau du doigt, et ajouta :

— Une malversation peut-être, mais pas un crime.

— Vous vous voilez la face, c'est tout, dit Michael.

Il se dirigea vers la porte, la tira. Une sonnerie tintait, et le couloir était plein d'individus en costume-cravate qui cavalaient dans tous les sens.

— Ce n'est pas votre faute, reprit-il. Si nous vivions dans une société bien faite, les gens de votre espèce seraient tous rassemblés dans une institution spécialisée où vous pourriez faire mumuse ensemble, pousser des cris et vous livrer à toutes les âneries qui vous chanteraient.

Il marqua un temps, regarda ce qui se passait dans le couloir et se retourna vers Farnol.

— Enfin, en un sens, vous y êtes déjà, conclut-il.

Michael habitait une petite maison adossée au parc de Ham Common. Elle était dans Londres, mais on s'y sentait ailleurs, c'était pour cela qu'elle lui plaisait. En plus, on y jouissait d'une tranquillité absolue. Il se prépara un whisky, alluma la lampe de son bureau, s'installa devant son portable et fit apparaître sur l'écran le texte du document que lui avait remis Tim Farnol. Les *pièces*, se dit-il avec un sourire.

Il avait déjà passé la disquette au crible en rentrant chez lui la veille au soir, bien sûr. Elle contenait toutes les informations dont il avait besoin. Ses espoirs étaient comblés. Après avoir transféré l'intégralité du document sur son disque dur, il en avait tiré une copie et s'était aussitôt mis à prendre des notes.

La disquette contenait surtout des choses qu'il savait déjà, ou auxquelles il était arrivé par déduction. Mais cette fois, elle venait de quelqu'un qui avait accès au saint des saints, et s'en trouvait parées d'une autorité nouvelle. C'étaient des informations qu'il pourrait publier, car elles étaient entièrement factuelles. Et le peu d'éléments nouveaux qu'elles apportaient étaient d'une importance capitale.

Au bout d'une demi-heure de travail, il jeta un coup d'œil à sa montre. L'avion de Kate décollait dans une heure. Il se la figura à l'aéroport, tâchant de la visualiser avec le plus de précision possible. C'était un jeu auquel il aimait jouer, et qu'il détestait en même temps. Il aimait la faire apparaître sur l'écran de son esprit, car ainsi elle agissait et parlait au gré de sa fantaisie. Mais ça le rendait fou, car il savait que cette Kate-là était une créature purement chimérique, dont Kate elle-même ne soupçonnait pas et n'aurait jamais admis l'existence.

Assise à une table du bar de l'aéroport, Kate pensait à Michael tout en parlant boutique avec les autres musiciennes du quatuor Hebden. Elles discutaient de leur tournée, du public, des promoteurs, des passages qui leur donnaient du fil à retordre. Elles avaient toutes gardé leur instrument avec elles. Pour rien au monde Kate n'aurait voulu que son violoncelle voyage dans la soute. Le personnel de cabine se débrouillait toujours pour le caser quelque part. Elle pensait à Michael, et ses pensées étaient du genre plaisant.
En tout cas, c'est ce que Michael s'imaginait.
Elle était là, dans sa tête, vivante image : grande, pas loin d'un mètre soixante-quinze ; blonde, ou plutôt châtain clair ; un nez petit et droit, un nez qui était la perfection même ; la bouche pulpeuse, le front large, des yeux noisette, un tantinet trop petits ; un visage mince, aux méplats peu accusés. Il s'efforça de la reconstituer tout entière en esprit, mais ça n'allait pas sans mal. Dès qu'il se focalisait sur une partie de son corps, le reste devenait flou. Le cou était long et gracile, les seins ronds et doux, généreux mais sans excès, bref, une poitrine du tonnerre ; des hanches lourdes, un poil trop charnues peut-être, qui roulaient imperceptiblement quand elle calait son instrument entre ses genoux, cherchant la bonne position – vision sublime entre toutes pour Michael. L'une des autres – était-ce Annie, l'altiste ? – dit quelque chose qui la fit rire aux éclats. Elle répondit du tac au tac et les trois autres éclatèrent de rire à leur tour. Puis elle porta son verre à ses lèvres et s'absorba de nouveau dans ses pensées. Ses pensées plaisantes sur Michael.
C'était ce que Michael s'imaginait. Elle pense à moi comme ça parce que je lui manque, décida-t-il.

Kate pensait en effet à Michael. La veille au soir, quand il l'avait appelée de sa voiture pour lui dire qu'il l'aimait, elle avait été prise d'une sorte de panique. Il lui avait semblé que ses jambes allaient se dérober sous elle. C'était la première fois qu'il lui faisait éprouver cette sensation, et d'abord elle lui avait paru étrange. Puis tout à coup, elle avait compris : c'était du trac.

« Je t'aime », lui avait dit Michael. Et quand il l'avait répété – « Je t'aime, je t'aime » – elle avait senti une onde de terreur glaciale s'insinuer en elle. Elle voyait bien ce qu'il attendait d'elle : le ton sur lequel il disait cela, son insistance ne lui laissaient aucun doute à ce sujet. Une semaine plus tôt, une déclaration comme celle-là l'aurait sans doute encore attendrie. Un mois plus tôt, elle y aurait répondu spontanément, et Michael n'aurait perçu aucune hésitation dans sa voix, n'aurait pas perçu cet imperceptible silence qui donnait l'impression que la communication avait brièvement été interrompue. Un mois plus tôt, Kate n'aurait pas perçu ce silence elle-même. Le sentiment qui l'habitait à présent, elle ne l'avait éprouvé qu'une fois dans sa vie, le soir où elle avait donné son premier récital en soliste. Elle était entrée en scène dans un tonnerre d'applaudissements, sous le feu des projecteurs, s'était assise sur sa chaise, et au moment où elle levait son archet ses doigts avaient refusé de lui obéir. Elle était restée paralysée, la tête inclinée sur la poitrine, pendant deux minutes. Deux minutes qui lui avaient semblé durer une éternité. Puis elle s'était mise à jouer. Mais avec Michael elle ne sortirait pas de sa paralysie, et elle le savait.

L'une des autres – était-ce Annie ? – dit quelque chose et Kate se retourna vers elle, vaguement alarmée par le ton anormalement aigu de sa voix. Le verre d'Annie lui avait échappé des mains et s'était écrasé au sol, éclatant en mille morceaux. Une petite mare de vodka, sur laquelle flottaient des glaçons à moitié fondus, s'étalait sur le linoléum. Annie, pliée en deux, se tenait le ventre à deux mains. Les autres se dressèrent d'un bond et s'empressèrent autour d'elle d'un air soucieux, l'une lui passant un bras autour des épaules, l'autre lui caressant les cheveux.

— Qu'est-ce que tu as, Annie, tu n'es pas bien ? demanda Kate.

L'altiste respirait avec peine, s'efforçant de dominer sa

douleur. De grosses larmes roulaient sur ses joues. Elle leva les yeux sur Kate et lui répondit :

— Non, je ne suis pas bien, mais alors pas bien du tout. Faites quelque chose, ça va pas, je suis vraiment très mal, remuez-vous le cul, bon dieu, c'est pas le moment de rester plantées là comme des potiches !

Joanna prépara des œufs brouillés et du café et elles s'attablèrent avec dans la cuisine.

— Quand est-ce que vous la récupérez ? demanda-t-elle.

— Ils vont l'opérer dès ce soir – vu l'état de son appendice, ça ne pouvait pas attendre. Elle restera deux ou trois jours à l'hôpital, et ensuite il faudra qu'elle se repose une semaine.

— Si je comprends bien, votre tournée est reportée ?

— Non, annulée.

— La totale, quoi. Qu'est-ce que tu vas faire ?

— Ça, j'en sais rien. En tout cas, je suis au chômage.

Kate mordit dans sa tartine de pain grillé.

— Peut-être que je vais aller voir Michael.

— Quoi ? Mais tu m'avais dit que tu lui parlerais en revenant de ta tournée...

— D'accord, je t'ai dit ça.

— A ta place, je ne le ferais pas, dit Joanna en haussant les épaules. Tu devrais t'en tenir à tes décisions. En attendant, tu n'as qu'à prendre un peu de vacances. Va donc à Penarven.

— Je croyais que vous aviez vendu la maison.

— On voulait la vendre, mais ça nous faisait trop mal au cœur. Nathan l'adore autant que moi.

— Vous n'y avez pas été depuis un an.

— On n'y va pas, mais on adore quand même la maison. Sans parler de la mer et de la forêt. En Cornouailles, c'est rare d'avoir les deux à la fois.

— C'est Nick qui paye tout, c'est ça ? demanda Kate.

— Il l'utilise aussi. On a établi un roulement. Il est en voyage, il ne rentrera que fin décembre. Michael croit que tu es en Pologne. Vas-y donc. L'air pur, les grandes balades. Comme au temps où on allait camper avec les parents.

Kate éclata de rire.

— Tu traversais la baie à la nage, et moi j'escaladais les falaises. Je me souviens encore de papa me criant : « Allez, grimpe ! C'est rien du tout ! Une gamine de cinq ans y arriverait ! »

— On passait de chouettes vacances.

— Ça ne m'embêtait pas de dormir sous la tente. La seule chose qui m'embêtait, c'était la neige.

— Tu t'éclatais, dit Joanna. Et tu étais sacrément douée pour la varappe.

— Il suffit de ne pas avoir le vertige et de tenir à sa peau. Mais pour une violoncelliste, ce n'est vraiment pas le passe-temps idéal. Les vacances sportives, c'est fini pour moi.

— Tu n'auras qu'à te lever à midi et prendre ta voiture pour aller au pub. Peut-être que tu tomberas sur un beau mec baraqué occupé à réparer ses filets sur la plage. Comme ça tu pourras jouer les femmes de pêcheur pendant huit jours.

— C'est pareil que de jouer les femmes de marin ?

— Pêcheurs, marins, quelle différence ? Moi, du moment qu'ils sont musclés où il faut...

— Tu as raison, peut-être que je vais prendre des vacances. Huit jours de ski, tiens. Ça me ferait un bien fou. Ou alors je pourrais aller au gymnase tous les matins, pour me remettre les abdos en place.

Joanna leva les yeux au ciel. Le coup du gymnase, elle le connaissait par cœur. Il n'éveillait plus en elle qu'une sorte d'ironie amusée, à laquelle se mêlait une pointe de jalousie. Kate consulta sa montre. Il était dix heures et demie.

— Ham Common, ce n'est pas si loin, dit-elle. J'y serai dans moins d'une demi-heure. Autant régler ça tout de suite.

— On croirait que tu parles d'aller chez le dentiste, dit Joanna.

— Si j'étais en Pologne, je supporterais d'attendre, dit Kate. Mais je n'y suis pas.

Une petite silhouette s'encadra dans l'ouverture de la porte. C'était celle de Nathan, six ans, le fils de Joanna. Il se frottait les yeux comme s'il venait de voir quelque chose de très étonnant.

— De quoi vous parlez ? demanda-t-il.

— De la vertu, dit Joanna. De la probité, de la justesse

34

des sentiments, de la sincérité en actes et en paroles, croix de bois croix de fer et tout ça.

— Je peux avoir de la glace ? dit Nathan. Et la permission de minuit, pour la télé ?

Bien qu'on ne soit qu'à la mi-octobre, il faisait un froid glacial dehors. Kate restitua la robe de chez Issey Miyake à sa sœur et lui emprunta à la place un gros blouson molletonné avec un col de fourrure et des poches partout. Ce blouson lui avait toujours fait envie.

— Je l'ai acheté au Canada, lui dit Joanna. C'est de la vraie fourrure. Méfie-toi des écolos enragés.

— C'est pour ça que tu ne le mets jamais ?

— Je le mets souvent, au contraire, dit Joanna. Mais seulement l'hiver. Qui approche, d'ailleurs. Il faudra me le rendre vite. Et n'oublie pas que tout objet oublié au fond d'une poche m'appartient.

— Même les doublons et les louis d'or ? demanda Kate.

La voiture de Kate était une petite jeep Rio Bravo. Piloter un engin pareil dans les rues de Londres avait un côté tape-à-l'œil qui n'était pas pour lui déplaire. Quatre roues motrices, gros pneus crantés, sièges de cuir noir, carrosserie vert turquoise.

Elle s'arrêta à l'entrée de l'impasse. La maison de Michael était à cinquante mètres de là. Au fond à droite, juste avant le parc. Kate tira le frein à main, mais laissa le moteur tourner. Il était onze heures et quart. Tout était calme. Michael travaillait encore. La fenêtre éclairée de son bureau projetait quatre rectangles lumineux sur les pavés. Kate laissa son moteur au point mort pendant dix minutes. Aucun changement ne se produisit. Elle redémarra, alla se ranger devant la maison et coupa le contact.

3

A U BEAU MILIEU de leur conversation, le téléphone sonna. Michael décrocha, mais il n'y avait personne au bout du fil.

— Enfin, il y a forcément quelqu'un, dit-il. Un enfoiré quelconque. Un emmerdeur.

Jusque-là, Kate s'était contentée de répondre aux questions de Michael. Elle lui avait décrit la scène avec Annie à l'aéroport, lui avait confirmé que l'assurance couvrirait une partie du manque à gagner, lui avait expliqué pourquoi elle préférait se produire en Pologne qu'en Belgique. Quant au reste, elle hésitait encore à se jeter à l'eau. Elle se demandait si l'expression de son visage ne l'avait pas déjà trahie. Apparemment, c'était le cas. Michael n'était pas dupe. Il lui annonça que l'article auquel il travaillait était de la dynamite.

— Tu me le fais lire ?

— Patience. Tu le verras avant tout le monde, je te le promets.

— C'est qui, l'enfoiré au téléphone ?

— Je ne sais pas. Mais j'ai ma petite idée. Ce n'est pas en me harcelant au téléphone qu'ils vont me faire changer d'avis. La seule chose qui m'ennuie, c'est qu'ils sachent qui harceler.

— Tu veux dire qu'ils savent que tu sais quelque chose que tu ne devrais pas savoir et qu'ils ne devraient pas le savoir ?

— Tu as tout compris.

Michael sourit. Il savait autre chose qu'il n'aurait pas dû savoir – et Kate savait qu'il le savait. Etait-il trop tard pour la retenir de faire le grand saut ? Non, il n'est pas trop tard, se dit-il. Il n'est jamais trop tard. Il déboucha une bouteille de vin, posa deux verres sur la table et les remplit à ras bord. Ne tenant pas à être pompette quand elle reprendrait le volant, Kate essaya de protester.

— Ecoute, Michael..., commença-t-elle.

La sonnerie du téléphone l'interrompit derechef.

— C'est peut-être un politicien de mes amis qui se fait du mauvais sang, dit Michael. Ou des gens auxquels il a fait des confidences. Ce qui m'inquiéterait plus.

— Mais pourquoi ce harcèlement ? A quoi ça rime ?

— Peut-être qu'ils essayent de me saper le moral, dit Michael.

A en juger par son ton un peu incertain, ce n'était qu'une conjecture.

Ils sirotèrent leur vin en échangeant des propos de peu de conséquence, puis un ange passa. Au moment où Kate s'apprêtait à déballer enfin ce qu'elle avait sur le cœur, Michael se leva brusquement et sortit de la pièce. Il reparut quelques instants plus tard, un grand sourire aux lèvres et un CD à la main. Il le sortit de sa boîte qu'il tendit à Kate.

— Tu connais ce gars-là ? demanda-t-il. Il y avait un grand article sur lui dans le *Times*. J'ai acheté le disque aussitôt. Tu as déjà entendu sa musique ?

C'était la dernière production d'un compositeur à la mode qui arborait un kaftan et un sourire béat. Kate ne l'avait pas encore entendue, mais elle savait qu'elle serait du même tonneau que les précédentes : flûtes, harpes et violons sirupeux sur fond de chœurs éthérés. Après avoir inséré le CD dans le lecteur, Michael s'assit à côté d'elle sur le canapé. Il lui glissa une main derrière la nuque et la pétrit délicatement, comme pour dénouer ses muscles trop tendus. Entre eux, ce geste avait toujours été une sorte de signal préludant aux épanchements sexuels.

Kate se leva, s'approcha du lecteur de CD et baissa le son. Ensuite elle recula de quelques pas, comme si la distance avait pu lui permettre de voir Michael plus claire-

37

ment, et se retrouva le dos à la fenêtre. Un souffle d'air glacial lui fit remonter un frisson le long de l'échine, et un flot de paroles subit s'échappa de ses lèvres.

— Je ne t'aime plus, c'est fini, je regrette, je t'aimais mais je ne ressens plus rien pour toi, quand les choses en sont arrivées là entre deux êtres ça ne sert à rien de s'acharner, tu t'en étais sûrement rendu compte, ça fait déjà un moment que j'éprouve ça, pardon de ne pas te l'avoir dit plus tôt, mais je n'en trouvais pas le courage, j'étais gênée, pardon.

En tout cas, il lui sembla qu'elle lui disait tout cela. Elle perçut le son de ses paroles, mais sans les entendre vraiment. Elles jaillissaient d'elle par saccades, comme la lave d'un volcan en furie. Elle lui avait tout déballé d'un bloc, sans faire le moindre effort pour amortir le choc. Mais à vrai dire, quand le flot s'apaisa, ses paroles s'étaient déjà effacées de sa mémoire. Sans l'expression de complet accablement qui s'était peinte sur le visage de Michael, elle n'aurait jamais été sûre de les avoir vraiment prononcées.

Ce qui se passa ensuite la prit complètement de court. Michael se leva, s'avança jusqu'à elle et la gifla brutalement d'un revers de la main. Elle recula d'un pas et il la gifla de nouveau. Cette fois, elle esquiva le coup in extremis, heurtant la fenêtre de la tête. Michael empoigna le col de son chemisier et se mit à la secouer comme un prunier, faisant sauter les deux boutons du haut. La tête de Kate ballottait pareille à celle d'une poupée de son. Il tordit le tissu du chemisier et s'en servit de garrot, menaçant de l'étrangler. Elle lui agrippa les poignets et serra de toutes ses forces, comme pour absorber l'énergie sauvage qui émanait de lui, comme si sa haine et sa terreur avaient pu se diluer en passant à travers elle.

A plusieurs reprises, il parvint à dégager sa main droite, comme s'il voulait la gifler encore, mais à chaque fois Kate la harponnait de nouveau. Elle se dit que s'il la frappait encore une fois, elle ferait semblant de tourner de l'œil. On peut donner un coup sous l'empire de la colère, on peut en donner un second parce que la souffrance est trop insoutenable, mais le troisième ne peut être inspiré que par un désir de vengeance, un accès de méchanceté pure.

Le troisième coup peut être l'indice d'une ivresse dangereuse, que plus rien ne peut arrêter.

Tout à coup, Michael la lâcha et elle fit un pas chancelant en arrière. Les pieds solidement campés sur le sol, le buste penché vers elle, rouge comme une tomate, il se mit à brailler à tue-tête. Kate n'en perdit pas une miette : les filets de bave qui coulaient des commissures de sa bouche tremblante, les ailes de son nez qui blanchissaient, ses yeux fixes rivés sur elle, qui ne cillèrent pas une seule fois. Il lui sortit toutes les horreurs imaginables, puis se fit implorant, déploya des trésors de persuasion. Au fur et à mesure qu'il parlait, il se vida de son énergie, un peu comme un pneu qui se dégonfle. A la fin, une faiblesse le prit. Son regard se détacha de Kate et il se cramponna à l'appui de la fenêtre, pantelant comme un animal blessé.

Kate en fut terrifiée. Jamais elle n'avait soupçonné que Michael l'aimait autant. Cela faisait deux ans – deux ans et trois mois, très exactement – qu'ils vivaient ensemble, et elle n'avait jamais mesuré la profondeur de ses sentiments, n'avait jamais compris à quel point il avait besoin d'elle. A présent tout cela s'était transformé en un chagrin sans fond. Michael ne la regardait plus en face, il se tenait tête basse, les épaules voûtées ; mais sa détresse était toujours palpable, l'énergie brûlante et noire qui émanait de lui n'avait pas encore reflué. Kate se figea dans une immobilité complète et attendit la suite.

Frieda Metcalf attendait aussi. Son chien, assis à ses pieds, flairait avec ivresse la bonne odeur d'herbe et de végétation qui s'échappait du parc, mais comme elle le tenait solidement en laisse il s'était résigné à la patience. Le couple à la fenêtre ne bougeait plus. L'homme, apparemment épuisé par la violente colère à laquelle il venait de donner libre cours, s'était détourné de la femme et baissait la tête. La femme, acculée contre le carreau, le regardait, sans doute trop terrifiée pour tenter de lui échapper.

L'empoignade avait été épique. A un moment Frieda s'était même dit qu'elle devrait peut-être appeler la police. Dans un accès de fureur incontrôlable, l'homme s'était mis à cogner comme un sourd. Il aurait pu lui porter un coup fatal, ou l'étrangler. Ensuite, coinçant la femme contre la fenêtre, il s'était mis à lui hurler dessus. A présent, ils avaient atteint une sorte de plateau et ne bougeaient plus. Dissimulée dans l'ombre des arbres qui bordaient la rue, Frieda observait avec une délectation morbide ces deux inconnus dont l'existence était si malheureuse qu'elle menaçait de verser d'un instant à l'autre dans la tragédie.

L'homme se retourna, leva le bras et caressa la joue qu'il venait de gifler, geste si pathétique que Frieda eut de la peine pour lui. La main de l'homme glissa du visage de la femme, se posa sur un de ses seins, et Frieda eut encore plus de peine. L'espace d'un instant, ils restèrent face à face, la main de l'homme couvrant le sein de la femme, comme s'ils se préparaient à accomplir on ne sait quel étrange rituel. Ensuite la main de l'homme remonta vers la nuque de la femme ; il l'attira à lui, l'embrassa sur les lèvres. Elle resta aussi immobile qu'une statue. Seule la tête de l'homme remuait, d'un côté puis de l'autre. On aurait dit qu'il essayait d'imprimer ce baiser en elle, de lui en sceller les lèvres.

Elle a vraiment l'air d'une statue, se dit Frieda. L'homme détacha ses lèvres de celles de la femme, et ils restèrent ainsi l'un contre l'autre, leurs nez se touchant. La maintenait-il de force dans cette position ? Frieda n'en était pas sûre, mais en tout cas il la tenait toujours par le cou, et à présent il s'était mis à lui parler. Sans élever la voix, cette fois. Le chien poussa un gémissement, se dressa sur ses pattes, se rassit.

— Mais oui, mais oui, lui dit Frieda.

Elle attendit encore un instant, mais le couple à la fenêtre ne représentait plus désormais pour elle un spectacle bien palpitant. Il n'y aurait plus que des parlottes maintenant, elle le voyait bien.

Elle émergea de l'ombre qui la dissimulait et, passant sous un réverbère, remonta la rue en direction du parc.

Kate parcourut la pièce des yeux, pour le cas où il lui faudrait tenter une percée. Elle vit leur reflet dans le trumeau de la cheminée – son propre visage, pâle et exsangue, et l'arrière de la tête de Michael. Il la tenait toujours par le cou. Elle se retourna, essayant de se dégager, et aperçut le reflet de leurs deux visages dans la vitre. Elle se concentrait sur les détails insignifiants, car leur banalité même avait quelque chose de rassurant : la musique, qui jouait toujours en sourdine ; le motif qui ornait l'écran de veille de l'ordinateur ; les tableaux et les livres de Michael ; sa Rio Bravo garée dans la rue ; une femme qui emmenait son chien faire une tardive promenade au parc.

— Tu ne le penses pas vraiment, dit Michael.

Il la lâcha, alla récupérer son verre de vin sur la table basse, puis se laissa tomber sur le canapé, riant et secouant la tête. Son attitude était celle d'un homme qui vient de rentrer chez lui après une rude journée de labeur et qui s'offre un petit verre vite fait avant d'aller se coucher. Il avala une gorgée de vin et reprit :

— Excuse-moi, je me suis un peu emballé.

— Un peu, oui.

Kate ne voulait surtout pas le prendre à rebrousse-poil.

— Peut-être que... que je t'en demande trop, dit-il. Tu me trouves trop collant, c'est ça ?

— Non, dit-elle. Ce n'est pas ta faute. Le problème ne vient pas de toi.

Il faut toujours qu'on retombe dans les mêmes vieux clichés, se dit-elle. D'ici peu, je vais lui expliquer que j'ai seulement besoin de respirer un peu.

— Assieds-toi, dit Michael.

Vu le ton sur lequel il disait ça, Kate crut qu'il s'apprêtait à se lancer dans un grand discours, mais quand elle se fut installée dans un fauteuil en face de lui, il se contenta de la regarder, comme s'il s'attendait à ce qu'elle le questionne.

Le silence se prolongea pendant cinq bonnes minutes, jusqu'à ce que Kate finisse par dire :

— Il vaut mieux que je m'en aille, je crois. On en reparlera plus tard. On a encore beaucoup de choses à se dire.

— Non, dit-il. Reste là. Ne t'en va pas. Je ne veux pas que tu t'en ailles. Ça ne nous fera aucun bien si tu t'en vas.

— Qu'est-ce qui pourrait nous faire du bien ? demanda-t-elle.

Une pommade, un pansement, une attelle.

Michael secoua de nouveau la tête. Apparemment, il

venait de prendre une décision sur ce qui pourrait leur faire du bien.

— Allons nous coucher, dit-il. On en parlera demain matin.

— Je n'avais pas prévu de passer la nuit ici, Michael. Tu dois t'en douter.

— Tu es bouleversée, c'est tout. Moi aussi, je suis bouleversé. Allez, quoi...

— Ce n'est pas... Peu importe que je sois bouleversée. Je ne peux pas...

— Ecoute, Kate... Je suis crevé, pas toi ? Il sera toujours temps d'en discuter. Quelque chose ne tourne pas rond, d'accord. (Il s'esclaffa.) Ça au moins, je l'ai compris. Mais bon... On n'a qu'à aller se coucher, c'est tout, et demain... ou une autre fois peut-être... on rediscutera de ce qui s'est passé ce soir. De ce que nous nous sommes dit. De ce que nous éprouvons.

— Je sais ce que j'éprouve. Je ne peux pas... On ne peut pas aller se coucher, comme si...

Mais ils pouvaient, elle le savait. Elle savait qu'elle finirait sans doute par lui céder, parce qu'il le souhaitait, parce qu'il était persuadé que ça y changerait quelque chose. Tout à l'heure, elle s'était concentrée sur des objets sans importance, sachant que leur banalité même leur permettait de survivre à tout, de sortir intacts des pires catastrophes, comme le papier peint sur les murs exposés à tous les vents d'une maison bombardée. Un peu de la même façon, Michael était en quête de quelque chose qui aurait pu reconstituer au moins un semblant de lien entre eux – comme s'il avait suffi qu'ils soient ensemble, qu'ils fassent l'amour ensemble, qu'ils dorment ensemble et se réveillent dans le même lit pour que tout cela s'abolisse.

Il se leva, s'approcha de Kate, s'accroupit à ses pieds et plaça le dos de sa main contre sa joue, à l'endroit où il l'avait frappée, imitant avec une infinie douceur le geste qu'il avait fait pour la gifler.

— Allez viens, Kate...

Elle sentit un début d'excitation naître en elle. C'était le pouvoir qu'elle avait sur lui qui l'excitait. Elle savait que ce serait la dernière fois qu'ils feraient l'amour ensemble, savait qu'elle n'aurait qu'à accepter son désir, sa soif d'amour, sans avoir à lui rendre la pareille.

Elle resta un long moment dans la salle de bains, le temps de souffler un peu, en tête-à-tête avec elle-même. Elle décida de prendre une douche. Son regard s'attarda sur les quelques objets personnels auxquels elle avait fait une place dans la salle de bains de Michael : un pot de cold-cream, un flacon d'*Ysatis*, un poudrier, des Tampax, un rasoir. L'idée qu'elle allait les laisser là sans espoir de retour n'était pas pour lui déplaire. Il y avait aussi quelques vêtements à elle dans sa penderie. Elle en dressa mentalement l'inventaire et décida qu'ils ne valaient pas la peine. Elle se rendait compte que ces petites pointes d'égoïsme faisaient partie de son système de défense, comme d'accepter de faire l'amour avec Michael parce qu'elle se savait la plus forte et parce qu'elle avait pitié de lui. Mais cela ne l'empêchait pas d'être triste et malheureuse. On ne peut pas s'échapper d'un pareil guêpier sans y laisser des plumes.
Elle s'inspecta dans la glace et constata qu'elle avait un bleu au-dessous de l'œil gauche. Il lui avait éraflé la joue avec ses ongles ; ce n'était qu'une écorchure minuscule, mais elle piquait.
Michael entendit couler la douche. Les mains encore tremblantes, il s'efforça d'agir comme il aurait agi si les circonstances avaient été normales. Il s'installa devant son ordinateur, ouvrit le dossier Farnol et, pris d'une inspiration subite, en transféra le contenu sur une disquette vierge et inscrivit sur l'étiquette : « La dynamite – tu te rappelles ? »
Il chercha des yeux le blouson de Kate. Il était dans l'entrée, accroché à la rampe de l'escalier. Il comportait un total de douze poches, dont six intérieures. Michael en découvrit une dans sa partie arrière, juste en dessous de la ceinture, destinée sans doute à dissimuler un passeport ou un portefeuille. Il en tira la fermeture Éclair, glissa la disquette dedans et la referma. Il avait toujours eu l'intention de confier un double du document à Kate, mais à présent il avait un motif supplémentaire de le faire. Il ne s'agissait

plus seulement de couvrir ses arrières, mais aussi de prolonger leur relation vaille que vaille. Lorsqu'il travaillait sur un sujet particulièrement sensible, il ne s'en ouvrait jamais à son entourage. Un bon journaliste ne doit pas seulement protéger ses sources, il doit protéger ses amis. Mais cette fois il tenait à ce que Kate soit impliquée. Car ainsi, elle serait peut-être obligée de lui revenir malgré elle.

La douche s'arrêta. L'instant d'après, il entendit le bruit familier des pas de Kate claquant sur le carrelage de la salle de bains. Il referma son portable et éteignit la lumière. Ah la la, quelle scène. Il eut un petit rire. Sacrée bagarre. Mais ça arrive à tous les couples. Et l'excitation était retombée à présent. Kate était dans sa chambre, au premier étage. Elle avait oublié sa colère, tout comme Michael avait oublié la sienne. Elle s'était mise au lit et elle l'attendait.

Tous les couples ont leurs petites habitudes, se disait Kate. Au lit, ils font toujours les mêmes gestes. Ces gestes qu'elle faisait maintenant avec Michael, les mêmes qu'à l'accoutumée, comme si elle ne lui avait jamais déballé ce qu'elle avait sur le cœur, comme s'il ne l'avait jamais frappée, comme si elle ne s'était jamais aperçue du besoin désespéré qu'il avait d'elle. Son sentiment de puissance et sa brève étincelle de désir de tout à l'heure s'étaient mués en une sorte de douce tristesse, mêlée de soulagement. Elle lui avait parlé, le trait était tiré, c'était la seule chose qui importait. Quand il la pénétra, elle retint son souffle et ferma les yeux, sans se soucier de ce qu'il en penserait. Ils s'endormirent dans les bras l'un de l'autre – pourquoi ne pas jouer le jeu jusqu'au bout, après tout ?

Quand Kate se réveilla, elle crut que c'était le matin, mais se rendit vite compte de sa méprise. La maison était trop silencieuse, les ténèbres trop denses. Michael n'était plus là. Elle se glissa jusqu'à son côté du lit pour jeter un coup d'œil au réveil. Il était trois heures et quart. Elle resta allongée dans le noir un moment, guettant un bruit qui aurait pu lui indiquer où il se trouvait, mais rien ne bougeait dans la maison. L'idée lui vint qu'il était peut-être parti pour de bon, et un début d'inquiétude naquit en elle.

Inquiète ou pas, elle n'avait aucune envie de descendre au rez-de-chaussée pour s'apercevoir qu'il souffrait tout bêtement d'insomnie et essayait de noyer dans le whisky la noire angoisse qui lui rongeait le cœur.

A la fin, elle se leva et enfila son peignoir en tissu éponge blanc. Quand elle poussa la porte de la chambre, elle constata que la lumière du palier était allumée. D'une voix un peu étranglée, elle cria : « Michael, tu es là ? » et attendit une réponse. Il lui sembla entendre une chaise grincer dans la cuisine, mais elle n'en était pas sûre. Dehors, une grive, abusée par la lumière trop vive des réverbères, se mit à chanter.

— Michael ?

Lentement, elle descendit l'escalier. Tout à coup, elle avait froid. Il lui sembla que le chant de l'oiseau était devenu assourdissant. La lumière était allumée dans le séjour, mais il n'y avait personne. L'ordinateur était allumé aussi. Il bourdonnait imperceptiblement. Des petits grille-pain ailés défilaient sur l'écran de veille. Kate aperçut son reflet dans le trumeau de la cheminée : le visage qu'elle vit était celui d'une fillette à l'air éberlué, les yeux écarquillés, la bouche entrouverte.

— Michael ?

Elle le trouva dans la cuisine. Il était nu, debout dos à la porte, se cramponnant d'une main au dossier d'une chaise, se tenant le ventre de l'autre. C'est ce bruit-là qu'elle avait entendu : le pied de la chaise grinçant sur le sol. En voyant la posture dans laquelle il se tenait, Kate pensa à Annie, au verre de vodka par terre, à l'ambulance qui s'était arrêtée à l'entrée du terminal, la lueur dansante de son gyrophare se reflétant dans les portes en verre. L'idée qu'il pourrait y avoir un rapport entre ces deux situations lui parut si absurde qu'elle s'esclaffa en disant :

— Toi aussi ? Mais qu'est-ce qui t'arrive ?

Michael se retourna comme s'il venait seulement de s'apercevoir de sa présence. Elle esquissa un pas vers lui, et il amorça aussitôt un mouvement de recul. Il ouvrit la bouche comme pour parler, mais n'émit qu'une sorte de chuintement, comme pour exhorter Kate au silence : *Shhh... shhh... shhh...* Il titubait, tel un homme ivre.

L'étrange chuintement se mua en gémissement de douleur. Une expression d'intense terreur lui déformait les traits.

— Michael, dit Kate, et comme il n'avait pas l'air de la reconnaître elle ajouta : C'est moi.

Il recula encore d'un pas, et quand il fut en pleine lumière elle vit le sang qui ruisselait au-dessus du bras dont il se comprimait le ventre, lui inondant l'abdomen, l'aine, les cuisses. D'abord, Kate ne comprit pas d'où venait tout ce sang : avait-il eu un accident ? S'était-il coupé avec du verre ? Elle se figura que c'était son bras qui saignait. De toute évidence, la coupure était profonde, il aurait fallu l'étancher. Là-dessus, Michael fit un pas vers la porte et elle vit le manche du couteau de cuisine. Elle ne vit que le manche ; la lame était enfoncée dans son ventre.

L'espace d'un instant, il lui sembla que le temps s'arrêtait, puis une espèce d'essaim furieux s'engouffra dans son crâne et explosa. Elle sentit le sol s'effacer sous elle, se rattrapa à la chaise sur laquelle Michael s'était lui-même appuyé pour ne pas tomber. Elle ne voyait plus rien. Puis le sens de la vue lui revint, mais à présent ses poumons refusaient de lui répondre. Michael avança jusqu'à la porte, la franchit et disparut de son champ de vision.

A chaque inspiration, Kate prononçait son nom, comme si parler avait été la seule manière possible de faire pénétrer l'air dans ses poumons : *Michael, Michael, Michael, Michael.* Elle traînait sur chacune des deux syllabes et elles étaient chargées d'un tel poids d'horreur qu'elles en avaient perdu toute signification. Ce n'était plus un prénom d'homme, mais un mot de code désignant la peur, la culpabilité et l'angoisse. Kate aurait dû se lancer aux trousses de Michael, elle le savait, mais ses jambes refusaient de lui obéir. Son esprit, par contre, tournait à toute allure.

La première idée qui lui vint fut : Il a essayé de se tuer parce que je lui ai dit que tout était fini entre nous. La seconde fut : *Bon dieu, mais qu'est-ce qui s'est passé ici ?* Elle inspecta la cuisine du regard. C'était un vrai désastre. Le sol était jonché d'ustensiles et de vaisselle brisée, l'un des stores de la fenêtre s'était décroché et il y avait du sang partout : sur le plan de travail, sur la paillasse de l'évier, sur la table, sur le carrelage, sur la chaise.

Ces réflexions ne lui prirent que quelques secondes, dix secondes tout au plus. Ensuite elle franchit la porte à son tour et passa dans le séjour. Michael tournait en rond, hébété, titubant, les mains crispées sur le manche du couteau, sa bouche ouverte n'émettant aucun son. Kate s'avança, tendit les bras vers lui. Il essaya de parler, et un long jet de sang lui jaillit d'entre les lèvres, éclaboussant le peignoir blanc. Elle le prit par l'épaule, mais avec une énergie décuplée par la terreur il s'arracha à son étreinte, se précipita vers l'entrée en chancelant et se dirigea vers l'escalier. Kate se lança à sa poursuite. Elle pleurait à chaudes larmes à présent, et tout en pleurant répétait son nom à n'en plus finir – « Michael ! Michael ! » – car rien d'autre ne lui venait à l'esprit. Elle ne savait que faire, ne savait que dire.

Il trébucha sur la première marche et s'affala lourdement en travers de l'escalier. Kate le prit aux épaules, s'efforça de le retenir, lui parlant à l'oreille d'une voix fiévreuse. Ils restèrent un moment dans cette position. Elle entendait toujours le chant de la grive, sentait toujours le même souffle d'air froid. Tout à coup, elle comprit pourquoi : la porte de devant était ouverte. Michael respirait avec peine, de longs frissons le secouaient. Prenant appui sur les mains et les pieds, il se redressa péniblement et repartit en direction du séjour, d'un pas titubant et lourd, arrosant le sol de grosses gouttes de sang qui s'abattaient avec un bruit sourd.

Une absurde poursuite s'engagea, lente, bizarrement saccadée. Michael perdait pied, s'écroulait, se relevait, retombait, repoussant Kate quand elle faisait mine de vouloir le soutenir. Elle essayait de l'arrêter, de le forcer à rester immobile, de ne pas gaspiller le peu d'énergie vitale qui lui restait.

Sss... sss...sss. Michael crachait dans sa direction en sifflant comme un serpent, le sang qui lui emplissait la bouche lui débordant sur le menton. Il lui échappait toujours, tombant, se redressant, agrippant d'une main son ventre déchiré. C'était une terreur aveugle qui le poussait à fuir ainsi, comme si en fuyant il avait pu gagner un endroit où rien de tout cela n'aurait plus existé – ni le couteau, ni le sang, ni l'épouvantable faiblesse qui lui déliait les muscles et les tendons tandis qu'il clopinait d'une pièce à l'autre, les membres agités de mouvements spasmodiques, tel un bœuf auquel le tueur vient d'asséner un coup de merlin mais qui refuse de plier.

En tournant ainsi sur lui-même, il continuait à se vider de son sang, laissant partout des traînées écarlates. Leurs deux voix s'entremêlaient ; Kate continuait de l'appeler, lançait de grands cris d'angoisse, ou marmonnait les prières inutiles qui viennent spontanément aux lèvres dans ces cas-là : *Pitié, mon Dieu, je vous en supplie, mon Dieu.* Michael émettait toujours son espèce de sifflement inarticulé, ce *Sss* qui s'échappait de sa bouche accompagné de filaments sanglants.

Ils passèrent du séjour dans la cuisine. Dérapant dans une flaque de son propre sang, Michael perdit pied et s'étala de tout son long. En entrant en contact avec le sol, il émit un bruyant hoquet et se plia en deux pour lutter contre la douleur. Kate s'agenouilla à côté de lui, lui souleva délicatement la tête. Sous l'effet de la chute, le couteau était partiellement ressorti de la plaie, et à présent sa main était refermée sur la lame, qui lui tailladait les doigts.

— Retire-le, dit-il d'une voix soudain très distincte. Retire-le.

Parler devait lui coûter un effort terrible, mais il le répéta. En dire plus aurait été au-dessus de ses forces. Des spasmes incontrôlables le secouaient. Ses pieds tambourinaient sur le carrelage. Kate jeta un regard en direction du téléphone mural.

— Retire-le, dit-il.

Elle referma ses deux mains sur la main de Michael toujours crispée sur le manche du couteau, sachant qu'elle aurait perdu son temps à essayer de lui faire lâcher prise, et extirpa la lame. Un flot de sang jaillit, éclaboussant le devant de son peignoir. D'instinct, elle voulut couvrir la plaie de sa main, mais Michael l'avait devancée.

— Michael, dit-elle. Il faut que je téléphone.

Il leva les yeux sur elle, et elle vit que son regard commençait à s'opacifier. Il la fixait, tremblant de tous ses membres, la bouche ouverte, mais pétrifiée en un O qui exprimait une terreur indicible.

— Michael, dit Kate.

Elle l'abandonna le temps d'aller téléphoner. Quand elle revint, son regard fixe ne s'était pas déplacé d'un millimètre. Son souffle était si faible qu'il arrivait à peine à soulever l'écume sanguinolente qui lui sourdait de la commissure des lèvres. Il leva vaguement un bras vers elle. Elle le prit aux aisselles, le souleva vers elle et le serra contre sa poitrine, pour ne pas être obligée de le regarder plus longtemps.

Le sifflement s'était mué en un râle assourdi, qu'elle percevait tout au fond de sa gorge. Elle sentait jusqu'au plus petit mouvement de son corps, le moindre frisson, la moindre crispation de ses poings, le spasme le plus infime.

Elle le sentit mourir entre ses bras, mais continua de le serrer contre elle, comme si en demeurant dans cette position elle avait pu l'empêcher de partir. Elle l'étreignait toujours quand les hommes du SAMU arrivèrent. Pendant qu'ils l'examinaient, elle monta à l'étage et s'enferma dans la salle de bains.

Elle était couverte de sang de la tête aux pieds. Son peignoir blanc en était imbibé. Après l'avoir retiré, elle s'inspecta dans le miroir mural. Elle avait du sang sur la gorge, les seins, le ventre, les cuisses. Même les poils de son pubis en étaient englués. Sans parler de l'épaisse couche visqueuse qui lui recouvrait les mains, les poignets et les avant-bras.

Elle fit couler la douche et resta sous le jet brûlant jusqu'à ce que les policiers viennent frapper à la porte.

4

Tout le monde était à son affaire.

L'inspecteur de la criminelle qui dirigeait les opérations avait fait établir une sorte de cordon sanitaire autour du cadavre. Le photographe et l'opérateur vidéo faisaient leur office. Le médecin légiste avait constaté le décès du nommé Michael Lester et émis un premier avis sur sa cause probable. Les pièces à conviction – dont le couteau, bien entendu – avaient été placées dans des sacs en plastique et soigneusement étiquetées. Les enquêteurs avaient fouillé la maison de fond en comble. Une équipe avait été détachée pour interroger les voisins. La liste des amis et des parents proches de Michael avait été dûment dressée. Les policiers occupaient la maison comme des soldats qui viennent d'enlever une position à l'ennemi. Les experts du labo n'étaient pas encore arrivés, mais on les attendait de pied ferme.

Kate était un peu perdue au milieu de tout ce remue-ménage, mais le commissaire George Webb avait fait de son mieux pour lui faciliter les choses. Il avait prié l'inspectrice Carol Tanner de ne pas la quitter d'une semelle tandis qu'on relevait ses empreintes digitales, opération de pure routine destinée à éviter toute confusion. Ensuite Kate était venue rejoindre Webb dans son bureau pour un ultime entretien. Carol Tanner, assise sur une chaise à côté de la porte, prenait des notes.

— Vous voulez que je vous fasse examiner par un médecin ? dit Webb.

— A quoi bon ? dit Kate. Je n'ai rien.

— Quand on a reçu un choc pareil...

— Je verrai ça plus tard avec mon médecin de famille.

— Vous ne voulez pas non plus que je fasse avertir un parent, un ami ?

— Vous allez me garder longtemps ?

— Je ne crois pas, dit Webb.

Il réfléchit un instant de plus à la question que Kate venait de lui poser, mais cela ne le fit pas changer d'avis.

— Non, il n'y a aucune raison que je vous garde. Mais j'aurai encore quelques points à éclaircir avec vous.

— Ah bon ?

Webb baissa les yeux sur les trois feuillets étalés devant lui sur le bureau.

— J'ai parcouru votre déposition, et il m'a semblé que par endroits vous restiez un peu dans le flou.

— C'est possible. Dans l'état où je suis, il n'est pas étonnant que j'aie les idées un peu brouillées. Je suis morte de fatigue.

— Evidemment. C'est le choc. Vous irez voir un médecin, hein ?

— Oui.

Webb s'absorba de nouveau dans la déposition de Kate, en se frottant machinalement le nez de l'index. C'était un quadragénaire encore juvénile, mais dont les chairs commençaient à s'enrober. Autrefois il avait dû être beau gosse, et l'on en discernait encore les traces : les traits réguliers qui s'arrondissaient, les pommettes bien dessinées qui s'empâtaient.

Il poursuivit sa lecture pendant deux bonnes minutes, passant d'un feuillet à l'autre.

— Vous êtes montée à l'étage, vous avez retiré votre peignoir et vous avez pris une douche ?

— C'est exact.

— Après l'arrivée du SAMU ?

— Oui.

— Je vois.

Il lut encore quelques lignes et demanda :

— Et qu'est-ce qui vous a incitée à faire ça ? A prendre une douche ?

— J'étais couverte de sang.

51

— D'accord.

Kate se tortilla sur sa chaise, redressa un peu le dos. Elle se sentait lourde, comme au sortir d'un repas copieux. La pièce était surchauffée. Elle se passa les mains sur les joues, s'essuya les lèvres.

— Je ne veux pas vous bouleverser.

— Je sais.

— Vous n'auriez pas dû retirer le couteau.

— Oui, les infirmiers me l'ont expliqué. Si j'avais su, je ne l'aurais pas fait. Mais je ne le savais pas.

— Bien sûr que non.

Webb leva une main et esquissa un geste de dénégation polie.

— Enfin, il serait mort de toute façon. Il était déjà trop tard. Rien n'aurait pu le sauver.

Inopinément, Kate sentit les larmes lui monter aux yeux en un flot irrépressible. Webb, tête baissée, parcourut encore une fois les pages étalées devant lui.

— Je n'y avais pas pensé, balbutia Kate. Il n'aurait pas... Alors de toute façon, ça n'aurait rien changé.

Webb pinça les lèvres et secoua négativement la tête.

— Non, dit-il. Vous avez eu tort de le faire, mais, de toute façon, il ne s'en serait pas tiré. J'en suis certain. L'autopsie nous le confirmera, mais à mes yeux ça ne fait aucun doute, je parle d'expérience.

— On aurait pu le sauver.

— Non, dit Webb. Il n'avait pas la moindre chance de s'en sortir. En tout cas, c'est mon avis.

Il y eut un assez long silence. Webb continua à lire, mais ne trouva apparemment pas d'autre commentaire à faire. A la fin, Kate lui demanda :

— Je peux m'en aller maintenant ?

Webb releva brusquement les yeux. Il semblait surpris qu'elle soit encore là.

— Bien sûr, dit-il. Vous ne voulez toujours pas qu'on appelle quelqu'un ?

— Stuart Donnelly, dit Kate.

Ce nom lui était venu spontanément aux lèvres, elle ne savait pas au juste pourquoi. Donnelly était un ami de Michael, un avocat qui passait pour avoir des sympathies gauchistes. Michael avait souvent eu recours à ses services. Donnelly se chargeait de passer ses articles au crible, de lui dire jusqu'où il pouvait aller sans risquer un procès en diffamation ni enfreindre le secret-défense. Kate l'avait peut-être croisé une demi-douzaine de fois en tout.

Michael était mort, les flics la harcelaient de questions. Dans un moment pareil, penser à un avocat est assez logique.

Donnelly était un grand type costaud qui arborait une longue crinière digne d'un chanteur de rock – sans doute pour se distinguer de ses confrères guindés et pisse-froid amateurs de pantalons à rayures, de redingotes noires et de perruques blanches. Il était réputé pour ne pas reculer devant les affaires les plus tordues et, bien qu'il n'eût pas encore quarante ans, gagnait énormément d'argent. Il assaillit aussitôt Kate de questions : les flics l'avaient-ils bien traitée ? Lui avaient-ils fait signer quelque chose ? Avaient-ils exercé des pressions sur elle ? Où voulait-elle qu'il la dépose ?

— Tu n'as qu'à me ramener chez moi, Stuart.

— Il vaudrait peut-être mieux que je t'emmène chez ta sœur, tu ne crois pas ?

Il avait une très légère pointe d'accent écossais.

— Je l'appellerai plus tard. Je veux rentrer chez moi.

C'était instinctif : elle avait envie d'être entourée de ses affaires à elle, derrière sa porte à elle, en sûreté.

Donnelly passa un petit moment en tête-à-tête avec Webb, puis il prit Kate par le bras et la guida jusqu'à sa voiture. Pendant qu'ils roulaient, il lui dit :

— Ils n'en ont pas fini avec toi, bien sûr.

— Je sais, ils me l'ont dit.

— Et ils ont mis ta jeep sous séquestre. Je ne vois pas très bien pour quelle raison. Est-ce que Michael est monté dedans avec toi hier soir ?

— Michael n'était pas monté dans ma jeep depuis au moins une semaine. Je suis allée le voir en revenant de l'aéroport. J'étais censée partir en Pologne. Je voulais le voir pour...

Elle n'eut pas la force d'aller plus loin, sachant que son récit s'achèverait dans la terreur et le sang.

— T'en fais pas, va, dit Donnelly. Tu me raconteras ça une autre fois.

Ils se turent pendant le reste du trajet, sauf quand Kate fut obligée de piloter Stuart, qui connaissait mal son quartier. Après s'être rangé devant son immeuble, Donnelly lui demanda :

— Tu veux que j'appelle quelqu'un de ta part ?
— Pas la peine, dit Kate.
— Tu veux que je monte ?
— Non, merci. C'est vraiment très gentil d'être venu.

Kate sourit d'un air d'excuse, comme si elle avait enfreint l'espèce de protocole tacite qui s'impose de lui-même dans ce genre de situation. Elle ouvrit sa portière.

— J'ai cru qu'il s'était suicidé, dit-elle. Je venais de lui annoncer mon intention de rompre. J'ai cru que c'était à cause de ça.

— L'idée qu'il pourrait s'agir d'un suicide n'a effleuré personne d'autre que toi, dit Donnelly.

Kate ôta ses vêtements – ceux qu'elle avait accrochés au dossier d'une chaise dans la chambre de Michael – et les laissa en tas sur le sol de la salle de bains. Elle se doucha pour la seconde fois ce jour-là. Mais cette fois c'était chez elle, dans sa cabine de douche à elle. Ça lui donnait un peu le sentiment de retourner à la case départ.

Après s'être séchée, elle enfila une chemise de nuit. D'habitude, elle dormait nue. Il avait fallu qu'elle aille pêcher la chemise de nuit au fond d'un tiroir.

Elle se campa au milieu de sa salle de séjour et jeta un regard circulaire, s'arrêtant sur les menus objets, comme elle l'avait fait quelques heures plus tôt chez Michael. Tous ces objets insignifiants mais durables, qui lui appartenaient, à elle.

Rien n'avait bougé. Le bol de pot-pourri, le vase en opaline bleue, les livres sur leur étagère, la photo de Kate escaladant une paroi à pic, prise quelques jours avant la chute qui lui avait fait perdre définitivement le goût de l'alpinisme. Les crayons et les stylos dans leur pot, sur le bureau. La petite violoncelliste en bronze sur la table basse. Son journal intime. Un galet ramassé sur une plage, elle ne savait plus laquelle. Son courrier, pas encore ouvert. Chaque objet était exactement à sa place.

Elle pivota lentement sur elle-même, comme pour s'assurer que rien ne manquait. Elle continua ainsi de pièce en pièce, en finissant par la chambre. Ensuite elle s'allongea sur son lit et écouta le bruit familier de la circulation matinale dans la rue.

Sans cette bienfaisante banalité et la lumière qui entrait à flots dans la chambre, elle ne serait sans doute pas arrivée à trouver le sommeil.

Elle rêva de la photo, celle où on la voyait se bagarrer contre la paroi à pic. Le rêve était d'une précision hallucinante – comme si elle s'était souvenue de l'ascension dans ses moindres détails, les difficultés techniques, les instants où elle se hissait à la force des doigts, centimètre par centimètre, et ceux où, disposant de prises solides dans une roche dure et compacte, elle progressait avec aisance, sur un rythme régulier, avançant chaque fois de la longueur d'un membre. Michael et Stuart Donnelly étaient déjà arrivés au sommet. Ils bavardaient, les jambes pendant dans le vide, en la regardant monter vers eux. Kate percevait l'inflexion chantante de la voix de Stuart. Elle avait envie de leur crier : « Attention ! Le gouffre est vraiment sans fond ! Ne restez pas au bord ! », mais elle s'en retenait, car elle ne pouvait pas se permettre de faire la leçon à deux vieux routiers comme Michael et Stuart.

Il se mettait à pleuvoir et la roche devenait glissante. Les prises se faisaient de plus en plus rares. Pourquoi fallait-il que ce soit elle qui porte le sac ? Il pesait une tonne, et pour ne rien arranger il allait falloir qu'elle plante des pitons dans une paroi mouillée.

Levant les yeux sur eux, elle s'apercevait que Michael tenait un CD à la main. Il le montrait à Stuart, lui demandait : « Tu as déjà entendu sa musique ? » – et les premières mesures du *Concerto pour violoncelle* d'Elgar éclataient soudain, envahissant toute la montagne de leur sonorité magique.

Kate se réveilla en sursaut et tendit la main vers le téléphone. Quand Joanna décrocha, elle lui dit :

— Ils m'ont pris mon violoncelle, Jo. Je l'avais laissé dans la jeep. Mon violoncelle est chez les flics.

5

— RESTE ICI, dit Joanna. Ne retourne pas chez toi. Il ne faut pas que tu sois seule.

— La solitude ne me dérange pas, dit Kate. J'aime mieux être seule, en fait. Sans vouloir te vexer, Jo.

— Alors, ne reste pas à Londres. Va donc à Penarven. Ma proposition tient toujours.

— Le commissaire Webb a encore des questions à me poser.

— Pourquoi ?

— Parce que j'étais là quand c'est arrivé. Parce que j'étais au premier étage quand on a assassiné Michael au rez-de-chaussée. Webb pense qu'il y a des choses qui ne me sont pas encore remontées à la mémoire.

— Tu crois qu'il a raison ?

— C'est possible, après tout. Je ne sais pas comment j'ai fait pour ne pas me réveiller. En un sens, c'est ce qui me bouleverse le plus. Il y avait quelqu'un dans la maison, Michael en est mort, et moi je n'ai rien eu, tu comprends, pas la moindre égratignure. En venant chez toi, je me suis arrêtée dans une maison de la presse pour voir si c'était dans le journal. En voyant l'article, je me suis souvenue que j'étais dans la maison quand ça s'est passé et j'ai éclaté en sanglots. En plein milieu du magasin, *crac*, les grandes eaux. J'avais l'air fin, tiens.

Joanna versa du café dans leurs tasses, puis retourna au sandwich qu'elle était en train de confectionner pour Nathan. Joanna était ainsi faite. Il fallait toujours qu'elle s'active. Elle avait froid, comme si la température avait brusquement baissé de plusieurs degrés ; elle éprouvait cette sensation de froid depuis que Kate lui avait téléphoné, une heure auparavant.

— C'est sur moi-même que je pleurais, dit Kate. Sur l'idée que j'étais au premier pendant qu'on tuait Michael au rez-de-chaussée. Au premier, en train de roupiller. Que sans le savoir, je courais un danger terrible. Que ma vie était menacée. C'est ridicule. J'ai honte d'éprouver des sentiments pareils.

— Il n'y a pas de quoi avoir honte, dit Joanna. Dans un cas pareil, on a les réactions qu'on a, voilà tout. La morale n'a rien à voir là-dedans.

— Il y avait une zone pas possible dans la cuisine, Jo. De la vaisselle brisée, des objets jetés dans tous les sens. Apparemment, Michael s'est défendu. Une bagarre comme ça, ça fait du bruit. Comment ai-je fait pour ne pas me réveiller ?

— Tu as toujours dormi comme une souche, dit Joanna.

Elle ouvrit un tiroir, en sortit un petit trousseau de clés, le tendit à Kate.

— Tiens, voilà les clés, lui dit-elle. Si tu as besoin de solitude, c'est l'endroit idéal. Tâche d'y arriver de bonne heure, comme ça tu pourras aller au pub en attendant que la maison se réchauffe. La chaudière une fois mise en route, ça ne prend que deux petites heures.

— Je vais peut-être me laisser convaincre, dit Kate en prenant les clés.

Nathan fit une brève apparition, le temps de prendre possession de son sandwich.

— Il y a des conserves, des pâtes, du thé et du café au garde-manger, dit Joanna. Sinon, tu peux toujours rester ici avec moi. A toi de décider.

— Je pencherais plutôt pour les Cornouailles.

— Les flics doivent bien avoir une théorie, non ? demanda Joanna.

C'était la seconde question qu'elle avait posée quand Kate lui avait téléphoné. La première avait été : Tu n'as rien ? La seconde : Pourquoi ?

— Je leur ai parlé de l'article auquel il travaillait. Il disait que c'était de la dynamite. Et des coups de fil bizarres qu'il a reçus ce soir-là. Mais ça n'a pas eu l'air de les intéresser des masses.

— Ils en pensent quoi, alors ?

— Je n'en sais rien. Ils ne me l'ont pas dit. Webb est resté très vague.

Nathan regardait des dessins animés dans sa chambre, à l'autre bout du couloir. Chaque fois que la conversation s'interrompait entre les deux sœurs, le silence se peuplait soudain de bruits d'explosions, d'exclamations stridentes et de flonflons discordants.

Kate ouvrit le quotidien du matin qu'elle avait acheté à la maison de la presse et l'étala sur la table. L'article était en page deux. Son nom y figurait, à côté de celui de Michael.

— C'était sans doute un cambrioleur, dit Kate. Un junkie en quête d'argent liquide. Michael a entendu du bruit et il est descendu voir ce qui se passait.

Elle attendit que Joanna ait fini de lire l'article, puis elle lui dit :

— Je lui ai parlé. Je lui ai déballé tout ce que j'avais sur le cœur. Il a piqué une crise de rage. Il m'a tapé dessus.

— Je me demandais où tu avais attrapé ce coquard, dit Joanna en posant les yeux sur la joue contusionnée de sa sœur.

— Je n'aurais pas dû rester. Ce n'était vraiment pas mon intention.

Elle secoua la tête d'un air perplexe, comme si elle se demandait ce qui avait bien pu la pousser à agir ainsi.

— Je ne pouvais quand même pas lui faire ça.

Joanna prit sa sœur dans ses bras. Ce genre de contact physique était rare entre elles. Elles n'étaient pas très à l'aise. Chacune fixait le vide par-dessus l'épaule de l'autre.

— Je voudrais que ça ne se soit jamais produit, dit Kate. Ah si seulement je pouvais retourner en arrière.

— Vous n'êtes pas partie, dit le commissaire Webb.

Il était venu chez Kate pour bavarder un brin, comme il disait. Accompagné de l'inspectrice Tanner, qui avait pris place sur une chaise, raide, les genoux serrés. Webb examinait tous les objets de la pièce, comme un brocanteur à une vente aux enchères.

— Il vous a frappée, mais vous êtes restée. Vous avez passé la nuit avec lui.

— Vous avez mon violoncelle, dit Kate. Je l'avais laissé dans ma jeep. En temps normal, je le garde toujours avec moi. Je l'avais complètement oublié. Je n'avais pas la tête à ça.

— Il y est toujours, dit Webb. Mais notre parking est bien gardé, il ne craint rien. Si vous voulez le récupérer, il est à votre disposition, bien entendu. Mais vous n'avez pas répondu à ma question.

— Je ne voyais pas ce que j'aurais pu faire d'autre. Il était tellement bouleversé. Je ne voulais pas le pousser à bout.

— Mais vous n'aviez pas changé d'avis ?

— Non.

Le regard de Webb s'arrêta sur la photo de varappe.

— C'est vous ?

— Oui. Autrefois, j'étais...

— Vous avez fait l'amour avec lui. Vous avez eu des rapports sexuels.

— La situation n'était pas simple.

— Pourquoi êtes-vous restée si vous étiez allée le voir pour lui annoncer votre intention de rompre ? Pourquoi avez-vous fait l'amour avec lui ?

Kate jeta un regard en direction de Carol Tanner. L'inspectrice s'examinait les ongles. Quand elle se retourna vers Webb, elle sentit que la femme flic relevait les yeux.

— Il y a des moments dans la vie où on ne s'y retrouve plus, dit Kate. Ça ne vous arrive jamais ?

— Vous êtes allée chez lui pour lui annoncer votre intention de rompre. Il vous a agressée physiquement, et là-dessus vous avez fait l'amour avec lui. J'essaye de tirer ça au clair, c'est tout. De débrouiller l'écheveau.

— Je ne vois pas ce que je pourrais vous dire d'autre. Je me suis endormie, et à mon réveil...

— Sur le coup de trois heures du matin...

— ... Michael n'était plus dans le lit. Je suis descendue

59

au rez-de-chaussée pour voir ce qu'il faisait. Mais je vous ai déjà raconté tout ça.

— On ne sait jamais, lui dit Webb. Peut-être que quelque chose va vous revenir à l'esprit.

Kate était allongée dans son lit, tous les sens en alerte. Elle écoutait les bruits de la nuit et son regard passait des chiffres lumineux du réveil à l'ombre triangulaire que la porte entrebâillée dessinait sur le sol. Au bout d'une heure, elle se leva. Il était trois heures du matin. Elle fourra hâtivement dans son sac plusieurs pulls, deux ou trois jeans, quelques tee-shirts, une paire de grosses chaussures de marche. Tenant son sac d'une main et le blouson canadien de l'autre, elle descendit l'escalier, sortit de l'immeuble et monta à bord de sa jeep.

Vu l'heure, la circulation était des plus réduites. Les rues de Londres ne sont jamais vraiment désertes, mais les voitures responsables des embouteillages quotidiens étaient encore garées dans les allées des pavillons de banlieue. Comme toujours, la nuit londonienne lui montait à la tête et elle prenait des risques insensés, roulant à tombeau ouvert, ne ralentissant pas aux feux orange, brûlant même quelques feux rouges. Quand elle s'engagea sur l'autoroute, elle nageait en pleine euphorie. Là non plus, la circulation n'était pas très dense ; il y avait surtout des camions et des autocars. Cinq heures plus tard, Kate se retrouva sur l'étroit chemin de terre qui menait à la maison de Joanna. Elle était isolée sur une hauteur et adossée à un petit bois de chênes. Le village – Penarven – était à moins de deux kilomètres. En avant de la maison s'étendait un jardin en pente douce, d'où l'on avait vue sur une succession de champs descendant jusqu'à la mer.

Kate gravit en cahotant la bande de terrain raboteux qui longeait la façade latérale et gara la jeep derrière la maison, à côté d'une rangée de cabanes de jardin aux planches disjointes. La jeep est faite pour ce genre de terrain, se dit Kate. Tout à coup, elle ne lui semblait plus si excentrique que ça, hormis le vert turquoise de sa carrosserie. Elle ouvrit la porte, posa son sac par terre dans l'entrée, mit la chaudière en route, puis remonta à bord de la jeep et parcourut quinze kilomètres de plus pour gagner la ville la plus proche. Elle entra dans le premier troquet venu et commanda des œufs brouillés et du café. Après s'être restaurée, elle gagna le môle et marcha jusqu'à l'une des extrémités du port en demi-lune. Elle n'avait plus en face d'elle que les flots vert-de-gris battant la muraille anthracite. Le vent était d'une tiédeur enivrante, mais il soufflait avec violence, coiffant les vagues de petits chapeaux d'écume blanche.

Ce n'était qu'un rêve, se dit-elle. Ce n'est pas vraiment arrivé. Je lui ai dit que je ne voulais plus le voir, et je suis venue passer quelques jours en Cornouailles pour me remettre les idées en place, le laissant digérer ça à Londres.

Elle regagna le centre-ville, où elle avait laissé sa jeep. Il y avait beaucoup d'animation dans les rues à présent. Elle s'acheta du poisson frais, des légumes, du pain, des fruits et une bouteille de whisky. Elle se sentait bizarrement détachée de tout. Elle se dit qu'elle devait couver quelque chose, ou qu'elle avait l'esprit un peu dérangé. La seule chose qui la rendait heureuse, c'était que personne ne savait qui elle était, et que personne ne se souciait de le savoir.

6

L E COMMISSAIRE George Webb avait d'excellents équipiers. Ils travaillaient au coude à coude et faisaient peu d'erreurs. Tout le monde, patron compris, était tenu de laisser son ego au vestiaire. Les informations qu'ils rassemblaient, les hypothèses qu'ils formulaient, les preuves qu'ils réunissaient, étaient toujours mises en commun. Ils formaient une *communauté*, mot auquel Webb avait volontiers recours lorsqu'il haranguait ses troupes.

Le commissaire allait d'un bureau à l'autre, inspectant les panneaux d'affichage auxquels ses subordonnés avaient punaisé des photos, des diagrammes, des rapports d'enquête et des dépositions dont on avait souligné les passages les plus saillants. Il s'arrêta un peu plus longuement sur une photo couleur agrandie de la blessure de Michael Lester, puis sur un éclaté de la maison avec décomposition de toutes les taches de sang. Le sergent John Adams, attablé devant son ordinateur, passait au crible les témoignages des voisins.

Webb jeta un coup d'œil à l'écran.

— Qu'est-ce que ça donne ? demanda-t-il.

— Peau de balle, dit Adams. Y a que des grossiums dans cette rue. Ces gens-là ne passent pas leurs soirées devant la télé avec une bière et une pizza. Ils vont dîner dans le monde, ou si c'est eux qui reçoivent, leurs invités de la haute sont trop occupés à se bourrer le pif en gobant des œufs de caille pour s'apercevoir que quelqu'un est en train de se faire assassiner dans la maison voisine.

Webb s'esclaffa.

— Je viens d'avoir un petit entretien téléphonique avec madame Metcalf.

— La femme au chien ?

— C'est ça.

— Qu'est-ce qu'elle vous a raconté ?

— La même chose, avec quelques fioritures en plus. Il lui a flanqué une beigne, c'est sûr. Madame Metcalf a failli appeler la police.

— Pourquoi a-t-elle changé d'avis ?

— En le voyant passer des coups aux hurlements, elle s'est dit que ça n'était peut-être pas si grave. Et comme son chien avait un besoin urgent à satisfaire... C'est un très bon témoin. D'une solidité à toute épreuve.

Adams fit apparaître sur son écran une liste de documents – ceux que renfermait le disque dur de l'ordinateur de Michael Lester. Webb se pencha par-dessus son épaule pour l'examiner.

— Vous voyez, il n'y a que des trucs anodins, dit Adams. Apparemment, il n'a rien rentré depuis une bonne semaine. Tout ça date d'avant le 15 octobre.

— Et ses disquettes, on les a vérifiées ? demanda Webb.

— Encore aurait-il fallu qu'on en trouve, dit Adams. On a passé toute la maison au peigne fin. Pas plus de disquettes que de beurre au bout du nez.

Webb se redressa.

— Ça paraît étrange, bien sûr, mais il doit y avoir une explication. Peut-être qu'il les laisse à son bureau.

— Il a un bureau ?

— Ou ailleurs, je ne sais pas, moi.

Le commissaire tira à lui la chaise du bureau voisin et s'assit à côté d'Adams.

— Il se fait tard, dit-il.

Dans le langage de Webb, ça signifiait qu'il était temps de boire un coup. Adams ouvrit l'un des tiroirs de son bureau et en sortit une bouteille de scotch et deux verres. Tout en sirotant leur whisky, les deux hommes allumèrent chacun une cigarette. Imagine-t-on un flic sans une clope au bec ? Adams était un grand garçon anguleux et dégingandé, avec un menton tellement bleu qu'il faisait paraître ses lèvres aussi roses que celles d'un bébé.

— Tu as deviné ce que j'avais en tête, je suppose ? dit Webb.

Adams hocha affirmativement la tête.

— Vous pensez qu'il était fou d'elle, dit-il. Quand elle lui a dit qu'elle voulait le quitter, il l'a cognée. Elle n'est pas du genre à se laisser taper dessus sans réagir.

— Alors elle l'a tué, dit Webb en souriant.

— Non, là vous allez un peu vite en besogne. Il la cogne, pique sa crise, gueule un bon coup, puis se calme. Ça a l'air de se tasser, quoi. Elle se dit que c'est bonnard, qu'elle va pouvoir rentrer chez elle. Mais il n'est pas aussi calme qu'il en a l'air. Quand il la voit se diriger vers la porte, son sang ne fait qu'un tour. Il sait que si elle la franchit, c'est foutu pour lui. Il ne la reverra plus jamais. Donc, il lui barre la route. Elle est sa prisonnière.

— Il ferme la porte à double tour...

— La porte était grande ouverte.

— C'est elle qui l'a ouverte. Après l'avoir tué, son premier réflexe a été de s'enfuir...

— Mettons.

— ... à moins qu'elle ne l'ait ouverte pour faire croire que quelqu'un s'était introduit dans la maison. Un junkie qui voulait piquer le magnétoscope.

— Mettons.

— Elle est sa prisonnière. Elle essaye de passer en force. Ils en viennent de nouveau aux mains, cette fois c'est une vraie empoignade, un vrai corps-à-corps, il est fou de rage, il se dit qu'il va la perdre, que ce n'est plus lui qui occupe la première place dans ses pensées, qu'il a peut-être un rival...

— Du coup, il la baise.

— Il la prend de force. La viole.

— Dans sa version à elle, ils ont fait l'amour.

— Mais en réalité, c'était un viol. Donc c'était... tu formulerais ça comment, toi ?

— De la légitime défense. Si j'étais elle, j'aurais invoqué la légitime défense.

— Ce n'était pas prémédité.

— D'abord, elle se contente de le menacer : « Ne me touche plus, compris ! » Il l'a violée. De ce côté-là, c'est réglé. En tout cas pour l'instant... Mais elle veut se barrer, bien sûr.

— Sauf qu'il ne veut toujours pas la laisser passer.

— Il faut qu'il l'empêche de sortir, il n'a pas le choix. Il ne voit pas d'autre solution, du moins pour le moment. Il est toujours aussi à cran. S'il la laisse s'en aller, ça tournera mal pour lui d'une manière ou d'une autre.

— Elle se précipite dans la cuisine, se dirige vers la porte. Il la rattrape, lui barre le chemin, la repousse.

— Elle prend un couteau sur la table, le brandit d'un air menaçant en lui disant : « Laisse-moi passer, sinon... »

— Et là, il se jette sur elle.

— Exactement.

— Pour lui arracher le couteau des mains.

— C'est ça.

— Oui... C'est curieux que tu voies les choses de cette façon, dit Webb. Car de mon côté, j'étais parvenu sensiblement aux mêmes conclusions.

Adams éteignit son ordinateur et remit du scotch dans leurs verres.

— Bon, mais est-ce qu'on a des preuves ?

— Non. Des présomptions, tout au plus. Peut-être que le rapport du labo sera un peu plus parlant.

Webb jeta un regard circulaire sur la salle, comme s'il s'attendait à ce que des pièces à conviction se matérialisent comme par magie.

— Qu'est-ce que tu verrais, comme hypothèse de rechange ?

— Le junkie qui voulait piquer le magnétoscope ?

Webb éclata de rire.

— Evidemment, dit-il. Si tu n'as rien de mieux à suggérer, il ne nous reste plus qu'à attendre le rapport du labo. Tâche de les faire activer un peu.

Il se leva, étira ses membres fourbus, puis éclusa le fond de scotch qui restait dans son verre.

— L'enquête ne fait que commencer, dit-il. Toutes les hypothèses restent ouvertes.

— Vous voulez que je la fasse cuisiner par quelqu'un d'autre ? demanda Adams.

Webb secoua négativement la tête et bâilla.

— Pas la peine, dit-il. Laissons-la mariner dans son jus.

Kate était sans cesse assaillie de rêves. Aussitôt qu'elle fermait l'œil, elle se mettait à rêver. Elle se réveillait, se rendormait, et le rêve recommençait. Tantôt le même, tantôt un autre. Michael ne figurait dans aucun d'entre eux, mais c'étaient tous des rêves de mort.

Au bout du quatrième cauchemar, elle se leva, descendit l'escalier et passa dans la cuisine. Comme elle avait allumé toutes les lumières, la maison éclairait la campagne alentour : la cour de derrière, le jardin, le pré au-delà du jardin. Elle dénicha une torche électrique, enfila le blouson canadien, tira le verrou et sortit. Elle suivit l'allée jusqu'au bout, puis descendit jusqu'à la mer, à travers prés. Les images de ses rêves la poursuivaient, parant la nuit d'étranges couleurs.

La lune était pleine aux trois quarts et le vent soufflait fort. Kate s'assit au bord de la falaise, rentrant la tête dans les épaules pour mieux résister aux rafales. Quand elle ferma les paupières, elle vit les yeux de Michael – son regard fixe, ses pupilles se voilant. Elle vit ses lèvres arrondies en un O parfait, ses joues éclaboussées de sang. Son visage se rétractait, s'effaçait peu à peu ; le dernier fil qui le retenait à la vie était à deux doigts de se rompre.

Elle parcourut près de deux kilomètres sur un étroit sentier à chèvres, avec pour seul guide la pâle réverbération de la lune sur les flots. Des ronces agitées par le vent la frôlaient dangereusement. Ça lui faisait du bien d'être seule dans cette campagne perdue, loin de Londres, loin des gens qu'elle connaissait.

De loin en loin, elle entendait des bruits furtifs dans les fourrés, des cris inarticulés. Émergeant enfin de l'interminable tunnel de ronces, elle se retrouva dans un pré. Voltant soudain sur eux-mêmes, deux chevaux effrayés par cette apparition subite s'enfuirent dans la nuit, martelant le sol de leurs sabots.

Ses visions intérieures l'absorbaient tant qu'elle ne leur prêta qu'une attention distraite.

Quand elle l'avait retiré, le couteau avait émis une espèce d'étrange couinement. Oui, il avait grincé. La lame avait jailli à l'air libre et les lèvres de la plaie s'étaient retroussées.

On aurait dit que les yeux de Michael, son visage tout entier étaient recouverts d'une gaze. Peu à peu, la gaze s'épaississait, ses traits devenaient de plus en plus flous, leur expression de plus en plus indéchiffrable. Ténèbres s'étalant rapidement.

Kate parvint à un poste d'observation de la garde côtière, petite guérite de béton entourée, Dieu sait pourquoi, d'une clôture de pieux. Elle décida qu'il était temps de rebrousser chemin, comme si la guérite avait marqué pour elle une limite à ne pas franchir.

Avec toutes ses lumières allumées, la maison lui servit de fanal. Elle accrocha le blouson canadien à la patère de la porte de la cuisine, ôta ses chaussures et s'allongea sur le canapé. Aussitôt, elle sombra dans le sommeil. Et aussitôt les rêves lui revinrent.

Comme si elle n'en avait jamais vraiment émergé.

7

— EH LÀ, pas si vite, dit Stuart Donnelly. Je crois que vous ne m'avez pas très bien suivi. Il est vrai que je m'y perds un peu moi-même. Mais Kate Randall n'est pas ma cliente.

— Ah bon ? dit Webb. Quand vous êtes venu la récupérer, j'ai pensé que...

— Non. Je suis, ou plutôt j'étais, un ami de Michael Lester. On a travaillé ensemble dans le temps, et il nous arrivait de nous voir socialement. C'est comme ça que j'ai connu Kate.

— Vous n'êtes pas son avocat ?

— Non.

La secrétaire de Donnelly leur avait apporté du café. Webb n'en finissait pas de remuer le sien.

— Pourriez-vous néanmoins me dire où elle est ?

— Vous avez essayé de la joindre ?

— Bien sûr.

— Et il n'y a personne chez elle ?

— Non.

— Vous voulez que je vous donne l'adresse de sa sœur ?

— Je veux bien, oui, dit Webb.

Il lâcha sa cuillère et fit mine de sortir un stylo, mais Donnelly était déjà en train de lui noter les coordonnées de Joanna sur un bout de papier, qu'il lui tendit par-dessus son bureau.

— Je l'ai avertie que vous auriez sans doute d'autres questions à lui poser.

— C'est fait, dit Webb. Nous nous sommes déjà revus.

— Avez-vous avancé dans votre enquête ?

Webb haussa les épaules.

— Oui, nous avons fait quelques petits progrès.

— Et ça en est où ?

— Nous allons l'inculper de meurtre.

Un moment, Donnelly dévisagea le commissaire sans rien dire, comme s'il n'avait pas très bien saisi le fil de son discours.

— Kate Randall ? s'exclama-t-il en riant. En voilà une idée !

— Pourquoi dites-vous ça ? Ça vous paraît si invraisemblable ?

— Je n'y avais pas pensé une seconde, je dois l'admettre.

Donnelly regarda par la fenêtre, comme s'il s'était attendu à voir Kate passer en courant de l'autre côté, l'air coupable.

— Vous allez vraiment faire ça ?

— Oui.

— Pourquoi m'en informez-vous ?

— Elle va avoir besoin d'un avocat, elle vous connaît, vous avez déjà une certaine familiarité avec l'affaire... Et surtout, il y a des chances qu'elle essaye de vous contacter. Si tel est le cas, vous pourrez me dire où elle est, ou la prier de venir me voir de ma part.

— Mais sans lui dire que vous avez l'intention de l'inculper de meurtre ?

— Évidemment.

— De quels éléments disposez-vous ? demanda Donnelly.

Tout à coup, il se comportait en avocat.

— Nous avons des indices matériels concordants. Des témoignages. Et un mobile tout trouvé.

Webb, lui, se comportait en flic.

— Mais pour moi le fait saillant, c'est que cette hypothèse est de loin la plus crédible, reconnaissez-le.

— Comment ça ?

— Une querelle d'amoureux. Les affres de la passion. On perd tout sens de la mesure.

69

— Un cambriolage qui tourne mal, c'est banal aussi, objecta Donnelly.

— Jetez un coup d'œil par la fenêtre, dit Webb. Je vous parie que le prochain oiseau qui passera devant sera un pigeon. Ça pourrait être un albatros, soit, mais à mon avis il y a infiniment plus de chances que ce soit un pigeon.

Il sourit et porta sa tasse de café à ses lèvres.

— Les scènes de ménage qui finissent dans le sang, on voit ça tous les jours.

— Kate vous a sans doute parlé de l'article auquel Michael travaillait, dit Donnelly. Ce garçon avait beaucoup d'ennemis.

— Non, elle ne m'en a pas parlé.

— Non ?

— Enfin, elle m'a bien parlé d'un article, mais elle n'a rien pu me dire de sa teneur, vu qu'elle en ignorait tout. Et puis qui sait si cet article existait vraiment ? A part elle, personne n'en a fait état.

Webb s'interrompit un instant, hocha la tête et reprit :

— Les journalistes se font des ennemis, bien sûr. Moi par exemple, j'ai une dent contre certains d'entre eux. Mais on ne poignarde pas quelqu'un parce qu'il a dit du mal de vous dans un article. Vous avez déjà vu ça, vous ?

— Michael avait dû prendre des notes... rassembler des documents pour...

— On y a pensé, bien sûr. Mais son ordinateur ne nous a rien révélé. En fait, il ne s'en était pas servi depuis un bon moment. Nous n'avons retrouvé aucune disquette, aucun brouillon écrit. Apparemment, il n'était guère productif ces temps-ci.

— Vous allez l'inculper de meurtre, ou d'homicide par imprudence ?

— Ça, c'est le procureur qui en décidera.

Webb avala d'un trait le reste de son café.

— Alors, si jamais elle vous appelle...

— Entendu, dit Donnelly, mais à mon avis vous vous mettez le doigt dans l'œil jusqu'au coude.

— Quoi, maître, vous contestez déjà ? dit Webb. Nous ne sommes pas encore au tribunal.

Joanna s'assit, se releva, se couvrit la bouche d'une main.

— Allez-vous-en, dit-elle. Allez-vous-en, je vous en prie.

Elle semblait à deux doigts de fondre en larmes.

— Nous partons, dit Webb, ne craignez rien.

Il se dirigea à reculons vers la porte, et l'inspectrice Tanner lui emboîta le pas. Par la fenêtre, Joanna aperçut une fourgonnette noire garée le long du trottoir. Un type casqué, vêtu d'un épais blouson sans manches, traversa sa pelouse et disparut derrière la maison. Trois autres suivirent le mouvement.

— Nous allons partir, mais laissez-nous d'abord jeter un petit coup d'œil, ça nous rendrait service.

— Pas question. Allez-vous-en, c'est tout.

— Sinon, nous reviendrons dans une heure pour effectuer une perquisition en règle. Et à ce moment-là, nous pourrons nous passer de votre consentement.

— Mon fils est au premier. Il a six ans. Il n'a pas pu aller à l'école aujourd'hui. Il est grippé. Il est au lit, avec de la fièvre.

— On lui dira que je suis venu relever vos compteurs, dit Webb. Moi, je suis gentil avec les enfants.

Il fit un geste en direction de la rue.

— Sinon, tout à l'heure, je vous enverrai mes gars. Je vous préviens, c'est pas des tendres. (Il s'esclaffa.) Même moi, j'en ai peur.

Webb, Carol Tanner et un troisième policier montèrent à l'étage. Joanna ne les quitta pas d'une semelle. Ils entrèrent dans la chambre de Nathan. L'enfant dormait. Webb jeta un coup d'œil dans son placard, puis tira de sous son lit l'espèce de campement qu'il s'y était constitué : un vieux duvet, quelques cartons, des peluches, des gâteaux secs qu'il avait chapardés. Joanna fusillait Webb du regard. Elle l'aurait tué. Elle aurait voulu qu'il soit frappé de la lèpre et qu'il tombe mort. Au moment où ils se dirigeaient vers la porte, Nathan se réveilla et regarda Webb avec de grands yeux. Le commissaire fit semblant de ne pas le voir.

Au rez-de-chaussée, les flics casqués s'étaient regroupés devant la porte, prêts à sortir. Dans l'entrée, Webb se retourna vers Joanna, un large sourire aux lèvres.

— Si votre sœur vous contacte, la loi vous oblige à nous

71

en avertir, dit-il. Si vous ne le faites pas, vous risquez des poursuites. Vous m'avez bien compris ?

Joanna le regarda droit dans les yeux et lui répondit :

— Comment avez-vous pu vous mettre une idée pareille dans le crâne ? C'est complètement idiot.

Webb détourna les yeux, et son regard s'arrêta sur l'un des cadres accrochés au mur de l'entrée, juste derrière Joanna. C'était un grand sous-verre dans lequel on avait placé côte à côte une série de photographies de petit format.

— Où ont-elles été prises, ces photos ?

Il s'en approcha, contournant Joanna. Nathan venait de surgir en haut de l'escalier. Il s'arrêta brusquement en voyant les casques et les uniformes. En plus, les hommes casqués avaient des revolvers à la ceinture.

— C'est là que vous passez vos vacances ?

C'étaient des photos de Joanna, Nathan et Nick au temps où ils formaient encore une famille, des photos de Joanna et de Nathan sans Nick, des photos d'amis et de familiers. Toutes avaient été prises à Penarven. On y voyait la maison, le jardin, le petit bois de chênes. Il y avait aussi plusieurs photos de Kate : Kate prenant le soleil, coiffée d'un chapeau de paille, Kate chaudement vêtue pour aller en promenade, l'hiver, Kate debout au-dessus d'un barbecue fumant.

— Votre maison est au bord de la mer ?

— Elle est en Cornouailles. Du côté de Penarven.

— N'oubliez pas, hein, lui dit Webb en lui tendant sa carte. Si elle téléphone, si elle débarque chez vous, ou si la mémoire vous revient tout à coup...

— Puisque je vous dit que je ne sais pas où elle est. Je croyais qu'elle était chez elle.

Avant de sortir, Webb adressa à Nathan un signe du bras accompagné d'un sourire jovial, et le garçonnet lui rendit son salut.

Quand Donnelly appela, dix minutes après le départ des policiers, Joanna était dans la cuisine, préparant le déjeuner de Nathan.

— Si vous savez où est Kate, vous avez eu tort de le garder pour vous, lui dit l'avocat.

— Si je le savais, je ne le leur dirais pas. En tout cas, pas sans demander l'avis de Kate. Pourquoi voulez-vous que je fasse une chose pareille ? Il ne m'inspire pas confiance, ce Webb. Je ne peux pas...

Elle s'interrompit et posa le téléphone. La voix de Donnelly s'éloigna. Elle lui cria :

— Ne quittez pas, je reviens tout de suite.

Elle s'appuya des deux mains au plan de travail. Elle avait le souffle court, la tête lui tournait, son cœur battait la chamade. Elle resta une bonne minute ainsi, sans faire le moindre geste. Quand elle reprit le téléphone, Donnelly était toujours au bout du fil.

— Ça ne tient pas debout, lui dit-elle. Vous vous en rendez sûrement compte, vous qui connaissez Kate.

— Quand une personne est accusée de meurtre, ses proches disent toujours ça, je vous le signale, dit Donnelly. Ils sont tous intimement persuadés de son innocence. Sauf lorsqu'il s'agit de criminels endurcis, bien sûr. Mais ces gens-là forment une classe à part.

— Maintenant qu'ils sont partis, j'ai l'impression que ça ne m'est pas vraiment arrivé, que j'ai eu une hallucination.

— C'est compréhensible, dit Donnelly.

Joanna resta silencieuse un moment. Fallait-il lui dire la vérité ou pas ? Elle avait une étrange sensation de dédoublement, comme si la Kate que recherchait la police avait été une autre Kate, comme si la Joanna qui parlait au téléphone avec Stuart Donnelly avait été une autre Joanna. Dans la vie ordinaire, on n'est jamais prêt à affronter les situations de ce genre.

— Que dois-je faire ? demanda-t-elle.

— Est-ce que vous savez où est Kate ?

— Oui. Enfin, disons que j'en ai une vague idée. Je ne leur ai pas vraiment menti.

— Vous ne leur avez pas dit toute la vérité non plus. Vous ne leur avez pas parlé de votre vague idée.

— Non.

— Vous auriez dû.

— Mais Webb a deviné, je crois. Quand il a vu des photos de notre maison des Cornouailles, ça lui a mis la puce à l'oreille. Il m'a posé un tas de questions.

— Vous croyez que c'est là qu'elle se trouve ?

— Qui sait, peut-être qu'elle est en France. Ou en Pologne. Ça devait être la première étape de sa tournée, et c'est un pays qu'elle avait très envie de connaître. A moins qu'elle ne soit allée faire du ski quelque part. Elle en parlait aussi.

— Mais vous pencheriez plutôt pour les Cornouailles ?

— Ça me paraît plus plausible.

— Vous devriez le dire aux flics.

— Si je ne le fais pas, vous vous en chargerez, c'est ça ?

— Certainement pas. Si vous ne savez pas où est votre sœur, comment est-ce que je le saurais, moi ? Et d'ailleurs, ils ne m'ont rien demandé.

— Qu'est-ce que vous auriez fait à ma place ? S'ils vous l'avaient demandé ?

— Je leur aurais dit la vérité.

— Sans avertir votre sœur au préalable ?

Il y eut un long silence.

— Allô ? fit Joanna.

— Cette conversation n'a jamais eu lieu, Joanna. Nous ne nous sommes pas parlé.

Kate était allée à pied au village pour faire des courses, mais elle s'était bien gardée d'acheter le journal. Sur le chemin du retour, il se mit soudain à pleuvoir. Le vent faisait remonter de la mer des giboulées glaciales, qui cinglaient la falaise et s'abattaient en biais sur le sentier. Quand elle poussa la porte, le téléphone sonnait. La sonnerie s'arrêta avant qu'elle ait eu le temps de décrocher. Kate rangea ses victuailles au frigidaire et mit la machine à café en route. Elle ne savait plus ce qu'elle avait fait de son portefeuille. Ce sacré blouson avait tellement de poches. Elle les tâta l'une après l'autre et sa main rencontra un objet dur. Elle retourna le blouson, tira la fermeture Éclair de la poche secrète et c'est ainsi qu'elle découvrit la disquette, dont l'étiquette annonçait : « La dynamite – tu te rappelles ? » Alors qu'elle buvait son café en se demandant

74

comment cette disquette était arrivée dans sa poche, le téléphone sonna de nouveau.

Elle écouta les explications de sa sœur pendant un peu plus d'une minute, puis la pria d'attendre un instant, posa l'appareil et se dirigea vers la fenêtre, à l'autre bout du living. Dehors, le sentier était désert. Des goélands planaient au ciel, se laissant paresseusement porter par le vent. Derrière eux, des nuages d'un blanc sale couraient à toute allure.

Kate revint sur ses pas et saisit de nouveau le combiné. Chose étonnante, elle se sentait parfaitement calme.

— Pourquoi croient-ils ça, Joanna ? demanda-t-elle. Qu'est-ce qui leur en a donné l'idée ?

— Ils ne me l'ont pas dit. D'après Stuart Donnelly, ils disposent de suffisamment d'éléments pour t'inculper.

— Si je comprends bien, ils ne vont pas tarder à débarquer ici.

— Webb a tout deviné en voyant les photos, j'en mettrais ma main à couper.

— Ils ne t'ont pas demandé l'adresse de la maison ?

— Non.

— Ils la trouveront sans peine en s'adressant aux habitants du village, ou au constable du coin.

— Ils m'ont quittée vers midi, dit Joanna. Il leur faudra bien quatre heures pour... (Elle s'interrompit, et ajouta :) Mais non, suis-je bête. Dans les Cornouailles aussi il y a des flics.

Les deux sœurs restèrent silencieuses un moment, puis Joanna dit :

— Ça n'a pas l'air de t'angoisser plus que ça.

— Bien sûr que ça ne m'angoisse pas. C'est trop absurde. Où sont-ils allés chercher une idée pareille ?

— C'est ce que je leur ai dit. Qu'est-ce que tu vas faire ?

— Je vais les attendre. Que veux-tu que je fasse d'autre ?

Kate s'attabla dans la cuisine et s'abîma dans la contemplation de la pluie qui s'abattait sur la pelouse derrière la maison, hachurant le ciel de zébrures obliques. Sa violence s'apaisa soudain, puis elle cessa complètement. Le sol était boueux, détrempé.

Kate emballa la disquette dans un sachet en plastique pour congélateur et la dissimula dans une saillie de la cheminée, à droite du foyer.

Ensuite elle passa dans le living et s'installa dans un fauteuil face à la fenêtre, à un endroit d'où elle avait vue sur le sentier. La pluie qui débordait de la gouttière traçait des sillons sur la vitre avec une régularité d'horloge, un peu hypnotique.

Elle essaya de se mettre dans la peau des flics, de voir les choses à leur manière, d'imaginer les hypothèses qu'ils avaient élaborées entre eux.

La querelle éclate. Michael lui tape dessus. Il pleure, la supplie, mais elle persévère... Les choses ont l'air de se tasser, mais dans la cuisine une nouvelle empoignade a lieu. Michael est de plus en plus brutal, Kate de plus en plus terrifiée.

Il s'avance vers elle, la menaçant du poing. Elle s'empare du couteau...

Après une violente querelle, Michael et Kate se retrouvent au lit. Elle comprend soudain son erreur, le repousse avec dégoût, se rue hors de la chambre, dévale l'escalier.

Michael la rattrape dans la cuisine. Elle s'empare du couteau.

Ce n'était pas prémédité. *Je ne voulais pas le tuer.*

Un pur réflexe, pour se protéger de lui, pour lui échapper.

Je ne voulais pas le tuer.

Ce n'était pas si invraisemblable que ça, elle le voyait à présent. Il suffisait de raisonner à leur manière. De leur point de vue, ça tenait debout.

Réfléchir posément à tout cela, voilà ce dont elle avait besoin. Mais pour réfléchir il faut du temps, et le temps lui était compté.

Elle s'efforça d'imaginer la suite. Elle se vit à l'arrière de la voiture de police qui la ramenait à Londres. Puis en cellule. *Non, je ne peux pas me laisser faire ça.* L'instruction, le procès. Une affaire comme celle-là, ça prend un temps fou. Des mois. *Non, c'est impossible...* Le procureur montant soigneusement son dossier. « Ils ont suffisamment d'éléments », avait dit Donnelly à Joanna. *Non, je ne peux pas, je ne peux pas.*

Réfléchir. Il faut réfléchir. Le temps presse.

En fin de compte, ses réflexions ne l'avancèrent pas à grand-chose, car quand elle les aperçut sur le sentier, quand elle vit les deux voitures noires et le fourgon qui fermait la marche, quand elle vit les hommes en armes qui s'approchaient de la maison, sanglés dans leurs uniformes bleus, quand elle vit tout ce remue-ménage, c'est l'instinct qui fut le plus fort.

Mue par une impulsion subite, elle enfila le blouson canadien, se faufila dehors par la porte de derrière, courut jusqu'à sa jeep, monta à bord, mit le contact et démarra sur les chapeaux de roues. A toute allure, elle traversa le champ qui grimpait vers le bois de chênes. La limite de la propriété de Joanna était marquée par une simple clôture en fil de fer, avec une grille de treillis. Le lourd pare-chocs en acier de la jeep défonça la grille et Kate se retrouva sur un terrain en pente, cahotant entre les rochers, dérapant dans la boue et l'herbe détrempée, le long de la lisière du bois, cherchant un passage.

Je ne peux pas les laisser me faire ça. Je ne le supporterais pas.

Les deux voitures de police remontèrent l'allée du jardin et se lancèrent à sa poursuite. Elles gravirent l'escarpement dans de furieux rugissements de moteur. Elles roulaient en première, dérapant sur l'herbe glissante, faisant des détours pour éviter les ornières. C'était assez périlleux. La voiture de tête plongea dans un creux, coinçant sa roue avant. Le choc fut si violent que le conducteur se mordit la langue. Il poussa un hurlement et se couvrit la bouche d'une main tout en essayant désespérément de braquer de l'autre. Il tenta d'accélérer, mais ses roues patinaient dans le vide. Il passa en marche arrière, revint en première, repassa en marche arrière, mais rien n'y faisait, pas moyen de se libérer. La seconde voiture le contourna et poursuivit son ascension, soulevant des gerbes boueuses. Elle coinça entre ses roues avant la grille que la jeep avait enfoncée et continua en creusant un sillon, comme une charrue. Puis, tournant sur elle-même, la grille se logea sous le châssis.

La voiture stoppa et un policier en descendit. Il se précipita vers l'avant et essaya de dégager la grille. Le conducteur essaya de reculer pour lui faciliter les choses et la voiture se mit à glisser. La pente l'entraîna sur une dizaine de mètres.

L'inspecteur qui dirigeait les opérations s'était posté derrière la maison. Il s'appelait Jim Sorley et il était en uniforme, comme les autres.

— Elle a pris la fuite, annonça-t-il dans son téléphone portable. Mes hommes se sont lancés à sa poursuite.

« Lancés », façon de parler. La première voiture avait réussi à se dégager et la seconde avait repris sa lente escalade, mais Sorley ne se faisait guère d'illusions sur l'issue de la « poursuite ». Il sollicita donc le bouclage de tout le secteur, avec barrages routiers, et demanda qu'on lui envoie un hélicoptère.

La première voiture avait atteint la lisière du bois à présent. La seconde opéra un prudent demi-tour et redescendit vers la maison. Sorley remonta à bord et tandis qu'ils roulaient en direction du sentier, il contacta la première voiture par radio. Ses hommes avaient aperçu la jeep au loin ; ils lui donnèrent ses coordonnées approximatives.

— Et merde ! s'exclama-t-il avant d'ajouter à l'intention du chauffeur : Mets la gomme, il ne faut pas qu'on la rate !

Dès qu'ils eurent atteint le sentier, le chauffeur conduisit pied au plancher, alluma son gyrophare et fit hurler sa sirène.

La pluie s'était remise à tomber. Sur la hauteur, la première voiture avait fait demi-tour. Hésitant à s'engager sur la pente, son chauffeur progressait centimètre par centimètre, comme un nageur qui tâte l'eau du bout de pied. La jeep de Kate fonçait à travers un pré, ses grosses roues crantées soulevant des gerbes d'eau boueuse. Apparemment, elle comptait rejoindre une petite route de campagne, à un peu plus de deux kilomètres de là. La voiture de police amorça une descente prudente, dérapa dangereusement, redressa tant bien que mal, continua en biais sur une vingtaine de mètres puis effectua un tour complet sur elle-même et percuta un arbre. Entre-temps, la jeep avait atteint son but. Elle se hissa le long d'un talus, roues arrière chassant, retomba sur la route et disparut.

Assis à l'arrière de la seconde voiture, Sorley avait déplié une carte d'état-major. Après l'avoir consultée, il formula quelques réflexions à voix haute :

— Elle ne sait probablement pas où elle va. Mais à moins d'être complètement idiote, elle doit se douter que nous finirons par la prendre en étau. Tôt ou tard, il faudra qu'elle abandonne la jeep. Où ira-t-elle après ? Qu'est-ce que tu ferais à sa place ?

La question s'adressait au jeune flic qui occupait le siège du passager. Le regard rivé à la route, où les piquets de clôture défilaient dans un flou indistinct, il frémissait à chaque virage, se crispait à chaque carrefour.

— Je ne vois que deux solutions possibles, répondit-il sans se retourner. Ou bien j'essayerais de faire du stop, ou bien je me planquerais quelque part pour tâcher de faire le point.

Sa voix était un poil trop aiguë et chevrotait légèrement.

— Si elle continue dans la même direction, elle atteindra l'autoroute d'ici un quart d'heure. Mais y arrivera-t-elle ?

La radio leur apprit qu'un hélicoptère venait de se joindre à la traque.

— Ce coup-ci, elle est cuite, dit le jeune flic. Elle ne peut plus nous échapper.

— T'as raison, dit Sorley. Elle est bonne comme la romaine.

Ils roulaient à tombeau ouvert sur une chaussée exiguë, entre des haies. Un nid-de-poule leur fit faire une dangereuse embardée. Le chauffeur frôla une haie, redressa in extremis, frôla la haie de l'autre côté, repartit en ligne droite. Il s'amusait comme un fou, se délectant en secret de la situation.

Après avoir suivi la route sur deux kilomètres, Kate aperçut un large champ clôturé fermé par une claie. Elle s'arrêta, descendit de voiture, ouvrit la claie, passa de l'autre côté, la referma. Le champ était en pente et, connaissant la topographie locale, elle en conclut qu'il descendait vers la mer. Conduisait-il aussi au village ? Elle n'en était pas certaine. Pourquoi avait-elle quitté la route ? Elle n'en était pas très sûre non plus. Tout ce qu'elle savait, c'était que ça lui éviterait de tomber sur un barrage. Dans ces cas-là, les flics en installent toujours. Elle n'avait qu'une idée en tête : gagner du temps. Elle s'imagina dans une cabine de téléphone, appelant le commissaire Webb pour tenter de négocier avec lui. Lui jurant ses grands dieux qu'en dépit de tout ce qu'il pouvait penser elle n'avait pas tué Michael. Exigeant qu'il énumère pour elle les fameuses « preuves » dont il prétendait disposer.

La jeep chassait un peu sur le terrain détrempé, mais elle n'avait pas de peine à la contrôler. Elle se dit qu'elle planquerait son véhicule quelque part, pas trop loin du village, et qu'ensuite elle le gagnerait à pied et tâcherait de trouver un conducteur complaisant pour l'emmener loin d'ici. Sur ces entrefaites, elle gravit un monticule et en arrivant de l'autre côté sentit le sol s'effacer sous elle.

C'était un fossé assez profond, ou peut-être une excavation consécutive à l'arrachage d'une haie. L'avant de la jeep se souleva, puis elle plongea dans le vide la tête la première. La ceinture de sécurité plaqua Kate contre son siège, lui coupant la respiration. Le moteur cala et la jeep resta plantée à la verticale, en équilibre précaire. Cet équilibre ne se rompit que quand Kate remit le contact et essaya de redémarrer. Elle ne pouvait compter que sur ses roues avant, puisque ses roues arrière étaient en l'air, patinant dans le vide. Les roues se mirent à brasser la boue, la faisant remonter sous le châssis, puis la jeep eut un sursaut et se retourna lentement. Le toit entra en contact avec le sol dans un grincement de tôle froissée, oscilla une ou deux fois sur lui-même puis ne bougea plus. Kate resta un long moment immobile, essayant de reprendre son souffle, s'efforçant de réprimer la nausée qui lui soulevait l'estomac.

A la fin, elle déboucla sa ceinture et fit passer ses jambes sur le siège du passager. Une fois allongée, elle n'eut plus qu'à tendre la main pour atteindre la poignée de la portière. Elle l'actionna, poussa. La portière s'entrebâilla, puis resta coincée. Kate ramena ses jambes sur sa poitrine et shoota dedans de toutes ses forces. Avec un raclement sinistre, la portière céda enfin.

A l'instant où elle émergeait de l'épave, elle perçut le

vrombissement des rotors. Le vacarme était assourdissant, mais l'hélicoptère n'était pas si près que ça. Il était à un kilomètre de là et tourné dans le mauvais sens, mais à moins d'une chance extraordinaire les flics n'allaient pas tarder à la repérer. C'était un hélicoptère de petit format, avec un habitacle juste assez grand pour contenir deux hommes. On aurait dit une grosse libellule. A l'autre extrémité du champ, il y avait encore un petit bois touffu, où dominaient les chênes verts et les hêtres. Jouant le tout pour le tout, Kate partit au galop dans sa direction.

Pendant sa course, elle ne se retourna pas une seule fois. Elle atteignit le bois, se dissimula dans un fourré et inspecta le ciel de sa cachette. L'hélicoptère, partiellement masqué par un nuage, était en train de faire demi-tour, les pales de ses rotors étincelant au soleil. Apparemment, le pilote avait décidé de se diriger vers la mer, sans doute pour explorer les petites criques rocheuses le long du rivage. *Peut-être qu'ils vont me rater,* se dit Kate, pleine d'espoir. Au moment même où cette idée lui passait par la tête, l'hélicoptère vira brusquement de bord et fonça droit sur le champ. Il resta un moment en suspens au-dessus de la jeep retournée, puis décrivit un cercle au-dessus du bois.

Kate plongea tout au fond de son fourré. Elle ne voyait plus le ciel, mais elle sentait la présence de l'hélicoptère au-dessus d'elle. Elle avait l'impression d'être une musaraigne poursuivie par un rapace. Quand le vacarme s'éloigna, elle se risqua à jeter un œil dehors et vit que l'appareil allait et venait en rase-mottes au-dessus du champ, cherchant un endroit où se poser. Le terrain étant décidément trop incliné, le pilote s'approcha le plus près possible de la jeep, et quand il ne fut plus qu'à un mètre du sol, juste au-dessus du fossé où gisait l'engin retourné, son passager ouvrit sa portière, s'accrocha à l'un des patins d'atterrissage et se laissa glisser à terre.

Le sous-bois bruissait au vent et baignait dans une étrange lumière verdâtre. Entre les arbres, il y avait juste assez d'espace pour avancer au petit trot, en louvoyant entre les fourrés et les drageons. Kate trouva vite son rythme habituel, celui qu'elle prenait trois fois par semaine sur le tapis roulant de sa salle de gym. Exercice qui lui avait appris à doser son effort et à économiser son souffle.

Peu à peu, ses idées s'éclaircissaient – c'est l'un des avantages de la course à pied. Elle comprit que ses chances d'arriver au village étaient désormais des plus réduites. L'hélicoptère ne l'avait pas repérée, mais les flics n'auraient aucun mal à évaluer la distance qu'elle avait parcourue depuis l'accident. Elle ne pouvait pas être très loin et ils le savaient. Ils allaient passer le secteur au peigne fin, bloquer toutes les issues, vérifier toutes les cachettes possibles. Les routes seraient surveillées, surtout celles qui menaient au village. Ils inspecteraient les granges et les cabanes isolées, posteraient des hommes à l'entrée de tous les restauroutes, de tous les relais pour routiers, organiseraient des battues dans les bois.

D'instinct, elle avait déjà pris sa décision. Evitant spontanément de remonter vers les terres cultivées, dédaignant les sentiers qui auraient pu la conduire au village, elle avait pris la direction du littoral. De l'endroit où elle était, la mer était invisible, mais la distance qui l'en séparait ne devait pas excéder deux kilomètres. L'instinct qui l'avait poussée à se diriger vers la mer lui suggérait aussi ce qu'il fallait faire à présent. Certes, il n'y avait pas d'issue possible, aucun moyen d'écarter définitivement le danger qui la menaçait. Mais, comme n'importe quel animal, elle avait tout au fond de son cerveau l'image d'un terrier : il fallait trouver un trou, aussi petit et obscur que possible, s'y blottir, ne plus bouger, ne plus faire le moindre bruit, et attendre que le prédateur se décourage et passe son chemin.

En émergeant du bois, elle se retrouva dans un champ en surplomb de la mer. Le soleil, perçant à travers les nuages, faisait brasiller les flots par intermittence ; on aurait dit qu'au ciel une main géante lançait des signaux maladroits à l'aide d'un miroir. En face de Kate s'étendait le champ avec sa clôture de pieux, puis le chemin de corniche, au bord de la falaise qui donnait sur une petite anse en forme de fer à cheval. Depuis qu'elle avait commencé à courir, elle avait parcouru six ou sept kilomètres, en terrain accidenté. Elle n'avait pas atteint sa limite, mais il ne s'en fallait pas de beaucoup. Elle resta un moment debout à la lisière du bois, tâchant de bien se dégager les poumons avant de piquer un dernier sprint jusqu'au chemin, scrutant la campagne autour d'elle pour s'assurer qu'elle ne risquerait pas d'être vue quand elle se lancerait en terrain découvert.

Partout où son regard se posait, elle croyait discerner des mouvements furtifs. Il lui sembla voir des têtes se rétracter brusquement dans le fossé qui bordait le champ, il lui sembla que des hommes avaient soudain plongé dans le buisson de ronces qui longeait le chemin quand elle s'était retournée vers eux. Mais elle eut beau s'user les yeux, elle n'identifia avec certitude que des mouettes et des moutons.

Elle parcourut au grand galop les deux cents mètres qui la séparaient de la clôture, sans regarder ni à gauche ni à droite, se glissa entre les barbelés et se retrouva sur le chemin. Elle s'y sentait plus menacée que jamais, et elle accéléra encore l'allure, son désir de trouver un accès à la mer luttant contre sa crainte de tomber sur ses poursuivants à la sortie du prochain virage. Pas question de se laisser glisser le long de la falaise ; son flanc couvert de ronces et de bruyères était beaucoup trop abrupt. Kate se sentait terriblement exposée, comme si un puissant projecteur avait été braqué sur elle. N'importe quelle rencontre aurait pu lui être fatale. Même une vieille dame promenant son chien aurait pu s'avérer dangereuse. Les vieilles dames sont parfois soupçonneuses, et un coup de fil est vite passé.

Au bout de dix minutes de course effrénée, elle parvint à un éperon rocheux d'où descendait un sentier creusé à même la falaise. Il était exigu et d'aspect périlleux, mais des gens l'avaient emprunté avant elle. Elle s'y engagea d'un pas circonspect, en évitant de regarder dans le vide. Tout au long de la diagonale que le sentier traçait à flanc de falaise, elle vit la mer en face d'elle, les éblouissantes traînées de soleil dansant entre les vagues. Des mouettes, se laissant porter par le vent ascendant, planaient dans l'air au-dessus de sa tête.

Pendant toute la descente, Kate dressa l'oreille, guettant le *tcheuk-tcheuk* lointain d'un rotor, mais elle ne perçut que le mugissement du vent et les cris stridents des mouettes.

Un trou, aussi petit et obscur que possible.

L'entrée de la grotte était un étroit orifice en forme de fer de lance, si effilé du haut que Kate dut se plier en deux pour s'y introduire. Ses pieds se posèrent d'abord sur du sable dur et compact, puis sur du gravier qui crissait sous ses pas. Au bout de quelques mètres, l'espace s'élargit un peu et elle arriva à se tenir debout – d'extrême justesse – dans son minuscule et sombre caveau. Elle resta un moment immobile, le temps que ses yeux s'habituent à l'obscurité, puis elle alla d'un bord à l'autre pour évaluer l'espace dont elle disposait. Dans sa plus grande largeur, la grotte mesurait un peu moins de cinq mètres. Dans la pénombre, il lui semblait discerner le fond, mais à cet endroit-là la roche s'incurvait. Y avait-il un tournant, débouchant sur quelque long tunnel ? Elle s'avança dans cette direction à tâtons, frôlant la paroi de ses doigts, ses pieds butant sur des rochers et des saillies du sol. Au bout d'une dizaine de pas, le terrain commença à s'élever, et elle parvint à une sorte de plateau. A l'endroit où elle avait cru voir un coude, elle ne rencontra qu'une muraille abrupte : la grotte finissait en cul-de-sac.

S'y blottir, ne plus bouger, ne plus faire le moindre bruit.

Kate s'assit, le dos à la paroi. L'entrée de la grotte paraissait très lointaine, et en même temps il lui semblait qu'elle n'aurait eu qu'à tendre le bras pour la toucher. Était-elle en sûreté, ou prise au piège ? Elle n'arrivait pas à en décider. De l'endroit où elle était assise, elle n'entendait que le son de la houle, ne voyait que les vagues qui s'enflaient, des vagues d'un vert sombre où des taches d'or apparaissaient chaque fois que le soleil perçait brièvement les nuages. Bientôt, je vais entendre des voix, se disait-elle. Bientôt, je vais voir une silhouette indécise se faufiler dans l'ouverture.

Attendre que le prédateur se décourage et passe son chemin.

A sept heures, la nuit tomba. Recrue de peur et de fatigue, Kate s'était assoupie plusieurs fois. L'obscurité sans cesse grandissante l'enveloppait comme de la ouate.

A son insu, la mer s'était mise à monter, et à présent il était trop tard pour qu'elle essaye de gagner la plage.

D'ailleurs, il n'y avait pas de plage. Elle entendait des froissements d'ailes vers le plafond, à moins de deux mètres de sa tête ; elle entendait les vagues déferler à l'entrée de la grotte. Une fois sur trois, leur force s'accusait, et c'était sur la troisième vague qu'elle se fondait pour mesurer l'avance des flots. Bientôt, la grotte serait inondée. Elle ne se faisait aucune illusion là-dessus.

Je ne l'ai pas tué.

« Retire-le », lui avait-il dit d'une voix bizarrement haut perchée. Elle avait empoigné le manche du couteau. La lame avait grincé en sortant de la blessure. Un geyser de sang l'avait éclaboussée.

Une vague – la troisième, comme toujours – fit irruption dans la grotte, déferlant sur ses chaussures et le bas de son jean.

Je ne l'ai pas tué.

Mais cela, personne ne le croyait.

8

Webb avait l'impression de se mêler de ce qui ne le regardait pas. Il avait l'impression d'être un touriste. C'est toujours comme ça quand un flic marche sur les plates-bandes d'un autre flic. On se serre la louche en souriant de toutes ses dents, mais la confiance ne règne pas. Il se tenait en retrait, bien décidé à ne pas intervenir tant que Jim Sorley ne le lui demanderait pas. Après tout, pourchasser un criminel en fuite n'est pas une opération bien compliquée, ça n'exige pas de compétences spéciales. Le dos appuyé au chambranle, les yeux mi-clos, Webb écouta Sorley rendre compte des derniers événements en s'aidant de la carte d'état-major punaisée au mur.

— C'est ici que nous l'avons perdue. Une maison isolée, à un peu moins de deux kilomètres de Penarven. Elle a pris cette route en voiture (il posa l'index sur la carte). Apparemment, elle avait l'intention de gagner l'autoroute. L'hélicoptère a retrouvé sa jeep ici, au milieu d'un champ. Elle s'était retournée et le pare-chocs avant s'était incrusté dans le moteur. Un vrai désastre. Nous n'avons relevé aucune trace de sang dans la voiture et il n'y en avait pas non plus sur l'herbe autour de l'épave. Donc, nous devons supposer qu'elle n'a pas été blessée. Mais bien sûr, rien ne prouve qu'elle ne s'en est pas tirée avec une jambe cassée ou une fracture du crâne. Nous avons mobilisé tous les hommes dont nous disposions, afin de couvrir un maximum de terrain.

Les dix policiers qui faisaient cercle autour de lui étaient tous des gradés.

— C'est vous et vos hommes qui allez prendre la relève, continua-t-il. J'ai établi un roulement précis. Vous n'avez qu'à consulter le tableau de service qu'on vous a remis.

« Nous rayonnerons à partir de la jeep. Nous inspecterons les fermes, les bâtiments agricoles, les bois. Les bois risquent de nous donner du fil à retordre. Avec ce genre de gibier, on ne peut pas avoir recours à des rabatteurs. Comme elle va sans doute essayer de faire du stop pour mettre le plus de distance possible entre elle et nous, nous allons vérifier systématiquement les sorties de villages, les stations-service, les aires d'autoroutes. Nous allons les visiter toutes dans un rayon de cent kilomètres pour le cas très improbable où elle aurait déjà réussi à prendre le large. Nous jetterons aussi un coup d'œil aux ports et aux marinas des environs, mais à mon avis ce sera du temps perdu. Elle est aux abois, elle ne peut pas nous échapper. Sans rien à manger ni à boire, elle ne tiendra pas indéfiniment. Tôt ou tard, elle cherchera un endroit où s'abriter. Notre seul problème, c'est qu'il nous faut couvrir un périmètre très étendu, et que ça nous oblige à nous disperser.

Sorley s'interrompit et son regard se posa sur Webb debout dans l'encadrement de la porte.

— Commissaire Webb, dit-il.

Webb resta où il était, obligeant les membres de l'assistance à se retourner vers lui. Ses explications furent des plus succinctes.

— Cette femme est suspectée du meurtre de feu Michael Alan Lester, dit-il. Vous connaissez déjà son signalement : trente-quatre ans, grande et mince, cheveux blonds mi-longs. Nous ne disposons d'aucune photographie d'elle pour l'instant, mais le temps que nous arrivions à nous en procurer une elle sera déjà revenue parmi nous, en tout cas je l'espère. Officiellement, elle est dangereuse et il ne faut pas s'en approcher, mais ça, c'est pour la galerie. C'est une jeune fille de bonne famille, elle ne nous causera qu'un minimum d'ennuis. (Il haussa les épaules.) Je la tenais et je l'ai laissée filer. Je veux la récupérer, c'est tout.

L'un des policiers leva timidement la main.

— Est-ce qu'elle l'a tué, chef ? demanda-t-il.
— Ça ne fait pas l'ombre d'un doute.

Kate avait reculé aussi loin qu'elle pouvait et s'était retrouvée le dos au mur, sans aucune possibilité de fuite. A présent, elle s'était juchée sur une saillie de la paroi, tout au fond de la grotte, et l'eau lui arrivait à la taille. Elle se dit qu'elle allait attendre encore cinq minutes, et que si le niveau continuait à monter elle essayerait de sortir à la nage. Connaissant ses limites, elle savait qu'elle n'avait pratiquement aucune chance de rejoindre la terre ferme, mais cela valait mieux que de rester immobile dans le noir en attendant l'inévitable noyade.

Un autre facteur jouait contre elle : le froid. Elle était si frigorifiée que ses membres risquaient de ne pas lui obéir. Elle essaya de planifier sa fuite. D'abord, il faudrait qu'elle plonge. L'entrée de la grotte n'était plus visible ; la mer l'avait entièrement recouverte. Il lui faudrait nager sous l'eau pour la retrouver. Se débarrasser de ses vêtements, pour ne pas être gênée dans ses mouvements. Combien de temps peut-on survivre dans des conditions pareilles ? Elle n'arrivait pas à s'en souvenir, mais au fond ça n'avait guère d'importance. Au temps où elles campaient avec leurs parents pendant les vacances d'été, la natation avait toujours été le point fort de Joanna. Kate était capable de parcourir quinze kilomètres à pied sous une pluie battante, d'escalader des à-pics vertigineux, de s'orienter au fin fond d'une campagne perdue à l'aide d'une carte et d'une boussole, mais la nage l'ennuyait à mourir : on plonge un bras dans l'eau, puis on plonge l'autre, il n'y a rien d'intéressant à voir. Au bout de cent mètres, elle canait invariablement, même dans une eau étale et par beau temps.

Quand les cinq minutes eurent passé, elle ne décela aucun changement. Elle attendit cinq minutes de mieux, mais elle était toujours aussi indécise. Elle plaça une main sur la boucle de son ceinturon. L'eau lui arrivait à la taille, baissant un peu quand la mer refluait, remontant ensuite. Dix minutes s'écoulèrent encore sans qu'elle se décide à quitter la grotte. Apparemment, le niveau de l'eau était toujours le même. Un quart d'heure plus tard, elle discerna un minuscule croissant lumineux et comprit que l'entrée de la grotte commençait à se dégager.

Kate se laissa aller en arrière contre la paroi de granit et ferma les yeux. Elle s'assoupit dans cette position, et tandis qu'elle dormait l'eau reflua lentement le long de ses jambes, le point lumineux s'agrandit et le bruit des vagues se répercuta de plus en plus faiblement sur les parois de la grotte. Quand elle se réveilla, au bout d'une demi-heure, un début de panique la prit, car elle ne savait pas combien de temps elle avait dormi. La lune baignait l'entrée de la grotte d'une vive clarté et la mer refluait toujours à vue d'œil. Etant déjà trempée jusqu'aux os, elle n'hésita pas à s'avancer vers elle en marchant dans l'eau. Bientôt, elle sentit le sable sous ses pieds. Elle était morte de froid et n'aspirait plus qu'à une chose : se retrouver dans un endroit sec avec une tasse de thé brûlant entre les mains.

Il n'y avait pas d'hélicoptère en vue, et Kate ne perçut pas de bruit de moteur au loin. Elle traversa la petite baie à gué – à aucun moment l'eau ne lui arriva au-dessus des cuisses – et retrouva sans peine l'entrée du sentier. Elle resta un moment au pied de la falaise, l'oreille aux aguets, mais n'entendit que la houle et le vent. L'ascension lui parut interminable. Tous les dix pas, elle levait les yeux, craignant d'apercevoir la lueur d'une torche électrique. Quand elle arriva au sommet, hors d'haleine, elle s'assit par terre, la tête entre les mains. C'est la peur qui m'affaiblit, se dit-elle. Au bout d'un moment, elle se releva et reprit le chemin qu'elle avait suivi à l'origine pour arriver jusque-là. Cent mètres plus loin, elle trouva une brèche dans la clôture qui bordait le chemin, pénétra dans un champ qui venait d'être labouré et entreprit de le traverser, marchant en diagonale. Arrivée à une certaine hauteur, elle se jucha sur une levée de terre afin d'avoir la vue le plus étendue possible sur le chemin.

Elle ne vit pas de lumières au loin, n'entendit pas de voix.

Tout en haut, le champ était barré par une haie touffue. Kate trouva une brèche, passa de l'autre côté et resta un moment accroupie derrière la haie, à l'abri du vent. Ensuite elle délaça ses chaussures, les ôta, se releva, se dépouilla de ses chaussettes, de son jean, de son slip, ne gardant sur elle que son blouson canadien, dont le bas seul était mouillé. Elle étala ses vêtements trempés en travers de la haie, les accrochant parmi les branches. Le vent glacial s'insinuait jusqu'à elle et de longs frissons la secouaient. Pliant le buste, elle frictionna ses cuisses nues, se pinça les mollets, s'assena quelques claques vigoureuses sur les fesses. L'escalade de la falaise avait ranimé ses membres raidis ; ce traitement en chassa les derniers restes d'engourdissement.

Quand le sang lui fut revenu dans les jambes, elle retira son blouson, s'en noua les manches autour de la taille, se le drapa autour des cuisses et s'assit au pied de la haie, les genoux relevés sur la poitrine.

La lune perçant çà et là les nuages éclairait la campagne par intermittence. Un couple de hiboux chassait quelque part, se lançant de bruyants appels. Il y avait du gel dans l'air.

Je ne m'en tirerai pas, se dit Kate.

Webb était assis près de la fenêtre de sa chambre d'hôtel plongée dans le noir, un verre de whisky à la main. Il avait apporté sa propre bouteille. Une rangée de maisons lui masquait la mer, mais il en sentait l'odeur.

Au bout d'à peine deux heures de sommeil, il s'était réveillé en sursaut. L'air conditionné l'oppressait, et les occupants de la chambre voisine faisaient du tintouin. Non contents d'être rentrés à une heure indue, ils avaient allumé la télé et s'étaient mis en devoir de vider leur minibar. Visiblement, ils étaient bien décidés à faire la fête jusqu'à plus soif.

Il était un peu plus de trois heures du matin – trois heures quatorze exactement, à en croire le radio-réveil digital incrusté dans la tête de lit.

J'avais bien quelques doutes, songeait-il, mais quand elle est partie en cavale, j'ai compris. Quand on est innocent, on ne s'enfuit pas. Les querelles domestiques, il n'y a rien de plus simple. On en a vite fait le tour. C'est si facile de tuer quelqu'un. Tellement plus facile qu'on ne le croit.

Depuis le début, il faisait tout ce qu'il pouvait pour s'en convaincre.

Rien de plus facile. A mains nues, ça n'aurait été qu'un coup de poing, un geste de défense réflexe. Mais avec un couteau... tout à coup, le voilà mort.

Il est mort et on ne l'a pas fait exprès.

Il resta immobile dans son fauteuil pendant dix bonnes minutes, écoutant le ressac régulier de la mer à deux rues de là. Ses voisins de chambre prenaient une douche ensemble. Depuis que Webb était marié, il avait perdu le goût des douches à deux. Il soupira et remit du whisky dans son verre. Demain nous l'alpaguerons, se dit-il.

Dans le sud-ouest de l'Angleterre, les haies tiennent souvent lieu de séchoirs l'hiver, quand les intempéries interdisent d'étaler le linge à même le pré. Maintenant je sais ce que c'est, se disait Kate.

Elle décrocha son slip de la haie, le palpa. Il était sec. Ses chaussettes étaient sèches aussi. Son jean était encore humide, mais elle l'enfila tout de même. Elle avait décidé qu'il valait mieux rester dans les parages au moins un jour de plus. Peut-être que les flics concluraient qu'elle avait réussi à quitter la région et qu'ils poursuivraient leurs recherches en s'enfonçant vers l'intérieur des terres. Mais pour tenir, il fallait absolument qu'elle trouve à manger et à boire. La seule solution était de se glisser dans une zone habitée à la faveur de la nuit. En suivant le chemin de corniche, elle aurait toutes les chances d'atteindre un village avant l'aube. Elle retraversa la haie et se mit à courir, autant pour lutter contre le froid que pour gagner du temps.

Au bout d'une heure de course et de marche alternées, elle arriva en vue d'un lotissement neuf, en surplomb d'un village. Les maisons, assez éloignées les unes des autres, baignaient dans un demi-jour spectral. Elles étaient en brique, avec des portes-fenêtres protégées par des auvents d'ardoises, donnant sur le port. Les villageois qui en avaient les moyens avaient quitté pour s'y installer leurs modestes cabanes de pêcheur blanchies à la chaux dont les fenêtres format timbre-poste ouvraient sur des jardinets minuscules. Kate jeta son dévolu sur une petite impasse qui s'achevait par une rangée de garages, eux-mêmes adossés à un terrain de sport. Elle se glissa entre le mur de parpaings du dernier garage et la clôture du terrain de sport, s'accroupit et attendit. Parmi les détritus que le vent avait chassés jusqu'à la clôture, elle dégota deux sacs en plastique et un journal vieux de cinq jours. La lueur des réverbères était tout juste suffisante pour qu'elle arrive à déchiffrer les titres. L'une après l'autre, elle tourna les pages maculées de taches : déficit de la sécu, chômage, classes surchargées – tous les symptômes de l'Angleterre en crise.

L'attente n'en finissait pas. Elle vit les lumières s'allumer dans les chambres, perçut le son assourdi des radios ; puis, le reste des maisons s'illumina progressivement – escaliers, entrées, cuisines – tandis que les lève-tôt descendaient prendre leur petit déjeuner.

Des vies banales, se dit-elle. Des gens ordinaires, entamant leur journée ordinaire. La banalité quotidienne qu'elle avait toujours haïe par-dessus tout, et à laquelle elle aspirait par-dessus tout désormais.

Tu n'as qu'à te livrer, prendre un bon avocat, te battre.
J'aime mieux pas.
Mais enfin pourquoi, bon dieu ?
C'est un combat dont je ne peux pas sortir victorieuse. Du moins pas encore. J'ai besoin de plus de munitions.
Tu es innocente, c'est le plus important, non ?
Pas forcément. Pas du tout, en fait.
Allez quoi...
Tu te souviens de ce type qui a passé vingt-trois ans en prison pour un meurtre qui n'avait même pas eu lieu ?
Ton cas est très différent.
Là, tu as raison. Ils ont cent fois plus de preuves contre moi qu'ils n'en avaient contre lui. D'ailleurs, il n'est pas le seul à avoir subi ça. Ça me fait peur. J'ai peur des cellules. Peur des autres détenues. Des autres taulardes. Tu sais ce qui arrive aux gens de mon espèce qui se retrouvent en taule ? Tu n'en as jamais entendu parler ?

Si.

Eh ben, ça me fout la trouille, tu vois. Rien qu'à cette idée je chie de trouille.

Dis-leur exactement ce qui s'est passé. Ils te croiront.

Je le leur ai déjà dit, et ils n'y croient pas.

Ils feront leur enquête. Ils trouveront bien quelque chose.

Quelque chose ? Tu n'y es vraiment pas du tout, ma pauvre. Ils sont persuadés que je suis coupable. Ils sont persuadés que c'est moi qui ai tué Michael. C'est ma culpabilité qu'ils veulent prouver, pas mon innocence. Et pour ça, pas besoin d'aller chercher bien loin. Tout plaide contre moi. Il n'y avait personne d'autre dans la maison. Pas de trace d'effraction. Je lui ai dit que tout était fini entre nous. Il m'a tapé dessus. Nous avons eu des rapports sexuels. Ou plutôt – c'est leur version à eux – il m'y a forcée. Ensuite, quelqu'un l'a poignardé. Ils ont relevé mes empreintes sur le manche du couteau. Comme j'étais couverte de sang, je suis montée à l'étage pour prendre une douche, le laissant étendu sur le plancher du rez-de-chaussée. Ma version des événements, c'est que je n'ai rien vu, rien entendu. Je dormais sur mes deux oreilles. Mets-toi à la place des jurés.

Bon, je t'ai suggéré une solution – quelle est la tienne ?

Découvrir ce qui s'est vraiment passé, et pourquoi.

Comment tu vas faire ?

Je n'en sais rien. Je trouverai bien des indices.

Comment ?

Je ne sais pas. Peut-être que j'aurai de la chance.

Tu crois qu'on peut avoir de la chance quand on en est réduite à se planquer dans des grottes et à faire les poubelles comme une bête traquée ?

Tu vas la fermer, oui !

Une bête traquée. Réduite à fouiller dans les poubelles. Une image se forma dans l'esprit de Kate. L'image d'une renarde au fond d'un terrier, haletante, guettant les aboiements de la meute.

Des hommes sortirent de chez eux, se souhaitant le bonjour à haute voix. Une camionnette de livraison apparut sur la route et bifurqua dans l'impasse. Pendant que le chauffeur allait déposer ses bouteilles de lait, Kate s'approcha furtivement du camion, fourra pêle-mêle dans ses sacs en plastique du lait, du pain, des œufs, de l'eau minérale, du yaourt et du fromage, et regagna sa cachette. Quand la camionnette fut ressortie de l'impasse, elle escalada la clôture et se laissa tomber de l'autre côté. Après avoir remonté le terrain de sport jusqu'en haut, elle n'aurait plus qu'à redescendre à travers champs pour gagner l'endroit où le chemin de corniche passait au-dessus du port. Comme il n'était même pas six heures, il n'y aurait pas un chat sur la plage. A l'affût d'un pêcheur ou d'une vieille dame promenant son chien, elle avança prudemment le long du chemin jusqu'à ce qu'elle tombe sur un sentier à flanc de falaise qui descendait vers la grève. La mer s'était retirée au loin, découvrant une large bande de littoral accidenté. Kate marcha un moment sur le sable compact et humide, enjambant de gros rochers noirs et déchiquetés qui devaient faire des écueils redoutables à marée haute, quand on n'était pas familier de cette côte.

Au pied d'une falaise, elle trouva une cavité assez profonde pour l'abriter du vent. Elle s'y glissa, but un peu de lait, goba deux œufs crus et mangea un morceau de fromage. Ensuite, elle remonta sur son flanc de falaise, chercha un endroit abrité, baissa son pantalon et son slip et s'accroupit.

Quand le jour se leva pour de bon, il baigna tout d'une vive lumière. Le ciel, où couraient de légers cumulus, était si bleu que les mouettes flottant au vent en paraissaient d'un blanc de neige. Kate marchait le long de la grève. Du haut de la falaise, n'importe qui aurait pu la voir, mais elle ne s'en préoccupait guère. Qui se serait soucié d'une inoffensive promeneuse qui était sortie de bonne heure pour profiter du beau temps ? Qui se serait douté qu'elle était une fugitive aux abois, sur le point de regagner son terrier ?

Son terrier, c'était la grotte. En dépit de tout, elle s'y sentait en sécurité. Après avoir mis ses provisions à l'abri, le plus loin possible de l'entrée, elle la refranchit dans l'autre sens et s'en alla le long du rivage, explorant les intervalles entre les rochers. Ses recherches l'entraînèrent plus loin qu'elle ne l'aurait voulu, mais elle finit par trouver ce qu'il lui fallait : des planches et un bout de corde d'amarrage en nylon bleu, coincés entre deux gros blocs de gneiss au milieu d'un amas de boîtes de bière vides, de bouteilles de plastique et de poissons crevés. Il y avait quatre planches et elles étaient de tailles diverses. Ne sachant pas laquelle conviendrait le mieux à ses desseins, Kate les lia entre elles à l'aide de la corde, se passa les extrémités de celle-ci au-dessus des épaules et les tira derrière elle façon traîneau.

Quand elle eut déposé son fardeau dans la grotte, elle constata que la corde avait laissé de cuisantes marques rouges au creux de ses paumes et qu'elle avait les doigts couturés de minuscules échardes. Elle remua ceux de sa main gauche comme pour manier les cordes d'un violoncelle. Ils étaient raides et douloureux. Elle prit quelques échardes de plus en plaçant l'une des planches entre les deux parois en V du fond de la grotte.

La planche était exactement de la bonne taille. Elle n'eut même pas besoin de l'arrimer avec la corde. Elle se mit debout à l'endroit exact où elle s'était tenue la veille au soir, en se dressant sur la pointe des pieds, et calcula la bonne hauteur à partir de sa ceinture. La mer arriverait jusque-là. Tenant la planche à soixante centimètres en surplomb de cette ligne, elle la cala entre les parois et tapa dessus avec une autre planche pour bien en enfoncer les extrémités. Quand elle l'eut solidement fixée, elle posa les deux mains à plat sur le bord, se rétablit et s'allongea dessus. Sa tête et le haut de ses épaules débordaient sur le roc. Elle n'aurait qu'à rouler son blouson en boule et à se le placer sous la nuque en guise d'oreiller.

Toutes ces activités l'avaient entraînée jusqu'à midi. Elle était recrue de fatigue. Le soleil entrait à flots dans la grotte à présent ; le fond seul en était encore obscur. Kate s'approcha de l'ouverture et s'assit en tailleur sur le sable, s'imbibant de soleil comme une squaw à l'entrée de son wigwam.

Tout en contemplant rêveusement la mer, qui commençait à remonter, elle songea à la disquette qu'elle avait cachée dans la cheminée de Penarven. *La dynamite – tu te rappelles ?*

Elle eut un nouveau débat avec elle-même. Une Kate affrontant l'autre, la première sur la défensive, exaspérée et terrifiée, la seconde opiniâtre, résolue... et tout aussi terrifiée.

Tu aurais pu les attendre de pied ferme. Tu ne l'as pas tué. Pourquoi t'es-tu enfuie ? Maintenant tout le monde te croit coupable.

Webb m'a crue coupable dès le début. Tu te souviens des questions qu'il m'a posées ? Pour lui, ça ne faisait déjà aucun doute.

Encore aurait-il fallu qu'il le prouve.

Ah oui ? Des erreurs judiciaires, je pourrais t'en citer au moins quatre – cinq même. Des preuves qu'on égare. Des preuves qu'on fait disparaître. Des preuves qu'on garde en réserve et qui ne ressortent qu'au bout de plusieurs années. Des preuves qu'on maquille. Des témoins qui changent d'avis. Et je ne te parle que de quelques cas célèbres, il y en a sans doute eu beaucoup d'autres.

Pourquoi est-ce que ça t'arriverait, à toi ?

Ça m'est déjà arrivé, pauvre andouille. Ils veulent m'inculper de meurtre.

Bon, mais c'est quoi, ton plan ? Gagner la France à la nage ? Faire du stop jusqu'en Argentine et demander l'asile politique ?

Pour l'instant, même traquée et morte de peur, tu es tranquillement assise au soleil, à écouter le chant des mouettes. Mais tu t'imagines comment ça se passerait en prison ? On te fait prendre un bain sous bonne garde, puis on t'enfonce des doigts partout au cas où tu aurais dissimulé de la drogue dans l'un ou l'autre de tes orifices naturels. Ensuite tu te retrouves dans une cellule, entourée de brutes qui vont te violer et te molester, juste histoire de rigoler un brin et d'asseoir leur autorité sur toi. Oui, même chez les femmes, c'est comme ça que ça se passe. Ton procès n'aura lieu que dans je ne sais combien de mois. Dans l'intervalle, il faudra que tu essayes de prouver ton innocence. Tu as annoncé à Michael que tu voulais le quitter.

Vous vous êtes disputés. Il t'a tapé dessus. Quelqu'un l'a poignardé avec un couteau de cuisine. Rien n'a été volé. Il n'y a aucune trace d'effraction. Tu es couverte de son sang et tu t'empresses d'aller te laver. Et il y a autre chose.

Autre chose ?

Oui.

Qu'est-ce qu'il peut y avoir d'autre ?

Je n'en sais rien, mais eux, ils le savent. Ils sont tellement sûrs de leur fait. Tu veux savoir pourquoi je me suis sauvée quand je les ai vus arriver ? Je me suis sauvée parce qu'ils étaient trop sûrs de leur fait. Parce qu'ils m'avaient jugée d'avance.

J'ai une de ces trouilles.

Moi aussi j'ai la trouille. Mais j'ai peut-être un moyen de m'en sortir.

Lequel ?

Il faut que je récupère la disquette. Pour savoir ce qu'elle contient. Savoir de quel genre de dynamite il s'agit.

Tu n'y arriveras pas en restant terrée dans cette grotte avec deux bouteilles de lait, une bouteille d'eau minérale et des œufs.

Je n'y resterai pas plus de vingt-quatre heures. Le temps qu'ils aillent voir ailleurs si j'y suis. Trouver un trou, aussi petit et obscur que possible, m'y blottir, attendre que le prédateur passe son chemin.

D'accord. Et après ?

Après, il ne me restera plus qu'à prendre des risques.

Des risques considérables ?

Assez, oui. J'aurais besoin d'un peu d'argent, pour me payer un coup à boire.

Tu veux aller dans un pub ?

Tout juste.

Tu n'as qu'à fouiller dans les poches de ton blouson. Tu trouveras bien un peu de monnaie.

C'est pas bête... Six livres et des poussières.

Assez pour te payer un coup à boire.

Et même plusieurs...

Donnelly avait demandé à Joanna de passer le voir à son bureau à sept heures. Elle avait confié Nathan à une voisine. L'enfant l'avait pressée de questions à propos de la visite de Webb, mais elle s'était bien gardée de lui révéler quoi que ce soit au sujet de sa tante.

L'avocat la fit asseoir et lui proposa un whisky, qu'elle accepta.

— Je ne peux pas représenter votre sœur, dit-il en lui tendant son whisky. D'abord, elle ne me l'a pas demandé. Ensuite, elle n'a visiblement pas envie d'affronter la justice. Vous ne lui ressemblez vraiment pas, ajouta-t-il avec un sourire tout en se servant un whisky à lui-même.

C'était la première fois que Donnelly voyait Joanna. Jusque-là, ils ne s'étaient parlé qu'au téléphone.

— Elle a des droits.

— Pour l'instant, ça ne l'avance pas à grand-chose. Si elle se livre – ou s'ils la rattrapent – elle me demandera peut-être de prendre sa défense en main. Si c'est le cas, j'accepterai.

— Pourtant, vous étiez l'ami de Michael.

— J'ai travaillé avec Michael et j'avais de la sympathie pour lui, mais nous n'étions pas vraiment amis. De toute façon, elle a le droit de prendre l'avocat de son choix.

Joanna but une gorgée de whisky.

— Pourquoi les policiers veulent-ils l'inculper? demanda-t-elle. Qu'est-ce qui leur fait penser qu'elle est coupable? Elle ne l'a pas tué.

— Vous en êtes sûre?

— Si je n'en étais pas sûre, je ne le dirais pas. Je sais, je sais, quand une personne est accusée de meurtre, ses proches sont toujours persuadés de son innocence. Pas la peine de me le répéter.

Donnelly haussa les épaules.

— Tout ce que je sais, c'est que le rapport du labo l'accable, et qu'ils ont un témoin. Un témoignage, c'est déjà assez grave. Mais quand il concorde avec les indices matériels, c'est encore plus embêtant. Et puis, comme le commissaire Webb me l'a complaisamment souligné, les querelles domestiques, ce n'est jamais bien mystérieux.

Il posa une fesse sur un coin de son bureau et gratifia

Joanna d'un autre sourire. Est-ce qu'il me fait du gringue ? se demanda-t-elle. Si c'est le cas, c'est un beau salaud. Un beau salaud dont j'aurai peut-être l'usage.

— Ecoutez, dit Donnelly, dès qu'ils l'auront arrêtée, je prendrai sa défense en main. D'ailleurs, je vais appeler Webb de ce pas pour l'en informer. Ça vous va ?

— Ça me va, dit Joanna. Vous croyez qu'ils la retrouveront ?

— Tôt ou tard, dit Donnelly. Ce n'est plus qu'une question de temps.

— Combien de temps, d'après vous ?

— Quelques heures tout au plus.

Allongée sur sa planche, trente centimètres au-dessus des eaux, Kate regardait les derniers reflets du soleil couchant danser sur les parois de la grotte. Ils étaient de plus en plus pâles et le ciel s'assombrissait.

Les deux Kate ne s'étaient pas parlé depuis un bon moment. Cette fois, c'est la casse-cou qui parla la première :

Cette nuit et la journée de demain, c'est tout.

D'accord.

Tu es sûre que tu tiendras vingt-quatre heures de plus ?

Il y a largement assez de provisions.

Ce n'est pas à ça que je pensais.

Je vois. Oui, je tiendrai. Après tout, le pire qui puisse m'arriver, c'est de me faire prendre.

Tu es très philosophe.

Il ne faut pas qu'on se fasse prendre.

C'est bien mon avis aussi.

Je suis gelée. J'aurais dû mettre le blouson au lieu de m'en faire un oreiller.

Tout à l'heure, quand j'étais assise au soleil, il m'est arrivé quelque chose.

Qu'est-ce qui t'est arrivé ?

Je me suis aperçue que Michael me manquait.

Après une rupture, on éprouve toujours ça.

Oui, mais ça ne s'arrêtait pas là. Je me sentais coupable.

Tu es folle. Il n'y a aucune raison que tu te sentes coupable.

99

Je sais, mais ça montre bien que...

Ça montre bien quoi ?

Que c'est facile de raisonner comme eux.

C'est ce qui t'est passé par la tête à Penarven ?

La seule idée qui m'est venue à l'esprit, c'est qu'ils allaient m'inculper. Et aussitôt j'ai pris mes jambes à mon cou.

Une vague plus forte que les autres s'engouffra dans la grotte et la mer éclaboussa les jambes de Kate. Vers le plafond, des ailes invisibles s'agitèrent frénétiquement.

Je suis contente de ne pas être en prison.

Oui, mais pour tout te dire, j'ai une trouille bleue.

N'empêche, je suis contente de ne pas y être.

9

J'AI DE QUOI me payer un coup à boire. Et même plusieurs. Pour arriver jusqu'à ce pub, Kate avait fait près de vingt kilomètres à pied. Une ville aurait mieux fait son affaire, car on y trouve plus d'automobilistes de passage : représentants de commerce, amoureux de la nature, touristes tardifs. Mais dans un petit bourg comme celui-ci, elle risquait moins de se faire remarquer. Il était niché au creux d'une vallée tranquille, et réputé pour sa gastronomie. Kate y avait plus d'une fois déjeuné avec Joanna.

Le pub était divisé en deux parties bien distinctes selon des critères de classe, à la mode d'autrefois : un bar au sol dallé, avec quelques boxes sur le côté, envahi de fumée, où l'on jouait aux fléchettes en braillant, et une salle confortable avec épaisse moquette, lambris de vieux chêne et cuivres bien astiqués, où l'on dînait aux chandelles en parlant tout bas. Au moment où Kate passait dans la salle, des cris et des vivats éclatèrent dans le bar : un certain Jeff venait de remporter un concours de buveurs de bière.

En passant sa commande au bar, elle avait repéré deux solitaires accoudés au comptoir. Étaient-ils vraiment seuls ou attendaient-ils quelqu'un ? C'était difficile à dire. Il était dix heures et quart, et le pub était bondé. A cette heure-là, personne ne ferait attention à elle, même si elle restait toute la soirée assise à une table. Si elle trouvait un automobiliste prêt à la conduire jusqu'au comté voisin, ce serait déjà ça. Londres aurait été encore mieux, mais il ne fallait pas en demander trop.

Au bout de dix minutes, elle retourna au bar. Entre deux clients, le barman levait la tête vers une télé accrochée au milieu des bouteilles, dont le son était réglé sur le minimum.

— J'espère que vous n'y verrez pas d'inconvénient, lui dit-elle, mais j'ai donné votre adresse au service d'assistance de l'Automobile Club. Je suis tombée en panne à deux kilomètres d'ici. Je leur ai demandé de passer me prendre au pub.

Elle sourit et écarta les bras afin de lui faire constater le triste état dans lequel elle était.

— En sortant de ma voiture, j'ai glissé et je me suis étalée dans un buisson d'orties.

Il fallait bien qu'elle explique son blouson constellé de taches humides, son pull déchiré, ses cheveux tout emmêlés.

Le barman l'examina sur toutes les coutures. Kate sentit son regard s'attarder sur ses seins.

— Bon, dit-il. Vous vous appelez comment ?

— Mitchell, dit-elle.

Ce nom lui était venu spontanément aux lèvres. Un patronyme neutre, on ne peut plus anodin.

— Mitchell. D'accord, c'est noté.

— Je ne voudrais pas qu'ils me ratent. Il faut que je retourne à Londres.

— Vous en faites pas. S'ils téléphonent, je vous avertirai.

— Si ça se trouve, ils vont débarquer sans prévenir.

— Si quelqu'un demande après vous, je vous ferai signe.

— Merci, lui dit Kate avant de regagner sa table.

Elle jugea qu'elle avait bien joué sa partie. Elle avait parlé assez fort pour être entendue des deux hommes accoudés au comptoir, sans toutefois insister trop lourdement. L'un d'eux allait-il se laisser fléchir ? Le premier ne tarda pas à être rejoint par une femme. L'autre resta seul, le nez plongé dans un journal. Plus l'heure de la fermeture approcherait, plus elle se montrerait pressante, plus elle parlerait fort, que tout le monde comprenne bien qu'elle avait absolument besoin que quelqu'un la ramène à Londres – ou lui fasse au moins faire une partie du chemin.

A onze heures moins vingt, elle retourna au bar et posa d'autres questions oiseuses au barman. Un quart d'heure plus tard, elle refit le même numéro. Le pub commençait à se vider, mais l'homme au journal était seul toujours au bar, et Kate eut l'impression qu'il s'intéressait à elle.

Le barman secoua la tête et lui dit qu'il était désolé, mais que personne ne l'avait demandée. Kate frisait l'hystérie à présent. Elle était vraiment embêtée. Peut-être que les dépanneurs avaient emmené sa voiture en oubliant de passer la prendre. Le barman lui montra où était le publiphone. Elle feignit de composer un numéro et parla avec agitation à un correspondant imaginaire, qu'elle engueula copieusement, l'accusant de l'avoir laissée le bec dans l'eau. Elle raccrocha et se retourna vers le barman, qui essuyait ses verres et les rangeait sous le comptoir tout en regardant les infos à la télé. Si personne ne se décidait à lui proposer de l'emmener, il ne lui resterait plus qu'à demander qu'on lui appelle un taxi. Idée qui ne l'enchantait guère, car il y avait de fortes chances que la police ait contacté toutes les compagnies de taxis de la région afin qu'on lui signale toute femme seule qui se ferait transporter au-delà des limites du comté.

Kate se dirigea vers le bar, composant dans sa tête une ultime plaidoirie larmoyante destinée à faire fléchir l'homme au journal toujours scotché au comptoir. Le barman lui tourna le dos et se baissa pour ranger un verre sur une étagère, et à cet instant précis un visage qu'il lui sembla reconnaître apparut sur l'écran de la télé.

L'espace d'une seconde, elle resta interloquée. Puis sans faire ni une ni deux, elle fonça vers la porte. Le barman s'était-il retourné à temps pour apercevoir son visage sur l'écran ? Peut-être pas, mais l'homme au journal l'avait sûrement vue, lui. Le plus sage était de supposer qu'ils l'avaient vue tous les deux. Peut-être qu'ils ne feraient pas le rapport tout de suite. Peut-être même qu'ils ne le feraient pas du tout. Qu'ils se diraient, comme elle se l'était d'abord dit elle-même. *Je l'ai déjà vue quelque part*, et qu'ils concluraient que ce visage ressemblait vaguement à celui d'une femme qu'ils avaient connue autrefois.

Ou peut-être qu'ils l'avaient reconnue sur-le-champ. *Eh, mais c'est elle ! C'est la fille qui vient de sortir !*

Dès qu'elle eut mis le pied dehors, Kate prit ses jambes à son cou. Elle se retrouva sur une petite route de campagne bordée de fossés et de haies très hautes et très touffues. Elle continua à courir, cherchant des yeux une brèche qui lui aurait permis de se faufiler dans un champ. Elle entendit un bruit de moteur derrière elle. Une voiture venait dans sa direction. La chaussée s'était rétrécie, et les fossés avaient fait place à un accotement plan. Il n'y avait toujours pas de brèche en vue. Le seul espoir qu'il lui restait était de se plaquer contre une haie et de se faire aussi petite que possible. La lune était à demi masquée par des nuages. Avec un peu de chance, la haie serait dans l'ombre au moment où la voiture passerait, et son conducteur ne la verrait pas.

Elle attendit jusqu'au tout dernier moment. Quand le faisceau des phares ne fut plus qu'à un mètre d'elle, elle se précipita vers le bas-côté, se colla contre la haie et ne bougea plus. Son coup de poker ne paya pas. La lune ne la trahit pas – les nuages la masquaient entièrement à présent – mais les phares l'illuminèrent au passage.

Ce n'était pas une voiture, mais une vieille camionnette à plateau cabossée et couverte de boue. Kate crut d'abord que son conducteur ne l'avait pas remarquée. Mais sur ces entrefaites, il pila si brutalement que ses roues arrière dérapèrent et qu'il fit une embardée spectaculaire. Terrorisée, Kate poussa un hurlement et se précipita vers la chaussée. Dans un fracas épouvantable, la camionnette continua à glisser vers le bas-côté et son pare-chocs arrière s'écrasa contre la haie. Son flanc tamponna Kate au passage, l'envoyant dinguer vers le milieu de la route. L'espace d'un bref instant, elle resta debout, fixant les phares avec de grands yeux. Elle fit volte-face pour détaler, mais au bout de deux pas ses jambes se dérobèrent sous elle et elle s'écroula, de vertigineux nuages noirs lui tourbillonnant dans la tête, les oreilles pleines du tumulte assourdissant de sa propre respiration.

10

ON LUI AVAIT ÔTÉ son blouson et elle était pieds nus, mais elle avait chaud. Elle était dans une pièce minuscule et enfumée, où flottaient des relents de graillon. Affalée dans un fauteuil, à côté d'une cheminée où brûlait un petit feu de charbon, et elle avait la nausée. Un inconnu était assis en face d'elle, une cigarette au bec, hochant la tête d'un air plein de bonhomie, comme s'ils avaient été un vieux couple assis devant l'âtre.

Au bout d'un moment, l'homme écrasa entre ses doigts le mégot de sa cigarette roulée main et le jeta dans le feu.

— J'étais saoul, dit-il. Je le suis encore un peu. Je vous ai vue, mais j'ai pas pu vous éviter.

Kate lui donnait entre quarante-cinq et cinquante ans. Mais il aurait pu avoir dix ans de moins. Il était petit, maigrichon et chauve : il ne lui restait plus qu'une fine couronne de cheveux graisseux et une vague touffe duveteuse sur le haut du front. Il était vêtu d'un pull à col roulé, d'un gilet en coutil matelassé et d'un pantalon à impression léopard provenant sans doute d'un surplus de l'armée.

— Ça va mieux ? demanda-t-il.

— J'ai envie de vomir. Si je ne bouge pas, ça va passer, je crois.

— Je revenais du pub. Je vous demande pardon. Je vous ai vue, mais j'ai pas pu vous éviter.

— Il faut que je..., dit Kate en faisant mine de se lever.

— Venez, dit-il. Je vais vous montrer où c'est.

105

Il resta debout à l'entrée de la salle de bains pendant que Kate vomissait, puis la reconduisit jusqu'à son fauteuil.

— C'était à celui qui boirait le plus de bière en une minute. J'ai gagné cinq fois de suite. La bière était à l'œil, vous comprenez.

Un certain Jeff venait de remporter un concours de buveurs de bière.

— Vous vous appelez Jeff ?

Il la regarda comme si elle venait de sortir un lapin d'un chapeau.

— Comment vous le savez ?

— Je vous ai entendus. J'étais dans le pub.

— Je suis encore un peu saoul, dit-il. Ça va mieux ?

Avec les poivrots, la conversation est souvent circulaire.

— Ça fait longtemps que je suis dans le cirage ? demanda Kate.

— Non, on vient d'arriver. Je vous ai ramenée ici aussitôt après l'accident. Ça fait pas longtemps.

— Pourquoi ne m'avez-vous pas emmenée à l'hôpital ?

Heureusement qu'il ne l'avait pas fait, d'ailleurs.

— J'étais saoul, dit-il. Je le suis encore un peu.

D'abord, elle crut qu'il radotait et en fut agacée, puis elle comprit que sa réponse ne manquait pas de logique.

— A cause de la police...

— C'est ça. J'avais un coup dans le nez, vous comprenez. Ça va mieux ?

Pour la première fois, elle perçut la nuance d'inquiétude dans sa voix.

— Je crois, dit-elle. J'ai la migraine, c'est tout.

Il passa dans la cuisine et en ramena deux cachets d'aspirine et un verre d'eau. Kate avala les cachets, puis, se rendant compte qu'elle avait très soif, vida le verre d'un trait. Un nuage noir lui passa devant les yeux, lui faisant cligner les paupières. Elle pencha lentement le buste en avant, posa la tête sur ses genoux.

— Vous avez un endroit où je pourrais dormir ?

La chambre était à l'étage. Au milieu se dressait un lit. A part cela, la pièce ne comportait aucun ameublement. Un lit, et rien d'autre.

— Y a un côté où il faut faire gaffe, dit Jeff. Celui qui est vers la fenêtre. Le bois est un peu vermoulu. Faut pas appuyer.

Les draps, empilés n'importe comment sur le matelas défoncé, ne semblaient pas avoir été lavés depuis des mois. L'ensemble dégageait un fort remugle, mais par bonheur Kate aurait été bien incapable de dire si c'était dû aux draps, au matelas, ou à l'odeur de moisi qui imprégnait la pièce.

Jeff alla lui chercher un seau, pour le cas où ses vomissements l'auraient reprise, mais quand il remonta du rez-de-chaussée, elle dormait, enveloppée dans les draps malodorants.

Jeff la considéra d'un œil attendri.

— Si tu savais comme je suis content de t'avoir ici, dit-il. Ça me fait plaisir d'avoir de la compagnie. Je suis si content de t'avoir rencontrée.

Il se pencha sur elle et lui posa délicatement une main sur la poitrine.

D'abord, elle vit une lumière grisâtre à la fenêtre et la pluie qui s'abattait en diagonale. Ensuite, elle entendit un violoncelle au loin. La seconde d'après, une odeur de draps sales et de bois pourri lui envahit les narines, et tout lui revint. Elle se leva, s'approcha de la fenêtre. A travers la pluie, elle distingua un pré, quelques moutons, un rideau d'arbres et au-delà un flanc de colline boisé couronné de brume. Elle fit un pas en arrière, et une latte de parquet céda sous son poids. D'un bond léger, elle s'en écarta et longea prudemment le mur pour gagner la porte. Elle s'aperçut qu'on lui avait ôté son pull, ne lui laissant que son tee-shirt. Elle frissonna ; ça lui donnait la sensation d'être nue.

Son blouson canadien était posé en travers du lit. Elle se le passa autour des épaules et se dirigea vers l'escalier. Hormis la musique, aucun son ne montait du rez-de-chaussée. Quand elle arriva en bas, elle trouva Jeff debout au-dessus de la cuisinière. Il lui sourit d'un air complice et lui demanda :

— Vous voulez manger quelque chose ?

107

— Volontiers, dit Kate.

Elle s'assit dans le fauteuil où elle était revenue à elle la veille au soir. A part la lourdeur qu'on éprouve quand on a dormi trop longtemps et trop profondément, elle se sentait bien. Jeff faisait frire des œufs et du bacon.

— Vous ne vous êtes pas mis en retard à cause de moi ? lui demanda Kate. Il doit être au moins midi...

— Il est trois heures.

— Vous n'allez pas... ?

— J'ai pas de boulot. Je touche mon chômedu et je gratte un peu par ci par là, ça me suffit.

— Cette musique vous plaît ? demanda Kate en désignant la radio de la tête.

— C'est tout ce que j'arrive à capter, à part une station locale où y a que du blabla.

— Mais est-ce qu'elle vous plaît ?

— J'aime mieux quand ils chantent.

— C'est du Brahms, dit-elle, comme si ça avait pu lui importer. La deuxième *Sonate pour violoncelle.*

— C'est pas mal, mais j'aime mieux le chant.

Il posa une assiette sur la table, ouvrit un placard, en sortit du pain et du beurre. Les œufs au bacon nageaient dans la graisse et il y avait une auréole de ketchup séché sur l'assiette, mais Kate avait trop faim pour s'arrêter à ça. Elle mangea de bon appétit. Ses yeux se posèrent sur son pull, qui séchait devant la cheminée. Jeff avait suivi la direction de son regard.

— Il était plein de boue, dit-il. Je l'ai lavé.

— C'est très gentil à vous.

— Votre pantalon est boueux aussi.

Kate baissa les yeux sur le jean dans lequel elle avait dormi. La boue avait séché dessus, dessinant des entrelacs compliqués.

— Je n'aurai qu'à lui donner un coup de brosse.

— Je peux vous le laver, si vous voulez.

— Ce n'est pas la peine. D'ailleurs il vaut mieux que je ne m'attarde pas. J'habite à Londres. Ma voiture est tombée en panne. Je suis allée au pub pour appeler un dépanneur...

Jeff fut pris d'un rire graillonnant. Tout en riant, il

hochait la tête comme pour encourager Kate à continuer son récit.

— Mais oui, c'est ça, lui dit-il.

— Ecoutez... puisque vous n'avez rien de mieux à faire, vous pourriez peut-être me ramener à Londres. Je vous dédommagerai comme il faudra. Dix livres de l'heure, ça vous irait ? Et je vous paierai le voyage de retour aussi. Qu'est-ce que vous en dites ?

Jeff hochait toujours la tête, mi-toussant mi-riant.

— Alors comme ça, vous êtes tombée en panne ?

— A deux kilomètres du...

— A d'autres, dit-il. Vous êtes la fille qu'on recherche.

Dans le silence qui suivit, il se roula une cigarette et l'alluma, brossant d'un revers de la main les brins de tabac enflammés qu'il avait fait tomber sur son pantalon léopard. Son poignet était si fluet que sa main en paraissait énorme.

— Attendez, dit-il, je vais vous montrer quelque chose.

Il s'approcha d'un buffet, l'ouvrit et en sortit une baïonnette dans son fourreau. Kate était aussi abasourdie que si on l'avait giflée par surprise. La tête lui tournait un peu. Tout en revenant vers elle, Jeff dégaina la baïonnette. En jaillissant de son fourreau, la lame tinta imperceptiblement. Kate se leva, comme si ça avait pu y changer quelque chose. Jeff retourna l'arme et la plaça le long de son bras, manche en avant, tel un manant offrant son épée à son suzerain.

— Prenez-la.

— Pourquoi ?

— Je vais vous expliquer.

Kate saisit la baïonnette et la tint maladroitement devant elle, comme pour se défendre. Jeff fit un pas en arrière et hocha la tête d'un air approbateur. La musique de la radio était en plein staccato à présent. C'était tellement mélodramatique que Kate fut à deux doigts d'éclater de rire – ou de fondre en larmes.

— C'était ma baïonnette, dit Jeff en désignant l'arme. Aux Falklands, elle me quittait jamais. La baïonnette ! Meilleure amie du fantassin ! Précieuse dans le corps-à-corps !

Tout à coup, il bondit en l'air et retomba sur ses pieds, en fente avant tendue, brandissant un fusil imaginaire. Il fit le geste d'embrocher Kate, recula.

— On l'enfonce et on la tord, dit-il. On enfonce un bon coup, on tord, on la ressort et on passe au suivant.

— Où voulez-vous en venir ? demanda Kate.

Jeff s'approcha d'elle, lui prit la baïonnette des mains, la tint verticalement entre eux, comme l'épée de Tristan et Iseult.

— Vous allez voir, dit-il.

Il alla ranger sa baïonnette et sortit du buffet une boîte en fer-blanc.

— Asseyez-vous, dit-il.

Il posa la boîte sur la table et l'ouvrit. Elle contenait une rangée de médailles épinglées sur une bande de carton. Jeff souleva l'un après l'autre les petits morceaux de tissu qui les protégeaient.

— Les Falklands, dit-il. La Bosnie. L'Irlande du Nord. Et là c'était le, euh... vous savez bien... (il se frappa le front, car le nom ne lui revenait pas)... le Golfe.

Kate regarda les médailles. Rubans multicolores, luisantes faces de bronze. Africa Star. Italy Star. War Medal. Defence Medal. Des médailles comme on en trouve dans toutes les brocantes, tous les marchés aux puces. Jeff retourna au buffet et en tira des cassettes vidéo.

— Venez par ici, dit-il.

Il la fit entrer la première dans le minuscule salon. La pièce était plongée dans une demi-pénombre et il y flottait une odeur de tabac froid et de crotte de souris. Elle contenait une télé d'une taille monstrueuse, avec magnétoscope incorporé.

— Tenez, installez-vous, dit Jeff en approchant un fauteuil de l'écran.

Sans quitter Kate des yeux, il inséra la première cassette dans le lecteur, puis prit place dans un autre fauteuil, un peu en arrière du sien, plus près de la porte.

Une colonne de soldats progressait à travers un désert aride, des fusils d'assaut à la main, des antennes de radio oscillant dans l'air au-dessus d'eux.

— C'est moi, dit Jeff. Regardez, je suis là. C'est moi. Vous avez vu ? C'est moi.

Kate hocha affirmativement la tête.

— Oui, dit-elle, je vous vois.

Elle ne voyait que des silhouettes indistinctes.

— Baïonnette au canon, dit Jeff. La meilleure amie du fantassin !

Il y avait trois cassettes, et ils les regardèrent toutes les trois. De temps en temps, avec de petits gloussements ravis, Jeff désignait quelqu'un du doigt en disant : « C'est moi ! » Quelquefois, la silhouette qu'il montrait était si lointaine et floue qu'on ne voyait à peu près rien ; d'autres fois, on en distinguait les traits. Jamais elle ne présentait la moindre ressemblance avec lui, mais ça n'avait pas l'air de le déranger. Il s'écriait : « C'est moi ! C'est moi ! » en désignant un type moustachu qui avait bien quinze ans de moins que lui, ou un gradé qui le dépassait d'une bonne tête. Discrètement, Kate inspectait la pièce des yeux, cherchant une issue. La porte était inaccessible. L'unique fenêtre était verrouillée, et le verrou semblait bloqué.

Quand la dernière cassette s'acheva, la télé se mit en marche automatiquement. C'était une émission de jeux. Ils la regardèrent pendant dix minutes, puis Jeff dit :

— On pourrait se boire une petite bière.

Au moment où Kate ouvrait la bouche pour répondre, il ajouta :

— Vous faites quoi, d'habitude ?

— Pardon ? Je ne comprends pas.

— Vous la regardez, d'habitude ?

Apparemment, c'est de l'émission de jeux qu'il parlait.

— Non, ce n'est pas vraiment ma tasse de thé.

— C'est plutôt ça que vous regardez, alors ? dit-il en changeant de chaîne.

— Ecoutez, il faut que je retourne à Londres.

— On va boire une bière, dit Jeff.

— Ensuite, je m'en irai.

— Non, dit-il.

Il semblait étonné que Kate n'ait pas encore saisi.

— Non, répéta-t-il. Vous avez les flics au cul.

Il marqua un temps et conclut :

— Vous bougerez pas d'ici.

Ce soir-là, Kate alla deux fois aux toilettes. Chaque fois, Jeff restait planté devant le porte. La fenêtre ne s'ouvrait pas ; ce n'était qu'un panneau de verre dépoli enchâssé dans le mur. Kate se demandait si elle arriverait à la briser et à s'enfuir avant qu'il ait le temps d'ouvrir la porte. Comme c'est lui qui avait la clé, ses chances étaient vraiment des plus minimes.

Avec toute la bière qu'il ingurgitait, Jeff était obligé d'aller se soulager beaucoup plus souvent qu'elle. Il l'entraînait aux toilettes avec lui et tout en la tenant par le poignet, déboutonnait tant bien que mal la braguette de son pantalon léopard. Kate fixait le sol, la fenêtre, la porte ou la baignoire tachée de rouille tandis qu'il aspergeait bruyamment la cuvette.

Ils regardèrent la télé jusqu'à minuit.

— Je vous emmènerai à Londres demain matin si vous me montrez à quoi vous ressemblez, lui dit Jeff.

— Mais vous savez déjà à quoi je ressemble, dit Kate, perplexe. Vous savez qui je suis.

Là-dessus Jeff se leva, plaçant une main sur sa maigre poitrine et l'autre à la hauteur de sa boucle de ceinture, dans l'attitude de la Vénus de Botticelli masquant sa nudité, et elle comprit.

— J'ai touché vos seins pendant que vous dormiez, mais je les ai pas vus.

Me voilà bien, se dit Kate. Qu'est-ce que je vais bien pouvoir faire ? Elle pensa à la baïonnette dans son buffet.

— Je veux voir à quoi vous ressemblez, c'est tout. Tripoter un peu.

Kate ferma les yeux. Quand elle les rouvrit, Jeff était debout au-dessus d'elle. Il lui posa une main sur l'épaule, mais c'est vers son entrecuisse qu'il lorgnait.

— Demain matin, je vous ramène à Londres. Je dirai rien à personne. Je serai muet comme la tombe.

— Je peux avoir une bière ? demanda Kate.

— Mais tout à l'heure, vous m'avez dit que...

— Je sais, mais maintenant j'en ai envie.

Il l'entraîna dans la cuisine, décapsula une bouteille de bière, la posa sur la table.

— Je veux vous voir d'abord, dit-il.

Kate prit la bouteille, la porta à ses lèvres, avala une gorgée de bière, la reposa sur la table. Puis, prenant Jeff de vitesse, elle se déshabilla prestement. Elle se déchaussa, fit glisser son jean et sa petite culotte le long de ses jambes, les envoya valser d'un coup de pied, et d'un seul mouvement fit passer son soutien-gorge, son tee-shirt et son pull par-dessus sa tête.

— Non, je voulais que vous..., bredouilla Jeff, mais il ne put aller au bout de sa phrase.

Il resta pétrifié sur place, les yeux écarquillés. Ses mains, pendant le long de ses cuisses, étaient agitées de spasmes imperceptibles. Quinze ou vingt secondes passèrent ainsi.

— Alors, content ? lui demanda Kate en souriant.

— Tournez-vous.

Souriant toujours, elle leva la bouteille et la porta à sa bouche, puis se retourna. Au moment où elle lui présentait son dos, elle sentit un frisson lui remonter le long de l'échine.

— Je veux tripoter un peu, c'est tout, fit la voix de Jeff derrière elle. Peloter un petit coup, j'en demande pas plus.

Quand elle pivota de nouveau sur elle-même, il n'avait pas bougé d'un poil, mais son visage avait pris une expression grave, celle que peut avoir un homme qui vient d'apprendre une terrible nouvelle.

— Venez, on va là-haut, dit-il.

Il fit un pas dans sa direction, tendant la main pour la prendre par le poignet. Le geste de Kate le prit complètement au dépourvu. Elle lui abattit la bouteille de bière sur le côté du crâne, juste au-dessus de l'oreille gauche, la faisant éclater en mille morceaux. Jeff eut juste le temps de saisir le poignet de Kate, mais là-dessus il tomba à genoux, puis s'affaissa sur le flanc et resta assis, jambes pliées, appuyé sur une main, le menton sur la poitrine, l'air cruellement déçu.

Kate s'arracha à sa prise et jeta des regards affolés autour d'elle. Près de la cheminée, il y avait un tisonnier et une petite pelle à manche de bois. Contournant Jeff, elle alla se saisir de la pelle. Quand elle se retourna, il avait agrippé le bord de la table et s'efforçait de se remettre debout. Au moment où il se redressait, Kate empoigna la pelle à deux

113

mains et la lui abattit sur le crâne, de toutes ses forces. En entrant en contact avec l'os, le métal fit un bruit de casserole. Jeff s'étala de tout son long. Kate se baissa pour ramasser ses vêtements. Son jean et sa culotte étaient coincés sous les jambes de Jeff. Elle dut repousser son corps inerte du pied pour les récupérer. La jambe droite du jean était barrée d'une fine traînée de sang. Jeff n'avait pas entièrement perdu conscience ; il marmonnait des paroles inintelligibles.

Après s'être rhabillée à la hâte, Kate fit une razzia dans la cuisine. Elle s'empara d'une lampe électrique, d'une boîte d'allumettes, bourra les poches de son blouson canadien d'un maximum de provisions, dénicha même une bouteille de coca format familial au fond d'un placard. Elle prit les clés de la camionnette. Elle prit aussi la baïonnette.

Jeff avait réussi à se mettre à genoux, mais il n'arrivait pas à redresser le buste. A présent, un flot de geignements et d'imprécations s'échappait de ses lèvres, tantôt tonitruant, tantôt murmurant. Il parvint à tourner la tête vers Kate, sans interrompre sa litanie. Ses paroles saccadées, désaccordées, étaient incohérentes ; ses yeux vitreux semblaient fixer le vide.

Kate poussa la porte et se retrouva dehors. Il faisait nuit noire, et une tempête était en train de se déchaîner. Des brindilles arrachées par le vent la frappaient au visage. Elle courut jusqu'à la camionnette. La portière n'était pas fermée à clé. Au moment où elle se hissait dans la cabine, quelque chose se referma autour de sa cheville. Elle essaya de se dégager, en vain. Quand elle se retourna, ses yeux tombèrent sur Jeff, qui tout en la maintenant par le pied essayait d'agripper de sa main libre le bas de son blouson molletonné. Kate poussa un hurlement, leva la baïonnette et frappa. Le fourreau métallique heurta brutalement l'épaule de Jeff. Il chancela, luttant pour ne pas perdre l'équilibre, essaya de saisir la baïonnette.

Kate leva l'arme au-dessus de son épaule, la mettant hors de sa portée. De nouveau, Jeff s'affaissa sur les genoux et son regard se révulsa.

— Dégage ! hurla Kate en abattant son arme. *Dégage ! Dégage ! Dégage !* répéta-t-elle, ponctuant chaque cri d'un autre coup. Elle le frappa aux épaules, le frappa au plexus solaire. Elle lui assena un coup sur l'occiput et il s'effondra lourdement, donnant du nez contre la pointe de la chaussure de Kate.

Elle s'assit au volant, mit le contact, traversa le jardin. Elle tremblait tellement que son pied lâchait sans arrêt l'accélérateur, et elle faillit caler plusieurs fois. La grille du jardin était ouverte. Elle la franchit et s'engagea sur la route, choisissant une direction au petit bonheur.

Au bout de cinq kilomètres, elle se rangea sur le bas-côté, ouvrit sa portière et rendit tripes et boyaux, sans même descendre du véhicule.

11

KATE continua tout droit sur la route qu'elle avait prise en partant de chez Jeff, se disant qu'elle finirait forcément par la mener à un carrefour important. Le risque de se faire arrêter n'était pas moindre qu'il ne l'aurait été trois jours plus tôt, mais la camionnette était sans doute un meilleur camouflage qu'une voiture ordinaire.

Le vent fouaillait les arbres et les haies qui bordaient la route, lui faisant faire de dangereuses embardées. Elle croyait encore entendre le bruit de casserole de la pelle à charbon s'abattant sur le crâne de Jeff. Elle croyait encore sentir son poids quand sa tête était retombée sur sa chaussure. Il lui semblait que la plainte du vent imitait ses geignements confus, stridents et pitoyables.

Une demi-heure plus tard, elle atteignit une route nationale et bifurqua vers l'est. Au bout de deux cents mètres, elle croisa une voiture de police. Son instinct la poussait à accélérer et à prendre la première petite route venue au prochain croisement, mais elle le refoula. Les feux arrière de la voiture de police s'éloignèrent dans son rétroviseur, puis disparurent.

Combien de temps allait-elle rouler ainsi ? Essayer de gagner Londres avec la camionnette aurait été de la folie, elle le savait. Avec ce tas de boue, le trajet lui aurait pris sept ou huit heures : même en mettant le pied au plancher, sa vitesse n'excédait pas le quatre-vingt-dix à l'heure. A un moment ou à un autre, il faudrait qu'elle l'abandonne et qu'elle se procure un autre moyen de transport.

Elle croisa une autre voiture de police. Ce ne sont que des flics de la route, se dit-elle, mais une sourde angoisse la tenaillait malgré tout. Ah Jeff, songea-t-elle, si seulement tu avais pu t'offrir une Mercedes. L'idée de Jeff au volant d'une Mercedes lui parut si comique qu'elle fut prise de fou rire. Elle rit si fort qu'elle en eut les larmes aux yeux, ce qui rendait la conduite malaisée.

Ah, si seulement tu avais pu t'offrir une BMW...

Le bruit de la pelle s'abattant sur son crâne. Le flot de paroles confuses s'échappant de ses lèvres.

Il aurait été si facile de continuer à rouler. Il fallut qu'elle se force à s'arrêter.

Ils ne le trouveront pas avant sept heures du matin. Pourquoi sept heures du matin ? Parce que c'est l'heure du laitier ? Ça m'étonnerait que le laitier passe chez Jeff. Jeff le barjot, Jeff le chômeur chronique, Jeff la risée du pub. Il faudra sans doute trois jours avant que quelqu'un se demande où il était passé.

Il est étalé au beau milieu du jardin.

Mais son jardin est loin de tout et il n'a pas de voisins.

De toute façon, ce n'est pas le plus important. Jeff ou pas Jeff, les flics sont à tes trousses. Ils ont sûrement établi des barrages. Ou sinon, ils surveillent les routes. Ils te cherchent. Ils veulent te coincer.

Tu crois qu'une camionnette comme celle-ci éveillerait leurs soupçons ?

C'est une épave, d'accord, mais ce n'est pas une raison pour te sentir protégée. Si ça se trouve, ses feux de position ne fonctionnent plus. A moins que ce ne soit la loupiote de la plaque minéralogique. Pour ne pas parler de l'assurance. Si tu t'aventures sur l'autoroute avec, tu n'iras pas loin.

Je suis bien obligée de prendre des risques.

La dernière fois que tu en as pris un, regarde où ça t'a menée. Et puis il y a encore une chose.

Quoi ?

Vu la façon dont tu parles de Jeff, on dirait que tu le tiens pour mort. *Il faudra sans doute trois jours avant que quel-*

117

qu'un se demande où il est passé. Tu crois qu'il est mort, c'est ça ?

L'autre Kate resta un long moment muette.

S'il était mort, tu serais dans un beau pétrin. Mais suppose qu'il ne le soit pas. Suppose qu'il soit vivant. Où crois-tu qu'il serait en ce moment ? Je vais te le dire : il serait chez les flics, en train de leur décrire sa camionnette. Celle dans laquelle tu roules.

Kate s'arrêta sur une aire de repos et éteignit ses phares.

C'était un espace long et courbe, creusé d'ornières et jonché de détritus. Il n'y avait aucun éclairage, mais les lumières de la route baignaient le sol d'une lueur orangée, parant d'un éclat surnaturel les vieux journaux et les sacs en plastique abandonnés. Une maigre haie d'aubépines séparait l'aire de repos des champs qui s'étendaient derrière elle.

Tout au bout de la haie, Kate trouva un portail métallique formé de cinq barres transversales. Elle l'ouvrit et le cala à l'aide d'une grosse pierre. Le vent faisait tournoyer les plus hautes branches de la haie, secouait les montants du portail. Kate remonta à bord de la camionnette, passa dans le champ et se gara dans un creux, juste derrière la haie, à l'endroit où elle était la plus touffue. Elle prit la bouteille de coca et les provisions, mais laissa la baïonnette sur le siège. Elle revint sur ses pas et referma la grille.

Elle s'assit au pied de la haie, à l'abri du vent, ouvrit la bouteille de coca et se désaltéra. Sa récolte dans le placard de Jeff n'avait pas été des plus fructueuses : elle disposait de quelques tranches de pain de mie, d'un reste de cheddar et de deux tranches de jambon emballées dans de la cellophane. Elle se confectionna un sandwich et le mastiqua consciencieusement dans l'obscurité. Tandis qu'elle mangeait, des images de Jeff revinrent la hanter. Jeff avec ses médailles. Jeff à terre, assommé d'un coup de bouteille. Jeff s'écroulant quand elle lui avait cogné dessus avec la baïonnette.

Dégage ! Dégage !

Kate recracha le sandwich et fondit en larmes.

Des hiboux chassaient quelque part dans le pré, du côté de la lisière des bois. Leurs cris semblaient si proches que Kate avait l'impression qu'elle n'aurait eu qu'à tendre la main pour les toucher. Le vent tenait toute la campagne dans son immense poing. Des branches s'entrechoquaient dans les ténèbres au-dessus de sa tête.

Kate s'assoupit et fit une suite de rêves confus. Elle se réveilla en sursaut, hantée par un visage. Celui de l'homme que Michael avait engueulé dans la rue le soir du congrès écolo. Elle avait suivi toute la scène depuis la fenêtre du restaurant.

Pourquoi avait-elle pensé à cet homme ?

Des images de ses rêves lui revinrent : Michael agonisant dans une mare de sang, Jeff s'écroulant après que la bouteille se fut fracassée sur sa tempe, Webb la harcelant de questions avec son sourire fourbe. Elle se revit jouant la sonate de Brahms au violoncelle, revit Michael debout sur le trottoir, engueulant ce...

Comment s'appelait-il déjà ? Cawdrey ? Cowley ? Pourquoi Michael était-il si furieux ? Etait-ce en rapport avec son article ? Avec la « dynamite » ?

Cawdrey. Elle en était sûre à présent. Kate connaissait cet homme. C'était même Michael qui le lui avait présenté. Stephen Cawdrey. Journaliste. Spécialisé dans les questions d'environnement, comme Michael. Il faut que je l'interroge, se dit-elle. Qu'il m'explique pourquoi Michael lui en voulait. Là-dessus, elle se rendit compte que dans sa situation, parler à quelqu'un qui savait qui elle était aurait été beaucoup trop dangereux. Le moindre contact aurait pu lui être fatal. Tout à coup elle éprouva un sentiment de solitude tellement intense, tellement désespérant, qu'elle en eut physiquement mal. Elle se pelotonna au creux de sa haie. Elle ne pouvait compter que sur elle-même. Elle n'était plus qu'une bête traquée, sans amis ni refuge. Jamais elle ne s'était sentie aussi perdue.

Elle resta trois heures dans sa cachette. Personne ne l'aperçut. Ni la famille qui vint se ranger sur l'aire de repos à bord d'une voiture qui battait visiblement de l'aile, ni le dépanneur de l'Automobile Club qui arriva au bout de trois quarts d'heure pour la tirer de ce mauvais pas. Ni le couple qui vint s'y abriter le temps d'une partie de jambes en l'air ultra-rapide, fesses pâles et seins laiteux ballottant au milieu d'une brume orangée. Ni les cinq ou six automobilistes qui vinrent se camper face à la haie, à contre-vent, leur urine décrivant un arc brillant dans la pénombre. Ni le camionneur qui resta assis un moment dans la cabine de son semi-remorque, sirotant une tasse de café, avant de se glisser à l'arrière pour faire la sieste. Au bout d'une demi-heure, il se réveilla et se hissa péniblement derrière son volant. Kate sauta sur le marchepied côté conducteur et frappa à sa vitre. En la voyant, le routier parut plus intrigué qu'effrayé, comme si une auto-stoppeuse échouée au bord d'une route en pleine nuit avait été pour lui la chose la plus banale du monde.

Il venait de livrer un chargement d'ardoises à Penzance et remontait sur Londres. De toute évidence, il était content d'avoir de la compagnie. Il s'appelait Andy. Une femme, trois enfants, un chien, de lourdes traites à payer : il lui en dressa la liste comme s'il les répartissait entre les colonnes *débit* et *crédit* d'un livre de comptes. Ils firent un unique arrêt dans un restoroute. Kate prétendit qu'elle était trop fatiguée pour aller casser la croûte avec lui. Il lui offrit de lui ramener une tasse de café et un sandwich, mais elle déclina poliment. Dès qu'il se fut éloigné, elle se glissa derrière le rideau et s'allongea sur la couchette.

Quand on joue à pile ou face ou qu'on tire une carte, c'est toujours le hasard qui décide. Parfois il joue en votre faveur, d'autres fois la chance semble vous avoir tourné définitivement le dos.

Après avoir fait un détour par les toilettes, Andy alla se restaurer à la cafétéria. En mangeant, il bouquina un polar. Avant de regagner son camion, il alla s'acheter une tablette de chocolat. Au cours de ses allées et venues, il passa quatre fois devant une affiche ornée d'une photo grand format de Kate, priant toute personne qui l'aurait aperçue de le signaler aussitôt au commissariat le plus proche. Mais ce brave Andy avait la tête ailleurs. Il remonta à bord de son camion et continua jusqu'à Londres, déposant Kate non loin du pont de Hammersmith à six heures du matin.

Kate ignorait tout de la chance insensée qu'elle avait eue. Elle trouvait même que la chance ne lui souriait guère.

Quand le téléphone sonna, Joanna était encore au lit, mais elle ne dormait pas. Nathan avait fait irruption dans sa chambre au beau milieu de la nuit, en lui annonçant qu'il avait fait un cauchemar. Elle l'avait reconduit à son lit et s'était allongée à côté de lui, en lui promettant de rester là jusqu'à ce qu'il s'endorme. Elle s'était endormie elle-même, mais s'était réveillée une heure plus tard quand Nathan lui avait flanqué un coup de pied en se retournant brusquement. Ensuite elle avait vagué dans une espèce de demi-sommeil troublé par des cauchemars qui la réveillaient sans arrêt, comme si Nathan lui avait communiqué sa sinistre ménagerie mentale, peuplée de goules et de monstres. Elle décrocha le téléphone et jeta simultanément un coup d'œil au réveil, craignant qu'il ne soit déjà très tard.

— C'est moi, Jo.

Joanna se dressa brusquement sur son séant, comme un animal qui flaire le danger.

— Ne me dis pas où tu es ! s'écria-t-elle. Ne me dis rien d'important. Comment vas-tu ?

— Ça va... Enfin, si on peut dire. Je ne l'ai pas tué, Jo. Je n'ai pas tué Michael.

— Evidemment que tu ne l'as pas tué.

— Je voulais seulement te dire que j'allais bien.

— Qu'est-ce que je peux faire pour t'aider ?

— Rien. Ne t'inquiète pas, c'est tout.

Joanna éclata de rire.

— Tu rigoles, ou quoi ?

Au moment où elle disait cela, une voix se mêla à la sienne. Il y eut un bref silence, puis une deuxième voix fit :

— Dans cinq secondes, ils l'auront repérée.

— Dis-leur de se magner le cul, fit la première voix.

Cette fois, pas de doute : c'était la voix de Webb.

Joanna sentit comme un vide sur la ligne. Kate venait de

raccrocher. La première voix, lointaine mais parfaitement distincte, fit :

— On l'a perdue.

Le silence qui suivit fut d'une profondeur d'abîme. Joanna attendit. Elle ne percevait plus que le souffle rauque de Webb. A la fin, il dit :

— Pauvre idiote.

— Vous avez fait une belle connerie, dit Webb.

Ils étaient face à face, dans la cuisine de Joanna.

— Je pourrais vous inculper d'entrave à la justice.

— Si vous n'étiez pas intervenu comme ça, la conversation aurait duré plus longtemps, dit Joanna.

Avec un sourire suave, elle ajouta :

— Mais peut-être que ce n'était pas intentionnel ?

Webb consulta son procès-verbal.

— Vous l'avez mise en garde. « Ne me dis pas où tu es. Ne me dis rien d'important. »

— Je ne voulais pas le savoir, et je ne veux toujours pas. Puisque je ne peux pas lui venir en aide, je préfère ne pas m'en mêler. Il faut bien que je pense à mon fils, vous comprenez. Ce n'est pas elle que j'essayais de protéger. J'essayais de me protéger moi-même.

— Vous croyez que je vais avaler ça ?

— Pensez-en ce que vous voulez, je m'en fiche. Au moment où j'allais lui conseiller de se rendre, vous avez commis votre petit impair électronique. C'est votre faute, moi je n'y suis pour rien.

Bien qu'elle affectât de prendre tout cela à la légère, Joanna était visiblement tendue. Un nerf tressautait sous son œil gauche.

Les bajoues de Webb s'empourprèrent, mais ce n'était pas de l'embarras.

— Si jamais elle vous rappelle..., grommela-t-il.

— A votre place, je n'y compterais pas trop, dit Joanna.

Vivre dans la rue, ça s'apprend vite. On apprend vite à se débrouiller. On sait dans quels endroits on sera toléré, à condition de ne pas trop s'y attarder. La tenue de Kate laissait à désirer, mais elle n'avait pas l'air d'une clocharde pour autant. Le blouson canadien dissimulait assez efficacement les taches de sang dont son jean était constellé. Elle l'avait brossé du revers de la main pour en faire partir la boue. Il ne lui restait que quatre livres et des poussières, même pas de quoi payer trois tickets de bus. Elle voulait quitter le West Side, aller vers le centre-ville, mais si elle avait emprunté les transports en commun le trajet lui aurait coûté jusqu'à son dernier sou. Elle opta donc pour la marche à pied. Au bout d'une demi-heure, elle se retrouva dans un quartier qui ne lui était pas du tout familier. Elle se dit qu'elle ne risquait pas de tomber sur quelqu'un qu'elle connaissait et que personne ne la chercherait là. Aussi peu logique qu'elle soit, cette idée la rassurait. Elle acheta un journal, entra dans le premier troquet venu et commanda un café. Sa consommation une fois réglée, il lui resterait tout juste de quoi passer quelques coups de téléphone.

Elle fit durer son café le plus longtemps possible. Le journal ne parlait pas d'elle. L'affaire Michael Lester était déjà de l'histoire ancienne. La police ne tarderait pas à établir un lien entre elle et Jeff, mais apparemment la presse n'avait pas encore eu vent de l'affaire Jeff.

En sortant du café, elle prit au hasard une enfilade de petites rues, en évitant les artères trop fréquentées. Elle avisa un petit cimetière, déjà ouvert au public malgré l'heure matinale. Elle avança de quelques dizaines de mètres le long d'une allée, et s'assit sur un banc, au milieu des cippes et des angelots éplorés, regardant passer l'arrière-garde des employés qui prenaient ce raccourci pour se rendre à leur travail. Quand leur défilé eut cessé, elle vit arriver, un à un, marchant très lentement, les petits vieux à la recherche d'un peu d'air frais et de tranquillité. Bientôt, il y en eut sur tous les bancs du cimetière. On aurait pu croire qu'ils venaient se familiariser avec leur dernier séjour, chacune de leurs visites quotidiennes les en rapprochant un peu plus.

Le soleil s'était enfin décidé à percer les nuages, et la rosée scintillait sur les pelouses. Kate se leva et se dirigea vers la sortie, laissant les vieux à leur contemplation. Il n'y en avait qu'un par banc, comme s'ils s'étaient déjà résignés à la terrible solitude de la tombe.

Kate entra dans une bibliothèque, prit l'annuaire du téléphone, emprunta de quoi écrire à la préposée et s'installa à une table. Elle trouva deux Stephen Cawdrey et quatre S. Cawdrey, dont elle recopia les adresses et les numéros de téléphone.

Elle commença par les Stephen, bien entendu. Le Stephen numéro un n'était pas le bon. Chez le Stephen numéro deux, ce fut une femme qui répondit. Oui, dit-elle, son mari s'appelait bien Stephen Cawdrey et il était journaliste, mais il était absent et ne risquait pas de rentrer de sitôt.

— Vous êtes qui, au fait ? demanda-t-elle.

— Une amie, dit Kate.

— Sans blague ? Une amie très proche, sans doute ? Une de ces amies qu'on saute à l'occasion ? Il en a tellement !

Elle éclata d'un rire amer, le rire de quelqu'un qui venait de s'apercevoir que le pire était encore à venir.

— Non, dit Kate, je le connais à peine. Nous nous sommes croisés deux ou trois fois, c'est tout. J'aurais besoin de son aide pour l'article auquel je travaille.

— Si vous êtes grande, blonde et si vous avez moins de trente ans, il vous aidera, vous pouvez en être sûre.

— Vous n'avez pas un numéro où je pourrais le joindre ?

Il y eut un silence suivi d'un claquement brutal. Kate crut que madame Cawdrey lui avait raccroché au nez, mais elle avait seulement posé le combiné. Kate glissa sa dernière pièce dans la fente.

Madame Cawdrey revint au bout de quelques instants, et lui donna un numéro de téléphone.

— Dites-lui que je ne l'oublie pas dans mes prières, dit-elle. Je prie le ciel qu'une maladie mortelle le frappe.

Kate tenta d'appeler le numéro en P.C.V., mais l'opératrice lui dit qu'elle était tombée sur un répondeur.

Bon, qu'est-ce que je fais maintenant ? se demanda Kate.

124

Mais elle eut beau se torturer les méninges, rien ne lui venait. Il fallait qu'elle réfléchisse, qu'elle élabore un plan d'action. Cawdrey était son unique recours. A part lui, la seule issue qui lui restait, c'était la rue. Et la rue lui tendait les bras.

C'est un environnement comme un autre. Le tout est de s'y adapter.

Kate gagna le Strand à pied, puis continua jusqu'à Covent Garden, en prenant par de petites rues. Elles grouillaient de gens qui faisaient du shopping, de promeneurs, de touristes, de businessmen affairés, mais Kate n'avait d'yeux que pour les zonards, les mendiants, les clodos dormant sous les porches. De loin en loin, elle apercevait un nid que son propriétaire avait momentanément déserté, le temps de se livrer à quelque expédition. Le nid se composait d'un sac de couchage, avec parfois une couverture d'appoint, de journaux ou de cartons empilés les uns sur les autres, d'une boîte en fer-blanc ou d'un bol destinés à récolter les pièces de monnaie que l'on sollicite d'une voix monocorde. De toute évidence, le zonard qui avait laissé ses affaires ne craignait pas qu'on les lui fauche. Qui aurait voulu de ces pauvres hardes ?

Kate passa la journée à errer dans les rues. Elle n'avait pas d'argent, rien à manger ni à boire, personne pour lui venir en aide. Elle s'aperçut vite que le chapardage n'était pas chose aisée dans une ville que l'on avait verrouillée de toutes parts pour se prémunir contre elle et ses pareils : magasins surveillés par des vigiles, alarmes électroniques, commerçants sur le qui-vive, prêts à recevoir les voleurs comme il se devait. Elle cherchait refuge dans les bibliothèques, les jardins publics, les grands magasins. Dans l'un de ces derniers, elle alla se débarbouiller aux toilettes. A la cafétéria, faisant semblant de chercher quelqu'un, elle passa de table en table, récupéra une bouteille d'eau minérale vide et retourna aux toilettes pour la remplir. Elle mourait d'envie de prendre un bain et de se laver les cheveux.

Quoique n'ayant pas de destination précise, elle était sans cesse en mouvement. Un S.D.F. n'est pas seulement dépourvu de domicile. Un S.D.F. n'a plus de vie. Kate pensait à ces innombrables formes humaines qu'elle avait vues blotties sous des entrées d'immeubles, dormant à n'importe quelle heure du jour ou de la nuit. L'ennui et le désœuvrement sont des drogues très puissantes. Auxquelles s'ajoutent les drogues bien réelles, ces produits aux sobriquets évocateurs – *shit, crack, pétard, joint* – qui meublent les jours vides, donnent un semblant de sens à la vie.

La nuit venue, elle prit le chemin de la Mecque des zonards. Aux heures tardives du soir, Piccadilly Circus prend des allures de cour des Miracles. Les pharmacies ouvertes vingt-quatre heures sur vingt-quatre ne désemplissent pas.

Kate prit Shaftesbury Avenue et se retrouva au cœur de Soho. Derrière un théâtre, sur le perron de l'entrée des artistes, elle découvrit un nid abandonné. Le sac de couchage était resté entrebâillé, comme si son occupant s'était levé à la hâte le temps d'aller éteindre les lumières. Elle le mit sous son bras et s'éloigna d'un pas rapide à travers les rues étroites : néons criards, boîtes de strip-tease, peep-shows, sex-shops, poivrots, clochards, bars à putes aux portes béantes, portes ouvrant sur des puits de ténèbres.

Elle suivit un itinéraire compliqué qui la ramena à Piccadilly Circus, s'engagea dans Haymarket Street et continua jusqu'à la Tamise. Elle descendit un escalier et s'assit sous le pont, le dos contre un pilier. Il faisait froid, mais au moins elle était seule, et la proximité du fleuve avait quelque chose de rasérénant : lueurs dansantes qui s'étiraient sur les flots, clapotis de l'eau contre la berge, mouettes insomniaques. Un peu plus bas en aval se dressait la salle de concert où elle avait joué le Concerto d'Elgar. C'était il y avait trois mois. Il y avait trois siècles.

Le sac de couchage sentait mauvais, mais elle n'arrivait pas à identifier l'odeur. Vinasse, sueur, tabac refroidi... et Dieu sait quoi encore. Il sentait la *souillure*. Le froid s'y insinuait, souillure supplémentaire. Elle fut longtemps sans pouvoir fermer l'œil, et dès qu'elle s'endormit elle rêva de la mort de Jeff. Mais était-il mort ? Elle sentit le choc se répercuter le long de son bras au moment où elle lui abattait la baïonnette sur le crâne. En rêve, la douleur lui parut encore plus vivace. Elle se réveilla en criant, transie jusqu'aux os. Son ventre la torturait, et elle s'aperçut qu'elle avait ses règles. Elle déchira un coin du sac de couchage, y préleva une poignée de kapok et se la fourra dans la culotte.

Je tiendrai encore une journée comme ça, se dit-elle, mais pas plus. Une journée, c'est tout.

Aux premières lueurs de l'aube, la pluie réveilla Kate et une idée se forma dans sa tête.

12

ACCROUPIE contre le parapet en pierre qui longeait le quai, toujours enveloppée de son sac de couchage volé, la main tendue, marmonnant inlassablement « *Vous auriez pas une petite pièce ? Vous auriez pas une petite pièce ?* », Kate récolta un peu plus de douze livres dans la matinée. Elle s'acheta des Tampax, de l'eau minérale, une part de pizza, du chocolat et une brosse à cheveux.

Elle passa deux coups de fil, s'attarda un moment dans une bibliothèque, déambula dans les rues, remonta la Tamise vers l'amont jusqu'à un petit bois, en face d'un quai aux pontons grisâtres, et passa une heure à regarder les péniches aller et venir sur le fleuve. Un héron immobile et attentif pêchait non loin de la rive. L'après-midi, elle alla au cinéma.

Le second coup de fil avait marché comme sur des roulettes.

— Ici le Queen Elizabeth Hall. Votre billet pour le concert de ce soir vous attend au contrôle. Vous êtes priée de le retirer une demi-heure avant le début du spectacle.

La caissière avait une pointe d'accent écossais, très agréable à l'oreille.

Au moment où Joanna ouvrait la bouche pour lui dire qu'elle se trompait de numéro, elle s'aperçut qu'elle avait déjà entendu cet accent quelque part.

— C'est très aimable à vous de m'en avoir averti, dit-elle.

— Vous pourrez régler votre billet en espèces, c'est A.V.C.

— Pardon ? dit Joanna. Je ne saisis pas très bien.

— A.V.C. – à votre convenance. Ce soir, en retirant votre billet, il faudra le payer. Espèces ou chèque, ça revient au même. Mais nous préférons les espèces, bien sûr.

— Je comprends, dit Joanna. Merci. Je paierai en espèces.

Kate avait préalablement téléphoné à la salle de concert pour réserver une place au nom de Joanna. Le programme était un cocktail hasardeux qui allait sans doute lui déplaire au plus haut point : Brahms, Strauss, Mahler et Stravinsky.

Le film était un suspense hollywoodien, mêlant comme toujours violence et guimauve. Qui inspiraient à Kate une égale répugnance. Les fusillades et les affrontements bestiaux lui soulevaient le cœur, mais elle souffrait encore plus quand les mâles héros s'épanchaient, invoquant l'honneur et la défense des valeurs familiales pour justifier leurs boucheries.

Blottie au creux de son fauteuil, regardant les revolvers qui crachaient le feu et les poings qui s'abattaient, elle se demanda pour la première fois qui pouvait bien être le vrai coupable. Quelqu'un avait tué Michael. Et ce quelqu'un avait forcément un nom, un visage.

A sept heures moins le quart, elle poussa la porte de la salle de concert, commanda un jus d'orange au bar et s'installa à une table du foyer. Au bout de quelques minutes, elle entra dans les toilettes des femmes et s'enferma dans la dernière stalle.

Elle attendit la suite, espérant que tout se déroulerait comme prévu.

Après avoir embrassé Nathan et donné d'ultimes consignes à la baby-sitter, Joanna sortit de chez elle. Elle était partie très tôt, car elle avait décidé de prendre le bus. Si les flics lui filaient le train – ce qui lui semblait inévitable – elle les repérerait plus facilement dans les transports en commun.

129

A l'arrêt d'autobus, il n'y avait que trois autres voyageurs, et aucun ne ressemblait à un policier, à moins que les policiers ne se déguisent en retraité, en ménagère antillaise obèse ou en punk tatoué et maquillé, aux lèvres percées de clous.

Quand l'autobus arriva, le flic qu'on avait chargé de filer Joanna usa de son téléphone mobile. Quelques instants plus tard, une voiture vint se ranger à sa hauteur.

— Tu crois qu'elle mijote quelque chose ? lui demanda le chauffeur au moment où ils démarraient.

— J'espère bien, dit-il avec une grimace. Si je suis obligé de me farcir trois heures de leur musique à la con pour des prunes, je l'aurai mauvaise.

— A mon avis, elle s'offre simplement un peu de bon temps, dit le chauffeur.

— Sa sœur est recherchée pour meurtre.

— C'est pas une raison pour rester cloîtrée chez elle. Faut bien qu'elle se change les idées.

Le préposé à la filature s'emmerdait ferme. Rien n'est plus fastidieux que ce boulot-là. Il suivait Joanna depuis l'aube ; elle l'avait baladé d'une supérette à une banque, d'un traiteur italien à une maison de la presse... Il lui avait filé le train quand elle avait accompagné son mouflet à l'école à neuf heures, et ils avaient fait le même trajet pour aller le récupérer à la sortie. Qu'est-ce qu'il avait pu se faire chier ! Il ferma les yeux.

— Moi qui avais un super-plan pour ce soir, soupira-t-il.

— Une gonzesse ? lui demanda le chauffeur.

— Non, un clébard, répondit-il en riant.

S'ils ont saisi le jeu de mots sur « A.V.C. », je ne peux être suivie que par une femme, se disait Joanna. Il va falloir jouer ça en finesse, tout calculer très soigneusement.

Elle récupéra son billet au contrôle, commanda un whisky au bar, acheta un programme, s'installa à une table et le parcourut tout en buvant. Quand la sonnerie qui annonçait le début de la représentation retentit, le foyer commença à se vider et elle mit le cap sur les toilettes. A l'intérieur, quatre femmes attendaient leur tour, visiblement exaspérées, car l'occupante de la troisième et dernière stalle n'en finissait pas. Une cinquième femme entra derrière Joanna, qui se dirigea vers un lavabo et feignit de se laver les mains, lui laissant sa place dans la queue. Quand son tour arriva enfin, elle s'enferma dans la première stalle et attendit que les toilettes se vident. Ne percevant plus aucun bruit, elle se risqua dehors et s'approcha de la dernière stalle.

— Kate ? chuchota-t-elle.

— Je suis là, Jo.

— Oh, bon dieu de merde.

— Va-t'en.

— On a bien une minute...

— Non ! Il ne faut pas que tu restes ici. Va-t'en. Sauve-toi, je t'en prie.

Joanna ouvrit son sac à main et en tira un second, beaucoup plus petit : un réticule de satin noir orné de perles en jais. Elle le fit passer par-dessus la porte de la stalle.

— Va-t'en maintenant.

— Enfin quoi, Kate...

Joanna mourait d'envie de voir sa sœur, de la serrer dans ses bras ne serait-ce qu'un instant.

— Non, Joanna, n'insiste pas !

Il y eut un silence, puis Kate ajouta :

— Tu n'as rien appris de nouveau ?

— Les flics disent qu'ils ont un témoin et que le rapport du labo est concluant.

— Quoi ?

— Je n'en sais pas plus, Kate, dit Joanna en réprimant un sanglot. C'est Stuart Donnelly qui me l'a dit, mais je ne sais pas de quoi il retourne exactement.

— Va dans la salle, Jo. Dépêche-toi !

La porte des toilettes s'ouvrit et Joanna se retourna. En voyant une ouvreuse se diriger vers l'une des stalles, elle comprit qu'il ne lui restait plus qu'à filer. Voulant signaler à Kate la présence de l'intruse, elle lui posa une question :

— Le concert va bientôt commencer ?

— D'une seconde à l'autre, répondit l'ouvreuse.

Joanna sortit des toilettes, traversa le foyer et entra dans la salle. Elle n'avait aucune envie d'écouter de la musique, aucune envie d'être assise au milieu d'une assistance nombreuse dans cette salle où sa sœur s'était si souvent produite, mais elle resta stoïquement à sa place. A l'entracte, elle descendit coup sur coup deux scotches, puis mit de nouveau le cap sur les toilettes. Elle attendit que la troisième stalle se libère, y entra, s'assit et chercha des yeux un signe qu'aurait pu lui laisser sa sœur. Un message écrit aurait été trop dangereux, bien sûr, mais elle avait peut-être inventé un code quelconque...

Sur la porte, à la hauteur de ses yeux, quelqu'un avait gratté la peinture pour y tracer trois X, trois baisers, et une face de clown triste sommairement esquissée : un cercle, deux traits pour les yeux et une bouche s'incurvant vers le bas. S'agissait-il d'un message laissé par Kate à son intention, ou d'un graffiti anonyme ?

Anonyme ou pas, il était drôle et touchant. Joanna l'effleura amoureusement du bout de l'index.

Pendant la demi-heure qui suivit, Kate sentit une présence derrière elle. Elle alla se perdre dans le dédale des petites rues de Soho et finit par comprendre qu'elle se faisait des idées, que le regard qui lui brûlait le dos et faisait naître des picotements au creux de sa nuque était le fruit de son imagination. Il lui semblait que la foule compacte des noctambules la protégeait, se refermait sur elle comme une porte. Quand elle eut enfin trouvé le courage d'arrêter sa dérive, elle entra dans un pub et consacra le peu d'argent qui lui restait à l'achat d'un brandy qu'elle alla siroter à une table, en prenant soin de s'asseoir face à la porte. Mais personne de suspect ne se présenta, personne ne lui prêta la moindre attention.

Une fois de plus elle alla chercher refuge dans les toilettes des dames et ouvrit le réticule de satin noir. Il contenait une carte de crédit, une lettre et une liasse de billets de cinquante livres flambant neufs. Kate les compta : il y en avait cent.

Ma chère Kate,
Je ne pouvais pas tirer plus de cinq mille livres en espèces sans éveiller les soupçons de ma banque. Tu pourras te servir de la carte

de crédit d'ici quelques jours, quand mon autorisation de découvert aura été approuvée. Le code est 1695. Que pourrais-je te dire de plus ? D'après Stuart Donnelly, les flics disposent d'un témoin et le rapport du labo est concluant, mais je ne sais pas en quoi il consiste, et lui non plus. Cette histoire est vraiment épouvantable. Je sais que tu n'as pas tué Michael, mais je ne comprends pas très bien les raisons de ta cavale. Enfin si, en y réfléchissant, elles me paraissent assez claires. Les flics sont trop persuadés de ta culpabilité – c'est pour ça, hein ?

Mon téléphone est sur écoute, mais ce n'est sans doute pas la peine que je te mette les points sur les i. Ton imitation de tante Gemma était très réussie. Cet accent d'Edimbourg est tellement distingué. Elle me manque autant qu'à toi.

Je ne sais pas ce qui me prend, j'écris comme si c'était une lettre ordinaire. Je bavarde, quoi. Je ne vois pas ce que je pourrais dire ou faire pour t'aider. La seule chose qui m'est venue à l'idée, c'est qu'on devrait établir une sorte de boîte postale pour communiquer. Au Café Polonais de Queensway, il y a un panneau d'affichage où de vieux émigrés se laissent des messages : tracts révolutionnaires, coups d'échecs à distance et autres trucs du même genre. Je m'y arrête de temps en temps pour boire un café en allant à l'université. J'y passerai tous les mardis et jeudis matin, avant mon cours, qui ne commence qu'à dix heures. Si besoin est, tu n'as qu'à me laisser un message, sous le nom de Z. Cybulski. Tu te souviens de ce film que papa aimait tant – Cendres et Diamant ? Ne donne aucune indication qui pourrait permettre de te localiser, sauf en cas d'extrême urgence – je ne peux pas t'affirmer qu'ils m'ont prise en filature, mais j'en ai bien l'impression. Tout ça est d'un ridicule ! Je te laisserai des messages en usant du même nom. Si tu entres dans ce café après dix heures et qu'il y a un message pour Cybulski, c'est à toi qu'il s'adresse.

C'est le mieux que je puisse faire. Si ça ne te sert à rien, j'en serai navrée. Je suis navrée de tout ce qui t'arrive. Je ne vois pas ce que je pourrais en dire d'autre. Navrée, oui. Je suis navrée, comme si j'avais pu y faire quelque chose rien que parce que je suis ta sœur aînée. Avec tout mon amour,

Jo

A défaut d'avoir tout à fait l'allure d'une zonarde, Kate commençait à en avoir l'odeur. Mais Soho ne manque pas d'hôtels plus ou moins borgnes où l'on est habitué à ce genre de clientèle. Après avoir fait un saut dans une pharmacie de nuit pour s'acheter du shampooing et du savon, elle prit une chambre pour la nuit. La chambre ne comportait qu'un lavabo. Kate se déshabilla, se récura d'importance puis, se plaçant au-dessous du robinet, se lava les cheveux deux fois de suite. Ensuite elle lava sa culotte, son soutien-gorge, son tee-shirt et ses chaussettes et les mit à sécher sur le radiateur.

Le lit était exigu et défoncé, mais les draps étaient propres. Quand elle tira le rideau, la chambre resta plongée dans une espèce de demi-jour diffus. L'hôtel donnait sur une avenue où les néons clignotaient toute la nuit. Le bruit de la circulation n'y cessait jamais non plus, ni les éclats de voix ponctués de rires avinés.

Kate dormit comme un loir.

Le lendemain, elle s'acheta des vêtements neufs, des produits de beauté et un petit sac à dos en nylon. Avant de quitter le magasin, elle alla se changer aux toilettes, fourra son jean malodorant et son pull crasseux dans le sac en plastique qui avait contenu ses affaires neuves, ressortit du magasin avec et le jeta dans la première poubelle venue.

Elle commençait à se sentir mieux. Elle commençait à se dire qu'au milieu de cette immense métropole, elle devait être à peu près aussi facile à trouver qu'une aiguille dans une meule de foin.

Elle se rendit chez un coiffeur du West End, où elle savait qu'il y aurait énormément de monde. Elle fit couper ses longs cheveux à la garçonne, mais ne les fit pas teindre. La teinture, elle avait décidé qu'elle s'en chargerait elle-même. Webb se douterait peut-être qu'elle s'était fait couper les cheveux ; il y avait même des chances qu'il arrive à retrouver le coiffeur, mais il ne saurait pas si la femme qu'il traquait était blonde, brune ou rousse.

Elle regagna son hôtel borgne, où elle avait payé deux nuits d'avance, et se teignit les cheveux en noir. Puis elle nettoya soigneusement le lavabo et vida les lieux. Laissant

Soho derrière elle, elle prit le métro jusqu'à Hampstead et loua une chambre dans un hôtel modeste mais confortable. S'efforçant de raisonner comme ses poursuivants, elle avait conclu qu'il valait mieux opter pour un quartier où elle n'avait jamais résidé. Elle se doucha et fit suivre la douche d'un bain moussant.

Dans la baignoire, entourée d'apaisantes bulles bleues, elle lut et relut la lettre de Joanna, comme une réfugiée qui se raccroche à un ultime emblème de sa patrie perdue.

Elle regrettait que Joanna n'ait pas pensé à glisser un téléphone portable dans son réticule de satin noir.

Kate avait laissé des empreintes partout : il y en avait sur la portière de la camionnette, sur le volant, le levier de vitesse, le tableau de bord et le rétroviseur. Chez Jeff, il y en avait sur le buffet, les placards, les chaises, les poignées de portes, la tête de lit. Il y en avait aussi sur le goulot de la bouteille de bière brisée et sur le manche de la baïonnette.

Les empreintes correspondaient, il n'y avait pas de doute. Pour éviter toute confusion, ils les avaient comparées à celles qu'ils avaient relevées sur son violoncelle, objet qu'elle était la seule à toucher.

— Je veux un black-out complet sur cette affaire, dit Webb. Débrouillez-vous pour obtenir la coopération de la presse. Il ne faut pas qu'elle se sente plus aux abois qu'elle ne l'est déjà. Le sujet du jour, c'est Michael Lester. Pas la peine qu'ils en rajoutent.

Sorley le regarda d'un air dubitatif.

— Ça va pas être de la tarte, dit-il. C'est vraiment un sujet en or pour eux. Une femme assoiffée de sang qui trucide d'abord son jules, puis s'en prend à ce demeuré. Est-ce qu'elle déteste les hommes ? Est-ce qu'elle a perdu la raison ? Les tueuses, ça excite toujours l'imagination des foules. Sa photo à la une, ça ferait vendre du papier.

— Promettez-leur la lune s'il le faut, dit Webb. Je m'en fiche. Je ne veux pas qu'elle se croie acculée. Et soit dit en passant, le demeuré n'est pas mort.

— Il ne va pas faire de vieux os, dit Sorley.

On avait farci Jeff de tubes et de tuyaux, certains destinés à le remplir, d'autres à le vider. Un planton restait assis à son chevet. Depuis quarante-huit heures, les enquêteurs attendaient qu'il émerge de son coma. Le médecin ne leur avait pas donné beaucoup d'espoir.

— Qu'est-ce que vous voulez que je vous dise ? leur avait-il répondu en secouant la tête. On lui a brisé une bouteille sur le crâne, on l'a tabassé à l'aide d'un instrument contondant, il a passé la nuit et toute la matinée du lendemain sous la pluie, il a le crâne fracturé en plusieurs endroits et il s'est chopé une pleurésie. Quand on l'a ramassé, il avait la tête dans une flaque d'eau ; c'est un miracle qu'il ne se soit pas noyé. Je ne sais pas quand il reviendra à lui. Je ne peux même pas vous affirmer qu'il reviendra à lui. Ses signes vitaux s'améliorent peu à peu. A un moment ou à un autre, un déclic va se produire au fond de son cerveau et une petite étincelle va jaillir.

— Mais il pourrait mourir avant ? demanda Webb.

— On ne peut pas l'exclure.

— Il va mourir ou pas ?

— Ses signes vitaux s'améliorent, mais pour l'instant, on ne peut pas se prononcer.

Jeff était plongé dans un profond sommeil. Son visage marbré d'ecchymoses violettes, jaunes et vertes, enchâssé entre un oreiller et un drap d'un blanc immaculé, évoquait irrésistiblement l'œil écarquillé de quelque cyclope furieux, coincé entre deux paupières pâles et immobiles.

Allongée sur le lit de sa chambre d'hôtel, Kate contemplait le plafond.

J'aurais peut-être pu m'y prendre autrement, se disait-elle. Lui parler ? Le dissuader par des paroles ? Ne pas le frapper aussi fort ? Ne pas lui porter autant de coups ? Mais comment fait-on pour décider dans ces cas-là ? Comment mesure-t-on ses coups ? Comment peut-on savoir combien de fois il faut frapper ? Comment peut-on savoir où est la limite ?

Je veux tripoter un peu, c'est tout. Peloter un petit coup, j'en demande pas plus.

136

Elle dormit un moment, et le sommeil fit surgir en elle un fatras d'images désordonnées. Elle poussait des cris, ruait. A son réveil, le jour déclinait déjà. Malgré l'immense lassitude qui l'écrasait, elle se leva et descendit dans la rue pour appeler Stephen Cawdrey d'une cabine.

Ce fut une jeune femme qui lui répondit. Kate lui demanda si Stephen Cawdrey était là. Sans même lui laisser le temps d'achever sa phrase, la femme dit : « Ne quittez pas » et passa le téléphone à quelqu'un en ajoutant : « C'est encore elle. »

Quand Cawdrey prit la communication, sa voix tremblait de colère.

— Pourquoi tu me poursuis comme ça, Lynn ? Qu'est-ce que tu veux, à la fin ? J'ai posté ton chèque et j'ai décidé de me faire hara-kiri. Ça te va ?

— Je ne suis pas Lynn, dit Kate. Je ne suis pas votre femme.

Cawdrey émit un juron qui ne lui était manifestement pas destiné. Elle l'imagina se retournant vers la jeune femme avec une grimace excédée.

— Excusez-moi, dit-il, je croyais que... Vous connaissez Lynn ?

— Non. Elle m'a donné votre numéro, c'est tout.

— Ah bon, fit-il. (Il marqua un temps avant d'ajouter :) Que puis-je faire pour vous ?

— Je suis une amie de Michael Lester, dit Kate. Quand il est mort, nous préparions un article ensemble. Après avoir longtemps hésité, j'ai décidé de le terminer toute seule. Je dispose des notes de Michael. Je suis la seule à pouvoir en tirer quelque chose. Elles sont cryptiques, au sens le plus littéral du terme. Il se servait d'une espèce de code. Il y a beaucoup de S.C., par exemple. S.C., ce sont vos initiales. Je me suis dit que vous pourriez peut-être me fournir quelques éclaircissements. D'après ce que j'ai cru comprendre, vous prépariez vous-même un article sur le même sujet.

— Je l'ai abandonné, dit Cawdrey. Je voyais bien que ça ne me mènerait nulle part. Vous vous appelez comment ?

— Gemma MacIntyre.

— Je vous connais ?

— Je ne crois pas.

— Vous êtes journaliste ?

— Je n'ai encore rien publié sous mon nom.

— Vous essayez de vous faire une place au soleil, c'est ça ?

— J'essaye de terminer l'enquête de Michael.

— Tout ça, c'est du pipeau. Vous feriez mieux de laisser tomber.

— Non, ce n'est pas du pipeau. Les notes de Michael sont très détaillées. Vous y êtes souvent cité.

— Ça ne m'étonne pas. J'avais une longueur d'avance sur lui. Peut-être même deux ou trois longueurs. C'est comme ça que je me suis aperçu que ça ne nous mènerait nulle part. Je l'en avais averti, d'ailleurs.

— Les policiers ont mis la main sur ces notes, dit Kate. Mais ils n'en ont pas la clé. Michael use d'une sorte de sténo très particulière. Pour autant que je sache, ils n'en ont rien tiré de bien concluant. Moi par contre, j'en avais la clé, je suis arrivée à les déchiffrer. C'est une chance pour vous que les flics n'en aient pas été capables. Sinon, ils auraient probablement eu quelques petites questions à vous poser.

Il y eut un silence tellement prolongé que Kate eut le sentiment qu'il n'y avait plus personne au bout du fil.

— Allô ? fit-elle.

— Vous voulez qu'on se voie, c'est ça ? lui demanda Cawdrey.

Kate sentit qu'elle était en terrain dangereux. Il ne fallait pas faire le moindre faux pas.

— Non, dit-elle. Ce n'est pas la peine. Je n'ai besoin que d'un petit coup de pouce. Je me heurte à un mur, vous comprenez.

— Quel mur ?

Il fallait bien se lancer à l'eau.

— Michael vous en voulait beaucoup. Il était très en colère contre vous. Vous l'aviez lâché. Il raconte tout ça dans ses notes.

— Il prenait trop de risques à mon goût.

— Ça vaut la peine de prendre des risques quand c'est pour la bonne cause.

138

— Les bonnes causes, il en surgit de nouvelles tous les jours.

— Je sais en quoi consistaient les risques, dit Kate. Et je sais pourquoi il était en colère contre vous.

Il y eut un autre long silence, puis Cawdrey bredouilla :

— Qu'est-ce qui me prouve que... ?

Kate ne le laissa pas achever.

— Je sais pourquoi vous avez renoncé à écrire cet article.

En fait, elle n'en avait pas la moindre idée, mais elle espérait qu'il allait la mettre sur la voie.

— Ça n'avait rien d'illégal, dit Cawdrey.

— Rien d'illégal, peut-être.

Kate avait mis une nuance de mépris dans sa voix, et Cawdrey en fut piqué au vif.

— J'ai été rétribué comme n'importe quel pigiste. Je travaille pour qui bon me chante.

Kate avait fait mouche. Elle sourit. Ainsi, on lui avait graissé la patte. Elle attendit la suite en silence. Qui l'avait soudoyé ? Et pourquoi ?

— Je vais raccrocher, dit Cawdrey. Cette discussion ne nous mènera nulle part. Cette affaire est morte et enterrée.

— Plus maintenant, dit Kate. Je viens de la ressusciter. Et vous êtes compromis jusqu'au trognon. A cause du fric que vous avez touché. Votre pot-de-vin. Votre petit bakchich.

— Qu'est-ce que vous voulez ?

— Je vous l'ai dit, je me heurte à un mur. Je suis coincée. Les notes de Michael n'expliquent pas tout. Ou alors, c'est que je ne suis pas assez maligne pour comprendre ses explications.

— Si je peux vous aider... si j'accepte de vous aider... A quoi ça m'avancera ?

— A rester anonyme.

— Qu'est-ce qui me le garantit ?

— Faites-moi confiance.

Cawdrey s'esclaffa.

— Vous rigolez, ou quoi ? Je suis journaliste !

— Quand vous dites « Faites-moi confiance », c'est forcément un mensonge ?

— Non, pas forcément.

— C'est pareil pour moi. Je ne vous mens pas. Si vous m'aidez, votre nom ne sera pas mentionné, je vous le garantis. Mais si vous refusez, je peux vous garantir qu'il s'étalera partout. Grâce aux notes de Michael, j'aurai beaucoup de révélations à faire sur votre compte.

— C'est quoi, votre mur ?

— Un nom qui me manque, évidemment.

Kate avait réussi à éviter toutes les chausse-trapes et à présent elle était tout près du but.

— Tim Farnol, dit Cawdrey avant de lui raccrocher au nez.

Kate retourna à son hôtel et usa du papier à en-tête gracieusement fourni avec la chambre pour noter ce qui suit :

> *Article de Michael : « La dynamite – tu te souviens ? »*
> *Michael, fou de rage, apostrophe Cawdrey dans la rue.*
> *On a soudoyé Cawdrey pour qu'il abandonne son enquête.*
> *Personnage-clé : Tim Farnol (député de je ne sais quelle province).*
> *La disquette – est-elle toujours à Penarven ?*

Pour sauver sa peau, ça lui semblait un peu léger. Ayant passé une partie de l'après-midi à dormir, elle n'avait vraiment pas sommeil. Elle alluma la télé, mais s'en lassa vite et sortit. C'était peut-être imprudent de se balader dans les rues à une heure où il y avait si peu de passants, mais avec sa nouvelle coiffure elle se sentait moins exposée.

Le Café Polonais était encore ouvert. Elle y entra, griffonna un court message adressé à Z. Cybulski et le punaisa sur le panneau d'affichage. Il disait : *Le téléphone portable marche au poil, merci. Je t'embrasse, Gemma.*

Elle s'installa à une table, commanda un café et le sirota en regardant deux vieux messieurs jouer aux échecs. Ils réfléchissaient longuement entre deux coups, déplaçaient leur pièce avec une infinie lenteur, puis la considéraient d'un air soucieux, en fronçant les sourcils. La radio diffusait en sourdine une sonate pour piano de Beethoven.

Je pourrais rester là jusqu'à la fin des temps, se dit-elle. Les vieux messieurs concentrés sur leur partie d'échecs, Beethoven, les lumières doucement tamisées, les gens qui parlent à voix basse en grillant des cigarettes – on se croirait dans un café de Varsovie...

Varsovie, où j'aurais dû être ce soir-là, le terrible soir où Michael s'est fait tuer. Varsovie, où je devais me produire avec mon quatuor. Varsovie, où j'aimerais tant être en ce moment – loin de tout ça.

Quand elle ressortit du café, il n'était pas loin de minuit. Elle regagna son hôtel à pied à travers les rues désertes. Çà et là, sous des porches, des hommes et des femmes s'étaient installés pour la nuit. Au passage, Kate distribua des pièces de monnaie à ceux qui ne dormaient pas encore, même lorsqu'ils ne tendaient pas la main. La ville regorgeait de ces êtres retournés à l'état sauvage, affamés, souffrants. Ils faisaient si bien partie du paysage qu'ils en devenaient invisibles.

Si jamais l'étau se resserre, je n'aurai qu'à me mêler à eux, se dit Kate. Si la pensée de la prison, du tribunal, des yeux des jurés posés sur moi m'obsède trop, si je suis sur le point de craquer, je n'aurai qu'à me mêler à eux.

Et moi aussi, je serai invisible.

Deuxième partie

13

Vu la situation, on aurait pu croire que les deux hommes se donneraient rendez-vous dans un restaurant discret, un jardin public, ou un autre terrain neutre. Mais ils se retrouvèrent dans l'un des spacieux bureaux du siège de Wideworld Industries, comme s'ils n'avaient eu aucune raison de se cacher.

Larry Packer, chef du service de sécurité de la multinationale en question, passait six mois de l'année à Londres et six aux États-Unis. Mais il voyageait beaucoup, honorant de sa clientèle toutes les grandes compagnies aériennes du monde. Il était sapé comme un banquier : costume gris, chemise à fines rayures, cravate en tricot de soie. C'était un homme de haute taille, solidement charpenté. Jadis, il avait dû être beau gosse, mais les voyages en avion et les longues heures passées autour des tables de réunion lui avaient fait prendre de la bedaine et des bajoues. Ses cheveux noirs et courts, soigneusement calamistrés, étaient peignés en arrière, découvrant un front large et bosselé. Son nez cassé, souvenir du temps où il était demi de mêlée dans l'équipe de football de son université, était une cause de fierté pour lui. Jadis, il avait rendu les femmes folles.

Il remplit deux tasses de café et en tendit une à son visiteur.

— Comme vous avez pu le constater, lui dit-il, nous avons un petit problème.

L'autre homme s'appelait Robert Corso. Il était de la même taille que Packer, dans les un mètre quatre-vingts, mais nettement moins corpulent, sec et nerveux, sans une once de graisse. Son épaisse crinière noire lui retombait jusqu'aux épaules. Il avait des traits réguliers, hormis une légère courbure des lèvres qui lui donnait une expression maussade quand il souriait.

Il prit la tasse et la posa à sa droite. Il venait de passer une heure à lire le rapport que Packer avait rédigé de sa main et n'avait encore montré à personne. Aussitôt après l'avoir terminé, il l'avait mis à l'abri dans le coffre de son bureau, et c'était la première fois qu'il en sortait. Corso laissa tomber la liasse de feuillets sur la table.

— Ça, pour un problème, c'en est un, dit-il.

Il laissa dériver son regard vers la fenêtre et s'abîma dans la contemplation du paysage qui s'étalait au-delà du parking et des courts de tennis réservés aux employés de la société. Apparemment, il réfléchissait à ce qu'il venait de lire, tramant déjà des plans, cherchant une solution.

Trois des douze courts de tennis étaient occupés. Corso suivit distraitement des yeux quelques échanges de balles, puis demanda :

— Qui a tué Lester ?

— Eh bien, euh..., dit Packer en jouant avec sa tasse de café, la faisant tourner sur sa soucoupe du bout de son index court et épais. Ce type que nous avions engagé... celui dont je parle dans mon rapport... il était censé harceler Lester, lui rendre la vie impossible. Coups tordus, et tout ça. Mais il fallait d'abord qu'il s'introduise chez lui pour mettre la main sur tous les documents dont il disposait. Des documents, nous savions qu'il en avait au moins quelques-uns.

— Grâce à Tim Farnol, dit Corso.

— Ah, ce Farnol, dit Packer en secouant la tête d'un air accablé. C'est vraiment un enfoiré de première. Il lui a tout filé, ce con. Il s'est complètement déballonné. Lester s'est précipité sur le premier téléphone venu et il nous a appelés. Oui, il nous a appelés ici. Et vous croyez que Farnol nous aurait avertis ? Mon cul, oui.

Il grimaça et se frotta les lèvres un bon coup, comme si le seul fait de prononcer le nom de Farnol lui avait laissé un mauvais goût dans la bouche.

— Bref, notre gars devait récupérer ces documents et le reste du matériel rassemblé par Lester, ses disquettes et ainsi de suite, effacer le disque dur de son ordinateur, et tout ça.

— Et c'est là que Lester s'est pointé, dit Corso.

— Il n'aurait pas pu choisir un plus mauvais moment, ce con. Notre gars avait déjà fait une partie du boulot. Il avait raflé les disquettes, bousillé le disque dur, et tout ça. Enfin, on n'en est pas sûrs à cent pour cent. Il ne pouvait pas l'affirmer, parce qu'il n'avait pas tout à fait terminé quand l'autre l'a pris la main dans le sac. Lester s'est pointé, comme vous dites, et il s'est mis à... Notre gars lui a fait, Bon bon, je me tire, mais il a voulu jouer les héros, ce con-là. A poil, la biroute à l'air, le voilà qui se met en garde et qui fonce, poings en avant, un vrai petit Mike Tyson. Vous imaginez un peu la scène !

Packer émit un hennissement de rire avant de continuer :

— Notre gars a essayé de prendre la tangente, mais Lester ne l'entendait pas de cette oreille. Ils se sont retrouvés dans la cuisine. Il y avait un couteau sur la table. Ils ont tendu la main vers le couteau. Simultanément. Vous voyez la situation ? Sacré merdier, hein ? (Packer leva les bras au ciel.) C'est notre gars qui a eu le dessus.

— Comment est-ce qu'il... ? commença Corso, mais Packer lui coupa la parole.

— Il était pas censé faire un truc pareil, il l'a pas fait exprès ni rien, mais bon, il l'a fait.

Il remit du café dans leurs tasses et ajouta :

— Mais je ne peux pas vous dire son nom.

— Il faut que je sache qui il est, des fois qu'il se trouverait sur mon chemin. Il pourrait me causer des problèmes.

— Vous n'avez rien à craindre de ce côté-là. Il a quitté le pays. Il est au pays où on n'arrive jamais. Au pays de nulle part.

— Il est où, exactement ? Je n'ai pas besoin de savoir son nom, d'accord, mais vous pouvez me dire où il est.

— Dans un bled perdu, au fin fond de l'Australie. On s'est arrangés avec lui. Il y restera au moins cinq ans. Plus

147

même, s'il s'y plaît. Il est peinard là-bas. Il vit en bon père de famille.

— Qui est au courant de son existence ?

— Personne d'autre que moi.

— Et pour moi, qui est au courant ?

— Même topo.

— Pas même votre C.A. ?

— Non.

— Ni votre P.-D.G. ?

— Non plus.

— Il y a bien quelqu'un au-dessus de vous, un chef quelconque ?

— Non, c'est pas comme ça que ça marche. Je fais mon boulot comme je l'entends. Ils veulent pas savoir. Ça a toujours été notre modus operandi. Tous les mois, je leur fais parvenir mon rapport. Je ne dis la vérité que quand je peux la dire. La substance est toujours la même : rien à signaler, tout baigne dans l'huile. On est une entreprise comme les autres. Vous savez comment ça fonctionne, les multinationales. C'est le règne de la magouille. Elles fricotent avec les gouvernements, avec un tas de dictateurs à la con, avec la C.I.A. et d'autres officines du même genre, elles fricotent entre elles. Tout ça en s'épiant sans arrêt. Vous voulez savoir à combien se monte notre budget annuel de sécurité et de surveillance, c'est-à-dire les coups fourrés, le contre-espionnage ? Ça fait un beau paquet, croyez-moi. Des millions et des millions de dollars.

Corso ne fit aucun commentaire.

— Vous avez un sacré problème, dit-il au bout d'un moment.

— Très épineux, en effet. Comprenez-moi bien, il n'était pas question de le tuer. Personne n'a donné l'ordre de le tuer. Ça n'aurait pas été... Ce n'est pas notre façon d'opérer.

— Sans blague ? fit Corso. Et le Niger alors ? L'Equateur ? L'Ouzbékistan ?

Packer eut un geste de protestation.

— Non, écoutez, tout ça c'est vraiment... Vous êtes d'où ?

— De l'Utah, mais ensuite j'ai vécu à San Francisco et à New York. Surtout New York.

— Vous êtes de l'Utah ? dit Packer. Sérieux ?

— C'est là que je suis né, oui.

— C'est pas croyable, dit Packer, puis il se souvint de la raison pour laquelle il lui avait posé cette question. Ces pays-là, c'est autre chose. C'est pas l'Angleterre, la France ou l'Italie. C'est pas l'Utah. Il y a le monde civilisé, et puis il y a le reste. On fait des affaires, comme les autres. Disney, Exxon, Coca-Cola, Toyota, et tout ça. On fait ce qu'il faut, du moment qu'on peut le faire. On trouve un moyen. Les moyens, il y en a toujours. Les gens sont raisonnables. Ils se laissent persuader. Mais dans ces coins perdus, on ne sais jamais ce qui peut arriver. Des fois, ça tourne mal.

— Vous voulez que je retrouve cette Kate Randall.

— Normalement, ç'aurait dû être du gâteau. Les flics avaient une coupable toute désignée. Une querelle d'amoureux qui tourne mal. Pour eux, ça ne faisait pas un pli. Simple comme bonjour. Pourquoi aller chercher plus loin ? Nous en tout cas, ça nous aurait bien arrangés. Il aurait suffi qu'ils l'alpaguent et qu'ils la fassent passer en jugement, l'affaire aurait été définitivement enterrée.

— Le hic, c'est qu'ils l'ont laissée filer.

— Exactement.

— Qu'est-ce que je dois faire ?

— Trouvez-la et livrez-la aux flics.

— Rien d'autre ?

Packer eut un haussement d'épaules.

— Arrangez-vous pour lui tirer les vers du nez. Lester lui faisait peut-être des confidences. Mais même si elle sait quelque chose, elle n'en a pas forcément déduit qu'il y avait un rapport. Elle doit se dire que le tueur était un cambrioleur que son mec avait pris la main dans le sac. D'après mon informateur, les flics disposent d'éléments solides contre elle : témoin oculaire, indices matériels. Cette fille, elle a vraiment la poisse. Elle a beau être blanche comme neige, tout l'accable.

— C'est qui, votre informateur ?

— Suffit de cracher un peu d'artiche, et les langues se délient.

— Vous me demandez deux choses assez contradictoires. Si je m'aperçois qu'elle en sait trop, ce ne serait peut-être pas très malin de la livrer aux flics.

— Livrez-la quoi qu'il arrive, dit Packer. Tout ce que je veux savoir, c'est ce que j'aurai à faire pour brouiller les pistes. Si elle ne sait rien, tout va bien. Vous la livrez, et on n'a plus de mouron à se faire. Si elle sait quelque chose, j'aurai besoin de tirer quelques ficelles, mais en substance ça n'y change rien. Quoi qu'elle ait appris sur notre compte, elle n'a aucune raison de penser qu'il y a un lien entre la mort de Lester et Wideworld Industries. Qu'un cambrioleur ait tué son mec et qu'on lui fasse porter le chapeau, c'est une chose. Qu'on dépense un million de dollars pour couvrir nos arrières, c'est tout autre chose.

— Et si elle a déjà établi un rapport ?

— Ça risque pas.

— C'est une hypothèse qu'on ne peut pas écarter.

— Si vous me dites que c'est le cas, j'aviserai.

— Supposons que je vienne de vous l'annoncer.

— Pourquoi ?

— Ça m'éviterait des allers-retours inutiles.

Packer fit tourner plusieurs fois sa tasse de café sur sa serviette en papier. Il se leva et s'approcha de la fenêtre. Il voyait le reflet de Corso dans la vitre, sans être obligé de le regarder en face. Les pelouses étaient d'un vert uniforme et le soleil de l'après-midi faisait rutiler la carrosserie des voitures alignées dans le parking. Sous le ciel d'un bleu étincelant, la terre des courts de tennis était d'un rouge profond. Les joueurs portaient des chaussures blanches, des chaussettes blanches, des shorts blancs, des polos blancs, des bandeaux blancs. L'harmonie parfaite, en somme.

— Elle pourrait avoir un accident, par exemple. Qu'est-ce que vous en pensez ?

— Un accident grave ? demanda Corso.

— Très grave.

— Et mon tarif, qu'est-ce que vous en pensez ?

— C'est un tarif de pro, dit Packer. Mais nous avons largement les moyens de nous offrir ça.

— Il va falloir doubler la mise, dit Corso.

Kate ne voyait que deux possibilités d'action : parler à Tim Farnol et examiner le disque dur de l'ordinateur de Michael. Mais quoi qu'il en soit, il fallait absolument qu'elle fasse quelque chose. Qu'elle agisse. Autrement, il ne lui resterait plus qu'à passer le reste de ses jours cloîtrée dans une minuscule chambre d'hôtel avec vue sur le parc de Hampstead Heath, ou à se glisser à bord d'un cargo en partance pour l'Alaska.

Les informations que lui fournirait le disque dur lui seraient sans doute utiles lors de son entretien avec Farnol. Donc, il valait mieux commencer par l'ordinateur. Elle alla faire un tour au parc et tout en déambulant le long des allées s'efforça d'évaluer ses chances de réussite.

Elles sont minces.

Ça, je le savais déjà.

On peut même dire infimes.

Si la police surveille toujours la maison, ce n'est même pas la peine d'essayer, bien sûr. Sinon, je peux tenter le coup. Est-ce que ça tient debout, ou pas ?

Si la maison n'est pas surveillée...

Ils ont sûrement fini leurs relevés, à l'heure qu'il est. A quoi ça leur servirait de s'attarder encore dans le coin ?

A te guetter.

Au cas où l'idée me viendrait d'y retourner ?

Enfin quoi merde, c'est justement celle que tu es en train de caresser.

D'accord, mais est-ce qu'ils l'envisagent ?

Comment veux-tu que je le sache ? Je ne suis pas dans leur tête.

C'est risqué, je sais bien.

Des risques, on en a déjà pris, et où ça nous a menées ? Dans une grotte inondée. Entre les pattes de Jeff.

A mon avis, la maison ne sera pas surveillée. A Penarven, je ne dis pas, mais chez Michael, ça m'étonnerait. C'est Michael qui habitait cette maison, pas moi. Pourquoi est-ce que j'y retournerais ? Parce que l'assassin retourne toujours sur le lieu de son crime ? Tu y crois, toi, à ces fadaises ?

On n'aura qu'à passer par le parc.

Tu as raison, c'est plus prudent. Allez, en route.

151

Kate posa un pied entre deux des pieux de la clôture, se hissa au sommet et sauta de l'autre côté. La rangée de pavillons était à huit cents mètres de là. Elle préférait examiner les alentours de loin, en prenant tout son temps. Elle avança le long de la grille en direction de la rue de Michael, approchant des maisons par l'arrière. Tous les vingt mètres, elle s'arrêtait pour scruter les ténèbres, mais rien ne bougeait.

Le parc fermait à dix-huit heures. Elle avait attendu deux heures de plus avant d'escalader la clôture. Il valait mieux arriver dans la rue à un moment où ses habitants étaient encore debout, se livrant à diverses activités vespérales : écouter de la musique, regarder la télé, dîner avec des amis. Elle atteignit le coin de la rue et resta un moment à l'angle de la grille, à quelques mètres de la première maison. Il y avait de la lumière aux fenêtres, mais les stores étaient baissés. Elle attendit dix bonnes minutes. Un renard glapit au loin, dans la partie la moins éclairée du parc. Quelques instants plus tard, une chouette fit entendre un bref hululement. Londres abrite encore dans ses recoins obscurs une faune insoupçonnée.

Avançant de maison en maison, Kate s'approcha de la porte de derrière du jardin de Michael. L'ayant atteinte, elle la franchit et resta un moment dans l'ombre, s'attendant à ce que les lumières s'allument et qu'une voix lui ordonne de ne plus bouger.

Mais il ne se passa rien.

Le jardin lui semblait à la fois familier et d'une étrangeté radicale. Elle se souvenait des soirées d'été qu'elle y avait passées entourée d'amis, un verre de vin à la main... Mais désormais elle y éprouvait le sentiment d'un vide horrible, d'une perte irrémédiable. Elle s'approcha de la fenêtre de la cuisine, jeta un œil à l'intérieur. Tout n'était qu'ombre et silence. Elle glissa une main sous la troisième dalle du minuscule patio, où Michael laissait toujours une clé de secours. Pour lui-même, car il lui arrivait souvent de s'enfermer dehors, et pour les copains venus passer le week-end chez lui qui débarquaient plus tôt que prévu.

Dès qu'elle eut posé le pied dans la maison, Kate se mit à trembler. Elle s'affala dans un fauteuil et se couvrit le visage de ses mains. *L'ordinateur n'est pas là, bien sûr,* se disait-elle. *Pourquoi n'y avais-je pas pensé ? Ils l'ont saisi comme pièce à conviction.* Elle n'en était pas vraiment sûre, mais si elle arrivait à s'en persuader elle pourrait s'abstenir de pénétrer dans la salle de séjour. Elle ne voulait pas y entrer. Elle ne voulait pas s'aventurer plus loin. Elle ne voulait pas aller dans la cuisine. Elle aurait voulu être à mille lieues de cette saloperie de maison, de cette saloperie de rue, de cette saloperie de quartier.

L'ordinateur portable était à sa place habituelle, sur le bureau, à côté de la lampe. Elle s'en saisit, le mit sous son bras, et resta paralysée.

Michael tournait en rond dans la pièce, le buste plié, un bras crispé autour du ventre, un flot de sang inondant ses cuisses nues. Kate essayait de le retenir, de l'immobiliser. Il crachait comme un chat, continuait à chanceler, tournant sur lui-même comme une bête blessée.

Michael, lui disait-elle. *Michael, Michael, Michael...*

Sss... sss... sss.

Quand elle passa dans la cuisine, il était là, étendu sur le sol, et elle lui tenait la tête, la berçant doucement entre ses mains. Le couteau sortit de la blessure avec un étrange couinement, un affreux grincement métallique, et un geyser de sang en jaillit.

Elle referma la porte et remit la clé à sa place, sachant qu'elle n'en aurait plus jamais besoin. Le parc lui parut plus sombre et plus silencieux que tout à l'heure. A l'autre bout, des voitures filaient sans bruit le long d'une large avenue, se hâtant toutes vers une destination bien précise.

Kate rangea le portable dans son sac à dos, escalada la grille, parcourut d'un pas nonchalant les deux cents mètres qui la séparaient de l'arrêt d'autobus le plus proche, où quatre autres personnes attendaient déjà. Le bus ne tarda pas à arriver. Elle monta à bord et s'assit à l'avant. Se tournant vers la vitre, elle regarda le parc qui défilait à sa droite, examinant du même coup son propre reflet.

Corso était monté le dernier. Il s'assit un rang derrière Kate et l'observa tandis qu'elle regardait son reflet dans la vitre, se regardant lui-même la regarder.

Ses cheveux teints en noir lui frisottaient au-dessus de la nuque, parfaite image de la vulnérabilité. Il avait envie de soulever les légères mèches du doigt, pour caresser le délicat sillon de la nuque.

Il était assez proche d'elle pour l'atteindre de son souffle. Il arrondit les lèvres et souffla tout doucement, déplaçant imperceptiblement des poils follets, lui donnant la sensation d'une démangeaison. Elle porta une main à sa nuque et se gratta distraitement.

Ils descendirent de l'autobus ensemble, mais partirent dans des directions opposées. Au bout de quelques pas, Corso se retourna, faisant mine de regarder la chaussée derrière lui avant de traverser, et il vit qu'elle entrait dans un hôtel.

Ce matin-là, il s'était rendu à Penarven, mais la maison était encore sous surveillance policière et il ne s'était pas risqué à s'en approcher. Ensuite, il avait tournicoté quelque temps autour de la maison de Joanna, avait même fait le guet une heure ou deux devant l'immeuble de Kate. On ne sait jamais, après tout. Les gens se comportent parfois de la manière la plus imprévisible.

Il avait visité les rues où habitaient les autres membres du quatuor Hebden. Était resté un moment assis sur un banc dans le petit jardin public sur lequel donnait le bureau de Stuart Donnelly. Il avait roulé au hasard le long des rues de la banlieue verdoyante où les parents de Kate et de Joanna avaient fini leurs jours.

Il était allé chez Michael Lester, traversant le parc une heure avant la tombée de la nuit, avait arpenté la maison silencieuse, le faisceau de sa torche trouant l'obscurité comme un projecteur, éclairant scène après scène, comme si ces pièces vides avaient pu accéder à une gloire subite, comme si les lames de plancher, les murs et les rideaux avaient pu être les vedettes d'on ne sait quel spectacle.

Des cris s'échappaient des murs, remontaient du parquet, résonnaient dans les plis des rideaux. Il y avait partout des taches sombres. De subtils effluves de peur et de douleur lui chatouillaient les narines.

Dans la salle de séjour, il alluma l'ordinateur et en transféra les fichiers sur des disquettes. Il vérifia les messages, nota l'adresse e-mail.

Dans la chambre, il renifla les oreillers pour situer la place que chacun des deux amants occupait dans le lit. Il trouva les vêtements de Kate dans la penderie, s'imprégna de son odeur comme un limier. Dans un tiroir, il découvrit une pile de petits bristols – des cartes de fleuriste, qui portaient toutes un message de la main de Kate. Il trouva une chemise en carton pleine de dates, de lieux, de noms, de fiches d'état civil, qui contenait aussi un arbre généalogique aux branches alourdies de nombreux morts. Il trouva des photos de vacances et en préleva deux dans la pochette la plus récente, qui datait de l'année précédente. Au milieu d'une pile de CD, il trouva le *Concerto pour violoncelle* d'Elgar interprété par Kate, et l'empocha.

Dans la cuisine, il resta un long moment immobile à l'endroit où Lester était mort. Il imagina Kate berçant la tête de Lester dans son giron. Il imagina sa panique, le choc terrible qui avait dû ébranler jusqu'aux racines mêmes de son existence.

Il attendit dans le parc, non loin de la maison de Michael Lester, assis sur son manteau, le dos appuyé à un arbre, ses jumelles à infrarouge posées sur ses genoux. Toutes les cinq minutes, il les braquait sur les alentours de la porte de derrière du jardin de Lester. Au bout d'une heure, alors qu'il venait de décider de rester à l'affût deux heures de plus, Kate avait surgi dans le cercle vert de ses jumelles, comme une actrice sur la scène d'un théâtre. Il ne l'avait pas reconnue, mais avait aussitôt compris qui elle était.

On joue à pile ou face, on tire une carte. Parfois on a la chance de son côté, d'autres fois on a la poisse.

Il l'avait vue entrer dans la maison, l'avait vue en ressortir avec l'ordinateur. Entre ces deux événements, il s'était distrait en scrutant les fourrés à la recherche d'animaux sauvages : un renard se figeant en pleine course et tournant vers lui son long museau pointu, un hibou perché sur une branche.

Dans sa chambre d'hôtel, Kate brancha l'ordinateur et l'alluma. La boîte de disquettes qu'elle avait achetée pour copier les fichiers du disque dur de Michael était posée sur l'abattant du minuscule secrétaire. Elle commençait à se sentir en sécurité. Avec sa nouvelle coiffure, elle était méconnaissable. Les journaux ne parlaient toujours pas de Jeff. Elle n'était plus qu'une fourmi anonyme, perdue au milieu d'une ville immense. La facilité avec laquelle elle avait récupéré l'ordinateur ne faisait que renforcer son sentiment de sécurité.

Une pièce de monnaie qui tournoie... et qui retombe comme il faut. Jamais Kate n'aurait deviné que sa fortune venait de changer de cours. La pièce tournoyait toujours : retomberait-elle sur pile, ou sur face ?

Il lui semblait que la chance était de son côté.

14

L'ORDINATEUR avait été nettoyé, elle le comprit aussitôt. On n'avait pas tout effacé, il restait quelques fichiers, mais tous de l'espèce la plus anodine. Pas la moindre trace de « dynamite ». Kate vérifia le fichier de sauvegarde et la corbeille et constata avec dépit qu'on y avait fait le ménage aussi. Elle consulta le courrier électronique et ses joues s'empourprèrent soudain, comme si, passant nue devant une fenêtre, elle s'était trouvée nez à nez avec une foule entière de voyeurs.

Salut Kate,

Au cas où vous tomberiez sur ce message. J'essaierai de vous joindre à travers d'autres filières, mais je ne sais pas encore lesquelles. Peut-être par vos consœurs du quatuor, ou quelque chose dans ce goût-là. Là, c'est vraiment la bouteille à la mer, mais pour l'instant je ne vois pas d'autre solution que l'e-mail de Michael.

Je ne signerai pas ce message de mon nom ; je vous l'envoie par l'entremise d'une « poste restante » électronique – un cybercafé. Je suis venu en Angleterre pour m'entretenir avec Michael, j'ai appris qu'il était mort, et du coup je ne sais plus à quel saint me vouer. Je suis un confrère de Michael, quoique je ne le connaissais pas personnellement. Je travaille surtout aux États-Unis. Toutefois, nous étions en contact depuis quelque temps ; nous échangions des informations sur l'environnement, les multinationales et leurs manigances occultes. Je suis journaliste d'investigation. Mon sujet d'élection : les salauds qui foutent la merde partout au monde pour augmenter leurs profits – travail très voisin de celui de Michael.

Quand il est mort, je correspondais avec lui par e-mail depuis une quinzaine de jours. Il paraît que c'est vous qui l'avez tué, mais quelque chose me dit qu'on vous accuse à tort.

Où êtes-vous passée ? Vous devez être morte de peur et folle de rage. Vous pouvez me parler. Je ne suis pas un flic. Je n'essaye pas de vous piéger. Je n'espère pas un contact physique. Pour me trouver, vous n'aurez qu'à surfer sur le net.

Je n'essaye pas de vous piéger, vous, mais des pièges j'en ai posé plus d'un, et pas mal de gens s'y sont laissé prendre. Des compagnies pétrolières, des firmes pharmaceutiques, quelques sénateurs au compte en banque anormalement garni, des types qui cachent sous leur costume Brooks Brothers une mentalité de ploucs de Sud. Je signerai donc

Le Piégeur

Kate relut le message plusieurs fois avant de se décider à composer une brève réponse :

Piégeur – pourquoi vous croirais-je ?

— J'ai établi le contact avec elle, dit Corso. Je voulais simplement vous en avertir.

— Vous savez où elle est ? s'écria Packer. Un instant, ajouta-t-il, quelqu'un vient d'entrer dans mon bureau, ne quittez pas.

Feignant de s'éloigner du téléphone, il dit : « Bon, très bien, je suis à vous tout de suite. » La manœuvre n'abusa pas Corso, qui comprit instantanément de quoi il retournait : Packer était en train d'ajuster un petit magnéto à ventouse, ou d'activer un système de microsurveillance.

Corso eut un sourire. Pauvre con, se disait-il, tu crois que je suis né de la dernière pluie ? Quand Packer reprit enfin le téléphone, il lui annonça :

— Oui, je sais où elle est. Son adresse actuelle est : Mikeless@mcmail.com. Mais ne vous en faites pas. Elle est hors de portée pour l'instant, mais ça ne durera pas. Sous peu, je n'aurai qu'à tendre la main pour la toucher.

Il eut la vision des cheveux de Kate s'agitant imperceptiblement, de sa main effleurant sa nuque pour dissiper ce léger chatouillis.

— Tout ça doit rester strictement entre nous, Corso. Je ne tiens pas à ce que des informations incontrôlées se baladent d'un modem à l'autre.

Packer ne disait cela qu'afin de faire savoir à qui de droit qu'il faisait son boulot.

— Et quand je dis strictement entre nous, il faut le prendre au pied de la lettre. Personne n'est au courant de rien, il ne faut même pas que ça remonte aux oreilles du big boss.

— Ne vous en faites pas, si quelqu'un nous espionne je m'en apercevrai.

— Qu'est-ce qu'elle vous a dit ?

— Elle se demande si je suis digne de confiance.

Packer s'esclaffa.

— Vous auriez dû lui dire que vous étiez de l'Utah. Les Mormons, on leur donne le bon Dieu sans confession.

— Votre plan était de flanquer la pagaille, de harceler Lester pour lui faire perdre la tête, c'est bien ça ?

— C'est ce que nous avions envisagé... jusqu'à ce que notre gars ramasse le couteau sur la table.

Packer faisait fi de toute prudence. Il ne craignait visiblement pas que son téléphone soit sur écoute. Quand on dispose d'un budget sécurité de plusieurs millions de dollars, c'est la moindre des choses, se dit Corso.

— Qu'est-ce que vous aviez prévu, au juste ?

— D'abord, lui mener la vie dure en tirant toutes les ficelles possibles... lui refiler des informations bidon, que nous n'aurions eu aucune peine à démentir. Ensuite, on aurait essayé de le compromettre personnellement, de le filmer en train de jouer à la bête à deux dos avec une tapineuse recrutée par nos soins, bref, les bonnes vieilles méthodes, quoi.

— Aviez-vous aussi prévu de faire le ménage dans son ordinateur, de lui subtiliser ses disquettes ?

— Oui. C'est le boulot que nous avions confié à notre gars, avant qu'il aille se mettre au vert en Australie.

— Il a trouvé ce que vous cherchiez ?

— Oui. On a tout récupéré.

— Erreur. Vous n'avez récupéré qu'une copie.

— Quoi ?

Corso garda le silence, le temps que Packer assimile.

— Vous voulez dire qu'il a reproduit son fichier ? demanda Packer. Qu'il en existe d'autres exemplaires ?

— Qu'est-ce que vous auriez fait à sa place ?

159

— Évidemment...

Il avait enfin saisi la coupure.

— La fille a une copie ? demanda-t-il.

— Comment le saurais-je ?

— C'est ce que vous pensez, en tout cas.

— Je n'en mettrais pas ma main au feu, mais ça ne m'étonnerait pas outre mesure.

— Quand pourrez-vous être affirmatif sur ce point ?

— Le tout est de gagner sa confiance.

Installée à une table du Café Polonais, devant une tasse de café, Kate regardait les vieux joueurs d'échecs. Au milieu de la matinée, ils jouaient les mêmes coups que le soir. Pourquoi leur manière de jouer aux échecs aurait-elle changé sous prétexte qu'ils étaient à Londres ? C'était ainsi qu'ils avaient joué leurs parties à Cracovie, c'est ainsi qu'ils les joueraient jusqu'à leur mort. Kate se laissait bercer par le rythme lent de leurs pensées circonspectes, les interminables hésitations avant chaque coup, les gestes mesurés du vainqueur redressant imperceptiblement la tête, arquant à peine un sourcil, esquissant un demi-sourire en regardant son adversaire, qui était aussi son plus vieil ami, son ami le plus cher, comme pour lui dire : « La prochaine fois, c'est toi qui gagneras. Ainsi va le monde. »

Il n'y avait guère de chances que des policiers se soient glissés parmi les clients du café, même si la tenue de certains d'entre eux évoquait vaguement celle de Sherlock Holmes. Kate se méfiait de tous les gens qu'elle croisait dans la rue, mais s'il y avait eu des flics ici, ils ne l'auraient pas laissée siroter son café pendant une demi-heure. Elle se dirigea vers le comptoir et demanda à la blonde oxygénée aux superbes pommettes qui officiait derrière le bar si on ne lui aurait pas confié un paquet au nom de Cybulski. Il y en avait un, en effet.

En lui tendant le paquet, la fausse blonde lui demanda :

— Zbigniew Cybulski était un ami de la cousine de ma mère. C'est un parent à vous ?

— Je ne crois pas.

— Il était si beau. Vous avez vu le film ?

— Oui.

— Quel beau garçon. Ses lunettes noires, son visage torturé. Il voyait des fantômes partout, vous vous rappelez ?

— Oui.

Elle s'en souvenait bel et bien. Son père l'avait emmenée voir le film à la cinémathèque. La copie était rayée et l'image sautillait un peu.

— Vous vous souvenez des verres de vodka qu'il faisait flamber pour ses amis tués par les Allemands ?

— Je m'en souviens.

— Il buvait trop, dit la femme. Il est devenu obèse. Il s'est fait écraser par une voiture dans la rue.

Elle se retourna vers son percolateur et Kate resta là, serrant le paquet contre son cœur.

C'était un portable digital, particulièrement difficile à repérer. Kate regagna son hôtel et une fois dans sa chambre, composa le numéro de la Chambre des Communes. Le standard lui passa le bureau de Farnol. Une secrétaire lui demanda qui elle était. Elle lui dit qu'elle appelait de la part de l'avocat de Michael Lester.

Farnol prit la communication et lui demanda ce qu'il pouvait faire pour elle. Elle décela une pointe de méfiance dans sa voix. Non, ce n'était pas de la méfiance. Plutôt une sourde angoisse.

— Je suis une amie de Michael Lester, commença-t-elle.

— Ma secrétaire m'a dit que vous étiez avocate.

— Elle a mal compris.

— Qu'est-ce que vous voulez ?

— Des informations.

— A quel sujet ?

— Je veux savoir pourquoi Michael Lester a été tué.

Un ange passa. Il n'en finissait plus de passer. A la fin, Farnol demanda :

— Qui êtes-vous ?

— Vous connaissez Stephen Cawdrey.

— Je n'ai jamais entendu...

— Le journaliste. Je sais que vous le connaissez.

— Je vais raccrocher, je vous préviens.

— Je vous le déconseille fortement. Si vous faites ça, j'appellerai d'abord la police, et ensuite la presse.

161

Kate avait élevé la voix pour proférer cette menace, histoire de lui faire sentir à quel point elle était déterminée.

Farnol s'esclaffa, mais son rire sonnait faux.

— Pour leur dire quoi ? demanda-t-il, comme s'il n'en avait pas eu la moindre idée.

— Vous voulez que je vous mette les points sur les *i* ? Au téléphone ? Vous y tenez vraiment ?

Par contre, toutes les paroles de Kate sonnaient juste. L'espace d'un instant, elle se demanda d'où lui venait cet extraordinaire talent de menteuse. Elle conclut que c'était sans doute le désespoir qui lui donnait des ailes. Elle n'éprouvait pas le moindre atome de trac, comme une actrice bien rodée, qui sait que son public boit du petit-lait.

— Non, dit Farnol. Je vous défends de prononcer un mot de plus. Vous allez raccrocher le téléphone et vous allez cesser de m'importuner.

Kate sentit que c'était le moment de sortir la réplique qui tue. Ne l'ayant encore jamais essayée auparavant, elle ignorait si elle aurait l'effet escompté, mais elle se jeta à l'eau.

— Michael Lester a fait des copies de tous les documents... Vous savez de quoi je parle.

Elle marqua un temps, écoutant la respiration de Farnol.

— Il m'a confié une disquette. Cawdrey n'a pas assez de cran pour s'en servir. Moi, je n'hésiterai pas. Mais je ne me contenterai pas de publier ces documents. J'en révélerai la source. Je dirai que c'est de vous qu'ils viennent. Vous me suivez ?

Silence. Parfois, c'est la meilleure réaction qu'on puisse attendre – signe que le public est vraiment subjugué.

— Je sais qui vous êtes, dit Farnol.

Kate fut brièvement déconcertée, mais elle se ressaisit aussitôt.

— Tant mieux, dit-elle. C'est ce que j'espérais, justement.

— Il vaudrait peut-être mieux qu'on se voie.

— D'accord.

— Apportez-moi la disquette.

Cette fois, c'est Kate qui s'esclaffa.

— N'y comptez pas. Vous croyez que je vais vous laisser vous en tirer aussi facilement ?

— Comme vous voudrez.

— Vous allez d'abord me déballer tout ce que vous savez. Sinon, ça vous coûtera cher.

— Je serai à mon bureau toute la soirée, dit-il.

Kate secoua la tête. Elle n'en revenait pas.

— Vous ne croyez quand même pas que je vais me jeter dans la gueule du loup ?

— Où voulez-vous qu'on se voie, alors ?

Kate choisit un quartier de Londres qui était à l'exact opposé de celui où elle avait provisoirement élu domicile. Il fallait absolument que leur rencontre ait lieu en plein air.

— Au bord de l'étang de Richmond Park, demain matin à dix heures et quart.

— Entendu, dit Farnol.

Ils convinrent que Kate lui téléphonerait une demi-heure avant pour lui confirmer le rendez-vous. Ensuite Farnol lui demanda :

— Qu'attendez-vous de moi ?

— Que vous me donniez certaines clés.

— La disquette ne vous en a pas fourni assez ?

La disquette. Il la remet sans cesse sur le tapis. Comme s'il savait ce que j'étais censée y trouver.

— Il y a quelques lacunes, dit-elle, puis à tout hasard elle ajouta : Vous êtes le premier à le savoir, d'ailleurs.

Elle avait tapé dans le mille.

— Qu'est-ce qui vous fait croire que je suis prêt à vous fournir les réponses qui vous manquent ?

Il est au courant. Il sait ce que contient la disquette.

— Parce que les choses ont changé. Parce que Michael a été assassiné. Parce que les clés dont je dispose se résument à un nom. *Farnol.* Tim Farnol.

Ce jour-là, le commissaire Webb eut toute une série de réunions. La première dans les locaux de la brigade avec ses équipiers. Le sergent John Adams dressa le bilan de la situation, qui n'était pas des plus réjouissants.

— Pour l'instant, chou blanc sur toute la ligne. Comme vous le savez, on a mis la sœur sur écoute. Elle ne sort de chez elle que pour aller à ses cours. Le sergent Richardson est resté à Penarven pour surveiller la maison avec l'aide de la police locale, mais apparemment elle était à Londres quand elle a appelé sa sœur au téléphone il y a quatre jours. Quant à savoir si elle y est encore... (Il haussa les épaules.) Nous gardons les aéroports et les gares à l'œil, dans la mesure de nos moyens.

— Notre budget va en prendre un coup dans l'aile, dit Webb.

Il y avait sept personnes dans la pièce : Webb, Adams, Carol Tanner et quatre jeunes inspecteurs. Quand le commissaire évoqua cette sombre perspective, un soupir d'indignation collectif leur échappa. L'écœurement était général.

— Si on décide de me couper les vivres, je serai bien obligé de m'incliner, continua Webb. Elle nous a filé entre les doigts, c'est indiscutable. Et même si je disposais de cinquante fois plus de flics et de dix fois plus de moyens, nous ne serions pas assurés de la retrouver. Sous peu, elle ne sera plus qu'une statistique.

De nombreuses variantes d'une photo de Kate Randall étaient punaisées au mur. Un dessinateur maison les avait retouchées en imaginant toutes les modifications qu'elle aurait pu apporter à sa physionomie : cheveux de la même longueur, mais noirs ou blonds ; cheveux courts ; cheveux courts, mais noirs ou blonds ; traits amincis ou grossis à l'aide de divers artifices de maquillage ; visage mince, avec des cheveux noirs ; visage potelé avec des cheveux blonds, et ainsi de suite. A leur insu, l'un des portraits correspondait assez exactement à la nouvelle tête que s'était composée Kate. Après avoir considéré les portraits un à un, Webb reprit la parole.

— A vue de nez, nous avons encore une huitaine de jours, dit-il. Si nous ne sommes pas sortis de l'impasse à ce moment-là, la guillotine financière s'abattra. *Clac !* conclut-il en tranchant l'air de la main.

Tandis que les membres de l'équipe se répartissaient les tâches de la journée, le téléphone sonna. Carol Tanner prit la communication, dit quelques mots, puis tendit le combiné à Webb, l'air perplexe.

Tim Farnol jouait son va-tout. Il n'avais pas d'autre issue.

— Une femme vient de m'appeler au téléphone, expliqua-t-il à Webb. Je crois que c'était Kate Henderson.

— Qui ?

— La fille qui est soupçonnée du meurtre de...

— Vous parlez de Kate Randall ? lui dit Webb.

— Oui, pardon. Randall, vous avez raison.

— Qu'est-ce qui vous fait penser que Kate Randall aurait pu vous téléphoner, M. Farnol ?

— Pourrions-nous nous voir en tête-à-tête ?

— Si vous le souhaitez, dit Webb.

Quand il raccrocha, Carol Tanner et le sergent Adams le regardaient d'un air intrigué.

— Tim Farnol, le nom vous dit quelque chose ? demanda-t-il.

— Un politicien plein aux as, dit Carol. A ce qu'il paraît, c'est aussi une belle crapule.

— Aurait-il des ennuis ? demanda Adams.

— Il m'a paru assez anxieux, dit Webb.

Sur ce, il les mit dans la confidence :

— Kate Randall lui a téléphoné.

Adams, qui venait de décrocher le téléphone pour passer un coup de fil de pure routine, le reposa et s'exclama :

— *Kate Randall* ? Celle que nous recherchons ?

Webb haussa les épaules.

— C'est ce qu'il affirme, en tout cas.

— Farnol la connaît ?

— Très peu, apparemment. Il a même écorché son nom de famille.

— Qu'est-ce qu'il vous a dit d'autre ? demanda Carol Tanner.

— Rien. Il ne m'a donné aucune explication. Il veut me voir.

— On vous accompagne ? dit Adams.

— Vous avez hâte d'en savoir plus, c'est ça ?

— J'en grille d'envie.

— Il vaut mieux que j'aille le voir seul. Il avait l'air nerveux. S'il s'agit d'une histoire louche, comme je le subodore, il n'aura pas envie d'étaler ça en public.

— Quand allez-vous le rencontrer ?

— Ce soir. Le parlement est en pleine session. Il ne pouvait pas se libérer plus tôt.

— Il n'a pas l'air de s'en faire trop.

Webb secoua la tête.

— Si, il s'en fait. Il m'a simplement dit que ça pouvait attendre jusqu'à ce soir.

— Vous croyez qu'il va nous mener jusqu'à elle ? demanda Carol.

— Peut-être. Je n'en suis pas sûr.

— Mais vous pensez qu'il va nous mettre sur sa piste ? demanda Adams.

— Il me l'a plus ou moins fait miroiter, dit Webb.

— S'il vous l'a fait miroiter, c'est qu'il veut vous proposer un marché, fit remarquer Adams.

— Tu as probablement raison, dit Webb.

Quel marché ? se demandait-il. *Est-ce que je touche au but ?* Tout à coup, il avait l'impression d'être un joueur de poker malchanceux qui vient de tirer un deuxième as in extremis. Avec une paire d'as, on n'est pas assuré de gagner, mais c'est mieux que rien.

Entre la réunion de l'équipe et la rencontre avec Farnol, Webb se rendit à son deuxième rendez-vous de la journée. Il eut pour cadre les coulisses du Royal Festival Hall, où il fut reçu comme un chien dans un jeu de quilles.

Tout en sortant son instrument de son étui, Annie Forrester lui annonça d'une voix glaciale :

— Vous avez dix minutes.

— Je prendrai tout le temps qu'il me faudra, répondit-il.

Les deux violonistes, Victoria Pedrales et Nuala Phillips, étaient dans la loge avec eux. Webb n'avait pas jugé nécessaire la présence de la remplaçante de Kate, une violoncelliste du nom de Sally Nelms.

— Vous avez dix minutes, pas une de plus, dit Annie. Dans dix minutes, on commencera à s'accorder et vous dégagerez le plancher.

Webb se frotta la bouche du dos de la main et Nuala comprit que c'était une manière de ravaler sa colère.

— Vous perdez votre temps, M. Webb, lui dit-elle. Nous

166

n'avons aucune nouvelle de Kate. Nous l'avons déjà dit aux enquêteurs.

— Les fugitifs ont souvent besoin d'aide, et en général c'est vers leurs amis qu'ils se tournent.

— Si Kate nous avait contactées, est-ce que ce serait un délit de ne pas vous en informer ? lui demanda Annie.

— Bien entendu.

— Donc, vous nous soupçonnez, individuellement ou collectivement, d'avoir commis un délit ?

— Tout ce que je veux savoir, c'est si Kate Randall a tenté de joindre l'une ou l'autre d'entre vous.

— Ça revient au même, dit Annie. Vous nous soupçonnez d'avoir eu de ses nouvelles et de n'en avoir rien dit. A vos yeux, nous sommes des délinquantes.

Webb se passa de nouveau la main sur les lèvres.

— Peut-être vous a-t-elle contactées depuis que mes hommes vous ont interrogées.

Annie se pencha vers lui et parla en détachant bien ses mots, comme si elle s'était adressée à un étranger n'ayant qu'une connaissance rudimentaire de la langue anglaise.

— Ça revient au même. Vous nous demandez si nous nous sommes rendues coupable de recel d'informations. La réponse est non.

Webb baissa les yeux sur ses chaussures, puis les releva. Victoria s'était coincé son violon sous le menton. Elle fit courir distraitement son archet sur les cordes, régla ses chevilles, puis joua une petite gigue entraînante.

— Vous voulez assister au concert, M. Webb ? demanda Nuala. Nous pourrons sûrement vous faire obtenir un billet de faveur.

L'alto se joignit au violon et la gigue se mua en contredanse. Tournant le dos à Webb, Annie et Victoria continuèrent à jouer en sourdine.

— Ces trucs d'intellectuels, c'est pas pour moi, dit Webb en se dirigeant vers la porte. Je ne suis qu'un simple flic. Ignare et pas très malin.

Quand il fut sorti, Annie demanda :

— Vous avez eu de ses nouvelles, vous ?

Les deux autres hochèrent négativement la tête.

— Mais où peut-elle être ? demanda Nuala. Tu en as une idée, toi ?

— En tout cas, elle est dans la merde, dit Annie.

— Elle est de taille à affronter ça, tu ne crois pas ? demanda Victoria en vérifiant son archet. Physiquement, elle est plutôt en forme, non ? Elle va au gymnase, elle skie, et autrefois elle faisait de la varappe tous les étés, quand ses parents l'emmenaient camper en Ecosse. Elle tiendra sûrement le coup, non ?

— Dieu seul le sait, dit Annie.

Le soir venu, Webb se rendit à son troisième rendez-vous de la journée, dans un restaurant italien. Farnol l'attendait, assis à une table du fond, en feuilletant des documents d'aspect officiel, à en-tête du Parlement. Webb se demanda si cet étalage de feuillets blasonnés était destiné à lui en imposer. Le député versa du chianti dans le verre de Webb (la bouteille était déjà à moitié vide) et fit signe au garçon de leur apporter la carte. Quand Webb eut commandé, Farnol rassembla ses papiers et les rangea dans sa serviette. Il s'était livré à de longs commentaires sur les plats qui figuraient à la carte, et tous ses gestes étaient empreints d'une méticulosité bizarrement solennelle. C'est sa manière de repousser le moment fatidique, se dit Webb. Farnol lui faisait un peu penser à un homme qui bavarde à n'en plus finir, tandis que le dentiste attend patiemment, un sourire indulgent aux lèvres, sa roulette à la main.

A la fin, Farnol toussa et se mit à tripoter les objets posés devant lui sur la table – les cure-dents, le cendrier, la petite bouteille d'huile d'olive pleine de piments minuscules. Il les changeait de place l'un après l'autre, et ne les quitta pas des yeux une seconde tandis qu'il parlait.

— Michael Lester était journaliste, comme vous le savez. Les journalistes se prennent toujours pour des petits saints. Ils se bourrent la gueule, se farcissent des putes, maquillent leurs notes de frais, coincent des mères éplorées sur le pas de leur porte... mais tout ça n'est rien, du moment qu'ils ont des gens à dénoncer à la vindicte publique. Personne ne les dénonce, eux. Il en va tout autrement de ceux que l'on désigne sous le nom d'hommes publics. Vous parlez d'une rigolade ! Etre un homme public, ça veut simplement dire qu'on fait une cible rêvée pour tous ces fouille-merde qui ne se lassent jamais de sonner l'hallali.

Farnol marqua une brève pause, et Webb en profita pour déplacer le cendrier, perturbant son mouvement de va-et-vient. Le député leva les yeux sur lui.

— Histoire de fric ou histoire de cul ? demanda Webb.

— De cul, dit Farnol.

— Avec des filles ou des garçons ?

Farnol le regarda un instant d'un air interloqué, puis il remit le cendrier à sa place.

— Des filles, bien sûr. Des femmes.

— Plusieurs, ou est-ce qu'il y en a une qui pose un problème particulier ?

— Est-ce que je suis vraiment obligé de... ?

— Il vaut mieux que vous me disiez tout.

— Si je vous le dis, il faudra que ça reste confidentiel.

Farnol leva brièvement les yeux, les sourcils en accent circonflexe.

— Ça restera strictement entre nous, je vous en donne ma parole.

— Plusieurs, dit Farnol.

— Tant mieux. Quand il n'y en a qu'une seule, c'est souvent plus épineux. Des prostituées ?

— Dans certains cas. Mais pas toujours.

— Vous en avez mis une en cloque ?

— Non.

— Pas de maladies vénériennes non plus ?

Farnol secoua négativement la tête. Il ne tenait pas à compliquer son mensonge outre-mesure.

— Mais si ma femme découvrait le pot aux roses, je serais dans un sacré pétrin. Elle n'est pas du genre à vouloir sauver la face à tout prix.

— Elle n'est pas prête à se sacrifier... ?

— Oh non. Mais elle est prête à me sacrifier, moi. Et je ne perdrais pas qu'elle. Je perdrais mes enfants, ma maison, ma carrière. Dans ma circonscription, c'est la foire d'empoigne. Les chers camarades de ma section se feraient une joie de me poignarder dans le dos. Et même si ce n'était pas le cas, je serais contraint de démissionner.

169

— Tout ça pour quelques petites parties de jambes en l'air, dit Webb. Quel pays de puritains. Qu'est-ce que Lester exigeait de vous ?

— Rien, dit Farnol.

Webb le dévisagea.

— Rien... ?

— Non. Il avait en sa possession des documents très compromettants pour moi. Il m'en a averti, mais il ne m'a pas dit ce qu'il voulait en échange.

— Vous n'en avez même pas une petite idée ?

— Non, aucune. Enfin si, en un sens. Pour lui, à mon avis, c'était une poire pour la soif. Comme une somme qu'il aurait déposée sur un compte en banque et sur laquelle il aurait laissé les intérêts s'accumuler en attendant le jour où il aurait besoin de la retirer en totalité. Ce qu'il voulait de moi, c'était certaines informations que j'étais seul en mesure de lui fournir. Qui sait ? Peut-être qu'il n'aurait jamais mis sa menace à exécution. Quand il m'a dit ce qu'il savait, il n'avait pas l'air de jouir tant que ça de la situation. Bien sûr, il aurait pu lâcher le morceau à une feuille de chou quelconque, ça lui aurait rapporté gros. Lester n'était peut-être pas de cette race-là, mais avec les journalistes il faut toujours s'attendre au pire. Un jour ou l'autre...

Il continuait à faire tournicoter le cendrier, les cure-dents et la bouteille d'huile. Il dessine un triangle, se dit Webb. Peut-être que le triangle a une signification symbolique, à moins que le mouvement lui-même n'exprime un désir inconscient d'esquiver ses responsabilités ou de brouiller les pistes.

— Ces documents compromettants sont entre les mains de Kate Randall à présent, dit-il.

— Oui.

— Elle a pris contact avec vous.

— En effet.

— Et vous savez où elle est.

— Non.

— Vous ne savez pas où elle est actuellement, mais vous savez où elle sera à un moment donné ?

Farnol ne releva pas les yeux, mais son attitude semblait dire : *On peut s'arranger...*

— Qu'est-ce que vous voulez en échange ? lui demanda Webb.

— L'immunité.

— Pardon ? fit Webb, décontenancé.

— Je veux que les documents me concernant soient enterrés.

— Ça, il faudra que j'en réfère à qui de droit.

— Non, dit Farnol. Vous n'en référerez à personne. Vous agirez comme vous avez agi dans le cas de Norman Leary.

Webb leva son verre, mais ne le porta pas à ses lèvres. Il le fit tourner de façon à ce qu'il capte la lumière. Le vin était d'un rouge profond, couleur rubis. A la fin, il en but une rapide gorgée, comme si le goût n'avait été pour lui qu'un détail sans importance.

— Norman Leary était coupable, dit-il.

— Moi, je suis persuadé du contraire, dit Farnol. Du reste, sa condamnation a été cassée pour vice de forme. Au bout de dix ans. Mais ça ne l'a pas ressuscité, malheureusement.

— Il s'est suicidé parce qu'il était coupable.

— Il s'est suicidé à cause de ce qu'il avait subi en prison. A cause du traitement que lui avait infligé la justice. Et à cause du traitement que vous lui aviez infligé, vous.

Webb secoua la tête et un sourire se forma sur ses lèvres.

— Il y a des gens qui sont au courant, figurez-vous, dit Farnol.

— La cour de cassation a fondé sa décision sur le revirement d'un des témoins à charge, dit Webb.

— C'était le motif officiel, admit Farnol. Mais les juges auraient pu faire état de pièces à conviction subtilisées, de preuves falsifiées.

— Ils n'en ont pas fait état.

— Pour le moment.

— Leary était coupable. Il avait assassiné sa femme. J'en ai l'intime conviction.

— Inutile de nous lancer dans une discussion fastidieuse, dit Farnol. Vous m'avez compris, j'en suis sûr.

— Je vous ai parfaitement compris. Et vous, vous devriez

171

comprendre que la moutarde commence à me monter au nez.

Farnol hocha la tête, comme s'il compatissait du fond du cœur. Ses mains bougeaient continuellement. Le cendrier, les cure-dents et la bouteille tournaient de plus en plus vite.

— Nous ne nous sommes jamais rencontrés, dit-il. Cette conversation n'a jamais eu lieu. C'est le premier point. Deuxième point : soit je la fais tomber dans vos filets, soit je romps le contact.

Les yeux de Webb s'écarquillèrent.

— Je ne vous conseille pas d'essayer.

— Qui vous parle d'essayer ? dit Farnol. La balle est dans mon camp. Je ferai ce qui me chante.

— Dites-moi ce que vous avez en tête, soupira Webb. Je peux vous écouter, ça ne m'engage à rien.

La vie n'est faite que de marchés, se disait-il. Ce n'est qu'une suite de négociations sans fin. Tout se monnaye, même un verre de chianti.

— La disquette, dit Farnol. Je veux que vous me la retourniez sans vérifier son contenu au préalable.

Webb médita là-dessus un moment, envisageant le problème sous toutes les coutures.

— Supposons qu'un de mes hommes mette la main dessus avant moi et qu'il décide de la lire ?

— Ça n'arrivera pas, dit Farnol, parce que vous serez là pour veiller au grain.

Webb avait du mal à contenir sa fureur. Une giclée de bile monta en lui, et sa lèvre supérieure se retroussa.

— Je n'ai pas d'ordres à recevoir de vous, gronda-t-il.

— Je ne suis pas un malfrat minable, dit Farnol. Je ne suis pas un de vos indics. C'est moi qui pose mes conditions. Je vous donne Kate Randall et en échange vous me remettez la disquette, sans avoir vérifié son contenu.

— Et si je vous doublais ? dit Webb.

— Je m'arrangerais pour vous faire boire la tasse.

— Comment ?

— Ce ne sont pas les moyens qui manquent. Je pourrais suggérer à une commission d'enquête de comparer les quantités d'héroïne que vous confisquez avec celles que

172

vous déclarez officiellement. Je suis sûr qu'elle obtiendrait des résultats intéressants. Il y a aussi l'affaire Leary. Le carnet dont on n'a jamais retrouvé la trace – je sais où vous l'avez planqué, figurez-vous. Je pourrais faire en sorte que la presse lève d'abord un lièvre, puis un second, en distillant l'information. Le premier scandale à peine retombé, vous en auriez un deuxième à affronter. Rien n'est plus facile que de traîner les flics dans la boue. L'opinion publique les soupçonne toujours du pire.

Un large sourire aux lèvres, Farnol reposa le cendrier sur la table avec d'infinies précautions.

— Alors, je me suis bien fait comprendre ? demanda-t-il. C'est donnant donnant. La disquette contre Kate Randall. Si vous me dites que c'est d'accord, je ne mettrai jamais le nez dans vos affaires. Mais si vous me doublez, si après l'avoir alpaguée vous ne respectez pas le contrat que vous avez passé avec moi, je vous promets que vous ne l'emporterez pas au paradis.

Webb resta silencieux pendant que le garçon lui servait ses côtelettes d'agneau et remplissait leurs verres.

— Vous voulez me faire croire que ce n'est qu'une histoire de femmes ? dit-il à la fin.

— Puisque je vous le dis.

— C'est beaucoup plus juteux que ça.

— Pas du tout.

— Histoire de cul, mon œil, fit Webb.

Il s'esclaffa, mais Farnol resta de bois.

— Je vous dis qu'il n'y a rien d'autre.

— Ne gaspillez pas votre salive, dit Webb.

Il s'attaqua à une de ses côtelettes et mastiqua quelques instants en silence.

— Jouons aux devinettes, reprit-il. La seule chose qui pourrait vous valoir des ennuis vraiment graves, ce serait d'être impliqué dans une affaire d'État. Même moi, j'aurais chaud aux fesses si j'étais impliqué dans une affaire d'État. C'est de ça qu'il s'agit ?

— C'est une affaire de femmes, je vous dis.

Est-ce qu'il peut me couler ? se demandait Webb. Je ne peux pas accepter sa combine, c'est trop risqué. La seule manière de m'en sortir sans y laisser de plumes, c'est de lui

173

dire : *On ne s'est jamais vus, débrouillez-vous tout seul.* Si j'essaye de lui forcer la main, il me fera le même coup que si je l'avais doublé. Je n'ai qu'une alternative possible : ou je me retire sur la pointe des pieds, ou je passe un marché avec lui.

Farnol héla le garçon et lui demanda une autre bouteille de chianti.

— Pas pour moi, dit Webb.

— Ce n'est pas pour vous.

Une chose est sûre, se disait Webb. Ce n'est pas une affaire de femmes. Les « femmes », c'est une sorte d'euphémisme qui désigne Dieu sait quelle histoire dans laquelle ce salopard a trempé – celle que Lester avait déterrée.

— Qu'est-ce que Kate Randall attend de vous ? demanda-t-il.

— Elle veut que je lui procure un passeport.

Le mensonge était venu tout naturellement aux lèvres de Farnol. Mentir, c'était son métier après tout.

— Ce serait dans vos cordes ?

— Je crois que ça ne me poserait pas trop de problèmes.

— Et vous avez accepté ?

— Oui.

A chaque mensonge, le triangle s'élargissait. Un psychanalyste aurait instantanément vu clair dans son jeu.

La deuxième bouteille de chianti arriva. Farnol fit signe au garçon de la poser sur la table, puis le congédia d'un geste. Il leva les yeux sur Webb, mais le commissaire regardait ailleurs ; il était plongé dans un abîme de réflexions.

Je sais ce qu'il me reste à faire, se disait-il. Je vais accepter. Quant aux conséquences, on verra bien. De toute façon, si ce salopard décide de foutre ma vie en l'air, je ne pourrai pas l'en empêcher. Il faut que je me protège. Il l'aura, sa disquette. Ce qu'elle contient, je m'en tape. Ses malversations, je m'en bats l'œil. Avec les politiciens, c'est toujours pareil : le pognon. Pognon et trafic d'influence, pognon et vente d'armes, pognon et magouilles pétrolières. Ou pis encore, pognon et trafic de drogue. C'est comme ça, et tout le monde s'en fout.

— Alors, il s'agit d'une affaire d'État, ou pas ? demanda-t-il encore une fois.

— Je vous dis que c'est une affaire de femmes, répondit Farnol. F, E, deux M, E, S.

— Je vous la trouverai, cette disquette, dit Webb. Et je n'essayerai pas de savoir ce qu'elle contient.

Farnol lui donna le lieu et l'heure de son rendez-vous avec Kate.

— Il faudra que vous soyez là, lui dit Webb.

— Bien entendu.

Webb se leva, se dirigea vers la porte et sortit sans se retourner. Après avoir entamé la deuxième bouteille de chianti, Farnol commanda du fromage. Il y avait des chances que ça marche. De toute façon, c'était l'unique solution possible. La seule autre aurait été de tuer Kate Randall pour lui prendre la disquette. Extrémité qu'il n'avait jamais envisagée sérieusement. Il n'avait pas l'étoffe d'un tueur, et il le savait.

Le seul recours qui lui restait, c'était d'user de la force publique – en la détournant quelque peu du droit chemin. Une puissance en enrôlant une autre sous sa bannière. Webb avait fini par fléchir. Son regard l'avait trahi.

Webb rentra chez lui sous un léger crachin. Ses essuie-glaces allaient et venaient sur le pare-brise et il maudissait la pluie fine qui souillait ses vitres. Il détestait la saleté.

Si je vérifie cette disquette, se disait-il, j'y trouverai peut-être quelque chose qui me fera changer d'avis.

Donc, je ne la vérifierai pas.

Je pourrais changer d'avis sur Michael Lester. Sur les causes de la mort de Michael Lester.

Je ne la vérifierai pas.

Michael Lester. Les causes de sa mort. L'identité de son...

Donc, je ne la vérifierai pas. De toute façon, je ne peux pas me le permettre. Si j'alpague Kate Randall et si je fais disparaître la disquette, tout baignera dans l'huile. Si j'essaye de jouer au plus fin, ce sera la catastrophe. Farnol me cassera en deux, foutra ma vie en l'air.

Donc, je ne la vérifierai pas.

Mais rien que d'y penser, ses doigts lui en démangeaient déjà.

15

Recouvrant tout le ciel, un gros nuage s'étirait à n'en plus finir au-dessus de Richmond Park, entraînant dans son sillage une pluie tourbillonnante et grise. Le nuage passa au-dessus de la ligne d'horizon et resta accroché là. On avait l'impression qu'il boucherait le ciel à tout jamais. Comment s'imaginer le parc sous un beau soleil, ou une brise douce et revigorante ? La grisaille et la pluie allaient durer jusqu'à la fin des temps.

Les amateurs de marche à pied et les amoureux de la faune sauvage avaient déserté les lieux. Seuls quelques rares irréductibles s'obstinaient à promener leur chien autour des étangs. Une file de cavaliers passa le long d'une allée, silhouettes grisâtres encapuchonnées de capotes grises sur des chevaux gris : il en aurait fallu plus pour leur faire renoncer à un privilège qui leur coûtait les yeux de la tête. Le commissaire Webb, debout à l'orée d'un petit bois en surplomb des étangs, souffla pour chasser l'eau qui lui dégoulinait sur les lèvres. La pluie le frappait de plein fouet, comme les sept autres policiers alignés à égale distance les uns des autres le long de la lisière des arbres. Tim Farnol se tenait à côté de Webb, vêtu d'un Barbour olive, de bottes en caoutchouc et d'un chapeau en toile imperméable. Il ne manquait plus à sa panoplie qu'un fusil à deux coups et un labrador noir. Deux des promeneurs de chiens étaient des flics, ainsi que les deux cavaliers qui avançaient au pas le long d'une allée, de l'autre côté des étangs. Il était un peu plus de dix heures du matin.

— Saloperie de temps, maugréa Webb. C'est la fête à la grenouille.

Il distinguait assez bien les promeneurs de chiens, mais les cavaliers n'étaient que des taches indécises, auréolées de brume.

Farnol jeta un coup d'œil à sa montre.

— J'y vais tout de suite, ou j'attends qu'elle soit en vue ? demanda-t-il.

— Il vous reste combien de temps ?

— Dix minutes.

— Allez-y. Il vaut mieux qu'elle vous voie.

— Comment saura-t-elle que c'est moi ?

— Avec votre dégaine de gentleman-farmer à la manque, ça ne devrait pas être trop difficile. Mais si elle a des doutes et si elle s'approche pour vous regarder de plus près, ce sera encore mieux.

Une troupe de daims paissait au flanc de la colline, de l'autre côté des étangs. Les cavaliers revinrent sur leurs pas, au petit trot ; le seul mâle de la troupe releva la tête et détala, entraînant les biches dans sa fuite.

— Qu'est-ce qu'ils ont besoin de faire toutes ces allées et venues, ces cons-là ? râla Webb. On dirait une patrouille de gardes-frontières.

La pluie le mettait de mauvaise humeur et le froid lui ankylosait les doigts de pied.

Farnol sortit du bois et prit le sentier qui descendait vers les étangs. Il aurait sans doute été plus simple de la tuer, se disait-il. Peut-être que j'y serais arrivé, après tout. Peut-être que j'en aurais été capable.

Il serra et desserra les doigts, comme pour évaluer leur force et leur souplesse. Quelle sensation ça donne de tuer quelqu'un ? se demanda-t-il. La même que de régler une dette ? De rattraper une erreur ? De remettre une pendule à l'heure ?

Comme il avait besoin de s'occuper l'esprit, il reformula sa question autrement : Quel effet ça fait de tuer une femme ?

La pluie ne lui fichait pas le cafard. Il ne sentait pas le

froid. Il était excité, un peu essoufflé, et contenait à grand-peine une formidable envie de rire.

Kate décrivait une lente diagonale le long du flanc de la colline qui descendait vers les étangs. Son compagnon et elle firent un détour pour éviter les biches. « Il vaut mieux que mon chien ne se retrouve pas face à la harde, lui expliqua-t-il. Il ne les agresserait pas, mais les daims mâles ont parfois des réactions inattendues. »
Kate était entrée dans le parc en même temps que Pete Lemon, qui allait promener sa chienne autour des étangs. Alors qu'elle marchait à côté de lui, elle avait trébuché et s'était machinalement raccrochée à son bras ; c'est ainsi qu'ils avaient lié conversation. La chienne, un berger allemand, s'était précipitée sur elle en aboyant, les oreilles aplaties. Pete Lemon l'avait calmée en l'appelant par son nom, puis il avait rassuré Kate. La chienne s'appelait Shep, nom délicieusement rétro, qui s'accordait on ne peut mieux avec l'aspect extérieur de son propriétaire. Pete Lemon n'avait guère plus de trente-cinq ans, mais il arborait une casquette à carreaux, un mackintosh à large ceinture, des caoutchoucs et des lunettes à monture d'écaille retenues par une chaînette dont la longueur semblait avoir été calculée pour qu'elles retombent juste au-dessous de son nœud de cravate. La moustache qui lui ombrait la lèvre supérieure faisait penser à de la mousse desséchée. Jamais personne n'aurait eu le cœur à l'embrasser. Il parlait de lui à la troisième personne, en se désignant par son nom complet :
— N'ayez pas peur, ma chienne est très gentille. Pete Lemon l'a bien dressée. Shep sait qu'elle doit défendre son maître, mais c'est toujours Pete Lemon qui commande.
Pete Lemon ne demandait pas mieux que d'avoir de la compagnie. C'était un vrai moulin à paroles, et Kate se bornait à lui poser une question de loin en loin afin que le flot ne tarisse pas. Elle portait une parka verte dont elle avait relevé le capuchon, en serrant la cordelette au maximum. Avec sa parka, son jean et ses grosses chaussures de marche, elle était parfaitement anonyme. De loin, on aurait même pu la prendre pour un homme. Tout en écou-

178

tant Pete Lemon jacasser, elle surveillait les environs. Autour des étangs, il y avait deux autres promeneurs de chiens, trois hommes seuls et un couple d'amoureux. Elle se concentra sur les hommes seuls, plissant les yeux pour mieux les distinguer à travers le rideau de pluie, et n'eut aucun mal à repérer Farnol. Il faisait lentement le tour de l'étang le plus proche, déambulant comme un homme qui marche sans but, sans accorder un regard aux canards et aux cygnes. Promeneur solitaire absorbé dans ses rêveries. Par une journée ensoleillée, il aurait peut-être réussi à faire illusion.

Le commissaire Webb vit les deux hommes qui marchaient à flanc de colline, au-dessus des daims. Un chien gambadait autour d'eux. L'un d'eux ramassa un bâton, le jeta. Le chien se lança à sa poursuite en bondissant. Les yeux de Webb se posèrent ensuite sur ses promeneurs de chiens à lui – ses maîtres-chiens – et sur les deux cavaliers qui venaient d'émerger de la brume à l'autre bout de l'allée.

Ils avaient prévu que Farnol la baladerait d'abord un moment, le temps de lui faire dire ce qu'elle attendait de lui. Ce qu'elle voulait, personne n'en avait la moindre idée. Mais quelles que soient ses exigences, Farnol devrait feindre de s'y plier. Dès que Kate Randall aurait rejoint Farnol, l'affaire serait dans le sac. Les maîtres-chiens et les cavaliers leur colleraient au train, et une fois qu'ils l'auraient alpaguée, Webb et ses collègues surgiraient de leur cachette. C'était simple comme bonjour. Mais il fallait d'abord qu'elle révèle à Farnol les moyens de pression dont elle disposait, ou croyait disposer.

Farnol avait suggéré de la prendre en filature pour qu'elle les mène jusqu'à l'endroit où elle se planquait. Il se faisait du souci au sujet de la disquette, sachant que Kate ne l'aurait pas sur elle. Webb lui avait rétorqué qu'à son avis ça ne les avancerait à rien :

— Rien ne nous prouve que la disquette y sera. Pour la récupérer, il nous suffit d'attraper Kate Randall. Quand on lui aura mis la main au collet, elle nous la donnera. Ce sera sa seule défense possible.

— Contre quoi ?

— Contre l'accusation de meurtre qui pèse sur elle...
Qui sait, peut-être qu'elle ne l'a pas commis, après tout.
— On dirait que ça ne vous fait ni chaud ni froid.
Webb haussa les épaules.
— Moi, tout ce qui m'intéresse, c'est de les attraper, dit-il. Ce qui leur arrive ensuite m'importe peu. Je ne suis pas d'un naturel vindicatif.

Shep rapporta le bâton et Kate le relança.
— Elle ne s'en lasse jamais, lui dit Pete Lemon. Elle va continuer jusqu'à ce que vous ayez le bras en compote.
Ils étaient à moins de cent mètres des étangs à présent. Farnol déambulait toujours sous la pluie battante. Shep reparut, le bâton dans la gueule, et heurta la cuisse de Kate avec.
— Pete Lemon va vous remplacer, si vous voulez.
— Non non, laissez, je m'amuse bien, dit Kate.
Elle extirpa le bâton de la gueule de l'animal et le lança vers le bas de la colline.

— Vous avez vu ça ? fit Corso, désignant quelque chose du doigt.
D'abord, Farnol crut que c'était un flic et qu'il lui montrait Kate, mais il chassa aussitôt cette idée de sa tête. Les flics sont parfois très cons, mais quand même pas à ce point. Il se dit alors que ce flic essayait de lui faire comprendre que quelque chose ne tournait pas rond, de l'avertir d'un changement de tactique inopiné. Puis il comprit que ce n'était ni l'un ni l'autre. Ce type n'était pas un flic, mais un simple badaud. Il ne manquait plus que ça, se dit-il. Corso marchait à côté de lui et lui donnait des coups de coude. Il tenait une paire de jumelles dans la main droite.
— Qu'est-ce qu'il y a ? demanda Farnol.
— Une macreuse de Sibérie, dit Corso. C'est extraordinaire.
Farnol ne ralentit pas l'allure.
— Merci, dit-il, mais les canards ne m'intéressent pas tant que ça.
Corso lui fourra ses jumelles dans les mains.
— Jetez un coup d'œil, dit-il. C'est formidable.

Ils croisèrent un des promeneurs de chiens qui s'était arrêté pour rajuster le collier de son setter. Farnol colla ses yeux aux jumelles et regarda dedans.

— Très intéressant, dit-il.

— Vous ne regardez pas dans la bonne direction, dit Corso.

Il reprit possession de ses jumelles, les porta à ses yeux et les braqua sur Kate qui levait le bras pour relancer le bâton. Elle resta figée dans cette posture, comme si le mouvement de son bras avait risqué de la faire tomber à la renverse.

— La voilà, dit-il. Les macreuses de Sibérie, ce n'est pas fréquent sous nos latitudes.

Farnol lui reprit les jumelles et regarda encore une fois. Il ne vit que le gazon, la pluie, les daims, deux hommes qui jouaient avec un chien, un bosquet au loin.

— Ce n'est pas par là qu'il faut regarder, lui dit Corso. Tournez-vous plutôt vers l'étang.

Farnol déplaça ses jumelles d'un côté puis de l'autre. Corso, debout derrière lui, lui désignait avec excitation divers points de la rive.

— Nom d'un petit bonhomme ! s'exclama Webb. Qu'est-ce qu'il y a encore ?

Il était adossé à un tronc, des gouttelettes lui perlant de la lèvre inférieure. John Adams lui transmit le message du maître-chien.

— Y a un type qui tient à toute force à lui montrer une espèce de canard très rare. On lui ordonne de circuler ?

— Non, laissez pisser, dit Webb.

Il suivit des yeux le manège de l'inconnu, qui désigna successivement à Farnol l'étang le plus éloigné et le flanc de la colline avant de lui reprendre les jumelles pour regarder à son tour.

— Laissez-le faire, il ne va pas tarder à lui lâcher la grappe.

Il scruta le parc détrempé dans tous les sens. Qu'est-ce que t'attends pour te ramener, connasse ? se disait-il. Allez, magne-toi le cul ! Tu es la seule à m'avoir jamais glissé entre les doigts. A cause de toi, je passe pour le dernier des jobards. La presse me casse du sucre sur le dos. Tous les matins, je trouve de petites notes acerbes sur mon bureau. Mes supérieurs me font des remarques désobligeantes. J'ai été obligé de passer un marché pour t'avoir, et je t'aurai.

— Là-bas ! fit Corso d'une voix patiente, comme s'il s'adressait à un enfant en bas âge. Juste en face de vous, là. Vous ne la voyez pas ?

Farnol lui rendit ses jumelles.

— Excusez-moi, dit-il, mais je ne peux pas m'attarder plus longtemps.

Tandis qu'il s'éloignait, Corso braqua de nouveau ses jumelles sur Kate. Elle le fixait des yeux. Dans le cercle de la lunette, son visage paraissait très proche. Il lui semblait qu'il n'aurait eu qu'à tendre le bras pour le toucher.

Cette fois, les jumelles étaient rivées sur elle pour de bon. Kate fit demi-tour et entreprit de remonter la pente.

— Excusez-moi, dit-elle. Il vaut mieux que je rentre chez moi. Je suis trempée.

— Pete Lemon vous comprend très bien. Nous allons vous accompagner.

Il siffla sa chienne. Il était ravi d'avoir quelqu'un à qui parler, n'ayant d'habitude d'autre compagnie que celle de Shep. Kate avait une voix agréable, elle aimait les chiens et la conversation de Pete Lemon n'avait pas l'air de l'ennuyer le moins de monde. Peut-être que si je reviens demain à la même heure, en entrant du même côté, je tomberai de nouveau sur elle, se dit-il. L'idée lui vint même de le suggérer. Il s'imagina à quoi elle pouvait ressembler sous son anorak, et cette vision lui donna un début de vertige.

Ils remontèrent jusqu'au sommet de la colline en faisant un détour pour éviter les daims et redescendirent de l'autre côté.

Webb n'avait pas relâché sa surveillance un instant. L'amateur d'oiseaux s'était éloigné. Les deux types qui promenaient leur chien aussi. En dehors de Webb lui-même et de ses sept compagnons dissimulés sous les arbres, il ne restait plus que Farnol, les maîtres-chiens et les cavaliers. Les premiers faisant le pied de grue, les autres allant et venant sous la pluie d'un air aussi nonchalant que possible.

Tu vas t'amener, sale petite garce.

La pluie redoubla de violence ; son crépitement sur les feuillages au-dessus de leur tête devenait de plus en plus assourdissant. Le plafond de lourds nuages s'était encore abaissé d'un cran.

Amène-toi, salope.

Farnol pataugeait sur le sentier boueux. Il releva la manche de son Barbour pour consulter sa montre, puis se retourna vers le bois, posant une question muette à Webb.

Amène-toi...

Webb laissa Farnol faire encore cinq fois le tour de l'étang, mais il savait que ce serait peine perdue. Il plongea une main dans sa poche et en sortit une flasque en métal blanc. John Adams, qui savait ce que ça voulait dire, s'approcha de lui et lui demanda :

— On remballe, patron ?

Webb hocha affirmativement la tête, puis il porta la flasque à ses lèvres, but une lampée et la lui tendit.

— On sait qu'elle est à Londres, c'est déjà ça, dit Adams.

— On n'en sait rien du tout. Si ça se trouve, elle le faisait marcher, ce crétin. Ce n'était peut-être qu'un test.

— Vous croyez qu'elle est aussi maligne que ça ?

— Ce n'est pas si sorcier.

Farnol vint les rejoindre.

— Qu'est-ce qu'on fait ? demanda-t-il.

— Rentrez chez vous, lui dit Webb en rempochant sa flasque. Elle ne va pas tarder à vous rappeler.

— J'étais à l'heure au rendez-vous, dit Farnol. Mais vous n'êtes pas venue.

— Si, je suis venue. Je vous ai vu.

— Pourquoi ne m'avez-vous pas... ?

— Ça m'a paru louche.

— Où allez-vous chercher ça, bon dieu ?

Il y eut un assez long silence. A la fin, Farnol demanda :

— Qu'est-ce qu'on fait ? On retente le coup ?

— Il faut que j'y réfléchisse. Je ne veux pas courir de risques inutiles.

— Vous n'avez pas confiance en moi ? C'est ridicule.

— Peut-on faire confiance à un politicien ?

— Pourquoi vous trahirais-je ? J'aurais tout à y perdre.

— Je vous rappellerai.

Carol Tanner raccrocha le téléphone et secoua la tête.

— Elle appelle d'un portable. Pas la peine de se fatiguer.

Webb avait réuni toute l'équipe.

— Elle a des documents compromettants sur Farnol, expliqua-t-il. C'est Lester qui les avait réunis.

— Quel genre de documents ? demanda Adams.

— Des histoires de cul. Des trucs dont il ne se relèverait pas. Elle veut un passeport en échange.

— Il fait dans le trafic de faux papiers ?

— Il lui a dit qu'il pourrait lui en procurer un.

Je n'aurai pas de mal à leur faire avaler cette couleuvre, se disait Webb. Ça paraît tellement logique. Un politicien aux abois, prêt à tout pour sauver sa carrière. Du reste, c'est en partie vrai.

— C'est vrai, il pourrait ?

— Même moi, ce serait à ma portée, alors tu penses...

— Pourquoi il ne l'a pas fait, alors ? demanda Adams.

— Peut-être qu'il nous craint plus qu'il ne la craint, elle.

Webb détourna les yeux et promena son regard sur les photos de Kate Randall punaisées au mur. Tous les aspects possibles et imaginables de Kate Randall.

Kate : j'ai une adresse e-mail désormais (voir ci-dessous).

Alors, comment ça va ? Ne coupez pas les ponts avec moi surtout. Pour être sûre que vous pouvez me faire confiance, vous n'avez qu'à me mettre à l'épreuve. Vous trouverez bien quelque chose. Un truc quelconque que je pourrais vous procurer. De l'argent ? Un message à faire passer par mon entremise ? A vous de voir...

Je pourrais vous faire parvenir des extraits de l'enquête à laquelle je travaillais avec Michael, mais j'hésite à balancer ça sur le net. Avec tous les maniaques du décryptage qui sont à l'affût... Toutefois, le sigle W.W.I. devrait suffire à vous mettre sur la piste.

Vous n'avez qu'à m'envoyer un petit courrier pour me dire ce que vous voulez faire. Ce que vous voulez que je fasse pour vous. En attendant : il y a des piégeurs qui ne s'en prennent pas au gibier à poil, ne l'oubliez pas.

Votre ami

Après avoir jeté un coup d'œil à la photo, Corso dit :
— C'est bien lui.
— Farnol, dit Larry Packer. Quel enfoiré ! Comment saviez-vous que c'était un traquenard ?
Corso haussa les épaules.
— Je la suivais. Elle est entrée dans un parc. J'ai vu des types qui promenaient leurs chiens en les faisant filer tout droit, comme à un défilé militaire. D'autres qui inspectaient la lisière d'un bois.
Soudain, il éclata d'un rire bruyant, comme si quelqu'un venait de lui raconter une blague vraiment désopilante.
— Quelle bande d'empotés !
— C'est ça qui vous a mis la puce à l'oreille ?
— Puce à l'oreille n'est pas le mot, dit Corso. Ça se voyait comme le nez au milieu de la figure.
Packer se mit à tambouriner des doigts sur son bureau. Son alliance produisait un cliquetis métallique.
— Farnol, fit-il. Ça ne va pas nous simplifier la vie. L'affaire devient sacrément délicate... Je ne peux pas vous donner trop de détails.
— Ne me dites que ce que vous avez besoin de me dire.
— Farnol...
— ... est prêt à quitter le navire.
— Il était dans le parc en même temps qu'elle ?
— Incontestablement, dit Corso.
— Ils se sont parlé. Elle a les documents.
— Et il lui a tendu un traquenard.
— Quel con, fit Packer en secouant la tête d'un air effaré. Comment a-t-il pu être assez con pour mêler les flics à ça ?
— Si ça peut vous soulager, rien n'a changé de mains. Ils ne se sont pas approchés l'un de l'autre. Farnol ne savait même pas qu'elle était là.
— La question est de savoir jusqu'où nous pouvons

185

pousser le bouchon. Jusqu'à quelle profondeur nous pouvons lancer le filet. Jusqu'où vous êtes prêt à vous engager. Packer avait du mal à trouver l'euphémisme adapté. Il fit pivoter son fauteuil et continua à parler en regardant la fenêtre, comme s'il s'était adressé à son propre reflet.

— Farnol est devenu dangereux à son tour. Qui aurait pu prévoir que les événements allaient prendre une tournure pareille ? Jusque-là, c'est la fille qui nous posait un problème, dont il n'était que l'une des composantes. Désormais, il constitue un problème à part entière. Vous me suivez ?

— Je vois ce que vous voulez dire.

— Vous pensez que je fais fausse route ?

— Non.

— J'évalue correctement la situation, d'après vous ?

— Oui.

— Si c'est le cas, il ne va pas tarder à me causer de sérieux emmerdements. Ce n'est pas votre avis ?

Corso hocha affirmativement la tête. Packer hocha la tête aussi, et son reflet lui rendit la pareille. Ils étaient tous d'accord.

— Je sais que vous êtes sur la bonne voie et que vous finirez par lui mettre la main au collet, dit Packer. Ce n'est pas le moment que ce taré aille tout déballer aux flics. Non, ce n'est vraiment pas le moment.

Il inspira profondément, retint son souffle, puis expira.

— Kate Randall. Combien de temps vous faudra-t-il pour lui tirer les vers du nez ?

— C'est difficile à dire.

— Vous devez bien avoir votre petite idée.

— Non, je vous assure, Larry. Si je le savais, je vous le dirais.

— Ce mec-là est capable de tout, dit Packer. Il fera n'importe quoi pour se dédouaner. Après l'avoir vendue, c'est nous qu'il vendra.

Par *nous*, c'était évidemment *moi* qu'il fallait entendre.

— Compris, dit Corso.

Il hocha la tête. Le reflet de Packer hocha la tête en retour, puis une ombre de sourire se forma sur ses lèvres.

186

Piégeur : Vous m'intriguez, mais comment savoir si vous êtes sûr ?
Je connais ces initiales, en effet. M.L. les connaissait aussi, n'est-ce
pas ?
   Je n'ai besoin de rien, merci.
   Dites-moi quelque chose sur M.L. que seul un ami pourrait savoir.

A cinq heures cet après-midi-là, Farnol reçut un mot de
Larry Packer, qui sollicitait un rendez-vous pour le soir
même. Poliment, mais fermement. Le rendez-vous devait
avoir lieu à vingt heures précises, dans l'appartement londonien où Farnol logeait pendant la semaine. Sa résidence
principale était un manoir campagnard où restaient sagement cantonnés sa femme, ses enfants, son cheval et ses
chiens. L'appartement était réservé à ses affaires et à ses
plaisirs.
   Farnol arriva chez lui une demi-heure avant le rendez-
vous. Il ferma la porte à double tour et se dirigea vers sa
chambre. Il avait envie de boire un verre et de prendre
une douche. Ou plus exactement de boire un verre sous la
douche. Il se dépouilla de son uniforme de député et passa
au salon avec une paire de chaussettes pour tout vêtement.
Il était ridicule, certes, mais quelle importance, puisqu'il
n'y avait personne pour le voir ?
   Au moment où il se servait un verre de whisky, il s'aperçut qu'il avait de la compagnie.
   — Buvez votre whisky, je vous en prie, dit Corso. Avec
quoi le prenez-vous ? Un peu d'eau plate, peut-être ?
   Farnol ajouta de l'eau dans son verre.
   — Vous n'êtes pas Packer, dit-il.
   — Je ne suis pas cambrioleur non plus, dit Corso. Mal-
gré les apparences.
   Il leva les mains pour montrer à Farnol les gants de chi-
rurgien en latex.
   — Qui êtes-vous, alors ?
   — Je m'appelle Robert Corso. Je viens vous voir de la
part de Larry Packer. Il m'a chargé de discuter avec vous.
   — Vous permettez que je m'habille ?
   — Asseyez-vous, dit Corso.
   — Si nous devons discuter, il vaudrait mieux que je ne
reste pas à poil, vous comprenez ?

187

Farnol tenta de sourire, mais le cœur n'y était pas.

— Je vous comprends très bien, dit Corso. Mais on verra ça plus tard. Maintenant que nous avons engagé le dialogue, je préfère ne pas l'interrompre. Au cas où vous l'ignoreriez, nous savons que vous avez remis une disquette à Michael Lester.

Farnol se décida enfin à s'asseoir. Vu la profondeur du fauteuil, il fut obligé de s'incliner légèrement en arrière, si bien qu'il se sentait encore plus exposé. Sa queue lui pendait mollement sur la cuisse.

— Quelle disquette ? fit-il.

Corso éclata de rire.

— Allons, allons, ne jouez pas à ce petit jeu-là, dit-il. Vous dites : « Quelle disquette ? », je réponds : « Vous le savez très bien », vous dites : « Je ne vois pas de quoi vous voulez parler » et là, je commence à m'ennuyer grave.

— Jamais je ne lui ai remis aucune disquette, dit Farnol en secouant la tête. Jamais de la vie. Où avez-vous été chercher ça ? Vous permettez que j'appelle Packer ? Il vaudrait mieux que j'en discute avec lui.

— D'accord, dit Corso en souriant. Passons à la rubrique suivante. Parlez-moi un peu de Kate Randall.

Il leva une main défensivement.

— Je vous en prie, ne me dites pas : « Kate qui ? Je regrette, mais je n'ai jamais entendu ce nom-là. » Ne me dites pas non plus : « En voilà des façons ! Sortez de chez moi ou vous allez avoir de mes nouvelles ! » Ces deux répliques, je viens de vous les sortir, et vous avez pu vous rendre compte à quel point elles étaient peu convaincantes.

— Vous n'avez qu'à me dicter les phrases que vous voulez m'entendre prononcer, dit Farnol. Comme ça, on en aura fini plus vite. Je veux parler à Packer, vous m'entendez ?

D'un pas nonchalant, Corso s'approcha de lui et lui dit :

— Buvez votre whisky et j'irai vous en chercher un autre.

Farnol obtempéra. A présent que la disquette et le nom de Kate Randall avaient été mentionnés, il avait plus soif que jamais. Après avoir bu, il tendit son verre vide à Corso.

Corso alla le remplir, revint sur ses pas et le posa sur l'accoudoir du fauteuil.

— Donnez-moi la main, dit-il.

— Quoi ?

Farnol éclata d'un rire grêle, bizarrement hoquetant. Corso lui saisit le bras droit, lui passa une menotte en plastique au poignet et lui ordonna de se lever.

Farnol se hissa sur ses pieds, mais le goût de l'obéissance lui avait subitement passé. Il repoussa Corso d'une bourrade et esquissa un pas en avant. Corso lui assena un coup sec et dur au plexus solaire. Au moment où il s'affaissait, il lui glissa la lanière en plastique sous les fesses et lui referma l'autre menotte autour du poignet gauche, si bien qu'il retomba assis sur ses mains enchaînées. Il respirait par longues saccades rauques. Corso passa derrière le fauteuil et lui entoura le cou d'un nœud coulant. La corde était en nylon, finement tressée. Il resserra le nœud, puis se baissa pour attacher l'autre extrémité de la corde à l'un des pieds du fauteuil. Farnol, la tête rejetée en arrière, fixait le plafond, les bras le long du corps comme un soldat au garde-à-vous. Il était à deux doigts de l'asphyxie.

— Maintenant, dit Corso, je vous serais obligé de me dire votre nom, le nom de votre femme et les noms de vos enfants.

Il y eut un long silence. Sans jeter un regard à Farnol, Corso se dirigea vers le bar, empoigna la carafe de whisky et s'en versa un verre.

— Prenez votre temps, dit-il.

— Tim Farnol, dit Farnol. Ma femme s'appelle Mathilda, mais on dit Matty. Tom, Jemima et Katherine.

— Très bien. Bon, écoutez... Ne craignez rien, je ne vous ai pas posé cette question par malveillance. Votre famille ne court aucun danger. Je voulais simplement m'assurer que vous aviez encore suffisamment de voix pour parler. Vous, par contre, vous êtes en danger. Plus vous me mentirez, plus le danger sera grand. Le mieux serait de ne pas me mentir du tout.

Farnol lui dit tout ce qu'il voulait savoir. Deux ou trois fois seulement, il manifesta des réticences. Corso fut obligé de se lever, de se placer derrière lui et de répéter sa question en exerçant une traction graduelle sur la corde, tirant la tête de Farnol en arrière, petit à petit. Au moment de sombrer dans les ténèbres, il voyait soudain la lumière. Ce n'était pas plus sorcier que ça. Farnol s'était pissé dessus, détail sur lequel ils ne s'arrêtèrent ni l'un ni l'autre.

Corso ressortit de l'appartement une demi-heure plus tard, après s'être livré à une ultime inspection des lieux pour s'assurer que tout était en place.

16

Webb passa d'une pièce à l'autre. Il laissa échapper une bordée de jurons, examina la série de clichés pris par l'équipe qui était arrivée la première sur les lieux. La brigade criminelle était représentée par le sergent-détective Martin Fletcher. Le laboratoire de médecine légale avait dépêché un de ses hommes, Nigel Rivers, professionnel consciencieux, qui avait la réputation d'être un dissecteur très habile.

— Il est mort asphyxié, ça ne fait aucun doute, dit-il. Je vous le dis à titre tout à fait officieux, bien sûr.

Se tournant vers Martin Fletcher, Webb lui désigna un cliché.

— Vous l'avez vu avant qu'on coupe la corde ? demanda-t-il.

— Bien sûr, patron. On a attendu que le médecin légiste et M. Rivers soient arrivés pour la couper.

— Très bien, dit Webb.

Sur la photo, le couvre-lit était jonché de petites ampoules. On aurait dit des larves sur une feuille de chou. Webb les montra du doigt et demanda :

— Où sont-elles ?

— Dans des sachets étiquetés, patron.

Webb se retourna vers Rivers, le doigt toujours posé sur la photo.

— Du nitrite d'amyle, dit Rivers. Vous savez à quoi ça sert ?

Fletcher s'étrangla de rire.

191

— Pas besoin de nous faire un cours, dit-il.

— Expliquez-moi ça, dit Webb à Rivers.

— On se passe un nœud coulant autour du cou, on attache la corde à une applique murale et on se met debout sur le lit. Il faut laisser suffisamment de jeu pour que l'étranglement soit graduel. Dès qu'on fléchit les genoux, la corde se tend, et on commence à avoir du plaisir. Si on y a été un peu trop fort, il n'y a qu'à se redresser et à répéter l'opération, avec un peu plus de retenue. Si l'effet n'est pas assez puissant – il s'émousse généralement avec la pratique – on peut se briser quelques ampoules de nitrite d'amyle sous le nez. Elles stimulent les centres du plaisir dans le cortex. Le cerveau s'illumine comme un sapin de Noël. Et tant qu'à faire, pourquoi ne pas s'enfoncer un godemiché dans le cul de la main gauche tout en brisant les ampoules de la droite, histoire de multiplier la jouissance par deux ?

— C'est votre explication ?

— Eh oui. La réputation de ce monsieur risque d'en pâtir et ses proches en éprouveront sans doute une peine cruelle, mais il s'agit d'une perversion on ne peut plus classique. Les Romains la pratiquaient déjà. Bien entendu, le rapport officiel jettera un voile pudique sur le côté sexuel de l'affaire. Il constatera simplement que sous l'effet du nitrite d'amyle ses synapses l'ont lâché l'espace de quelques secondes, qu'il s'est affaissé et que...

Rivers imita le mouvement d'un homme qui s'effondre lourdement sur lui-même.

— ... *pschitt !* Comme une chandelle qu'on mouche.

— Pourquoi a-t-il gardé ses chaussettes ? demanda Webb.

— Il n'avait besoin d'en imposer à personne, dit Rivers.

Webb avait ramené les photos chez lui. Elles étaient dans un classeur, protégées par des pochettes en plastique perforées. Il passa un bon moment à les feuilleter, assis dans un fauteuil, les enveloppant de ses bras comme un kidnappeur dissimulerait le nouveau-né qu'il vient de ravir. Il continua son manège après s'être installé à table en face de sa femme, Janice, pour un dîner tardif en tête-à-tête. Après lui avoir servi une portion de foie de veau au bacon, sa femme lui demanda :

— C'est si affreux que ça ?

— J'ai vu pire, dit-il. Mais je préfère que tu ne les voies pas.

Janice était mince et élégante. Les collègues de Webb trouvaient qu'elle avait de la classe. Même à la maison, elle était toujours tirée à quatre épingles. Jadis, Webb en concevait un certain orgueil. Mais à présent, ça lui donnait l'impression qu'elle était sur le point de sortir, de s'en aller Dieu sait où.

Plus tard, quand Janice retira ses vêtements pour venir le rejoindre au lit, Webb vit qu'elle se regardait au passage dans le miroir qui masquait la porte de la penderie. Elle s'en aperçut et lui demanda :

— Comment tu me trouves ?

S'étant démaquillée, elle n'avait plus rien d'autre sur elle que son parfum. Une journée de contact avec sa peau le faisait paraître encore plus musqué. Ils firent l'amour de la même façon que d'habitude. Ensuite Janice éteignit la lumière et sombra dans les bras de Morphée.

Tout va bien, se dit Webb. L'affaire reprend son cours normal. Fini les complications. Je ne pourrai plus utiliser Farnol comme appât, bien sûr. Mais qui sait si ça aurait marché ? Qui sait si Kate Randall serait tombée dans le panneau ?

Fini les marchés. Tout ce que j'ai à faire à présent, c'est lui mettre la main au collet. La disquette, on s'en fout. Farnol est mort, et c'est tant mieux. Je ne l'aurai plus dans les pattes.

Songeant à la disquette, il se dit : En fin de compte, ce n'était pas une histoire de femmes. Ni une affaire d'État. Son secret, c'était ça : le nœud coulant autour du cou, le nitrite d'amyle, le godemiché enfoncé dans le cul.

Songeant aux vices secrets, aux voluptés clandestines, Webb sentit que son imagination se mettait à battre la campagne.

Pour qui se pomponne-t-elle ? se demanda-t-il. Pour qui se met-elle sur son trente et un ?

C'était à sa femme qu'il pensait.

193

Kate : En ce qui concerne M.L... En dehors du travail, on ne se parlait pas beaucoup. Toutefois, il me semble que l'été dernier vous êtes partis en vacances ensemble. Était-ce en France ou en Italie ?

Je sais que sa généalogie le passionnait. Il m'a parlé d'un John Lister qui avait pris part à la bataille d'Azincourt. Cette histoire est venue sur le tapis un jour que nous plaisantions sur les ancêtres irlandais – tout ce qu'il y a de plus anonymes, eux – que ma famille, ou en tout cas mon père, revendiquait.

Quoi d'autre ? Ah oui, un jour que je l'avais au téléphone, peu après son anniversaire, il m'a dit que vous lui aviez envoyé des fleurs. Il aimait que des femmes lui offrent des fleurs. Il aimait les fleurs.

C'est tout ce que j'ai à vous offrir. Pas de taches de naissance, de cicatrices cachées, ni rien d'autre de ce genre. Mais ce serait plus votre rayon que le mien, pas vrai ?

Le Piégeur

Corso cliqua pour envoyer le message, se laissa aller en arrière dans son fauteuil et but une gorgée de whisky. Même agrandie, la photo ne lui avait pas permis de déterminer l'endroit avec certitude. Était-ce en France, ou en Italie ? Qui sait, c'était peut-être même en Grèce. Mais il penchait plutôt pour l'Italie, à cause des cyprès.

Le whisky était irlandais, en hommage à sa soi-disant famille.

Derrière lui, Kate venait d'attaquer le troisième mouvement du Concerto d'Elgar : le lent adagio mélancolique déroulait peu à peu ses volutes dans la pièce.

Ian Grant était la dernière personne que Webb aurait eu envie de voir ce matin-là, mais, Grant étant son supérieur hiérarchique il n'avait eu d'autre choix que de déférer à sa convocation. Grant, les pieds posés sur son bureau, devait pencher légèrement la tête pour déchiffrer la liasse de feuillets posée ses cuisses. On aurait dit un cow-boy se délassant sur la véranda de son ranch.

— Vous la teniez et vous l'avez laissée filer, dit-il. C'est comme ça que tout a commencé.

— Incontestablement, dit Webb.

— C'était quoi, cette opération dans le parc ? Qui en a pris l'initiative ?

— Moi. Sur la base de certaines informations.

— D'où venaient-elles, ces informations ?

Webb avait une explication toute prête.

— Nous pensions que... enfin, c'était plutôt une conjecture, à partir d'un échange téléphonique très bref avec sa sœur. Elle était là, isolée, sans ressources, en tout cas à notre connaissance. Nous avons cru comprendre qu'elles se donnaient rendez-vous.

— Et ce n'était pas le cas ?

— Non.

— Elle n'est pas la seule à avoir des difficultés de trésorerie, George.

— Je sais bien.

— Nous avons des impératifs économiques à respecter. Des budgets à ne pas dépasser. Rien que votre facture de laboratoire est déjà...

— Je sais.

Grant hocha la tête. Il compulsa rapidement ses papiers, comme s'il s'apprêtait à prononcer un discours de fin de banquet.

— Pourquoi êtes-vous intervenu dans l'affaire Farnol ? Vous vous êtes rendu sur place, à ce que je vois.

— Les flics du commissariat local m'ont demandé de passer. Ils pensaient que je pourrais leur être utile.

— Pourquoi ?

— Apparemment, Farnol était en contact avec Michael Lester. Ils ont échangé des lettres.

— Vous croyez que vous pourrez en tirer quelque chose ?

— Non. Lester récriminait sur l'environnement, c'est tout. A une époque, Farnol était secrétaire d'État, vous vous en souvenez ?

— Non, ça ne m'avait pas marqué.

— C'est de l'histoire ancienne. On n'en tirera rien.

Grant leva les yeux, un large sourire aux lèvres.

— D'après le rapport, le corps de Farnol contenait un objet étranger.

— Un vibromasseur. Bite et couilles, le grand jeu. Il avait une corde au cou, attachée à une applique murale.

— Il est resté coincé ? demanda Grant.

195

— La presse n'a pas été informée de ces détails-là. D'après ce que m'en a dit mon collègue du commissariat local, la famille va essayer de faire passer ça pour une crise cardiaque due au surmenage.

— C'est du godemiché que je parlais, dit Grant en riant. Va-t'on réussir à l'extirper ? Je suis déjà tombé sur un cas de ce genre. La rigidité cadavérique avait fait son œuvre. Il a fallu qu'on enfonce ce truc jusqu'au bout et qu'on enterre ce pauvre type avec.

Grant riait aux larmes à présent. Ne voulant pas le désobliger, Webb l'imita.

— J'espère qu'ils ne l'ont pas dit à sa femme, dit Grant.

Son hilarité s'apaisa graduellement et il reprit sa lecture. Au bout d'un moment, il secoua la tête et dit :

— Vous vous êtes mis dans un beau pétrin, mon pauvre George. Votre enquête nous coûte les yeux de la tête. Je vais être obligé de réduire sérieusement vos subsides. En une semaine, vous n'avez pas fait le moindre progrès. Vous n'êtes même pas arrivé à la repérer.

— Je la trouverai, affirma Webb.

— Autant chercher une aiguille dans une botte de foin.

— Accordez-moi une semaine.

— Vous êtes complètement dans le noir, hein ?

Grant s'appuya le menton sur la main, dans la pose du *Penseur* de Rodin.

— A votre avis, demanda-t-il, comment fait-elle pour survivre ?

— Nous avons multiplié les contrôles parmi les zonards, les clodos, les squatters. La seule autre explication possible serait que quelqu'un l'aide.

— Qui ?

— Sa sœur, probablement. C'est pour ça que nous avons monté l'opération dans le parc.

— Vous le supposez, mais vous n'en avez pas la preuve.

— Non, dit Webb en secouant la tête.

— Elle a forcément de l'argent. Sans ça, elle n'aurait pas tenu le coup si longtemps. Comment fait-elle ? Elle tapine ?

— Elle joue du violoncelle, protesta Webb. Genre Beethoven et tout.

Grant le regarda.

196

— Et alors ? Une violoncelliste, ça peut tirer un coup, non ?

Webb comprit que son chef se payait sa fiole, et il s'en voulut de s'être laissé prendre.

— Bref, vous ne savez rien, reprit Grant. Si ça se trouve, elle est à l'autre bout du monde à l'heure qu'il est.

— Ça m'étonnerait, dit Webb. Je la retrouverai. Tout ce qu'il me faut pour cela, c'est du temps.

— Le temps, c'est de l'argent, George.

Grant s'absorba de nouveau dans sa lecture, et Webb comprit que la conversation était terminée. Au bout d'un moment, il se leva et sortit.

— Pour être franc, tout ça ne me plaît guère, dit Packer. Vous la teniez, et vous l'avez laissée filer. D'abord chez Lester, ensuite à Richmond Park. C'est un peu hasardeux, vous ne trouvez pas ?

— Ne vous en faites pas, tout va bien, dit Corso.

— Je ne m'en ferais pas si vous n'aviez pas perdu sa trace.

Kate avait quitté son hôtel de Hampstead, et Corso ignorait tout de sa nouvelle adresse.

— L'envie de faire ma connaissance la démange déjà, dit Corso. Ne vous inquiétez pas.

— Je suis bien obligé de m'inquiéter. L'Internet est votre seul lien désormais. Ce n'est pas pareil que de l'avoir à portée de la main.

— Vous auriez préféré que je la kidnappe ? Que je lui tape dessus pour lui faire cracher le morceau ? Ce n'est pas comme ça que je saurai où est votre précieuse disquette.

— Ces procédés donnent parfois des résultats.

— Pas à tous les coups. Il y a des gens qui ne cèdent jamais, même sous la torture. J'en ai même vu qui se suicidaient plutôt que d'avouer.

— Vous croyez qu'elle est de cette race-là ?

— Je ne sais pas de quelle race elle est. Tout ce que je sais, c'est que les flics n'arrivent pas à lui mettre la main dessus. J'en conclus que c'est une fille à la redresse, qui a plus d'un tour dans son sac. Ces travaux d'approche sont nécessaires. Je sais que c'est la bonne méthode.

— Espérons-le.

Corso regarda dehors. Des voitures se garaient dans le parking, d'autres en sortaient. On aurait dit les pièces d'un grand puzzle s'imbriquant les unes dans les autres.

— Il ne s'agit pas d'espérer, dit-il. Je me sers de ma tête. C'est pour ça que vous me payez. Si vous voulez que j'abandonne, vous n'avez qu'à le dire. Versez-moi la somme convenue en cas de dédit et vous serez débarrassé de moi. Et moi, je n'aurai plus à vous subir.

Packer secoua lentement la tête, sans détacher son regard de Corso.

— Je n'ai pas dit ça. C'est vous qui décidez, bien sûr. C'est votre métier.

— En effet, dit Corso.

Le visage de Packer s'éclaira.

— Chapeau pour Farnol, dit-il. C'était bien ficelé.

— Il n'avait pas l'air d'être de cet avis.

Corso n'était pas d'un naturel facétieux. Cette boutade ne visait qu'à détendre un peu l'atmosphère. Packer rejeta la tête en arrière et éclata de rire.

— D'après les journaux, il a succombé à une crise cardiaque. Comment l'avez-vous provoquée ?

— Ce n'était pas une crise cardiaque.

— Pourquoi racontent-ils ça, alors ? demanda Packer.

Corso sortit un polaroïd de sa poche, le posa sur le bureau et le poussa vers lui. Packer jeta un coup d'œil à la photo, se leva, s'approcha de la fenêtre et l'examina à la lumière.

— Sacré nom de dieu, siffla-t-il.

Corso tendit la main et Packer relança la photo vers lui.

— Vous les collectionnez, ou quoi ? demanda-t-il.

— Maintenant que vous l'avez vue, je vais la détruire, dit Corso.

— Bonne idée.

— Elle va bientôt craquer, dit Corso. Ne vous inquiétez pas.

Le Linden Tree, Westbourne Park Road, 21 h. Habillez-vous en rouge et noir.

Elle va craquer... Corso avait souri quand ce bref message était apparu sur l'écran de son ordinateur. Elle va craquer et elle sera heureuse d'avoir un ami.

Attablé au Linden Tree devant un bock de bière, son journal ouvert devant lui, il faisait ce qu'il pouvait pour ignorer le tintamarre et la fumée. Il détestait les pubs parce qu'il avait une sainte horreur de la foule, surtout lorsqu'il s'agissait d'une foule de braillards ivres secoués de rires gras. Mais il resta sagement assis, subissant ce désagrément avec une parfaite égalité d'âme, car il faisait partie des aléas du métier.

Il portait un veston noir au-dessus d'un col roulé noir, avec une rose rouge à la boutonnière. Quand Kate passa à côté de sa table, il feignit de ne pas la voir.

Kate était restée du côté de la porte, à l'endroit où la foule était la plus compacte, et l'avait observé en douce pendant un assez long moment. Ensuite elle était ressortie du pub, avait gagné la station de métro la plus proche et s'était acheté un billet.

C'est trop risqué, se disait-elle. Qui est ce type ? Michael ne m'a jamais parlé de lui.

Est-ce que Michael te disait tout ?

Presque tout.

Comment tu le sais ?

D'accord, j'en sais rien. N'empêche que ce type-là ne m'inspire pas confiance.

Tu trouves qu'il a l'air d'un flic ?

Comme si j'étais capable de reconnaître un flic ! Il ne m'inspire pas confiance, c'est tout.

Pourquoi ?

J'en sais rien, moi. Bon, peut-être que tu as raison. Peut-être que c'est un mec bien. Peut-être qu'il est sincère. Peut-être qu'il est prêt à me secourir.

Qu'est-ce que tu feras, sinon ?

Pardon ?

C'est ta seule issue, non ? Tu as besoin d'aide. Tu as besoin de quelqu'un. Ta situation est plus désespérée que jamais. Surtout depuis que...

Depuis que Farnol est mort.

Son cœur l'a lâché. Tu parles d'une guigne.

Surtout pour lui. Mais il était le seul à pouvoir nous mettre sur la piste.

Il y a la disquette. Ah, si je savais ce qu'elle contient.

Retourne à Penarven et récupère-la.

Ça ne me dit trop rien.

Tu vois ? Je te dis que tu as besoin d'aide. Tu as besoin d'en parler à quelqu'un. Tu as besoin de conseils. De repères. Tu as besoin d'un plan. Tu as besoin d'un... comment dire ?... d'une complicité.

Avec ce mec-là ?

Il est journaliste. Il travaillait avec Michael.

Tu en es sûre ?

Bon, je vais le formuler autrement : il est ton dernier recours.

Kate était revenue sur ses pas. Il était toujours assis à la même table. Elle était passée à côté de lui, en faisant semblant de chercher quelqu'un dans la foule. L'avait-il repérée ? Elle en doutait. A l'autre bout du comptoir, elle avisa une porte qui donnait sur une rue latérale. Sentant son courage l'abandonner, elle se dirigea vers elle et la franchit.

Je vais y réfléchir.

Réfléchir à quoi ?

Je peux le joindre à tout moment par Internet. Il est toujours là. A chaque fois, il me répond sur-le-champ. On dirait qu'il me guette.

De quoi le soupçonnes-tu ? Tu crois que si tu t'assieds à sa table une escouade de flics va envahir le pub pistolet au poing ?

C'est possible.

Non, ce n'est pas possible. Le pub, tu y es déjà entrée deux fois. Tu crois qu'ils t'auraient laissée ressortir tranquillement, deux fois de suite ?

Kate poussa la porte d'un petit restaurant français, un peu plus bas dans la rue, s'assit à une table et commanda une omelette au fromage et un verre de côtes-du-rhône.

Il ne va pas tarder à s'en aller.

Je sais.

Tu lui as donné rendez-vous à neuf heures. Il est dix heures moins le quart. Il ne va pas s'éterniser.

Il me restera toujours l'Internet.

Retournes-y, des fois qu'il y serait encore. Tu as besoin de quelqu'un. Tu as besoin d'aide. Seule, tu ne t'en tireras pas.

Peut-être qu'il cherche simplement un bon sujet d'article. Ça ne t'est pas venu à l'idée ?

Ce qu'il cherche, tu n'en sais rien. A toi de t'en assurer.

Le garçon lui apporta son verre de vin et une demi-baguette. Elle rompit un morceau de pain et avala une bonne lampée de vin. Corso s'assit en face d'elle et lui sourit. Aussitôt, le garçon s'approcha.

— Qu'avez-vous commandé ? demanda Corso à Kate.

— Une omelette au fromage.

— Je prendrai la même chose, dit-il. Avec une salade verte, des frites et... qu'est-ce que c'est, comme vin ?

— Du côtes-du-rhône, dit Kate.

— Une bouteille de côtes-du-rhône.

Quand le garçon se fut éloigné, ils restèrent silencieux pendant une bonne minute.

— Vos cheveux, dit Corso à la fin. C'est leur teinte naturelle ?

— Non, répondit Kate en riant. Ça se voit tant que ça ?

— Non, rassurez-vous. Mais je me doutais que vous auriez fait de votre mieux pour vous rendre méconnaissable. Et puis vous avez plutôt un teint de blonde.

Il parlait d'une voix très douce, avec un accent américain un peu chantant, très agréable à l'oreille, que Kate fut incapable de situer avec précision. En tout cas, il n'avait pas la sonorité nasale de l'accent new-yorkais.

— C'était en France, dit-elle. Cet été-là, nous sommes allés sur la Côte d'Azur.

— Ah bon ? Je ne m'en souvenais pas exactement, bien sûr. Je savais seulement que vous étiez partis dans le Sud. J'avais eu Michael au téléphone quelques jours avant votre départ.

— Écoutez, lui dit Kate. C'est peut-être inutile de vous dire ça – peut-être que vous vous en fichez au fond, peut-être que vous essayez simplement de m'embobiner pour

201

obtenir je ne sais quoi de moi – mais je n'ai pas tué Michael.

— C'est bien ce que je pensais.

— Vous savez qui l'a tué ?

— Je n'en ai pas la moindre idée.

— Vous prépariez un article ensemble ?

— Pas exactement. Nous avions les mêmes centres d'intérêt, et nous échangions des informations. Michael était un vrai carcajou, je le sais. Quand il tenait une proie, il ne lâchait pas facilement prise.

— En quoi pourriez-vous m'aider ?

— J'espérais que ce serait vous qui alliez me le dire.

— Tout ce que vous voulez, dit Kate soudain glaciale, c'est la matière d'un article.

— Holà, ne vous emballez pas. Qu'est-ce qui vous fait croire ça ?

— Vous essayez de me faire parler, au lieu de me proposer quelque chose.

— Que pourrais-je vous proposer ?

— De l'aide.

— Je ne demande pas mieux, moi. Je vous aiderai, bien sûr. Je suis là pour ça. Mais je ne sais pas comment. A vous de me dire ce qu'il faut faire.

Kate s'excusa et se dirigea vers les toilettes. Elle s'enferma dans une stalle, fit glisser son jean et sa petite culotte sur ses chevilles, s'assit et s'enfouit le visage dans les mains. Tout à coup, elle se sentait fiévreuse ; son urine lui parut brûlante.

Ce type, je ne le trouve pas clair.

Tire-toi, alors. La fenêtre n'est pas très large, mais en te tortillant tu y arriveras. Tant pis pour l'addition. Tu t'excuseras dans ton prochain e-mail.

Il croyait qu'on était en Italie.

Ça plaiderait plutôt en sa faveur. L'erreur est humaine. Et il ne s'est pas trompé sur les fleurs, ni sur l'arbre généalogique. Il connaissait Michael.

Tu crois ?

C'est évident. Et où sont les flics, hein ? Tu les as vus, toi ?

Non, mais...

Alors, tu te sauves par la fenêtre ?

Non.

Elle se débrouille comme un chef, se disait Corso. On dirait qu'elle a ça dans le sang. Elle m'a repéré instantanément dans ce pub bondé, au milieu du bruit et de la fumée... Peut-être même qu'elle m'a observé de l'extérieur avant de se décider à entrer et à passer à côté de moi.

Cette idée lui parut d'abord inconcevable, puis il se dit que finalement elle ne manquait pas de logique. Oui, il en était sûr à présent. Elle l'avait maté en catimini pendant qu'il lisait son journal, et son instinct – cet instinct qui lui avait sauvé plusieurs fois la vie – ne l'en avait pas averti. Elle ne l'avait pas réveillé. Elle l'avait observé un moment, puis s'était éloignée. Un peu plus tard, elle était revenue, avait traversé la salle en passant à côté de sa table et s'était esquivée par la porte latérale, lui brûlant la politesse pour la seconde fois. Corso l'avait perdue de vue. Elle s'était arrangée, Dieu sait comment, pour distraire son attention.

Elle est douée, même si elle ne le sait pas.

Par bonheur, elle n'était pas très loin. Elle aurait pu disparaître, mais elle s'en était bien gardée. Au fond, elle avait décidé de lui faire confiance. Sinon, pourquoi se serait-elle attardée ? Pourquoi serait-elle revenue sur ses pas la première fois ? Pourquoi se serait-elle arrêtée dans ce restaurant, à cinquante mètres du pub ?

Après avoir rebouclé son ceinturon, Kate s'aspergea le visage d'eau froide. Ou bien le restaurant est surchauffé, se dit-elle, ou bien c'est moi qui ai de la fièvre.

Quand elle regagna la salle, le garçon venait de leur servir leurs omelettes. Elle se jeta sur la sienne, car elle avait une faim de loup. Corso la regarda manger. Quand elle eut dévoré la moitié de son omelette, elle releva le nez de son assiette et se sentit rougir. Etait-ce la fièvre, ou ce regard posé sur elle ? Elle n'aurait su le dire.

— Qui a tué Michael ? lui demanda-t-il.

— Je n'en sais rien. Quand je suis arrivée en bas, il avait un couteau planté dans le ventre. Il tournait en rond dans la maison, complètement désorienté. J'ai essayé de l'arrêter, mais en vain. Il courait comme un possédé, en perdant des litres de sang et en poussant d'épouvantables sifflements. Ensuite il est mort.

— Quelle scène atroce. Ça a dû vous...

— Etait-ce un cambrioleur ? dit Kate, revenant à la question qu'il lui avait initialement posée. Je n'en sais rien.

— Pourquoi vous croient-ils coupable ?

Kate s'esclaffa.

— Ça, j'aimerais bien le savoir. D'après ce que m'a dit ma sœur, ils disposeraient d'indices matériels, mais je ne sais pas en quoi ils consistent. Et d'un témoignage oculaire.

— Vous ne savez pas non plus en quoi il consiste ?

— Le témoin en question n'a pu assister au meurtre, puisque je ne l'ai pas tué. Ce qu'il a pu leur décrire, je n'en sais rien. Enfin si, peut-être. (Elle réfléchit un instant.) Nous avons eu une violente querelle. Michael m'a tapé dessus. C'est peut-être ce que leur témoin a vu.

— Il vous a tapé dessus ?

— C'était bien la première fois.

— Vous vous querelliez à quel sujet ?

— J'avais décidé de le quitter. Je devais partir à Varsovie, mais la tournée a été annulée au dernier moment. Je suis allée le voir pour lui annoncer ça. Jamais je n'aurais cru... Des ruptures, j'en avais déjà vécu plusieurs, mais aucune n'avait pris cette tournure-là. Je n'aurais jamais cru que ça le bouleverserait à ce point.

— Il était très amoureux de vous, dit Corso.

Il en semblait si persuadé que Kate en conclut que Michael avait dû lui faire des confidences.

— Je ne savais pas que ses sentiments étaient aussi intenses, dit-elle.

— Vous tombiez des nues ?

— Oui, en quelque sorte.

— Vous ne l'aimiez pas de cette façon ?

— Pas avec cette intensité-là, non.

Corso remit du vin dans leurs verres.

— Vous n'avez pas l'air dans votre assiette, dit-il.

— Il fait une chaleur étouffante, vous ne trouvez pas ?

204

— C'est vrai qu'il fait chaud. Pourquoi avez-vous pris la fuite à l'arrivée de la police ?

— Le responsable de l'enquête est un certain commissaire Webb. Il croit que c'est moi qui ai tué Michael. Il en a l'intime conviction. Il veut que je sois coupable.

— Vous en êtes sûre ?

— Quand j'ai appris qu'ils voulaient m'arrêter, j'ai repensé à la conversation que j'avais eue avec lui. Il veut me coller ça sur le dos, je le sais. C'est une idée fixe. Ça l'obnubile. Je me suis vue derrière des barreaux. Coincée au fond d'une prison, dont je ne sortirai plus jamais. Je ne raisonnais pas. J'ai réagi d'instinct.

— L'instinct, il n'y a rien de plus sûr, lui dit Corso. Il faut toujours se fier à son instinct.

— Voilà, à présent vous savez tout, dit Kate.

— Votre instinct ne vous a suggéré aucune piste ? Un élément quelconque sur lequel vous pourriez tabler ?

Au lieu de répondre, Kate se remit à manger. Ce silence était une sorte d'aveu, et Corso s'en réjouit intérieurement. Elle va craquer, se dit-il. Elle sera heureuse d'avoir un ami.

— Il y a cette disquette, dit-elle à la fin. Quand ils sont venus m'arrêter, j'étais à Penarven.

— Oui.

— J'ai trouvé la disquette dans l'une des poches de mon blouson. L'étiquette disait simplement : « La dynamite – tu te rappelles ? » C'est le mot que Michael avait employé en me parlant de l'article auquel il travaillait.

Tout en portant son verre à ses lèvres, Corso lui demanda d'une voix parfaitement nonchalante :

— Cette disquette pourrait vous être précieuse, en effet. Où est-elle ?

— Je ne peux pas vous le dire.

Corso feignit l'étonnement.

— Vous ne savez pas où... ?

— Tant que je ne serai pas sûre de pouvoir vous faire confiance.

— Mais oui, ça va de soi. Vous avez raison. A votre place, je ferais la même chose.

— Vraiment ?

— Pour être tout à fait sincère, je ne sais pas ce que je

205

ferais à votre place. Je ne sais pas ce que je ferais si j'étais dans un pétrin pareil. Mais je suppose que je me méfierais autant que vous.

— Je ne peux pas la récupérer. Je ne suis même pas sûre qu'elle soit toujours à l'endroit où je l'ai laissée.

— A Penarven ?

A peine eut-il prononcé ces paroles, Corso sentit qu'il était allé trop loin. Kate reposa sa fourchette et dit :

— Tout compte fait, je suis vraiment patraque.

Corso demanda l'addition.

— Je vais vous ramener chez vous, dit-il.

— Trouvez-moi plutôt un taxi, dit Kate.

— Si toutefois vous avez un chez-vous. Je me suis dit que de ce côté-là vous auriez peut-être besoin d'un coup de main.

Il sortit une enveloppe de sa poche et la poussa vers elle. De l'argent. Kate prit l'enveloppe. Si elle lui avait dit qu'elle n'en avait pas besoin, il se serait posé des questions. Joanna ne prenait déjà que trop de risques. Sa sœur lui laissait régulièrement des lettres au Café Polonais. Ce n'était pas pour lui annoncer des nouvelles d'importance. Joanna savait que le seul fait de rester en contact était un réconfort pour Kate. Elle badinait simplement, évoquait de vieux souvenirs, et concluait invariablement par « tendresses » ou « je t'embrasse très fort »...

— Je vais prendre un taxi, insista Kate.

D'imperceptibles frissons la secouaient et elle avait les joues en feu. Quand Corso lui prit la main pour l'aider à se lever, il constata qu'elle était brûlante.

Ils sortirent du restaurant et Corso la prit par le bras. A deux reprises, Kate s'exclama : « Il y en a un là-bas ! », mais Corso l'entraîna en direction d'un carrefour vers lequel des taxis convergeaient de toutes parts, leurs lampes jaunes trouant la nuit. C'était là que sa voiture était garée. Il héla un taxi, lui en ouvrit la portière et lui dit :

— On se reparle bientôt, d'accord ? Donnez-moi de vos nouvelles par e-mail.

Kate hocha affirmativement la tête. Elle avait remonté le col de son manteau jusqu'aux oreilles, elle frissonnait et elle avait les yeux brillants.

Au moment où le taxi se rangeait le long du trottoir, Corso avait mémorisé son numéro minéralogique. Dès qu'il eut démarré, il se rua vers sa voiture, qui était garée à une trentaine de mètres de là et déboîta brusquement au milieu de la circulation, déclenchant une tempête de coups de klaxon indignés. Au rond-point suivant, il brûla un feu rouge et bifurqua dans une avenue embouteillée. Arrivé à un carrefour, il tourna instinctivement à droite et rattrapa le taxi au bout d'une centaine de mètres. Il discernait Kate assise à l'arrière : sa tête, son col remonté sur sa nuque. Il se décala de deux voitures et continua sa poursuite, en gardant les feux tricolores à l'œil pour le cas où il serait nécessaire de regagner du terrain.

Le nouvel hôtel était dans Primrose Hill. Une fois que Kate y fut entrée, Corso resta un moment au point mort, observant la façade. Si elle s'était montrée à la fenêtre, il aurait pu situer sa chambre.

Mais elle ne se montra pas. Au bout d'un moment, Corso redémarra et mit le cap sur Notting Hill, où W.W.I. lui avait loué une petite maison dans une impasse fleurie. Il se prépara un scotch bien tassé, se laissa tomber dans un fauteuil et décrocha le téléphone.

Packer faisait le cheval pour ses enfants. Il s'était mis à quatre pattes et ils le chevauchaient en poussant de grands cris et en lui éperonnant les flancs de leurs pieds menus. Sa femme le regardait jouer les gentils papas et trouvait qu'il s'en tirait plutôt bien. Il ne s'en tirait pas mal non plus quand il jouait les gentils maris. C'était un acteur-né. Il lui dit :

— Tu peux répondre, Beth ? Tu n'as qu'à dire que je ne suis pas là.

Sa femme lui tendit le téléphone sans fil, qui sonnait toujours.

— Tu sais bien que tu vas changer d'avis, Larry. Autant prendre la communication tout de suite.

Pour parler au téléphone, Packer dut s'appuyer sur un coude. Ses enfants oscillèrent dangereusement, et ils émirent des pépiements aigus, s'imaginant sans doute que cela ferait plaisir à leur père.

— Allô ? fit Packer, et dans le même souffle il ajouta :
Taisez-vous un peu !

— Qu'est-ce qui vous arrive ? lui demanda Corso.

— Je fais le cheval pour mes gosses. Quoi de neuf de
votre côté ?

— On a dîné ensemble dans un restau français. Omelette au fromage et côtes-du-rhône. Elle a une disquette. Je
ne sais pas ce qu'elle contient, mais ça a l'air de lui brûler
les doigts. Elle l'a planquée quelque part. Je l'ai mise dans
un taxi et je l'ai prise en filature. J'ai repéré son nouvel
hôtel. Elle a une mauvaise grippe.

— Elle vous fait confiance ?

— Pas encore, mais ça ne va pas tarder. On s'est rencontrés. On s'est parlé. Elle est rentrée chez elle indemne. La
confiance s'éveille peu à peu en elle. Lentement, l'idée
prend forme.

— J'espère que ça ne va pas trop traîner.

— Pourquoi, il y a une date butoir ?

— Non, mais je voudrais que cette affaire soit réglée au
plus vite.

— Il y a des moments où il vaut mieux ne pas être trop
pressé, Packer.

— Moi, je suis toujours pressé.

— Vous ne devez pas être une affaire au lit, dit Corso
en riant.

*Kate : Vous n'aviez pas très bonne mine. A mon avis, vous couvez
quelque chose. Si vous avez besoin de moi, n'hésitez pas à me faire
signe. En attendant... je suis là.*

J'ai acheté votre CD du Concerto pour violoncelle *d'Elgar. Il
me plaît infiniment. Pas seulement le concerto lui-même, mais votre
interprétation. Le troisième mouvement m'a ému aux larmes.*

Bref, je suis là, quoi...

Le Piégeur

Il relut son message pour s'assurer que le ton et le style
collaient bien. C'est ce qui lui plaisait le mieux dans tout
ça : se fabriquer un personnage, devenir quelqu'un d'autre. Trouver le juste dosage entre la légèreté et le sérieux.

Avec cette fois un subtil soupçon de galanterie, en évitant toute allusion trop personnelle.

Il aimait la sensation du fil qui se tendait, cette idée que quelque part, invisible dans les profondeurs où elle se dissimulait, la véritable Kate avait mordu à l'hameçon. La Kate qu'il ne connaissait pas encore. La Kate qu'il allait ramener en douceur vers le bord.

Corso aimait les faux-semblants, les rôles, les masques. Il aimait pêcher en eau trouble. C'est ainsi qu'il capturerait la véritable Kate. La Kate dépouillée de ses oripeaux. *Sa* Kate.

Il cliqua pour expédier le message.

Kate se mit au lit. Les draps la grattaient, comme s'ils avaient été tissés de chanvre et de crin. Elle se fourra les mains entre les cuisses et ramena ses genoux sur sa poitrine. Elle claquait des dents.

Je ne lui ai pas demandé son nom, se dit-elle. Pour moi, il est toujours le Piégeur.

Tu ne lui as pas demandé, et il ne te l'a pas donné.

Peut-être qu'il n'a pas confiance en moi. Ce serait la meilleure.

Bientôt, sa fièvre transforma le lit en étuve. Elle avait envie de rejeter les draps loin d'elle, de prendre un bain froid, d'ouvrir la fenêtre pour s'exposer à l'air nocturne.

Je suis malade. Il ne manquait plus que ça !

Ce n'est jamais qu'une grippe.

Sans blague ?

Prends de l'aspirine.

Je n'en ai pas.

Le réceptionniste doit en avoir, lui.

Je suis trop malade pour l'appeler.

Tu n'as qu'à dormir, alors.

Je suis trop malade pour dormir.

Elle s'endormit pourtant, et rêva de Pete Lemon. Ils étaient assis de part et d'autre d'une cheminée rustique. Shep était allongée sur le sol entre leurs deux chaises. Pete souriait à Kate, et ce sourire lui réchauffait le cœur. Il écossait des petits pois, en faisant exactement les mêmes gestes que la mère de Kate. Il fendait la cosse de l'ongle du pouce, puis faisait tomber les pois dans une passoire posée sur ses genoux.

Kate se disait : Je suis revenue à la maison. C'est merveilleux.

Elle voyait le jardin par la fenêtre et elle s'imaginait que son père était là, dehors, en train d'arracher des mauvaises herbes ou de ratisser les feuilles du bouleau argenté.

Pete Lemon se levait, s'approchait de la cuisinière avec sa passoire et transvasait les petits pois dans une casserole pleine d'eau. Ensuite il se baissait, ouvrait la porte du four et en sortait une boîte de médailles et une baïonnette. Tout à coup, le rêve basculait sur Jeff et sur Michael. Michael avait la baïonnette plantée dans le ventre et Jeff exhibait ses médailles, puis il faisait un pas de côté et désignait un deuxième Jeff, qui poursuivait Michael à travers la cuisine, en faisant le geste d'enfoncer et de tordre.

Jeff prenait Kate par le bras pour attirer son attention et il lui disait : « Là, c'est moi, vous voyez ? C'est moi, c'est moi. »

Kate : Je me fais du souci pour vous. Cela fait quatre jours maintenant, et vous aviez vraiment une très sale mine quand nous nous sommes quittés.

Je vous donne une adresse : 17, Calley Mews, W11. Si vous voulez passer, passez. A vous de voir.

Je renonce aussi à mon pseudonyme. Si vous avez besoin de moi, je ne serai plus le Piégeur, mais

Robert Corso

Kate avait beau se bourrer de tous les antigrippaux possibles et imaginables, sa fièvre ne tombait pas. En plus, la toux lui mettait la gorge à vif. Même sa respiration était douloureuse, et elle avait du mal à respirer. Elle n'avait rien mangé, mais s'était fait monter un nombre incalculable de bouteilles d'eau minérale. L'hôtel étant des plus modestes, le gérant assurait lui-même le service en chambre. Il se montra plein de sollicitude. Kate lui expliqua que ce n'était qu'une grippe et qu'elle serait sur pied d'ici un jour ou deux. Sinon, elle annulerait tous ses rendez-vous et reprendrait le train pour Norwich.

Elle avait jeté son dévolu sur Norwich parce que, enfant, elle avait passé des vacances dans la région : elle revoyait Southwold sous la pluie, les bourrasques glaciales sur la plage de Dunwich. Toute la famille Randall en avait gardé un souvenir exécrable.

Chaque fois qu'elle se levait pour aller aux toilettes, il lui semblait que ses jambes allaient se dérober sous elle et elle se sentait aussi légère qu'un fétu. Elle crachait dans le lavabo des glaires épaisses, noires et sanguinolentes. Le monde qu'elle apercevait de sa fenêtre lui semblait à la fois très proche et très lointain, comme les images sur l'écran d'un cinéma.

Le lendemain, le gérant de l'hôtel lui appela un taxi et lui annonça que si elle le souhaitait, il pourrait lui garder sa chambre, car les clients ne se bousculaient pas. Kate se dit que quoi qu'il arrive elle ne reviendrait pas dans cet hôtel. Sa chambre s'était imprégnée de l'odeur de sa maladie, et la salle de bains n'était plus pour elle qu'une salle de torture carrelée de blanc.

Elle fit arrêter le taxi à deux rues de chez Corso. Son sac à dos était presque vide, mais il lui semblait qu'il pesait une tonne. Quand elle arriva à la porte, elle avait le vertige et la nausée – elle était à deux doigts de tourner de l'œil.

Elle sonna et Corso vint lui ouvrir. L'idée qu'il pourrait ne pas être chez lui ne l'avait même pas effleurée.

Corso passa un coup de fil à Packer.

— J'ai besoin de renforts, dit-il.

— Quel genre de renforts ?

— Disposons-nous d'un médecin ?

— Non, je n'en ai pas sous la main. Vous avez un problème ?

— Kate Randall a une mauvaise grippe. Compliquée d'une bronchite ou d'une pneumonie.

— Où est-elle ?

— Chez moi.

— Après la pluie, le beau temps, dit Packer. Malheureusement, nous n'avons pas d'antenne médicale.

— Vous pourriez me procurer des médicaments ?

211

— C'est déjà plus facile. Qu'est-ce qu'il vous faut ? Pénicilline, ou quelque chose dans ce goût-là ?

— Exactement.

— D'accord, je vous envoie ça.

Packer marqua une brève pause, puis il ajouta :

— Elle est vraiment en très mauvais état ?

— J'ai connu des femmes en meilleure santé.

— Elle ne va pas claquer, au moins ?

— Si elle meurt, vous serez le premier averti.

— Parce que si vous avez l'impression que... si c'est une éventualité, il faut absolument qu'on lui tire les vers du nez avant, au cas où elle aurait miné le terrain, au cas où elle aurait semé çà et là des lettres à ouvrir après son décès.

— J'y avais pensé.

— Vous êtes d'accord avec moi ?

— Bien sûr. Si c'est nécessaire, on le fera.

— Qui en décidera ?

— Moi.

— Il vaudrait mieux que je passe chez vous.

— Si vous passez, nous serons *obligés* de lui faire cracher le morceau. Si elle vous voit, ça compliquera tout. Non, Larry, il ne faut pas vous montrer ici. Je suis sur le fil du rasoir, c'est excessivement délicat. La balance penche peu à peu de notre côté. Il vaut mieux que vous restiez dans l'ombre.

— Mais si elle...

— C'est à moi que les décisions de ce genre incombent. Sinon, je reprends mes billes. On en a déjà discuté, il me semble.

— Je vous fais envoyer les médocs par coursier, dit Packer. En attendant, il ne me reste plus qu'à prier le ciel pour qu'elle se rétablisse vite.

— Bonne idée, dit Corso. Le ciel vous exauce, d'habitude ?

17

Sa température monta encore, si bien que pendant une journée entière elle perdit le fil. Où était-elle ? Que se passait-il ? Elle n'en était plus très sûre. Corso ne parvint à lui faire ingurgiter que du liquide. Rien d'autre ne passait. Elle rendait instantanément les bouillies et les purées, et il ne lui restait plus qu'à lui changer ses draps. Elle lui posait des questions sans queue ni tête, en le regardant avec des yeux hagards, et il y répondait par des phrases dépourvues de sens. Il la dépouilla de ses vêtements et lui tamponna le corps avec de l'eau tiède, la laissant mouillée afin de faire baisser la température de sa peau, répétant l'opération toutes les heures. Toutes les quatre heures, il la faisait asseoir sur son séant en la calant sur plusieurs oreillers superposés pour lui faire avaler une mixture de pénicilline, de paracétamol et de vitamines.

Kate était en proie à un délire sombre et confus. Jeff s'affaissant dans la boue, sous une grêle de coups. Michael tournant sur lui-même en titubant, dérapant sur son propre sang. Dans l'une de ses visions, ils lui apparurent assis côte à côte dans une salle de concerts vide ; elle jouait du violoncelle, et ils marquaient le tempo en agitant leurs têtes ensanglantées. Corso entrait dans la salle et restait debout tout au fond.

Le lendemain, les choses changèrent. A son réveil, sa fièvre avait chuté, et elle se mit à se faire du souci. Corso lui apporta à manger, bavarda un peu avec elle, puis sortit en disant qu'il avait des courses à faire. Si elle avait voulu partir, rien ne l'en aurait empêchée, mais elle ne voulait pas. Elle se faisait du souci, mais dans l'état de prostration où elle était, elle n'eut pas de mal à trouver des raisons de lui faire confiance.

Raison numéro un : elle était encore libre.

Deux jours plus tard, quoiqu'encore faible, elle arriva à se lever. Elle n'en revenait pas d'être chez cet homme et d'avoir occupé son lit. Jamais elle n'avait éprouvé un tel sentiment d'étrangeté.

— Où avez-vous dormi ? lui demanda-t-elle.

Il lui indiqua tour à tour le fauteuil dans lequel elle était assise et celui dans lequel il se trouvait lui-même.

— Je les ai mis bout à bout à côté du lit, mais vous ne vous en êtes pas aperçue.

— Vous êtes un excellent infirmier.

Elle n'alla pas plus loin en matière de remerciements. Il lui semblait qu'en lui exprimant sa gratitude, elle aurait créé entre eux une espèce d'intimité qu'elle ne se sentait pas capable d'affronter. Elle baissa les yeux sur le tee-shirt dont elle était vêtue. C'était un tee-shirt gris très ordinaire, à l'effigie d'un club de gym new-yorkais.

— C'est vous qui m'avez déshabillée ? demanda-t-elle.

— Non. J'ai engagé une infirmière spécialisée.

Kate ne put s'empêcher de s'esclaffer.

— Excusez-moi, dit-elle, mais tout ça est tellement bizarre.

— Vous étiez brûlante, il a bien fallu que je vous rafraîchisse. Je vous ai allongée sur une serviette, je vous ai humecté tout le corps à l'aide d'une éponge et j'ai ouvert les fenêtres en grand.

Kate resta un instant silencieuse, puis elle lui demanda :

— Et je n'ai pas réagi ?

Il haussa les épaules.

— Non. Vous avez simplement levé les bras et les jambes, comme une enfant... une enfant qui dort à moitié, vous voyez ce que je veux dire ? Vous vous tourniez d'un côté, puis de l'autre. Quand je vous ai humecté la nuque, ça a eu l'air de vous faire plaisir. Vous avez même pris

214

l'éponge pour la maintenir en place. Vous parliez sans arrêt, mais je n'ai pas compris un traître mot à ce que vous me disiez.

Il lui parlait comme s'il s'adressait à une amnésique qui recouvre peu à peu la mémoire.

— Vous avez des enfants ? lui demanda-t-elle.

Sa remarque sur l'enfant à moitié endormie avait fait son petit effet.

— J'en avais autrefois, mentit-il.

— Robert Corso..., fit Kate.

— C'est moi.

— Pour autant que je m'en souvienne, Michael n'a jamais mentionné votre nom.

Il haussa les épaules.

— Non ? C'est curieux, fit-il, puis il ajouta : Il faut que vous vous reposiez encore deux jours.

Kate éclata de rire.

— Et après, quel sera mon programme ?

— Après, vous mènerez votre projet à bien.

— Ah, parce que j'ai un projet ? Lequel, d'après vous ?

Corso lui avait fait des œufs brouillés, qu'elle mangea plus par nécessité que par plaisir, en maniant sa fourchette avec des gestes mécaniques. Elle s'immobilisa brusquement, la fourchette en suspens dans l'air, et fixa le mur en face d'elle comme si elle avait pu voir son avenir s'y dérouler. Soudain, la situation désespérée dans laquelle elle se trouvait lui apparaissait avec plus de relief que jamais. Le meurtre de Michael, la police à ses trousses, la mort de Jeff, ses nuits à la belle étoile, les chambres d'hôtel anonymes, son réveil dans un lit étranger, chez cet homme qu'elle ne connaissait pas, cette masse informe de matière jaunâtre qui glissait de sa fourchette et retombait dans son assiette... Elle fondit en larmes. Une dépression noire s'appesantit sur elle comme un gros nuage recouvre subitement le ciel, bouchant l'horizon.

Corso resta d'une parfaite sérénité pendant qu'elle pleurait. Il supputait l'avantage qu'il aurait eu ou non à lui entourer les épaules de son bras. En fin de compte, il jugea préférable de s'en abstenir. En lui posant un bras sur

215

l'épaule, il aurait envahi son intimité bien plus qu'il ne l'avait fait en la déshabillant et en la baignant.

Cette nuit-là, Corso dormit sur le canapé du salon. A trois heures du matin, Kate entra dans la pièce. Il ne s'aperçut de sa présence qu'au bout de quelques minutes.

— Quelque chose ne va pas ? lui demanda-t-il en se dressant sur son séant.

Elle était debout dans l'encadrement de la porte ; au-dessous de son tee-shirt gris, ses jambes semblaient très longues et très blanches.

— La disquette est à Penarven, dit-elle. Dans la maison de ma sœur. Je l'ai cachée.

— La cachette est-elle sûre ?

— Je ne sais pas. Ils n'étaient pas au courant de son existence. La police, je veux dire. Alors pourquoi la chercheraient-ils ?

— Vous voulez que j'aille la récupérer ?

— Non. Mais je compte bien la récupérer un jour. C'est la seule chose qui pourrait m'aider à me disculper.

— Vous vous sentez d'attaque ?

— Je me sens comme une plume au vent, dit-elle en riant.

— Belle image, dit Corso en s'esclaffant aussi.

Un ange passa, comme s'ils venaient de se dire des choses très importantes. Au bout d'un assez long moment, Corso rompit le silence.

— Je vous avais dit qu'il vous faudrait deux jours pour vous rétablir.

— Comment allons-nous passer le temps ?

— Je vais louer des cassettes vidéo. Vous aimez quoi, comme genre de films ?

Ils se passèrent *Indiscrétions, La Conquête de l'Ouest, Vacances romaines* et plusieurs films de Hitchcock. Kate demanda à Corso de louer *Cendres et Diamant,* le film polonais que son père lui avait fait découvrir autrefois. Elle voulait revoir Zbigniew Cybulski, les yeux dissimulés derrière ses éternelles lunettes noires, transformant des verres de vodka en autant de flammes à la mémoire de ses camarades tués.

Entre deux films, Kate faisait la sieste, dormant parfois trois ou quatre heures d'affilée.

Elle avait envie d'écouter de la musique. Corso lui ramena du Brahms, du Beethoven, du Mozart, ce qui lui allait très bien, sans toutefois l'étonner. Mais il avait aussi acheté la *Quatrième Symphonie* de Sibelius, choix beaucoup moins conventionnel.

— Ce n'est pas chez vous, ici ? lui demanda-t-elle.

— Bien sûr que non.

— Le décor paraît tellement impersonnel...

— C'est une maison de location. Je vis aux États-Unis.

— Vous habitez quelle région ?

— L'Utah.

— Où est-ce ? demanda Kate, et la seconde d'après elle sombra dans le sommeil, comme si le mot « Utah » avait eu des propriétés soporifiques.

Elle s'absorba dans la noire mélancolie de la symphonie de Sibelius ; sa musique lente et grave lui déchirait l'âme. Pourquoi a-t-il choisi ce monument de désespoir ? Est-ce un simple hasard, ou une forme d'humour noir ?

Elle écouta le CD jusqu'au bout, puis se le repassa. La musique la pénétrait par tous les pores. Elle s'y abandonna entièrement, s'en imprégna note par note, comme si sa vie en dépendait.

Au moment où elle allait remettre le CD dans son boîtier, Corso entra dans la pièce.

— Pourquoi m'avez-vous amené ce disque ? lui demanda-t-elle. Vous vous êtes dit que s'il ne m'achevait pas, il me donnerait un coup de fouet ?

— Me serais-je trompé ? dit-il.

Le pensait-il sérieusement ? Kate aurait été bien incapable d'en décider.

— Si on partait pour Penarven demain ?

— Vous vous sentez mieux ?

— Ça peut aller.

Comme il la regardait d'un air interrogateur, elle ajouta :

— Il faut que je bouge. Je ne peux pas rester sans rien faire.

— Comme vous voudrez, dit-il. Mais c'est moi qui conduirai.

— Alors, vous avez progressé ? lui demanda Packer.

— J'ai avancé d'une base. On va récupérer la disquette ensemble.

— Où est-elle ?

— A Penarven. Dans les Cornouailles.

— Ne faites pas trop de vagues.

— C'est bien mon intention.

— La disquette, dit Packer. Excellente nouvelle. On touche au but.

— Si tout danger de fuite est écarté, si elle n'a pas semé çà et là des lettres à ouvrir après décès, comme vous disiez, qu'est-ce que vous voulez que je fasse d'elle ? Je la remets aux flics, ou je m'arrange pour qu'elle ait cet « accident » dont nous avons parlé ?

Packer s'accorda un instant de réflexion.

— Tout compte fait, dit-il à la fin, l'accident serait peut-être la meilleure solution. Mais à condition que nous soyons absolument sûrs qu'elle ne nous causera pas d'autres soucis. Il faut que j'en aie la certitude. Que vous me le garantissiez. Sinon, pas question de se débarrasser d'elle. Je ne veux pas que son fantôme vienne me tirer par les pieds.

— D'accord.

— Je veux des garanties.

— Vous les aurez.

— Qu'est-ce qui vous prend ? dit Packer. Vous avez envie de lui régler son compte ? Elle vous tape sur le système, ou quoi ?

— Non, soupira Corso. Je m'ennuie un peu, c'est tout. Mais il fallait bien que je vous pose la question. Si j'ai la certitude que...

La décision de Packer était prise.

— Bon, bon, dit-il. Si vous êtes sûr que ça ne craint pas, dessoudez-la. Votre pognon est à la banque. Avec un billet d'avion pour Salt Lake City en prime, acheva-t-il en riant.

218

Dans la voiture, Kate remonta son col, posa la tête contre sa vitre et ferma les paupières, comme si le seul fait de dormir avait pu la rendre invisible. Le béret et le gros blouson de cuir à col de fourrure qu'elle s'était offerts avec l'argent de Joanna contribuaient au moins autant à son anonymat.

Corso conduisait vite et bien, ignorant superbement les fous du volant londoniens – cadres dynamiques en Mercedes, jeunes prolos faisant pétarader leur pot d'échappement trafiqué. En s'engageant sur la rampe de l'autoroute, il déboîta brusquement pour doubler un camion et un père de famille assis au volant d'une berline toute neuve le klaxonna et lui adressa un signal de phares. Quelques instants plus tard, le bonhomme arriva à sa hauteur sur la file de droite et débita un flot d'injures inaudibles en brandissant un poing rageur. Avec un sourire, Corso l'encouragea du geste.

Au bout d'une heure, Kate émergea de sa torpeur.

— A votre avis, est-ce qu'on risque de tomber sur un os ? demanda-t-elle.

— La maison est peut-être surveillée.

— Si c'est le cas, comment on fera ?

— Il faudra ruser.

— Pourquoi la surveilleraient-ils encore ?

— Ils n'ont pas beaucoup d'autres pistes. Ils ne la surveillent probablement pas vingt-quatre heures sur vingt-quatre. On sera peut-être obligés d'attendre la nuit.

— Il y a un député qui s'appelle Tim Farnol..., dit Kate. Il est mêlé à cette histoire.

— De quelle façon ?

— Il sait ce que contient la disquette.

— Ah bon ? Comment avez-vous fait le rapport ?

Kate lui décrivit la scène entre Michael et Stephen Cawdrey et lui expliqua que ce dernier avait lâché le nom de Farnol.

— Quel limier vous faites, dit Corso. Vous aviez des détectives parmi vos ancêtres ?

— Non, aucun.

— Alors, chapeau. Où est-il, ce Cawdrey ?

— Il se planque. On l'a soudoyé pour qu'il se taise, j'en suis sûre. Je ne suis rien arrivée à tirer de lui.

— Il savait qui vous étiez ?

Kate prit la voix de sa tante Gemma :

— Non, la femme à qui il a parlé au téléphone était Gemma MacIntyre, une journaliste en herbe qui travaillait avec Michael.

— Fin limier et excellente actrice. Vous ne croyez pas que Cawdrey pourrait s'avérer dangereux ?

— Pas tant qu'il restera terré au fond de son trou.

Ils roulèrent un assez long moment en silence. Au bout de quinze kilomètres, Kate reprit la parole.

— Farnol est mort, dit-elle.

— Quoi ? s'exclama Corso, feignant de tomber des nues.

— Son cœur l'a lâché. C'est arrivé il y a quelques jours, juste avant que je tombe malade.

— Mais si je comprends bien, vous lui aviez parlé avant ?

— Je l'avais eu au téléphone, oui. Il avait très peur. (Elle marqua un temps, puis ajouta :) Oh bon dieu ! C'est peut-être ça qui l'a tué.

Corso secoua la tête.

— Mais non, voyons, ce qui l'a tué, c'est toutes les années qu'il avait passées à s'engraisser sur le dos des malheureux contribuables. Ce genre d'excès, ça ne pardonne pas.

Corso avait eu la bonne idée de se munir d'une carte d'état-major. En s'en aidant, ils laissèrent la voiture au bas de la colline, la gravirent à pied, traversèrent le petit bois et débouchèrent juste au-dessus de l'endroit où Kate avait défoncé la clôture avec sa Jeep. Corso avait soigneusement minuté le trajet afin d'arriver à Penarven au crépuscule. Un ciel de plomb enveloppait les arbres de son pesant manteau, et un vent aigre remonté de la mer agitait leur feuillage. Des corbeaux tournoyaient au-dessus des cimes les plus hautes, leurs silhouettes noires se détachant en ombres chinoises sur le ciel gris, et l'écho de leurs croassements allait se perdre au fond de la vallée.

— Y a-t-il un endroit d'où nous pourrons observer les lieux sans être vus ? demanda Corso.

Kate lui désigna des arbres un peu plus bas au flanc de la colline.

— Ce bosquet, là-bas, dit-elle. A partir de là, le terrain est dégagé jusqu'aux cabanes du...

— Allons-y, dit Corso sans même lui laisser achever sa phrase.

Il faisait mine de lui laisser l'initiative, mais en fait c'était lui qui décidait. Vu sa manière d'agir, on aurait dit qu'il savait d'avance que ce bosquet ferait un excellent poste d'observation. Kate connaissait le terrain comme sa poche, mais c'était lui qui la guidait. Quand ils se furent postés sous les arbres, embrassant du regard les cabanes et la maison, Corso sortit ses jumelles à infrarouge de leur étui. Il les braqua sur la maison et, après l'avoir inspectée pendant une bonne minute, les tendit à Kate. Elle se les vissa sur les yeux et aussitôt le bâtiment lui apparut, parfaitement net et comme éclairé a giorno.

— D'où sortent-elles, ces jumelles ? lui demanda-t-elle.

— Quand j'ai su que nous allions venir ici, je me les suis procurées.

Ils parlaient si bas que le murmure du vent dans les branches couvrait leur voix.

— Vous vous les êtes procurées où ?

— J'ai une bonne adresse. Qu'est-ce que vous voyez ?

— Rien. Je veux dire, rien d'inquiétant.

— Parfait.

Il lui reprit les jumelles et ajouta :

— J'aurais très bien pu venir récupérer la disquette tout seul.

— Je sais.

— Mais vous ne me faites pas confiance.

Où avez-vous trouvé ces jumelles ? Qui vous a donné cette adresse ? Comment saviez-vous que nous allions en avoir besoin ?

— A mon avis, vous cherchez un bon sujet, c'est tout. Vous êtes journaliste. Si vous étiez Saint Planquette, patron de tous les fugitifs du monde, peut-être que je me méfierais moins.

— Je suis l'homme qui a épongé votre corps nu sans que ses doigts s'égarent une seule fois.

Comme les jumelles lui dissimulaient le visage, Kate ne put savoir s'il souriait ou pas.

— Pour un bon article, un journaliste est prêt à se faire moine, dit-elle.

— Comment voulez-vous procéder ?

— Pardon ?

— Soit vous me dites où est la disquette et je vais la récupérer, soit vous y allez vous-même.

— Je préfère y aller moi-même.

— Comme vous voudrez, dit-il. Moi, je reste ici et je surveille les environs.

Kate perçut dans sa voix une pointe de lassitude mêlée d'orgueil blessé, et elle faillit se raviser. Mais déjà elle avait quitté le bosquet et dévalait le long de la pente. Sa course était d'une telle légèreté qu'elle sentait à peine le sol sous ses pieds. Une bouffée de sueur rance, dernier souvenir de sa maladie, lui effleura la narine.

La maison était entourée d'une étroite allée de briques qui s'élargissait à l'arrière pour former un patio. Kate en fit le tour. Regardant par les fenêtres, elle ne vit que des pièces sans vie, des âtres froids, des meubles vacants. L'inertie particulière aux maisons inoccupées régnait partout. Elle essaya la poignée de la porte de derrière et constata qu'elle n'était pas fermée à clé. Elle se faufila jusqu'au salon, glissa une main sous la cheminée et sentit le sachet en plastique sous ses doigts. Elle empocha la disquette et ressortit par la même porte.

La lune était masquée par des nuages et un vent froid soufflait de la mer, comme le soir où elle avait pris le maquis. Au moment où elle émergeait de l'ombre de la maison, la tête levée vers le bosquet, elle aperçut une lumière au sommet de la colline ; des silhouettes mouvantes se détachaient sur le ciel gris. Elle recula, s'aplatit contre le mur et ne bougea plus.

Ils sont là, bien sûr. J'aurais dû m'en douter. Est-ce qu'ils m'ont vue ?

Précédés par la lueur dansante de leur lampe électrique, les hommes descendaient la colline, échangeant des paro-

les à voix basse. Étaient-ils deux, ou trois ? Ils s'arrêtèrent
le temps d'allumer une cigarette, et Kate vit alors qu'ils
n'étaient que deux. Deux hommes, tenant chacun un
chien en laisse. A en juger par la double lueur rouge de
leurs cigarettes, ils avaient cessé d'avancer. Tout à coup, la
colline sembla les avaler et Kate les perdit de vue. Elle se
raidit, prête à prendre ses jambes à son cou. Puis elle discerna de nouveau le bout rougeoyant d'une cigarette et
comprit qu'ils s'étaient assis. Apparemment, ils attendaient
quelque chose. Et ils lui barraient l'accès du bosquet.
    Elle se glissa dans la maison et gagna la porte de devant.
C'était moins risqué que d'en faire le tour par l'extérieur.
Combien y en a-t-il de ce côté-ci ? se demanda-t-elle. Combien sont-ils en tout ? La lune surgit soudain d'entre les
nuages et le paysage prit des contours plus nets. En regardant par la fenêtre, elle ne distingua que le pâle ruban de
l'allée de devant au clair de lune, les champs ténébreux au-
delà, et tout au fond la mer où les vagues faisaient zigza-
guer des lueurs indécises. Elle n'avait que deux solutions
possibles : ou bien elle tentait sa chance dehors, dans le
demi-jour blafard, ou bien elle restait dans la maison, où
ils n'auraient plus qu'à venir la cueillir.
    En s'ouvrant, la porte de devant émit un grincement
imperceptible. Kate la franchit et, sans la refermer, gagna
prestement l'angle de la maison pour se dissimuler dans
l'ombre. Il lui semblait que quelle que soit la direction
qu'elle prenne, ils seraient dans son dos. Elle scrutait l'allée, la haie et les champs avec tant d'intensité que ses yeux
se mirent à lui faire mal. En fin de compte, elle fit demi-
tour et rasa le mur jusqu'à ce qu'elle aperçoive de nouveau
la colline – mais cette fois d'un endroit où elle ne risquait
pas d'être vue.
    Les hommes n'étaient plus qu'à vingt mètres de la mai-
son. Ils venaient vers elle, marchant à grandes enjambées.
Sauve-toi, se dit-elle.
    A l'instant où elle allait se précipiter hors de sa cachette,
les hommes bifurquèrent soudain vers la droite, se dirigeant vers l'angle opposé de la maison. Ils avaient fait cet
écart de manière à rester contre le vent. Kate les voyait de
profil à présent.

Quand elle les avait aperçus tout à l'heure, la décharge d'adrénaline avait été si violente qu'elle avait été à deux doigts de tourner de l'œil, mais ce coup-ci elle eut du mal à se retenir de rire. De profil, elle distinguait parfaitement les bottes en caoutchouc, les grosses parkas et les casquettes. Les chiens qu'ils tenaient en laisse étaient des braques, reconnaissables à la démarche légère et souple qui leur est particulière. Les hommes dirigeaient le faisceau de leurs torches vers le bas de la haie, cherchant des lapins. L'un d'eux éteignit sa cigarette entre le pouce et l'index et émit un ordre bref. Ils s'immobilisèrent et les chiens levèrent la tête, s'attendant à ce que leur maître les lâche, mais c'était une fausse alerte. Quelques secondes plus tard, ils se remirent en branle et poursuivirent leur marche, longeant toujours le pied de la colline.

Kate attendit qu'ils soient passés dans le champ voisin, à l'autre bout du jardin. Du haut du bosquet, Corso l'entendit rire. Elle remontait vers lui, marchant d'un pas dégagé, le buste légèrement penché en avant, les deux mains enfoncées dans les poches de son blouson de cuir.

Des braconniers, se dit-elle, et elle se remit à rire. Quand elle ne fut plus qu'à quelques mètres des arbres, Corso sortit de sa cachette. En apercevant sa silhouette, elle s'écria :

— Je l'ai ! Personne n'y avait touché !

— Parfait, dit-il. Allons-nous-en.

A cet instant précis, ils entendirent l'hélicoptère.

18

Corso s'attendait à ce que la maison soit surveillée par les flics, mais il n'avait pas prévu le système d'alarme. Il se maudit d'avoir été si négligent tout en courant vers le sommet de la colline. Il avait pris Kate par le bras et la tirait derrière lui, l'obligeant à suivre son allure, sans se soucier de savoir si elle en était capable ou non.

Ils avaient dû munir les portes et les fenêtres de discrets capteurs électroniques. L'enfance de l'art, en somme.

— Si ça se trouve, on est en train de se jeter dans la gueule du loup, dit-il.

— Quoi ? fit Kate d'une voix essoufflée.

— S'ils ont repéré la voiture, ils nous attendent de l'autre côté.

— Ils n'ont pas eu le temps, bredouilla-t-elle.

— Vous avez passé un bon quart d'heure à attendre que ces deux mecs s'éloignent. Ça leur a largement suffi.

— Arrêtez, lui dit Kate. Arrêtez !

Mais il continua à la tirer jusqu'à ce qu'elle s'écroule.

— Je n'en peux plus, dit-elle en se redressant tant bien que mal sur les genoux.

— A votre guise, dit-il.

Quand elle releva la tête, il avait disparu.

Le flanc de la colline paraissait désert. Corso en conclut qu'il ne l'était pas. Il se dirigea vers la voiture en décrivant un prudent arc de cercle, restant à l'abri des arbres. Tous les cinquante mètres, il s'arrêtait, les sens aux aguets. L'hélicoptère était passé de l'autre côté du monticule, mais le vacarme de son moteur couvrait encore tous les autres sons. Corso ne pouvait compter que sur ses yeux. Il avançait buste plié et, quand il s'arrêtait, s'allongeait sur le ventre de façon à présenter le moins de surface possible. Il divisait le périmètre autour de lui en quatre sections de quatre-vingt-dix degrés et les explorait posément du regard, à la recherche d'un mouvement, d'une lueur. Ne voyant rien, il parcourait les cinquante mètres suivants.

Il rejoignit la route à cent mètres de la voiture et resta un moment accroupi au pied d'une haie. La chaussée était déserte ; rien ne bougeait. Il avança prudemment et quand il fut arrivé à quinze mètres du véhicule sortit ses clés de voiture de sa poche et activa l'ouverture électronique. Les phares et les feux arrière clignotèrent, l'alarme émit un bref hululement étranglé, mais personne ne se montra.

A la fin, il s'approcha de la voiture, s'installa au volant et roula en marche arrière jusqu'à l'endroit où il avait rejoint la route. Aucun flic ne surgit pour lui faire signe de s'arrêter et lui poser les questions auxquelles il s'était mentalement préparé à répondre.

Je pissais un coup. Non, je ne le savais pas. Je ne suis pas du pays, vous avez dû le comprendre à mon accent. L'Utah, ça vous dit quelque chose ?

— C'est ma faute, dit-il. J'aurais dû penser aux alarmes.

Malgré l'état pitoyable dans lequel elle était, Kate trouva étrange cette manière de s'excuser. Le ton était celui d'un professionnel qui ne s'est pas montré à la hauteur de sa tâche.

— La route est libre, ajouta-t-il. Tranquillisez-vous.

Ils descendirent la colline ensemble. Corso prit encore plus de précautions que la première fois. Seul, un contrôle de police ne lui aurait causé qu'une simple contrariété. Mais avec Kate, il aurait été bon comme la romaine. Il usa de la même technique d'observation que tout à l'heure, posant une main à plat sur le dos de Kate pour la maintenir contre le sol pendant qu'il scrutait le paysage au clair de lune. Cette main posée sur son dos lui donnait un sentiment d'oppression. Elle avait envie de se débattre, de ruer dans les brancards.

Quand ils eurent rejoint la voiture, Corso ouvrit le coffre. Kate secoua la tête et un rire grinçant lui fusa d'entre les lèvres.

— Vous n'y pensez pas, dit-elle.

— Grimpez, ordonna-t-il. Sinon je vous y fourre de force.

Kate se croisa les mains sur le ventre, et un flot aigre de bile lui remonta dans la gorge.

— Vous ne pouvez pas m'obliger à faire ça, protesta-t-elle.

— Si vous refusez, je pars sans vous. Je veux être sûr de passer les barrages. Ou vous vous planquez, ou vous ne montez pas dans la voiture. Je vous donne cinq secondes pour décider. Un, deux, trois...

Il conduisait vite et bien, prenant les virages en souplesse, roulant à fond de train sur les lignes droites. Au bout de deux ou trois kilomètres, Kate se retourna sur le ventre et s'appuya sur les coudes.

Couchée en chien de fusil, elle rendit tripes et boyaux et attendit la fin de son calvaire dans une mare de vomi.

Huit kilomètres avant l'autoroute, Corso se rangea sur le bas-côté, descendit de voiture, ouvrit le coffre et aida Kate à en sortir. Elle avait une mine atroce et son odeur était plus atroce encore. Elle avait du dégueulis plein les cheveux.

Ses yeux se posèrent sur Corso et elle lui demanda :

— Qui êtes-vous ? Pourquoi m'infligez-vous ça ?

Corso lui désigna un tournant, à moins d'un kilomètre de là, de l'autre côté d'un rideau d'arbres. Des lumières rouges et bleues clignotaient dans la nuit. Kate les fixa des yeux, comme si elle n'avait pas été très sûre de ce qu'elles signifiaient. Elles brillaient par intermittence, en silence, sans se rapprocher ni s'éloigner.

— Si vous croyez aux fées, tapez dans vos mains, dit-elle.

Corso crut qu'elle était victime d'un retour de fièvre, mais là-dessus elle éclata de rire.

227

— Oh bon dieu, dit-elle. Au point où j'en suis, tout ce qui peut arriver m'est égal.

Ils s'étaient garés à l'entrée d'une large allée qui conduisait à une maison isolée. Corso ouvrit la grille et remonta l'allée au pas gymnastique. La maison était flanquée d'un garage. Il en leva la porte basculante, qui grinça bruyamment en s'ouvrant. Rien ne bougea à l'intérieur ; aucune lumière ne s'alluma. Le garage était vide.

Tous les volets étaient fermés. La véranda vitrée était jonchée de prospectus et de courrier publicitaires. Corso ramassa une grosse pierre, s'en servit pour briser la porte en verre, fit jouer le verrou et pénétra à l'intérieur. Pas de lumières, pas de cris. La porte d'entrée principale était fermée à double tour. Il ressortit de la véranda, fit le tour du bâtiment et se retrouva dans un jardin d'une taille respectable.

Les fenêtres de la façade arrière n'avaient pas de volets. Celle de la cuisine était formée de petits losanges plombés, façon vitrail. Il donna un coup dessus avec sa pierre et elle s'effondra. Il l'escalada, enjamba l'évier et visita la maison, pièce par pièce. Personne n'y avait mis les pieds depuis des semaines, peut-être même des mois. Une humidité glaciale imprégnait l'air.

Il trouva Kate assise par terre, le dos appuyé à l'une des roues arrière. Il l'aida à se lever et la fit asseoir derrière le volant.

— Je vais pousser la voiture, lui dit-il. Vous n'aurez qu'à diriger. Il y a un garage ouvert sur le côté gauche de la maison. C'est notre destination.

— Bon dieu, fit-elle en secouant la tête.

— Qu'est-ce qui ne va pas ?

— Je veux me rendre.

— Quoi ?

— Je n'aurai qu'à marcher jusqu'à ces lumières, dit-elle. Ensuite, vous passerez comme une fleur.

Elle s'esclaffa et ajouta :

— A condition que l'idée ne leur vienne pas de vous faire ouvrir le coffre.

— Le garage est sur le côté gauche de la maison, dit-il en refermant brutalement la portière.

228

Corso regrettait d'avoir brisé la porte vitrée de la véranda. Il espérait qu'il n'y aurait pas de courrier ce matin-là.

Une aube blême pointait au ciel. Kate dormait encore. Ils avaient allumé la chaudière, mais pas la lumière. Corso avait déniché une lampe électrique dans la cuisine et s'était fabriqué un cache à l'aide d'un bout de tissu. Ce faible lumignon était suffisant pour s'orienter dans la maison. Après s'être lavé les cheveux et le visage, Kate s'était allongée sur un lit, à même le matelas, et s'était aussitôt endormie. En guise de couverture, Corso avait déployé sur elle les deux peignoirs en tissu éponge qui étaient accrochés à la porte de la salle de bains.

Ensuite il était monté à l'étage et s'était mis aux aguets derrière une fenêtre. Aux alentours de trois heures du matin, les lumières du barrage s'étaient éloignées. Il supposa qu'il ne s'agissait que d'un simple déplacement. Il n'était pas question de reprendre cette route. Il s'était allongé à côté de Kate, avait somnolé pendant deux heures, puis il était remonté à l'étage pour voir ce qui se passait. La route semblait vide, mais il savait que ce n'était qu'une apparence. Le barrage avait dû se reconstituer deux ou trois kilomètres plus loin. Sous peu, ils allaient sans doute décider d'inspecter toutes les maison des alentours. Ils ne font pas beaucoup d'efforts, se dit-il. Peut-être qu'ils ne prennent pas vraiment l'alerte au sérieux. Ils étaient bien obligés de supposer que c'était Kate Randall qui avait déclenché l'alarme, mais ils n'avaient aucun moyen d'en être sûrs. Des braconniers maraudant avec leurs chiens auraient pu pousser la porte à tout hasard.

Une heure après le lever du jour, il réveilla Kate et lui dit :

— Il faut qu'on dégage d'ici.

— D'accord, dit Kate.

Elle se redressa, posa les pieds par terre et jeta un coup d'œil circulaire sur la chambre. On aurait dit qu'elle la voyait pour la première fois. Le sommeil lui avait fait du bien. Elle avait retrouvé toute son énergie. En se débarbouillant, elle se frotta vigoureusement la figure, comme pour en effacer les dernières bribes d'un rêve ou les ultimes vestiges de sa fièvre.

Ils n'allèrent pas très loin. Au bout du jardin, il y avait un champ en friche. De l'autre côté du champ, dans un pré, ils découvrirent une baraque en tôle préfabriquée qui jadis avait dû servir d'abri à des chevaux qui passaient l'hiver dehors. Ayant fouillé la maison avant de partir, ils s'étaient munis d'une couette, de bouteilles d'eau minérale, de boîtes de conserve et d'un ouvre-boîte.

Kate s'assit à même le sol en ciment, le dos contre la paroi en tôle ondulée, et se tira la couette jusqu'au menton.

— On est dans la merde, mais on a la disquette, dit-elle en riant.

Elle la sortit de sa poche et la contempla avec une sorte de ferveur.

Corso se mit à rire aussi.

— C'est vrai qu'on l'a récupérée, dit-il. Maintenant il faut trouver un moyen de...

Il laissa le reste de sa phrase en suspens.

Le seul moyen, c'était la marche à pied. Peu après la tombée de la nuit, ils revinrent sur leurs pas. Ils retraversèrent le pré, le champ, le jardin, passèrent devant la maison et se retrouvèrent sur la route.

— Mieux vaut prendre la route, dit Corso. Nous pourrons la quitter si c'est nécessaire, mais nous savons qu'elle nous mènera à l'endroit où nous voulons aller. Et puis l'asphalte est moins fatigant pour les pieds.

— Où est-il ? demanda Kate.

— Quoi ?

— L'endroit où nous voulons aller ?

— Il faut que nous rejoignions l'autoroute, dit Corso. On ne peut pas installer un barrage en travers de trois voies où les voitures roulent à plus de cent à l'heure.

— Nous allons prendre l'autoroute à pied ?

— Nous emprunterons une voiture.

— Pourquoi ne pas y aller avec la vôtre ?

— Si ça se trouve, quelqu'un l'a vue hier au pied de la

colline. Ils ont dû lancer des appels à la radio et à la télé, frapper à toutes les portes autour de Penarven. On ne sait jamais, peut-être que quelqu'un aura relevé le numéro à tout hasard, parce qu'elle est immatriculée à Londres, parce que nous aurions pu être des braconniers, parce qu'une voiture garée au bord d'une route déserte éveille les soupçons. Peut-être qu'une voiture de flics sera passée par là pour aller rejoindre le barrage le plus proche et l'aura notée comme « véhicule suspect ». Il y a un sacré bout de route entre ici et Londres. Je ne veux pas couvrir une distance pareille à bord de cette voiture. Elle reste où elle est.

— Quelqu'un finira forcément par la découvrir.

— Pas avant un bon moment. La maison restera inoccupée jusqu'aux prochaines vacances. D'ailleurs, c'est une voiture de location et elle n'a pas été louée par moi.

— Par qui alors ?

— Vous avez déjà entendu parler d'un certain John Doe ?

Kate le regarda.

— Avec vous, je vais de surprise en surprise, dit-elle.

En moins d'une heure, ils parcoururent cinq kilomètres et ne furent obligés de se mettre à couvert qu'à cinq ou six reprises. Les phares s'annonçaient de loin, c'était facile. Il suffisait de se mettre à plat ventre, en tournant la tête de façon à ne pas être ébloui, et de ne plus bouger. Un double faisceau lumineux les balayait, le grondement du moteur diminuait, puis s'effaçait. Quelques instants plus tard, la nuit et le silence reprenaient leurs droits.

Corso marchant toujours en tête, ils pénétrèrent dans un village, le traversant presque de bout en bout. L'autoroute était à moins d'un kilomètre. Jadis, ce village avait dû être à l'écart de tout. Aujourd'hui, le grondement de la circulation y résonnait sans interruption, jour et nuit, trois cent soixante-cinq jours par an : un interminable ruban de bruit, de lumières, de gaz d'échappement, de papiers gras et autres détritus. Corso se mit en quête de la maison et de la voiture correspondant le mieux à ses desseins.

231

Ensuite il ne resterait plus qu'à guetter le moment propice.

— Il faut que je fasse pipi, dit Kate.

Ils approchaient de la sortie du village. De ce côté-là, les maisons étaient cossues, d'aspect nettement plus résidentiel. En face d'elles, il n'y avait que des champs : la vue imprenable que l'on avait promise à leurs acquéreurs.

Kate escalada une clôture, s'accroupit au pied d'un buisson, fit descendre son jean sur ses cuisses. Trente mètres plus bas, une voiture quitta la route et s'engagea dans une allée. Corso suivit la manœuvre d'un œil intéressé. Le temps que Kate repasse la clôture dans l'autre sens, une deuxième voiture avait bifurqué dans l'allée à son tour. Kate suivit le regard de Corso et lui demanda :

— Qu'est-ce qui se passe ?

— Ces gens reçoivent des amis à dîner.

— Et nous allons en profiter ?

— J'espère bien.

Elle le regarda. Il n'avait pas quitté la maison des yeux. Les nouveaux arrivants sonnèrent à la porte, exhibèrent leur bouteille de vin, et on les fit entrer.

— Est-ce que vous savez... comment on appelle ça déjà ?

— Quoi ?

— Faire démarrer une voiture sans...

— En trafiquant les fils ?

— C'est ça. Vous savez comment on fait ?

— Je suis un Américain de sexe masculin, dit-il. La mécanique auto, on a ça dans le sang.

Cette boutade ne suffit pas à rassurer Kate.

— Vous savez comment on fait ?

— Oui.

— Bon, eh bien tirez-nous de ce mauvais pas, dit-elle.

Mais elle pensait : *Où est-ce qu'il a appris à faire ça ?*

Deux autres voitures arrivèrent. Soit un total de huit invités. En pensant à la montagne de nourriture que cela représentait, Kate se mit à saliver. La dernière voiture était une BMW. Son conducteur la gara sur le bas-côté, à vingt mètres de la maison. Sa femme et lui en descendirent et

232

s'avancèrent jusqu'à la porte. Lui aussi tenait une bouteille de vin à la main.

— Attendons encore une demi-heure, dit Corso.

— Mais oui, quelle bonne idée, fit Kate, mi-figue mi-raisin.

Ils faisaient le pied de grue depuis vingt minutes et un léger crachin s'était mis à tomber. Kate releva son blouson au-dessus de sa tête et s'accroupit au pied de la haie.

— Il va encore falloir vous planquer dans le coffre, dit Corso. Ça ne vous ennuie pas ?

— Mon cul ! s'écria Kate. Cette fois, c'est moi qui conduis.

Elle se leva et lui balança un uppercut, en y mettant toute sa force, mais il le bloqua de l'épaule.

Dans la maison, une main écarta un rideau et le visage d'une femme s'encadra dans la fenêtre. Elle riait à gorge déployée. La fête battait son plein.

Corso extirpa les deux fils de sous le tableau de bord et frotta leurs extrémités l'une contre l'autre jusqu'à ce que le moteur se mette à rugir. Il vérifia la jauge d'essence : le réservoir était quasiment plein.

L'explosion de lumières assaillit Kate avec la force d'un feu roulant de D.C.A., puis elle cessa subitement et la route ne fut plus que ténèbres. Elle ferma les yeux, mais elle savait qu'elle ne trouverait pas le sommeil.

— J'ai rarement vu des journalistes aussi démerdards que vous, dit-elle.

Elle sentait qu'elle s'aventurait sur un terrain dangereux, sans savoir au juste pourquoi.

— J'ai pas mal baroudé dans ma jeunesse.

— Vous étiez membre de quel gang, les Sharks ou les Jets ?

Le menton de Kate lui retomba sur la poitrine, et elle fit un rêve fugace. Des phosphènes lui clignotaient sous les paupières.

— J'étais dans l'armée.

— Vous vous payez ma tête ? dit-elle en riant.

Son rire manquait franchement de conviction.

— A votre avis ?

— Dans une unité combattante ?

— Comment appelle-t-on ça chez vous ? Le S.A.S., je crois.

— Les forces spéciales ?

Comme il se taisait, elle insista :

— Pourquoi ?

— C'est une longue histoire.

— On a une longue route devant nous.

— Je vous la raconterai une autre fois, dit-il. Vous feriez mieux de dormir un peu.

Mais elle dormait déjà.

19

Ils lurent ensemble le texte qui défilait sur l'écran. Corso se penchait par-dessus l'épaule de Kate, comme un maître d'école attentif.

— Qu'est-ce que c'est, le Neophos ? demanda-t-il.

Elle haussa les épaules. La page de titre était suivie d'une notice de confidentialité à l'intention du destinaire, Timothy Farnol (C.A.). On y avait joint une liste des autres responsables de W.W.I. qui avaient eu connaissance du document. La liste ne comportait que quatre noms : Beverley Ho (New York), Laurence Packer, Leonard Naylor et Ralph Farseon (C.A.), avec un numéro de téléphone pour chacun d'eux. Le même logo apparaissait au bas de chaque page : un globe ailé entouré de la légende *Wideworld Industries.*

Le texte était bref et ne se perdait pas en circonlocutions. La première partie était intitulée : *MISE SUR LE MARCHÉ DU NEOPHOS X-9.*

W.W.I. a obtenu l'accord du ministère pour avancer la date de lancement de la nouvelle version du produit. Timothy Farnol a informé les membres de l'assemblée (convoqués pour discuter du problème de la dérégulation) que la date de lancement probable serait le mois de septembre de cette année (1996) au Royaume-Uni, le reste du monde devant suivre progressivement dans le courant de l'année 1997. Les certificats de conformité que nous ont délivrés les services britanniques intéressés devraient logiquement nous assurer l'agrément de la F.D.A. américaine. Dans le reste du monde, les autorisations de mise sur le marché ne devraient pas soulever de difficultés particulières. La France et d'autres pays européens ont déjà laissé entendre que lesdites autorisations pourraient être accordées sur la base des démarches effectuées par les représentants de nos services de vente locaux et des contacts directs noués par Beverley Ho durant sa récente tournée de bons offices en Europe. M. Farnol a également forgé d'utiles alliances au sein des services intéressés de plusieurs gouvernements étrangers. Un certain nombre de hauts fonctionnaires des gouvernements en question ont déjà été invités à visiter notre siège et ont bénéficié d'une hospitalité extrêmement généreuse. Nos prévisions de ventes initiales pour le Neophos X-9 s'établissent à 1,3 M pour l'ensemble des pays cibles où il existe déjà un marché. Pour les futures projections sur la base d'un taux de croissance annuel de 8 à 10 %, cf. le graphique qui figure en page 12 du présent document. Ces prévisions tiennent compte des ventes de Neophos A-9, telles qu'elles devraient se poursuivre jusqu'à la dérégulation qui entraînera son retrait de la vente, déperdition que nous avons fait entrer en ligne de compte en établissant le graphique des ventes du X-9. A dater de dorénavant, le A-9 doit être considéré comme obsolète, et ne doit plus apparaître sur les ordinateurs de W.W.I. Les nouvelles commandes seront honorées par du Neophos X-9, dans le cadre de notre politique de familiarisation. L'assemblée a exprimé sa gratitude à M. Farnol.

A partir de là, il n'y avait plus que des tableaux chiffrés et des graphiques de vente. Page 14, dans le chapitre intitulé « Stratégies de marketing », ils découvrirent encore ceci :

Les procédés de stimulation génétique utilisés pour la fabrication du Neophos X-9 sont décrits dans l'addendum (note 27). On peut prévoir que la mise au point et la vente du X-9 feront l'objet de contestations de la part des Verts, des associations de défense de l'environnement, des scientifiques les plus engagés à gauche et tutti quanti. Toutefois, cette contestation devrait viser l'ensemble des organismes génétiquement modifiés (surtout les produits alimentaires distribués en supermarchés), si bien que le X-9 ne sera considéré que comme un produit parmi d'autres. Néanmoins, les services de relations publiques de W.W.I. ont été chargés de mettre sur pied une campagne destinée à désamorcer toute contestation de cette nature. Autrement dit, nous devons faire en sorte que notre propagande soit plus efficace que la leur. Tous les responsables en relations publiques devront en référer à Larry Packer, directeur général des Relations Publiques et de la Sécurité pour le Royaume-Uni.

Kate imprima deux exemplaires du document et en remit un à Corso.

Il était trois heures du matin. Le trajet leur avait pris quatre heures et demie. Un peu après minuit, Corso avait déposé Kate à l'entrée de son impasse et lui avait donné ses clés. Ensuite, il avait conduit la voiture jusqu'à un terrain vague, au bord de la Tamise, non loin de l'un des grands ensembles les plus hideux de l'East End londonien, sorte d'immense caserne percée de minuscules fenêtres qui répondait au nom de Linden House – bien qu'il n'y ait naturellement aucun tilleul à proximité. Le pub où Corso avait vu Kate pour la première fois portait le même nom ; il la revit passant à côté de sa table avant de déjouer sa surveillance avec une adresse consommée.

C'était une fille très intelligente. Avait-il réussi à endormir sa méfiance ? Grâce à lui, ils avaient réussi à s'échapper de Penarven sans coup férir et à esquiver les barrages policiers. Le seul ennui, c'était qu'il avait fait preuve d'un peu trop de savoir-faire.

J'aurais dû penser aux alarmes. Cette phrase malencontreuse lui résonnait encore dans la tête, et il se souvenait de l'expression soupçonneuse qui s'était peinte sur le visage de Kate, comme si elle s'était dit : *Pourquoi y auriez-vous dû y penser ? Moi, c'est une idée qui ne m'avait même pas effleurée.*

Il se souvenait aussi des paroles qu'ils avaient échangées au moment où ils quittaient la résidence secondaire : *D'ailleurs, c'est une voiture de location et elle n'a pas été louée par moi.*

Par qui alors ?

Vous avez déjà entendu parler d'un certain John Doe ?

Avec vous, je vais de surprise en surprise.

Fais attention, s'était-il dit. Tu marches sur des œufs.

Dans le coffre de la BMW, il trouva une boîte à outils. Il y préleva un tournevis dont il se servit pour forcer le bouchon du réservoir, puis pour découper des lanières dans le tissu de la banquette arrière. Il trempa plusieurs fois de suite les lanières dans l'essence, les éparpilla à l'intérieur de la voiture et les enflamma.

Le terrain vague était adossé à un hôpital en démolition. Salles communes, couloirs, escaliers, cages d'ascenseur exposés à tous les vents. Jadis cet endroit avait abrité des malades, des femmes en couches, des agonisants se fixant mutuellement en silence, des parents et des amis rongés d'angoisse qui déambulaient le long des couloirs et montaient dans les ascenseurs les bras chargés de fleurs ou de fruits. Il n'en restait plus que ruines, briques déchiquetées, fenêtres béantes. Derrière Corso, la voiture avait émis une espèce de chuintement assourdi et des flammes en avaient jailli, projetant vers le ciel une fumée grasse et fuligineuse. Contournant l'hôpital, il avait débouché sur la clôture d'un parking de camions. Il avait escaladé la clôture, traversé le parking, et s'était retrouvé sur une voie express. Malgré l'heure tardive, la circulation y était très dense. Il l'avait suivie sur deux bons kilomètres, marchant le long de l'étroite bordure réservée aux piétons, des bolides aveugles le frôlant au passage. Des maisons aux façades noircies, aux fenêtres masquées par de lourds rideaux, s'alignaient le long de la voie express, l'air maussade, comme si elles ne s'étaient pas encore remises du choc que leur avait causé la subite apparition du macadam – les pelleteuses, les bulldozers abattant les arbres, les gros camions chargés de déblais rugissant même la nuit.

A la fin, Corso était arrivé sur une large avenue éclairée par d'innombrables réverbères, puis s'était enfilé dans une rue commerçante où les enseignes au néon des magasins formaient une chaîne ininterrompue et multicolore. Il avait traversé le fleuve à bord d'un autobus de nuit. De l'autre côté du pont, il avait arrêté un taxi, s'était fait déposer à huit cents mètres de l'impasse et avait continué à pied.

En entrant dans la maison, il avait trouvé Kate endormie dans un fauteuil. L'ordinateur était allumé, mais l'écran était noir. Il avait tapoté la souris et il s'était illuminé, faisant apparaître le texte de la disquette.

Kate déchiffrait la note 27.

— Vous comprenez ce que ça veut dire ?

— A peu près, dit Corso. Le Neophos est un organophosphoré. Leur produit à eux est un peu plus performant. Organo-quelque chose.

— Ce qui signifie ?

— Qu'il l'ont renforcé, mais ne me demandez pas comment.

Corso revint en arrière, feuilletant le document comme si c'était la première fois de sa vie qu'il le voyait.

— Le mot-clé là-dedans, c'est « dérégulation ». Ça veut dire qu'ils ont réussi à se soustraire à un certain nombre de contrôles.

— Qu'ils ont bénéficié de passe-droits, dit Kate.

— Oui, des passe-droits, c'est ça. De toute évidence, c'est ce Farnol qui leur a servi d'intermédiaire. Vous m'avez parlé de lui pendant que nous roulions vers Penarven. C'était un politicien ?

— Il a même été ministre.

— Très efficace, sans doute.

— Oh oui.

— Et il était membre de leur conseil d'administration.

— Donc, il a dû être la cheville ouvrière de la dérégulation du Neophos. D'après vous, qu'est-ce qu'il faut entendre quand ils parlent de « l'hospitalité extrêmement généreuse » dont auraient bénéficié de hauts fonctionnaires étrangers ? Ils leur ont graissé la patte, c'est ça ?

Corso leva les mains en l'air en signe de reddition.

— Dans deux heures, vous n'aurez qu'à jeter un coup d'œil par la fenêtre. Si le soleil se lève à l'ouest, prévenez-moi.

— Qui sont les autres ? demanda Kate.

— Beverley Ho était madame W.W.I. U.S.A., lui expliqua Corso. Dorénavant, elle est madame W.W.I. U.K. Ah ces sigles, c'est vraiment super. Ils impressionnent par leur côté officiel, et en même temps ils paraissent anodins.

Là, je m'en tire mieux, se dit-il. J'ai vraiment l'air d'un journaliste spécialisé dans les questions d'écologie. On voit que je connais mon sujet sur le bout des doigts.

— Cette Beverley, quel est son titre exact ?

— P.-D.G. Eh oui, un sigle de plus. Le nommé Packer est responsable de la sécurité, et il coiffe aussi le service Relations publiques, ce qui me paraît assez révélateur. Je ne sais pas qui est Ralph Farseon. Il doit appartenir au conseil d'administration de leur filiale anglaise, à moins qu'il ne soit politicien aussi. Michael aurait probablement pu l'identifier. Leonard Naylor est tout aussi mystérieux pour moi.

Il fit un geste en direction de l'écran.

— C'est tout ? demanda-t-il. La disquette ne contenait rien d'autre ?

— Non.

— Aucune consigne de Michael ?

— Je suppose qu'il n'a pas eu le temps.

Le regard de Corso était rivé sur l'écran.

— Ça m'étonne un peu, dit-il. Vous êtes sûre ? Pas de message ? Même pas un petit coucou ?

Kate ferma le document et fit apparaître le tableau d'affichage de la disquette. Il ne comportait qu'un seul titre : *W.W.I. : Neophos X-9/1996.doc.*

— Il a dû copier ça en vitesse, dit-elle.

— Il vous en a sûrement parlé, dit Corso. Il n'a pas pu vous laisser dans le noir à ce point.

— Il vous en a parlé, à vous ?

— Oui, mais très peu, dit Corso. C'est ce qui me fait supposer qu'il a dû se montrer plus prolixe avec vous.

— A mon avis, il vous en a parlé parce que vous êtes de la partie. Parce que ce langage n'est pas hermétique pour vous. Parce que vous auriez pu lui donner votre avis sur tout ça, l'éclairer sur des points obscurs. Michael n'en espérait certes pas autant de moi. Il ne me parlait que rarement de son travail. En fait même, je crois qu'il m'en disait le moins possible.

— Ça ne vous intéressait pas ?

— En voilà une idée ! Evidemment que ça m'intéressait. Ça m'intéresse toujours, d'ailleurs.

— L'écologie, c'est important pour vous ?

— Oui, c'est important. Mais pas au point de me faire sombrer dans le fanatisme.

Elle montait sur ses grands chevaux.

— Oh et puis ne prenez pas ce ton suffisant avec moi.

— Ne vous vexez pas, voyons. Après tout, rien ne vous obligeait à vous y intéresser. Est-ce que Michael s'intéressait à la musique ?

— Pas vraiment, dit-elle d'une voix radoucie. Vous avez raison. Ce n'est pas parce que je sortais avec un défenseur

240

de l'environnement que j'étais obligée de m'intéresser à l'écologie. N'empêche que je m'y intéresse.

Corso opta pour une autre approche.

— Je me disais simplement que si Michael vous avait parlé de tout ça – du Neophos, de W.W.I. – ça nous donnerait peut-être un point de départ possible. Un indice quelconque qu'il vous aurait fourni à votre insu. Cette disquette ne contient rien de vraiment tangible.

— Il y a quand même les autres noms de la liste : Farseon et Naylor.

— Oui, mais enfin...

Il allait faire une ultime tentative. Si elle ne donnait rien, il n'insisterait pas.

— Si jamais quelque chose que Michael vous a dit vous revenait à la mémoire... une information quelconque... ne manquez pas de m'en faire part surtout, elle pourrait s'avérer précieuse.

— D'accord, je n'y manquerai pas.

— Il faut absolument que j'en sache plus.

— Il ne m'a rien dit. Il ne m'en parlait jamais.

Elle en sait sans doute plus qu'elle ne veut bien le dire. Ah si seulement elle avait confiance en moi !

Il était trop tard (ou trop tôt) pour dormir. Kate s'assoupit sur le canapé, un verre de whisky à la main. Elle s'éveilla au son du *Concerto pour violoncelle* d'Elgar, interprété par... Kate Randall.

— Pourquoi avoir acheté ce CD ?

— Par curiosité.

— Vous aimez la musique ?

— Oui.

Elle se souvint qu'il lui avait ramené du Brahms, du Mozart, du Beethoven. Du Sibelius aussi, ce qui était déjà beaucoup moins évident.

— Vous aimez quoi ?

— Un peu tout.

— Ça ne m'apprend pas grand-chose.

— J'aime Mozart, comme tout le monde, dit-il en souriant. Mozart, encore Mozart, toujours Mozart.

— Et Sibelius.

241

— C'est le *Concerto pour violon* que je voulais. Mais au magasin où je suis allé, ils ne l'avaient pas.

— Eteignez ça, je vous en prie, dit-elle.

— A votre guise, dit-il en se dirigeant vers la chaîne. Vous n'aimez pas vous écouter ?

— Je n'entends que les fautes.

— Il y en a dans cet enregistrement ?

— C'est la passion qui manque. Pas dans la musique, dans ma façon de la jouer. Quel est le programme de la journée ?

— Je comptais la passer dans une médiathèque, afin d'accéder à des banques de données dont tout le monde ne dispose pas. J'ai pas mal d'accointances dans la presse.

— Pour chercher quoi ?

— Des informations plus précises sur le Neophos et les produits organophosphorés. Je voudrais aussi essayer de situer le dénommé Farseon. Ce genre de choses.

— Et qu'est-ce que je ferai pendant ce temps-là ?

— Il vaudrait mieux que vous ne bougiez pas d'ici.

— Vous aimeriez peut-être que je vous mijote un bon petit repas. Le petit frichti du chasseur intrépide. Avec du pain pétri de mes mains et un lapin que j'aurais écorché moi-même ?

— Enfin quoi, Kate, que pourriez-vous faire d'autre ? Prendre des risques inutiles ?

Elle poussa un soupir et avala le reste de son whisky.

— Je ne peux pas rester ici.

— Pourquoi pas ?

— Vous n'avez qu'un lit.

— Le canapé est très confortable. C'est absurde, voyons. Vous n'allez quand même pas vous remettre à vagabonder dans les rues, au risque de vous faire ramasser par les flics, sous prétexte que vous ne voulez pas me priver de mon lit.

Kate secoua la tête, mais ce n'était pas en signe de refus.

— Qu'avez-vous fait de la voiture ? demanda-t-elle.

— Je l'ai emmenée dans un quartier pourri et je l'ai incendiée.

— Quoi ? s'écria-t-elle en le regardant d'un air effaré. En plus, vous brûlez des bagnoles ?

— Chez nous, c'est quasiment une coutume.

242

— Qui se livre à des coutumes pareilles ?

— Les jeunes qui fauchent une voiture pour s'offrir une petite virée. Ils roulent à fond de train toute la nuit, puis ils la crament et ils en piquent une autre. Rester plus de quelques heures au volant d'une voiture volée, c'est malsain.

— Il est où, votre quartier pourri ?

— Dans l'East End. Pas loin d'un grand ensemble. Dans ce coin-là, les flics ont d'autres chats à fouetter. Ils finiront par la retrouver, et ce ne sera jamais qu'un forfait de plus, noyé au milieu d'une flopée de viols, de braquages, de casses et d'attaques à main armée.

— C'est quoi, un quartier pourri ? demanda Kate.

Comme si pour elle, le terme avait désigné un lieu hypothétique, n'avait été qu'une pure métaphore.

— C'est un quartier d'où le fric s'est barré, lui expliqua Corso. Ou un quartier où il n'y en a jamais eu.

Kate se souvint de la nuit qu'elle avait passée sous la pluie, du sac de couchage volé, des douleurs menstruelles qui lui avaient tordu le ventre. Elle se souvint de s'être dit : *Je ne tiendrai pas une journée de plus.*

Mais elle aurait tenu beaucoup plus longtemps, elle en était sûre à présent. Anonyme, sans visage, sans feu ni lieu. Elle se disait que rien ne lui serait plus facile que de reprendre cette existence, et cette idée l'emplissait d'un étrange bonheur. Si jamais le besoin s'en faisait sentir, elle aurait un endroit où aller : nulle part. Et elle aurait de nouveau l'avantage de n'être *personne*.

Elle passa dans la chambre, s'étendit sur le lit. Des fragments du texte de la disquette lui défilaient dans la tête. *Tim Farnol savait beaucoup de choses*, se dit-elle. *C'est vraiment dommage qu'il soit mort. Mais tout le monde ne le regrette pas, évidemment.*

Wideworld Industries. Farnol, Farseon, Packer, Naylor, Beverley Ho. Elle avait une liste de suspects à présent, c'était déjà ça.

Je n'ai pas tué Michael.

Peut-être qu'on la croirait maintenant qu'elle avait des indices tangibles, des gens à montrer du doigt. Robert

Corso semblait tout disposé à la croire, lui. Mais était-il crédible lui-même ?

Elle se releva et se déshabilla, ne conservant que son slip et son soutien-gorge. Au moment où elle se glissait sous les draps, elle se souvint de sa fièvre, des rêves informes et saccadés qui l'avaient assaillie, comme si leurs terribles images étaient restées éparpillées aux quatre coins de la pièce.

Après avoir tiré la couette jusqu'à son menton, elle glissa une main dans son soutien-gorge et en sortit une disquette. La disquette originale, celle que lui avait donnée Michael, était dans la fente de lecture de l'ordinateur de Corso. Celle qu'elle avait gardée contre son cœur pendant qu'elle discutait avec Corso provenait de la boîte de disquettes neuves qu'elle avait achetée pour y transférer les informations du portable de Michael. Pendant que Corso allait se débarrasser de la voiture, elle avait fait une copie de la disquette de Michael. Ensuite, elle était retournée au document original et en avait effacé un passage.

Elle n'avait pas touché au rapport sur le Neophos X-9. Il fallait bien que Corso ait quelque chose à se mettre sous la dent, et ce rapport était un morceau de choix. Mais elle avait supprimé un petit fichier intitulé *Mémos.doc.* qui était annexé au document principal. Les mémos en question, au nombre de trois, portaient tous sur Leonard Naylor. Le premier émanait de Ralph Farseon et était adressé à Lawrence Packer. Le deuxième était la réponse de Packer à Farseon.

WIDEWORLD INDUSTRIES INTERNATIONAL, LTD
MÉMO

De : Lawrence Packer
A : Ralph Farseon
Objet : Neophos X-9
Date : 10.06. 1996
c/o : Beverley Ho, New York

CONFIDENTIEL

1. Le responsable de nos études scientifiques, Leonard Naylor, est d'avis que la version « surgonflée » du X-9 devrait faire l'objet d'un nouvel examen avant que nous sollicitions une autorisation de mise sur le marché. (Vous avez reçu copie de son rapport le mois dernier,

244

ainsi que Beverley Ho.) A l'heure actuelle, notre conseil d'administra-
tion considère que le X-9 est un produit sans danger, même si nous
pouvons nous attendre à des protestations du lobby Vert.

2. Les réserves de Naylor s'appuient essentiellement sur les effets
qu'il prétend avoir constatés sur sa propre personne au cours de la
mise au point du produit, qu'il manipulait quotidiennement. Il est
toutefois clair que le X-9 hautement concentré est bien différent de la
version très édulcorée et soigneusement contrôlée dont nous comptons
prochainement assurer la distribution commerciale.

3. Étant donné l'insistance de Naylor, qui souhaite que des experts
indépendants procèdent à des tests sur lesquels il n'exercerait lui-même
aucun contrôle, nous lui avons suggéré de prendre un congé. Il est
convaincu que les tests auront lieu pendant son absence. Comme vous
le savez, nous considérons que ces tests sont rigoureusement superflus,
et tout indique que le ministère nous accordera les autorisations néces-
saires dans le courant de l'été. Un simple décret suffira, et la fabrica-
tion démarrera aussitôt après sa publication.

4. En tout état de cause, nous n'avons aucune intention de faire
effectuer ces tests. Si nous nous efforçons d'amadouer Naylor, c'est
uniquement, comme vous devez vous en douter, pour des raisons de
sécurité. Nous comptons prolonger le congé (payé) que nous lui avons
consenti jusqu'au moment où nous pourrons enfin nous séparer de
lui. Nous avons lancé un appel à candidatures pour lui trouver un
remplaçant. Les entretiens devraient débuter dans une semaine. Nay-
lor sera bien entendu autorisé à faire valoir ses droits à la retraite.
Dès lors qu'il ne sera plus officiellement employé par notre société, les
« tests » que nous sommes censés avoir effectués en son absence ne
seront plus de son ressort. Théoriquement, il ne pourra plus se permet-
tre de contester leur validité, ni de vérifier s'ils ont effectivement eu
lieu.

5. Dans le domaine de la sécurité et de la publicité, cette situation
pose évidemment un certain nombre de problèmes. Par exemple, il vous
sera peut-être nécessaire, à un moment ou à un autre, de rappeler à
Naylor que son contrat comportait une clause de confidentialité. Il
faudra également prendre un maximum de précautions pour se prému-
nir contre d'éventuelles fuites en direction des médias, ou des contacts
illicites avec des journalistes, et faire preuve à cet égard d'une vigi-
lance de tous les instants.

Pourquoi est-ce que je me méfie de Corso ? se demandait Kate. Pourquoi ai-je subtilisé ce fichier ? Pourquoi est-ce que je tiens à garder un atout dans la manche ?

Il a incendié la voiture. Il l'a emmenée dans un quartier pourri, et il y a foutu le feu.

Tu sais bien qu'un journaliste est prêt à tout pour avoir un scoop. Tu te souviens, quand Michael avait piraté l'ordinateur du Commissariat à l'énergie atomique ? Quand il s'était introduit en fraude dans la salle des archives du centre d'expérimentation de Dounreay ? Des déchets radio-actifs balancés dans des puits en béton, et s'infiltrant peu à peu dans la mer. Le plutonium répandu à travers toute la localité. Des enfants qui se baignaient depuis des années parmi d'invisibles geysers radioactifs, les responsables du centre qui mentaient tous comme des arracheurs de dents ? Michael s'était mis dans une colère noire, et il avait usé de moyens peu honorables pour s'introduire dans les lieux. Tu te rappelles ?

Ce sont des astuces de journaliste. Tandis que ce type-là... ce n'est pas la même chose.

A sa place, Michael aurait fait pareil.

Michael aurait fait pareil, d'accord, mais il l'aurait fait pour moi. Et puis ce Corso... il sait trop de choses. Il sait tout faire. A Penarven, il t'a dit : « J'aurais dû penser aux alarmes. » Et la façon dont il s'est débarrassé de la voiture...

Il a plus d'un tour dans son sac, voilà tout. Il faut que tu lui parles de ces mémos.

On verra ça plus tard. Pour l'instant, j'ai besoin de... d'une poire pour la soif. De savoir quelque chose que personne d'autre ne sait.

Pourquoi ?

C'est mon assurance.

Tu la marchanderais, c'est ça ?

Peut-être.

Dans quelles circonstances ?

Ça, je te le dirai le moment venu.

Corso est gentil avec toi. Il t'a rendu service. Enfin quoi, merde, si tu ne lui faisais pas un tant soit peu confiance, tu ne serais pas venue chez lui.

J'étais malade. J'avais besoin d'aide. Il était le seul à pouvoir m'aider. Du reste, le problème n'est pas là. Tantôt il m'inspire confiance, tantôt je me méfie de lui. Il ne m'a pas livrée aux flics, mais quelque chose me dit qu'il le ferait si ça l'arrangeait. Sans aucun scrupule.

Il t'a aidée à récupérer la disquette. Et il ne t'a pas balancée pour autant.

D'accord, nous avons la disquette... Mais il croit que j'en sais plus que je ne veux bien le dire. Il croit que je lui cache quelque chose.

Il a raison. Tu lui caches quelque chose.

WIDEWORLD INDUSTRIES INTERNATIONAL, LTD
MÉMO

De : Lawrence Packer
A : Ralph Farseon
Objet : Leonard Naylor (Réf : Neophos X-9)
Date : 23.11.1996
c/o : Beverley Ho, New York

CONFIDENTIEL

Vous avez sans doute été averti du décès de Leonard Naylor dans un accident de la route. Il était seul au volant. Sa voiture a valsé dans le décor au milieu d'un virage.

Comme l'indiquera notre communiqué de presse, Naylor souffrait d'une mauvaise grippe. D'après les premières constatations, son état aurait été la cause principale de l'accident. Tout semble indiquer qu'il a perdu le contrôle de son véhicule.

Le communiqué précisera que W.W.I. continuera de verser à sa veuve la retraite à laquelle il avait droit depuis qu'il avait cessé ses activités au sein de la société. Les membres du C.A. se sont cotisés pour envoyer une couronne mortuaire à ses funérailles.

Nous avons prié Mme Naylor de nous restituer tout document relatif à notre société, et notamment à son service de recherches que son mari aurait pu conserver. Elle nous a assuré qu'aucun document de cette nature ne figurait parmi les effets personnels du défunt.

Ce n'était que l'emballage, le paquet-cadeau, le ruban doré autour de la boîte de chocolats. La partie destinée aux archives. Le document suivant, qui ne comportait pas d'en-tête, avait simplement pour titre : *Mémo*, avec au-dessous la signature de Lawrence Packer.

Ralph : Le mémo confidentiel ci-dessus est à caractère officiel. Les communiqués de presse sont en préparation. Naylor souffrait de troubles qui rappellent fâcheusement ceux que déclenche une intoxication aiguë due aux organophosphorés.

D'après le dossier de notre service médical, il présentait un certain nombre de symptômes, dont des troubles de l'acuité visuelle (avec des épisodes de cécité temporaire), une fatigue permanente, des accès de fièvre, des nausées, des douleurs intermittentes dans la région abdominale, une alopécie, des palpitations (fibrillation ventriculaire), des traces de vitiligo. On peut supposer que c'est l'un ou l'autre desdits symptômes qui a provoqué l'accident. (Sans doute les troubles de l'acuité visuelle, qui l'auront empêché de voir le virage.)

Son dossier médical a été détruit. Le personnel traitant a été dûment chapitré et rémunéré comme il se devait. Nous avons pris langue avec la veuve pendant les obsèques (hier). Elle était au courant des symptômes dont souffrait son mari, mais nous n'avons pas eu de peine à la convaincre qu'il était simplement grippé le jour de l'accident.

Nous avons annoncé à Mme Naylor que la retraite de son mari serait multipliée par quatre à la suite de la promotion que nous avons décidé de lui accorder à titre posthume.

Nous avons pris contact avec des fonctionnaires du ministère de la Santé (par l'entremise de Tim Farnol) et nous sommes d'autant plus certains que l'autopsie pourra être évitée que la veuve ne tient nullement à faire des vagues.

Je sais qu'on ne doit pas dire du mal des morts, mais je suis bougrement content d'être débarrassé de cet emmerdeur.

Larry

Ce document serait plus utile à Corso qu'à moi, se dit Kate. Contrairement à moi, il pourrait se livrer à sa petite enquête.

Il l'aura, mais pas tout de suite. Je le lui donnerai plus tard.

Demain matin ?

Oui, c'est ça, demain matin.

Mon œil. Pourquoi fais-tu ça ? Tu crois qu'une fois qu'il aura de quoi écrire son article, il te balancera ?

Il en serait bien capable.

A quoi ça l'avancerait ?

Me livrer à la police, ça ferait de la sacrée bonne copie aussi, tu ne trouves pas ?

Larry Packer examina le document que Kate et Corso avaient déchiffré ensemble la veille. Celui qui ne comportait pas la partie *Mémos.doc.*

— On l'a échappé belle, dit-il à la fin. Lester savait sûrement ce que ça voulait dire. Naylor débinait notre produit. On avait arrosé Farnol pour qu'il nous aide à obtenir cette putain d'autorisation, et là-dessus...

— Arrosé ? demanda Corso.

— Il était gourmand, le salaud. Il avait palpé gros. Mais dans ces cas-là, on ne renâcle jamais dans les hautes sphères. Putain, vous pouvez pas imaginer les quantités de fric que j'ai distribuées pour des bonnes causes. Des bonnes causes politiques, s'entend. Faire des affaires avec W.W.I., il n'y a rien de plus juteux. Alors ça se bouscule au portillon. Tous les gouvernements veulent traiter avec nous. Même les Chinois, c'est dire. Pour nous, se payer un chef d'État, ce n'est pas plus difficile que de s'acheter un paquet de chewing-gums.

— Naylor vous posait beaucoup de problèmes ?

— Énormément. Incapable de tenir sa langue, et renégat en plus. Quand on touche un salaire pareil, ça devrait être la moindre des choses de respecter son devoir de réserve. Sa conscience le tourmentait.

— A juste titre ?

— Rien ne prouve que le X-9 soit nocif.

— Moi, de toute façon ça m'est égal, dit Corso. Vous l'avez dessoudé ?

Packer eut un rire sans joie.

— Non. On n'emploie pas ce genre de méthodes. Avec Lester, on s'est plantés, d'accord. Notre plan était simplement de le harceler, de le discréditer, de lui piquer ses notes, de trafiquer son ordinateur. Les choses ont mal tourné, c'est tout. Quant à Naylor... sa voiture a quitté la route, Dieu sait pourquoi.

— Mais il n'avait pas la grippe, n'est-ce pas ?

— Il avait quelque chose.

— Le X-9, peut-être ? demanda Corso.

— Je vous conseille d'éviter ce genre d'insinuations, Corso, dit Packer. Ça me rend nerveux, vous comprenez ? Surveillez un peu votre langage.

Le téléphone se mit à bourdonner. Packer enfonça une touche et décrocha le combiné.

— Je suis parti déjeuner, annonça-t-il à sa secrétaire avant de raccrocher. Puisque je suis parti déjeuner, on n'a qu'à y aller, conclut-il à l'intention de Corso.

Ils gagnèrent le centre-ville à bord de la voiture de fonction de Packer, une Lexus noire qui sentait le cuir neuf. Packer usa de son téléphone mobile pour réserver une table dans un restaurant renommé pour le tempérament acariâtre de son patron, détail qui l'enchantait particulièrement.

— Ce type est incroyable, expliqua-t-il. Ses clients raquent dans les cent cinquante dollars par tête et il les abreuve d'injures. Deux minutes de retard et il file votre table à quelqu'un d'autre. Avant de consentir à vous recevoir, c'est tout juste s'il ne vous demanderait pas les mensurations de votre bite. En plus, c'est lui qui fait la cuisine.

— Pourquoi vous y allez, alors ? lui demanda Corso.

Packer le regarda d'un air perplexe.

— Tout le monde y va.

— Est-ce qu'il vous insulte ?

— Y a pas intérêt. Un mot de trop, et je lui fous le cul sur sa cuisinière, à ce con-là.

La nourriture qu'on leur servit était décente, sans plus. Packer l'engloutit comme s'il s'était agi d'un hamburger-frites.

— A votre avis, elle en sait plus ? demanda-t-il tout en bâfrant.

— J'en ai bien l'impression.

— Qu'est-ce que ça peut être ?

— Je ne le sais pas encore.

— Mais vous le saurez.

— Ça, vous pouvez y compter.

Quelque chose dans le ton de Corso fit dresser l'oreille à Packer.

— Vous l'avez sautée ? demanda-t-il.

— Non.

— Vous en avez l'intention ?

— Ça fait partie de mon contrat ?

Packer pouffa de rire.

— Combien de temps vous faudra-t-il pour lui tirer les vers du nez – si elle a des vers dans le nez ? Je dois rencontrer Beverley Ho sous peu. Elle exigera un rapport circonstancié.

— Sur la mort de Lester ?

— Vous déraillez, ou quoi ? Elle n'est pas au courant, bien entendu. Sur la situation d'ensemble, le X-9, tout ça. Pour Lester, personne ne sait rien, sauf moi. Et vous.

— Et Farnol, il savait ?

Packer secoua la tête.

— Non, mais il devait se douter de quelque chose.

— Et Farseon ? Quel rôle joue-t-il dans tout cela ?

— Farseon occupait le même poste que Beverley Ho. Il est à Tokyo maintenant. Son seul problème, c'est le sushi.

— Qu'allez-vous dire à madame Ho ?

— Qu'il y a probablement eu des fuites. Que le X-9 risque d'être attaqué.

— Je vois..., dit Corso en étalant du foie gras sur une fine tranche de pain grillé. A quoi sert-il, votre produit ?

— Le X-9 ? A exterminer des larves, des acariens, toutes sortes de bestioles nuisibles.

— Des anciens de la guerre du Golfe ? suggéra Corso.

— Vous avez une semaine, dit Packer.

— Ça me va très bien, dit Corso. C'est même plus que raisonnable.

Kate retransféra l'intégralité du document sur le disque dur de l'ordinateur de Michael et en fit cinq copies. Cinq disquettes, c'était amplement suffisant. Ensuite elle imprima le texte en cinq exemplaires et divisa le tout en

251

cinq paquets, composé chacun d'une disquette et d'un texte imprimé. Après quoi elle effaça les mémos, ne laissant que le document d'origine.

Elle sortit, claqua la porte derrière elle et gagna le bureau de poste le plus proche. Elle s'acheta cinq enveloppes prétimbrées, inscrivit l'adresse du cabinet de Stuart Donnelly sur la première et laissa les quatre autres vierges. Elle ajouta un mot au paquet destiné à Donnelly :

> *Cher Stuart,*
>
> *Ce document vous apprendra par mal de choses, mais pas tout. Si un jour je dois affronter un tribunal, il nous sera sans doute utile, car il prouve que Michael travaillait sur un sujet assez explosif quand on l'a tué.*
>
> *Est-ce que deux et deux font quatre ?*
>
> *Et la mort de Farnol, qu'en pensez-vous ?*
>
> *J'essayerai de vous joindre au téléphone ces jours-ci. Je sais que vous êtes tenu d'informer la police de tout contact que vous auriez eu avec moi, mais j'imagine que le contenu de ce paquet est couvert par le secret professionnel. Du moins je l'espère. Je ne peux pas me livrer pour l'instant, et peut-être que je ne pourrai jamais.*
>
> *Bien à vous,*
>
> *Kate Randall*

Elle posta le paquet, puis prit le métro jusqu'à la gare de Charing Cross et remisa les quatre autres enveloppes dans un casier de consigne automatique. Elle supposait que le téléphone de Joanna était sur écoute, puisque sa sœur ne l'avait pas appelée une seule fois sur son portable, qu'elle n'avait elle-même utilisé qu'en une seule occasion, pour appeler Farnol. Elle alla se réfugier dans un café aux murs noirs de crasse, à deux pas de la gare. Jamais elle ne s'était sentie aussi seule. Les gens qui allaient et venaient sur le trottoir lui semblaient pareils à des ombres fantomatiques et muettes. Assise derrière son guéridon, elle n'était plus qu'une créature sans feu ni lieu, sans existence bien définie. Je n'ai qu'une alternative possible, se disait-elle. Soit je retourne chez Corso, soit je retourne à la rue. Elle avait le sentiment que personne ne lui avait jamais ouvert les bras, jamais réconfortée ni accueillie, qu'elle n'avait jamais

252

connu personne, n'avait jamais eu d'amis. En sortant du café, elle s'enfila dans une ruelle glaciale, se dissimula dans une encoignure de mur tachée d'urine et composa le numéro de Joanna sur le portable.

Elle ne prononça que deux courtes phrases :

— C'est moi. Je vais bien.

En regagnant la rue, elle composa le numéro de l'horloge parlante, histoire de brouiller les pistes.

Corso allait et venait dans la maison vide comme s'il s'était attendu à trouver Kate dans une pièce dont il aurait oublié l'existence, à entendre sa voix, à découvrir un mot expliquant son absence.

Où es-tu ?

Il alluma l'ordinateur et inséra la disquette de Lester dans la fente de lecture. Il fit défiler son contenu sur l'écran, deux fois de suite. *On l'a échappé belle,* avait dit Packer. Certes, la dissémination de ce document aurait pu mettre W.W.I. en mauvaise posture. Mais Corso avait le sentiment que ce n'était pas tout. Qu'il manquait quelque chose. Kate avait eu l'occasion de consulter la disquette pendant qu'il allait se débarrasser de la voiture. Je n'aurais pas dû la lui laisser, se dit-il. C'était une erreur de plus. Je fais trop d'erreurs.

Où te caches-tu ?

Il se prépara un whisky bien tassé, pour accuser encore la semi-torpeur dans laquelle l'avait laissé le déjeuner trop arrosé. Sans elle, il était désemparé. Il ne savait plus que faire. Quand le boulot sera fini, je me sentirai mieux, se dit-il. Je reverrai la vie en rose. Un boulot terminé, un autre à commencer. Une nouvelle mission.

Il ne pouvait pas encadrer Larry Packer. Les cadres sup en costume-cravate, il ne les avait jamais portés dans son cœur. Sa trajectoire à lui avait été des plus classiques : d'abord flic, puis détective privé, spécialisé dans les enquêtes financières et industrielles. Son séjour dans la police avait duré deux ans en tout : juste ce qu'il fallait pour apprendre les ficelles du métier. C'était un boulot dangereux, mal payé, et l'ambiance de camaraderie virile lui donnait des boutons. En quatre années d'activité professionnelle, il avait tué à quatre reprises : une fois pendant qu'il était flic, trois fois depuis. On aurait dit que dans le métier le climat s'était soudain emballé, sous l'effet d'une espèce d'« el Niño ». Des trois meurtres qu'il avait commis dans sa nouvelle carrière, un seul avait fait l'objet d'une commande. Ce serait également le cas avec Kate. Une clause de liquidation allait-elle désormais figurer dans tous ses contrats ? Contrats tacites, bien entendu. Quand il avait accepté ce boulot, Corso espérait qu'il ne serait pas obligé d'honorer la clause en question. Mais s'il le fallait...

Sa première victime avait été un petit malfrat qui braquait un magasin de spiritueux. Un meurtre parfaitement légal, perpétré dans l'exercice de ses fonctions. Les deux suivantes avaient été des confrères, employés par la partie adverse. Là non plus, Corso n'avait pas de regrets. Ils étaient du mauvais côté de la barricade, voilà tout.

La quatrième avait été un petit homme gris dont l'attaché-case recelait de dangereux secrets. En fait, c'était un type de taille moyenne, aux cheveux châtains. Si Corso se le figurait en gris, c'était parce que son complet était de cette couleur, et qu'il lui attribuait des pensées grises, une vision du monde uniformément grise. C'est la mentalité qu'il faut avoir. Quand la victime désignée ne vous inspire que des sentiments négatifs, on ne voit plus en elle qu'un chien de paille et on a moins de mal à la tuer. Ça devient même carrément facile. On a la conscience légère.

Le petit homme gris posait un problème, car les documents que renfermait son attaché-case une fois détruits, il en aurait gardé tous les secrets dans sa tête. Corso avait dit : « Je vais m'occuper de lui », et il s'en était occupé comme il fallait. Le petit homme gris s'était fait agresser et tuer un soir de neige à Central Park, et il s'était instantanément mué en une statistique enfouie dans les archives de la police new-yorkaise. Corso pensait parfois à lui, un peu comme on pense à un inconnu avec qui on a eu une brève conversation dans un train.

Ses pensées revinrent à Kate. Il se disait : Avec elle, ce n'est pas pareil. C'est comme dans la vie. Et la vie est partie ailleurs. Il s'approcha du lecteur de CD, mit sa version du *Concerto pour violoncelle* d'Elgar. Il avait hâte qu'elle lui revienne. Son absence lui mettait les nerfs à fleur de peau. Elle l'empêchait de fonctionner normalement.

Tu sais quelque chose que je ne sais pas. J'en ai la certitude.

Packer lui avait donné une semaine.

Corso considérait volontiers ses boulots comme de petites pièces de théâtre, de petits psychodrames. C'était un peu comme d'aller au cinéma. Chaque fois, une nouvelle intrigue, de nouveaux acteurs, une autre manière d'agir. Ça l'arrangeait de voir les choses de cette façon. Ça lui permettait de séparer son travail du reste de ses occupations : le gymnase, le bowling, les soirées entre copains ou avec une fille. Mais sa nouvelle pièce, celle où Kate tenait le principal rôle féminin, était en train de prendre une tournure franchement bizarre. Il accumulait les ratages, multipliait les erreurs. Ça ne sentait pas bon, ça lui donnait un sentiment étrange, semblable à celui qu'on éprouve quand on couve quelque chose, sans savoir si ça sera grave ou pas.

Si ça se trouve, elle ne reviendra pas. Si ça se trouve, je ne la reverrai jamais.

Cette idée lui déplaisait souverainement, mais il ne savait pas au juste pourquoi.

A deux rues de chez Corso, Kate eut une illumination subite. Elle chercha des yeux un endroit discret et s'engagea dans une rue de traverse qui menait à une petite place bordée d'arbres. Le trottoir était jonché de feuilles mortes, comme toujours en cette saison. Kate décrivit un large cercle autour de la place, et tout en marchant composa le numéro de W.W.I. Elle obtint le standard et demanda Beverley Ho. La standardiste la mit en communication avec une messagerie vocale qui la pria de laisser un message ou d'appuyer sur la touche 0 pour retourner au standard. Kate opta pour le message.

— Je vous appelle au sujet du Neophos X-9, dit-elle. Produit dont vous savez tout, j'en suis sûre. Tim Farnol était au courant de tout, lui aussi. J'en sais autant que lui à présent.

Elle marqua une pause avant de conclure :

— Je voulais simplement vous en informer.

Quand elle arriva à la porte, une hésitation la prit.

Tu veux vraiment entrer ?

Pourquoi pas ?

Tu n'as pas confiance en lui.

Je n'ai confiance en personne.

Tu le trouves louche, mais tu ne sais pas pourquoi.

C'est vrai, c'est une pure intuition. Mais de toute façon la prudence s'impose.

Et s'il était... ?

Il m'a soignée quand j'étais malade. Il m'a accompagnée à Penarven. Nous avons récupéré la disquette. Il s'est toujours bien comporté.

Mais ses remarques... Il y a de quoi être troublée.

Laisse tomber, va. De toute façon, je n'ai pas d'autre endroit où aller.

Elle appuya sur la sonnette, puis recula d'un pas comme un démarcheur qui craint de se faire rabrouer.

— J'aurais dû vous donner un double des clés, lui dit-il.

— Ou m'enfermer dans la tour, dit-elle. L'ennui, c'est que je me suis fait couper les cheveux et que les vrais princes ne se trouvent pas sous le sabot d'un cheval.

— C'est quoi, un vrai prince ?

— Cotte de mailles, blanc destrier, boucles blondes, fossette au menton.

Corso s'effaça pour la laisser entrer, puis il alla faire du café dans la cuisine. Kate y entra à sa suite et se jucha sur un tabouret.

— C'est un peu dangereux, vous ne trouvez pas ? lui demanda-t-il. Où êtes-vous allée ?

— J'avais besoin d'air frais. Mais comme on est à Londres, il m'a fallu faire du chemin pour en trouver.

— Je me suis fait du souci.

Kate s'esclaffa.

— Je ne peux pas rester enfermée toute la journée, dit-elle. Je ne tiens pas en place. J'ai besoin d'action. Vous n'avez qu'à me trouver des choses à faire. Qu'à *nous* trouver des choses à faire. Il en va de ma peau. Ce n'est pas en restant assise sur mon cul que je la sauverai.

256

— Moi, je ne suis pas resté inactif. J'ai fait des recherches sur le Neophos et sur Wideworld Industries.

— Vous cherchez quoi ?

— Qui sait ? Quelque chose qui ferait tilt. La pièce manquante qui permettrait de compléter le tableau.

— Le ciel, dit Kate.

— Quoi ?

— Le ciel, quand on fait un puzzle. Toutes les autres pièces ont un truc qui permet de les identifier. Des feuilles, un champignon, une paire d'ailes. Mais le ciel, lui, est entièrement bleu.

— En voilà un drôle de puzzle, dit Corso. Des arbres, des champignons, des ailes.

Il aimait bien cette partie de leur relation, les scènes de comédie, les réparties spirituelles.

— J'en avais un comme ça quand j'étais petite.

— Les ailes, c'est du Disney tout craché.

— Non, ce n'était pas du Disney. Je n'ai jamais eu de Disney. Pas des ailes d'oiseau, des ailes de fée. Qu'est-ce que vous cherchez au juste, Robert ? Un scoop ? C'est l'article de Michael qui vous intéresse ?

Corso fut pris au dépourvu. Kate l'avait appelé par son prénom, ce qui le déconcertait encore plus.

— J'ai une autre question, dit-elle. Que se passera-t-il quand vous aurez tout en mains ? Je suppose qu'à ce moment-là vous ne vous ferez plus de souci pour moi.

— Bien sûr que si ! s'écria Corso.

Puis, craignant d'être tombé dans un piège, il s'empressa d'ajouter :

— J'espère que je n'aurai pas à m'en faire. J'espère que vous serez en sécurité.

— En sécurité..., dit Kate d'une voix un peu rêveuse, comme si elle évoquait un lointain souvenir d'enfance. Il n'y a que trois hypothèses possibles, Robert. Soit Michael a été tué par un cambrioleur qui voulait lui faucher son magnétoscope. Soit c'est moi qui l'ai tué dans un accès de passion, de terreur ou de colère. Soit il a été tué par un ou plusieurs inconnus pour des motifs qui n'avaient aucun rapport avec le vol ou la passion sexuelle.

— Mais en avaient beaucoup avec l'article auquel il travaillait...

— Vous trouvez que c'est une idée absurde ?

— Non. On tue des gens pour beaucoup moins que ça.

— Mais est-ce que ça arrive vraiment ? Est-ce qu'on peut aller jusqu'au meurtre pour protéger...

Elle haussa les épaules, comme si les mots « profit » ou « intérêts » n'avaient pas fait partie de son vocabulaire.

— Protéger des secrets industriels ? dit Corso. Des contrats qui mettent en jeu des milliards de dollars ? La respectabilité d'une multinationale ? Revenez un peu sur terre, voyons. On voit ça tous les jours.

— Et c'est ce qui est arrivé à Michael ?

— Je n'en sais rien, dit-il. Je ne suis pas devin. Peut-être qu'il a été poignardé par un taré qui voulait lui piquer son magnétoscope. En tout cas, vous n'y êtes pour rien.

— Vous en êtes sûr ?

— J'en mettrais ma main à couper.

— Votre foi me touche beaucoup, lui dit Kate. Quelquefois, je rêve que c'est moi qui l'ai tué. Et à mon réveil, je me demande si c'était vraiment un rêve, si ce n'était pas un souvenir.

Corso mit deux cuillerées de Colombie soluble dans la cafetière et versa de l'eau bouillante dessus.

— Rêvez tant que vous voudrez, dit-il en souriant. Moi, je sais que vous ne l'avez pas tué. Il ne nous reste plus qu'à le prouver.

— Vous avez raison, mais comment ?

Corso lui exhiba la liasse de photocopies qu'il avait ramenées de la bibliothèque. Toutes les coupures de presse qu'il avait pu rassembler sur W.W.I. et les organophosphorés. Beaucoup de travail pour rien, en somme.

— Chaque chose en son temps, dit-il.

20

— C'EST QUOI, cette histoire de Café Polonais ? demanda
Webb.

A son grand dam, l'équipe qu'il dirigeait était désormais
réduite à cinq membres. Outre lui-même, John Adams et
Carol Tanner, elle se composait d'un jeune inspecteur du
nom de Philip Nairn et d'une secrétaire. Nairn passait le
plus clair de son temps à suivre Joanna Randall dans tous
ses déplacements, sur lesquels il pondait des rapports
d'une monotonie exaspérante.

— Elle s'y arrête de temps en temps pour boire un café.

— Elle parle avec quelqu'un ?

— Si elle parlait avec quelqu'un, je l'aurais indiqué, dit
Nairn d'une voix où perçait une pointe d'agacement.

Webb releva brusquement les yeux.

— Ne soyez pas insolent.

— Excusez-moi, patron, mais...

— Je ne vous ai pas demandé si elle avait *rendez-vous* avec
quelqu'un. Je vous ai demandé si elle *adressait la parole* à
quelqu'un. Une personne qu'elle verrait tous les jours, avec
qui elle échangerait des salutations d'usage.

— Elle commande un café et elle le boit, c'est tout.

— Vous entrez dans la salle ?

— Non, je passe devant et j'attends qu'elle ressorte. Je
me suis arrangé avec un marchand de journaux. Il trouve
que c'est encore plus captivant qu'à la télé.

— Quoi d'autre ?

— Elle emmène son lardon à l'école, elle va donner ses

259

cours, puis elle retourne le chercher. Quelquefois, en sortant de l'université, elle fait un saut au supermarché. Les jours où ses cours durent plus longtemps, le gosse va chez la mère d'un de ses camarades de classe, où elle passe le prendre plus tard. Elle le ramène à la maison, lui prépare à dîner, lui fait prendre son bain...

— Bon, ça va, j'ai compris, dit Webb en parcourant des yeux une liste de numéros de téléphone. Sa sœur l'a appelée. Elle est tombée sur le répondeur.

John Adams, assis au bureau voisin, vérifiait les résultats de leur dernière campagne d'affichage sur Kate Randall.

— Ah bon, elle a fait ça ? dit-il. Première nouvelle.

— On vient de me remettre le compte-rendu d'écoutes, expliqua Webb.

— Elle a laissé un message ? demanda Adams.

— « C'est moi. Je vais bien. »

— C'est tout ?

— Elle appelait d'un portable, dit Webb. Où est-ce qu'elle s'est procuré un portable ?

— Elle a dû le faucher, dit Nairn. Rien de plus facile. Ces trucs-là, ça part encore plus vite que les autoradios. Pourquoi perdre son temps à chercher une cabine ? On peut discuter une heure avant que la compagnie du téléphone n'y mette le holà.

— Et puis comment peut-elle dire qu'elle va bien ? s'exclama Webb. Qu'est-ce que c'est que ces conneries, merde ?

Après avoir essuyé d'un revers de la main les postillons dont il s'était aspergé le menton, il ajouta :

— Moi, je ne vais pas bien. Mais alors pas bien du tout.

« *Je vous appelle au sujet du Neophos X-9. Produit dont vous savez tout, j'en suis sûre. Tim Farnol était au courant de tout, lui aussi. J'en sais autant que lui à présent. Je voulais simplement vous en informer.* »

Beverley Ho n'avait pas quitté Larry Packer des yeux pendant qu'il écoutait la bande.

— Vous reconnaissez la voix ? lui demanda-t-elle.

— Non, mais je sais qui c'est.

— Ne me le dites pas.

— Je n'en avais nullement l'intention.

— L'affaire est-elle grave ?

— Elle est assez préoccupante, je ne vous le cache pas.

Beverley Ho le fixait toujours des yeux. Elle hocha la tête.

— Vous avez raison, dit-elle, il vaut mieux être franc. En entendrai-je encore parler ?

— Ça m'étonnerait.

— Je ne le souhaite pas.

— Bien entendu.

— De quoi Tim Farnol est-il mort ?

— Les journaux ont parlé d'une crise cardiaque.

— Je lis les journaux.

— Il s'est passé une corde autour du cou, s'est enfoncé un godemiché dans le cul, s'est brisé une ampoule de nitrite d'amyle sous le nez et a plié les genoux pour que la corde se tende. A un moment donné, il a perdu pied. Au sens le plus littéral du terme.

Beverley Ho le dévisagea un instant en silence, puis elle dit :

— Vous me faites marcher ?

— C'est la pure vérité.

— Je viens de décrocher ce poste, Larry. Je le guignais depuis un bon moment. Il n'est pas question qu'on me fasse porter le chapeau. Vous me suivez ?

— Tout à fait.

— Chacun s'arrange à sa manière. Des arrangements, tout le monde en fait.

Elle avait repoussé en arrière son fauteuil en cuir noir. Quand elle le faisait basculer, ses épaules reposaient sur la vitre épaisse d'une large baie à travers laquelle Packer distinguait des champs, une autoroute et un ciel immense, d'un bleu céruléen. Beverley Ho croisa les jambes et se retourna pour regarder passer un vol d'étourneaux.

Sa jupe se souleva et Packer observa avec intérêt le mouvement de ses cuisses. Elle était de petite taille et même un peu courtaude. Si Larry Packer avait été juge à un concours de beauté, il ne lui aurait certes pas attribué le premier prix. Plusieurs générations d'unions mixtes n'avaient pas suffi à effacer toutes les traces de son atavisme rural. Mais c'était une femme puissante ; elle avait du pouvoir et savait s'en servir. Elle était ambitieuse, intelligente, et n'avait pas froid aux yeux. On n'aurait pu dire d'elle qu'elle avait gravi les échelons à la force du poignet ; son aisance naturelle était trop grande. Beverley Ho était née pour gagner. L'odeur qui émanait d'elle, plus stimulante que toutes les phéro-hormones du monde, ne pouvait qu'échauffer le sang d'un homme comme Packer. Il essaya d'élaborer dans sa tête un petit fantasme. Beverley Ho à plat ventre sur son bureau, le cul en l'air, tournait la tête vers lui et lui disait : « Viens, Larry, mets-la-moi ! » Mais le fantasme refusait obstinément de prendre corps.

— Vous est-il arrivé de travailler pour une compagnie pétrolière ? lui demanda-t-elle.

Ses yeux s'étaient reposés sur lui. Ils ne cillaient toujours pas.

— Non, jamais.

— Et pour l'État ?

— Non plus.

— On doit faire des arrangements, je le sais bien. Je ne tarderai pas à en faire moi-même. Mais les miens ne compromettront la position de personne. Vous voyez ce que je veux dire ?

— Très bien. Vous ne...

— Je ne veux pas entendre parler des arrangements de mes prédécesseurs.

— D'accord, Beverley.

— Surtout des arrangements de cette nature.

— Entendu. J'ai compris.

— Je ne veux pas qu'on me dise un mot des arrangements que quiconque avait pu conclure avant mon arrivée ici. Je veux que tout ça soit effacé. Ne revenez pas me voir tant que cette affaire n'aura pas été définitivement réglée.

Elle arracha la cassette du répondeur et la poussa violemment vers Packer.

— Je ne veux pas savoir qui est cette femme. Je ne veux pas savoir ce qu'elle veut.

Packer empocha la cassette et se dirigea vers la porte.

— A votre avis, quelle sensation recherchait-il ? lui

demanda Beverley Ho. Qu'est-ce qui se produit quand on s'étrangle avec un godemiché dans le cul ?

— Le seul moyen de le savoir, c'est d'essayer, répondit-il.

Armée de son portable et d'un annuaire du téléphone, Kate gagna le parc voisin et appela tous les Naylor de Londres. Elle fit chou blanc sur toute la ligne. Elle composa le numéro de W.W.I. et demanda le service du personnel. On lui passa une charmante jeune personne qui lui annonça que M. Naylor n'était plus employé par la société.

— Pourriez-vous me donner son numéro personnel ? demanda Kate.

— C'est impossible, je regrette.

— Mais puisqu'il ne travaille plus pour vous... ?

— La règle n'en reste pas moins valable.

— Pourriez-vous l'appeler de ma part ?

La charmante jeune personne marqua un temps avant de répondre :

— Je n'y suis pas autorisée non plus.

— Je vois. Les Naylor ont changé d'adresse, vous comprenez. Ce sont de vieux amis, mais je ne les vois que quand je suis de passage à Londres. Je reviens de voyage, j'ai des cadeaux pour eux. J'espérais que...

— Je comprends, mais...

— Enfin, ça ne fait rien, dit Kate. Je les verrai une autre fois. Peut-être que Len m'écrira.

— De toute façon, dit la charmante jeune personne, vous ne pourrez pas contacter M. Naylor.

— Que voulez-vous dire ? fit Kate, feignant la perplexité.

La charmante jeune personne lui donna un numéro et ajouta :

— Je suis navrée.

— Pourquoi êtes-vous navrée ? demanda Kate d'un ton mi-étonné mi-inquiet.

— Ne dites à personne que je vous ai donné ce numéro.

— Ne vous en faites pas pour ça.

— Je suis vraiment navrée.

Kate composa le numéro et tomba sur un inconnu qui lui apprit qu'Amy Naylor et ses enfants avaient déménagé.

— C'est nous qui habitons la maison à présent, lui expliqua-t-il, comme si elle avait su qui il était.

Il ne fit aucune difficulté pour lui donner le nouveau numéro d'Amy Naylor.

Corso ramena des plats cuisinés indiens, du vin de Californie et une brassée d'articles sur les organophosphorés destinés à endormir la méfiance de Kate. Tandis qu'il s'activait dans la cuisine, Kate essaya d'engager la conversation avec lui, mais il ne répondait que par monosyllabes. Elle lui demanda si quelque chose n'allait pas et il prétendit qu'il avait mal au crâne. Son mal de crâne à lui ne s'appelait pas Beverley Ho, mais Larry Packer. Il venait d'avoir un assez long entretien avec lui dans un bar de Mayfair. Ils s'étaient installés à une discrète table d'angle, au milieu d'une foule d'employés de bureau qui braillaient et gesticulaient, protection on ne peut plus efficace quand on a des confidences à échanger.

— La situation devient intenable, lui avait dit Packer.

— C'est de votre situation que vous parlez ?

— Bien sûr ! C'est moi qui suis dans la merde, pas Mickey Mouse !

Packer vida son verre d'un trait et essaya d'attirer l'attention d'un garçon qui fit mine de ne pas le voir.

— Je vous avais donné une semaine, dit-il.

— C'est exact. Il me reste cinq jours.

— Cette fille devient dangereuse. Non seulement elle en sait trop, mais elle s'est mise à passer des coups de fil.

— Quels coups de fil ?

— Elle a appelé Beverley Ho.

— Vous parlez de Kate Randall ?

— De qui croyez-vous que je parle ? Du père Noël ?

— Qu'est-ce que vous voulez que je fasse ?

Packer fit de nouveau signe au garçon, qui cette fois lui tourna carrément le dos.

— Je ne veux pas de bombe à retardement, dit-il. Je ne tiens pas à ce qu'une mine explose sous les pieds de Beverley Ho après la fin des hostilités.

— Vous voulez une assurance tous risques ?

264

— Exactement. Il faut régler le problème Kate Randall une bonne fois pour toutes. Vous y voyez un inconvénient ?

— Chaque chose en son temps, dit Corso.

— Quelle est votre méthode ? Comment allez-vous vous y prendre pour la faire craquer ?

— Affaire de confiance, d'ennui et de peur.

— Quoi ? fit Packer.

Visiblement, il n'y entravait rien. Il ne comprenait pas non plus pourquoi le garçon l'avait dans le nez.

— Elle a besoin d'action, comme vous, lui expliqua Corso. Il faut qu'il se passe quelque chose. Pour l'instant, elle est entre deux eaux, rien ne bouge. Je suis son seul espoir. D'ici peu, elle me fera confiance sur toute la ligne. Il faudra bien qu'elle compte sur moi, puisqu'elle n'a personne d'autre sur qui compter.

— Et si elle ne vous en dit pas plus... ?

— C'est qu'elle n'aura rien de plus à me dire.

— Dans une semaine, vous en aurez le cœur net ?

— C'est vous qui m'avez imposé une date butoir. Vous êtes le chef, je me suis incliné.

Le garçon passa à côté de leur table, le regard ailleurs. Packer se dressa brusquement et se mit en travers de sa route.

— Apportez-moi un Dewar's avec des glaçons, dit-il. Sur-le-champ. Vous versez du Dewar's dans un verre, vous ajoutez une poignée de glaçons et vous me l'apportez toutes affaires cessantes. Si ce n'est pas trop vous demander.

Le garçon perçut une lueur inquiétante dans son regard. Il hocha affirmativement la tête.

— Si je comprends bien, ça commence à chauffer pour vous, dit Corso.

— Vous ne pourriez pas activer un peu le mouvement ?

— Comment ça ?

— La cuisiner ?

— Que voulez-vous dire ?

Packer avait une sacrée pépie. Et ce salaud de garçon ne se décidait toujours pas à lui amener à boire.

— La bousculer, quoi.

Corso poussa un gros soupir.

— Ça ne ferait pas avancer les choses, dit-il. C'est ce que vous voulez ?

— Vous y seriez prêt ?

— Je ne crois pas, dit Corso. En tout cas, pas comme vous l'entendez.

Le garçon se matérialisa de nouveau et posa le Dewar's sur la table.

— Il était temps, dit Packer. Je croyais que vous étiez un pro, ajouta-t-il à l'intention de Corso.

— Vous n'êtes pas satisfait de mes services ? demanda ce dernier d'une voix glaciale.

— Ne le prenez pas comme ça, dit Packer. Je ne voulais pas vous vexer.

Après être sortis du bar, ils restèrent un moment côte à côte au bord du trottoir, guettant un taxi en maraude, en s'ignorant ostensiblement.

— Pendant nos tournées, on mange du curry à presque tous les repas, dit Kate.

— Aux États-Unis, les mets épicés sont rares, dit Corso. A part la bouffe mexicaine, bien sûr. Quand le chili est bien assaisonné, il arrache les tripes. Vous parlez des tournées du quatuor, je suppose ?

— Oui, mais seulement des tournées en Angleterre. En France, on mange dans des McDo.

— C'est une blague ?

— Bien sûr.

— Un peu plus, j'y aurais cru. Vous aimez ça ?

— Les tournées ?

Kate haussa les épaules, avala une gorgée de bière.

— Je n'aime pas les trains et les avions. Par contre, j'aime me retrouver face à un public nouveau. Et puis, j'adore les hôtels. Il y a des soirs où on joue bien, d'autres pas. Mais quoi qu'il arrive, les gens sont contents. Je ne sais pas pourquoi. Si on joue comme des dieux et qu'ils applaudissent à tout rompre, c'est agréable. Mais quand on joue tout juste passablement et qu'ils applaudissent avec autant d'enthousiasme, on a envie de les tuer.

Corso jubilait. Elle lui faisait des confidences, s'épanchait naturellement. La tête penchée au-dessus de son assiette, elle mastiquait posément ses aliments, s'interrompant à peine entre deux bouchées. A la lueur du plafonnier, ses cheveux courts lui ombraient les joues comme d'une dentelle.

Ce coup-ci, je suis sur la bonne voie, se dit Corso.

— A nous quatre, nous formons une belle équipe, continua Kate. Nuala Phillips, Annie Forrester, Victoria Pedrales, Kate Randall. (On aurait dit qu'elle lisait les noms sur une affiche.) On se marre bien ensemble. Les altistes boivent sec, vous savez. On dirait que ça va avec l'instrument.

Tout à coup elle leva la tête et lui sourit, comme si un souvenir agréable venait de lui remonter à la mémoire. C'était la première fois qu'elle lui souriait pour de bon, spontanément, sans aucune affectation. Corso se dit que c'était un heureux présage.

Kate se mit au lit avec son verre de vin. Dans l'état où elle était, elle n'aurait pas été capable de lire, mais elle n'avait pas sommeil non plus. Corso poussa la porte de la chambre et s'arrêta sur le seuil, son propre verre dans une main, la bouteille presque vide dans l'autre.

— Demain, vous sortirez aussi ?

— Vous vous faites du souci pour moi.

— Pourquoi prendre de tels risques ?

— Je n'ai plus la même tête. J'ai vu ma photo sur une affiche. Je suis méconnaissable. Du reste, tout le monde s'en fiche. Les journaux m'ont reléguée en dernière page.

— C'est risqué quand même.

Elle était à deux doigts de lui parler des mémos, de Leonard Naylor, de sa maladie, de son accident. De lui dire qu'elle avait envoyé un double du document à Stuart Donnelly, qu'elle en avait caché plusieurs copies dans un casier de consigne. Elle disposait d'une véritable piste à présent, il fallait qu'elle rassemble des indices, et seule ça n'allait pas être de la petite bière. Elle aurait eu besoin d'un ami sûr. Mais dans son esprit, l'image d'un *ami sûr* se superposait mal à celle de Robert Corso. Non, décidément, ça ne collait toujours pas.

— Vous avez raison, dit-elle. Mais il faut qu'il se passe quelque chose.

— Soyez patiente, dit-il. Faites-moi confiance.

Il voyait bien que sur ce plan-là, la partie n'était pas tout à fait gagnée. Mais elle était sur le point de tout lui déballer ; visiblement, ça lui brûlait la langue. Il lui sourit, s'avança vers elle et versa le reste du vin dans son verre.

— Un dernier verre avant l'extinction des feux, dit-il.

Kate eut un large sourire, comme si les libations au lit avaient toujours été pour elle un plaisir défendu.

— Il faut que ça bouge, dit-elle. Que comptez-vous faire ?

— Voir du côté de W.W.I. Trouver le défaut de l'armure.

— Je ferais peut-être mieux d'arrêter les frais.

— Vous voulez dire fuir ?

— Ou au moins essayer.

— Où iriez-vous ?

Le visage de Kate se rembrunit et elle posa son verre de vin sur la table de nuit.

— C'est vrai, dit-elle. Où irais-je ? Et qui serais-je en arrivant là-bas ?

Corso se pencha sur elle et l'embrassa à pleine bouche. Elle esquissa un mouvement de recul, mais il lui effleura la main de la joue ; elle s'immobilisa, comme si son geste l'avait apaisée, et s'abandonna à son baiser. Elle fit même plus que de s'abandonner – elle y répondit.

Corso pensait à ce qu'elle avait failli lui dire, au secret qui lui brûlait la langue. Il en éprouva même, fugacement, le goût.

Il se dirigea vers la porte et Kate le regarda sortir, quelque peu abasourdie.

Le lendemain, Corso ne sortit qu'au début de l'après-midi. S'agissait-il simplement de tenir compagnie à Kate, ou espérait-il qu'elle allait passer aux aveux ? Cette fois, ce fut elle qui joua les ménagères. Elle fit du café, une omelette, une salade. Après le départ de Corso, elle s'accorda une heure de battement, précaution sans doute inutile puisqu'elle n'avait pas la moindre idée de l'heure à laquelle il rentrerait. Elle prit le métro jusqu'au bout de la ligne, puis continua en autobus.

Amy Naylor habitait une de ces banlieues prospères où les voitures d'une propreté immaculée s'alignent de part et d'autre de larges avenues tranquilles. Elle vint ouvrir la porte elle-même, une fillette de trois ans dans les bras.

— Je voudrais vous poser quelques questions sur W.W.I., lui dit Kate.

Amy Naylor la fit entrer et lui proposa du café, qu'elles burent en tête-à-tête dans le living. La pièce était encombrée de jouets. La veuve de Leonard Naylor avait dû être jolie autrefois, mais la graisse lui avait empâté les traits. Elle s'accommodait visiblement mal de ses hanches alourdies, de ses seins trop plantureux. Sa bouche avait pris un pli amer. Les commissures en tombaient tellement que les relever pour rire devait lui coûter un terrible effort.

— Les organosphosphorés, je n'y connais rien, expliqua-t-elle. Tout ce que je sais, c'est que Len s'en occupait.

— La presse en a parlé pourtant.

— Votre journal en a parlé ?

— Je ne travaille pas pour un journal. Je suis free-lance. Spécialisée dans les questions d'environnement.

Kate n'avait pas de peine à se mettre dans la peau du personnage. La fréquentation de Michael lui en avait assez appris.

— D'ailleurs, ce n'est pas aux organophosphorés que je m'intéresse. Je sais déjà tout à leur sujet. Ce qui m'intéresse, c'est W.W.I.

— Ah bon ? Pourquoi ?

— W.W.I. produit et distribue un organophosphoré qui s'appelle le Neophos. Votre mari avait participé à sa mise au point.

— Il était ingénieur chimiste. Ça faisait partie de son travail.

— Je n'ai rien à lui reprocher. J'ai besoin de certains renseignements, c'est tout.

— Je ne vois pas comment je pourrais vous les fournir.

— Votre mari était-il en conflit avec W.W.I. ?

— En conflit ?

— Est-ce qu'il s'était disputé avec ses employeurs ?

— Pourquoi se serait-il disputé avec eux ?

— Je le tiens d'un de ses anciens collègues, qui a quitté

269

la société. Il m'a dit que M. Naylor était à couteaux tirés avec la direction de W.W.I. A cause du Neophos, justement.

— Je ne suis pas au courant. Len ne m'en a jamais parlé.

— Pourtant, je ne l'ai pas inventé.

— Il ne m'en a jamais rien dit.

— Quand il est mort..., commença Kate.

Les traits de madame Naylor se contractèrent brusquement. On aurait dit qu'elle venait de déceler une fuite de gaz.

— Excusez-moi, dit Kate. Vous avez encore du mal à en parler, bien sûr.

— Un peu. Pour quel journal travaillez-vous en ce moment ?

— Aucun. Je prépare un article sur les dangers de l'industrie chimique. Quand j'aurai rassemblé suffisamment de données, je le proposerai à un journal.

— Vous ne passez jamais à la télé ?

Kate flaira le danger.

— Rarement, mentit-elle.

— J'ai l'impression de vous avoir déjà vue quelque part.

— C'est possible.

— Oui...

Le regard de madame Naylor se posa sur elle et se détourna aussitôt. Un signal d'alarme retentit dans la tête de Kate. Un frisson glacé lui remonta le long de l'échine et ses jambes se mirent à lui picoter ; pour un peu, elle aurait pris ses jambes à son cou.

La fillette s'approcha en trottinant de sa mère et se nicha la tête au creux de ses cuisses, comme si elle avait voulu jouer à cache-cache. Madame Naylor lui caressa les cheveux et au bout de quelques instants elle s'endormit. Sa mère la prit dans ses bras, se leva et sortit de la pièce.

Kate se demanda s'il valait mieux s'esquiver pendant que Mme Naylor mettait sa fille au lit, ce qui n'aurait fait que confirmer ses éventuels soupçons, ou attendre son retour, en risquant le tout pour le tout. En fin de compte, elle décida de rester. Elle s'approcha de la bibliothèque et fit mine de déchiffrer les titres, dans l'espoir que ça lui donnerait l'air dégagé.

Elle devina un mouvement derrière elle et se retourna

juste à temps pour apercevoir Mme Naylor qui se précipitait sur elle, un bras levé au-dessus de la tête. Elle brandissait un vase en faïence, qu'elle tenait fermement par le col. Elle le fracassa sur le crâne de Kate, qui perçut le bruit du vase volant en éclats, accompagné d'une sorte de battement de tambour assourdi qui venait du fond de sa tête. Il lui sembla que la pièce se rétractait, comme aplatie par une puissante force centrifuge ; couleurs et objets se mirent à danser comme dans un kaléidoscope.

Kate s'affala vers l'avant, essayant de se raccrocher aux bras d'Amy Naylor, à sa taille, à ses cuisses, pour ne pas tomber. Mme Naylor recula d'un pas et Kate s'effondra, tête en avant. Quand son nez entra en contact avec le sol, elle se redressa machinalement. A genoux, les deux mains à plat sur la moquette, elle secoua la tête. Aussitôt, la jupe de Mme Naylor se couvrit d'une myriade de minuscules points rouges. Amy Naylor dit quelque chose, mais ses paroles se perdirent au milieu du tambourinement sourd qui résonnait inexorablement sous le crâne de Kate.

Elle regarda autour d'elle, mais elle n'arrivait pas à distinguer le contour des objets. Quelques secondes s'écoulèrent – ou quelques années. Sa tête s'éclaircit un peu, et le sens de l'ouïe lui revint partiellement, comme si elle venait de remonter à la surface après un plongeon très profond. La voix d'Amy Naylor parvint à ses oreilles ; elle venait d'une autre pièce. Son débit était rapide, saccadé ; apparemment, elle parlait au téléphone. Ensuite, ses pas claquèrent dans l'escalier. A l'étage, une porte se referma brutalement et un verrou grinça.

La pièce dansait autour de Kate. A la fin, le tournoiement cessa. Elle se hissa debout tant bien que mal, en prenant appui sur l'une des étagères de la bibliothèque. Elle se dirigea d'un pas chancelant vers le vestibule, puis sa démarche se raffermit et elle parvint à avancer en ligne droite jusqu'au téléphone. Elle décrocha le combiné et appuya sur la touche *bis*. Le numéro qui s'afficha sur l'écran de contrôle était le triple 9 de police secours. Elle raccrocha au bout de deux sonneries.

Un grand silence s'était abattu sur la maison. Kate se campa face au miroir de l'entrée et ne vit d'abord qu'une silhouette floue, emperlée de petites taches rouges. A la fin, elle arriva à distinguer son visage. Elle avait les cheveux pleins de sang. Elle avisa un foulard posé sur la rampe de l'escalier, s'en empara, s'essuya la joue avec. Ensuite elle le plia en triangle, s'en entoura la tête et se le noua sous le menton. Elle voyait le reflet de la porte d'entrée dans le miroir, mais elle mit un long moment à comprendre qu'il fallait se retourner pour lui faire face. Elle se retrouva dehors, marchant le long d'une avenue, puis assise à l'étage d'un autobus à impériale, dont le seul autre occupant était un pochard endormi. Elle ferma les yeux, se demandant ce qu'elle faisait là, où elle allait. Elle avait le cœur au bord des lèvres et la tête lui tournait.

Combien de temps dormit-elle ? Elle n'aurait su le dire. Entre-temps, l'autobus s'était rempli. A son réveil, elle avait le côté du visage pressé contre la vitre ; l'écharpe lui collait à la joue. Elle la dégagea avec une grimace ; plusieurs passagers jetèrent de rapides coups d'œil dans sa direction. Un homme remonta l'allée pour s'asseoir sur le siège libre à côté d'elle. Elle se leva et se dirigea vers la plate-forme, à petits pas précautionneux. Elle descendit à l'arrêt suivant, et se retrouva dans un quartier qu'elle ne reconnut pas. Elle avança au hasard le long d'une rue commerçante très animée, s'arrêtant à une devanture et feignant d'en admirer le contenu chaque fois que son estomac se soulevait ou que ses jambes menaçaient de s'effacer sous elle. La tête en feu, les tempes battantes, elle étudiait les bagues en platine, les salle de bains rutilantes et les mixers chromés comme une future mariée dressant mentalement sa liste de mariage.

Tout à coup, il se mit à pleuvoir. Une rafale subite balaya le trottoir et Kate sentit la pluie sur son visage. Elle se passa les doigts sur la joue, les regarda. Ils étaient couverts d'un liquide rougeâtre. Quelqu'un lui demanda : « Ça ne va pas, mademoiselle ? » et elle hocha négativement la tête avec un large sourire. Elle n'osait pas parler, craignant que sa voix refuse de lui obéir. Après avoir esquivé de la même façon deux autres passants qui s'inquiétaient de son état, elle entra dans un pub et mit aussitôt le cap sur les toilettes. La pluie lui avait éclairci les idées, mais à présent elle était transie de froid. Elle était vêtue d'une veste en toile, d'un jean et d'un tee-shirt. Le haut de sa veste et le bas de son jean étaient trempés. Elle s'examina dans la glace ; son fichu lui donnait l'air ridicule. Elle l'ôta et sentit deux petits ruisseaux de sang lui couler jusqu'au menton. Elle s'essuya les joues avec l'écharpe, puis la roula en boule et se la plaça sur l'occiput dans l'espoir d'enrayer l'hémorragie.

Une femme entra dans les toilettes, lui jeta un coup d'œil distrait et disparut dans l'une des stalles sans faire le moindre commentaire. Peut-être que c'est un quartier où on est habitué à ces choses-là, se dit Kate. Elle cessa de se comprimer l'occiput avec l'écharpe, et attendit encore quelques minutes. Elle avait mal au crâne et les cheveux humides, mais le sang ne coulait plus. Elle entra dans une stalle et s'assit, mais dès que ses muscles se décontractèrent sa vision se brouilla et le monde se remit à tourner autour d'elle. Elle se pinça le gras du bras, les seins, les cuisses, le dos des mains : la douleur, brève et aiguë, la faisait hoqueter. Sa seule idée à peu près claire était : « Jamais je ne me suis sentie aussi mal. » Elle n'avait qu'une envie : dormir.

Elle ressortit du pub et comprit qu'elle n'aurait pas la force d'errer longtemps sous la pluie. Dix minutes plus tard – soit déjà huit de trop – elle tomba sur une salle de cinéma et s'acheta un billet. Il était un peu plus de six heures. Même en sautant dans un taxi, elle n'aurait eu que très peu de chances de rentrer avant Corso et de lui dissimuler son état.

Amy Naylor savait qu'elle avait fait une bêtise. La panique lui avait fait perdre la tête. Assise sur le canapé du salon, à la place que Kate avait occupée tout à l'heure, elle débita un tissu de sornettes au sergent-inspecteur Nick Willis.

— Je ne sais pas comment cette femme s'est introduite chez moi, lui dit-elle.

— Vous l'avez frappée ?

— J'avais peur pour ma petite fille. Elle a trois ans. Elle dormait à l'étage.

— Vous n'y avez pas été de main morte, on dirait.

273

Willis secoua la tête. Au pied de la bibliothèque, la moquette était constellée de sang.

— Je ne faisais que me défendre. D'ailleurs, elle s'est enfuie. Sa blessure ne doit pas être trop grave, puisqu'elle s'est enfuie.

Mme Naylor s'était changée. Sa jupe ensanglantée était dans la salle de bains, cachée au fond du panier à linge.

— N'empêche, je regrette de lui avoir fait ça.

Willis ouvrit son calepin et la pria de lui décrire l'intruse. Amy Naylor dressa le portrait d'une femme entre deux âges, de petite taille, assez trapue, aux cheveux châtains. Elle portait du rouge à lèvres fuchsia et il lui manquait une dent, précisa-t-elle, en se disant que la dent en moins était une heureuse trouvaille.

Willis lui dit qu'il aurait peut-être quelques éclaircissements à lui demander. Après son départ, Mme Naylor monta à l'étage et s'assit au chevet de sa fille endormie. Elle pensa aux questions que Kate lui avait posées. Des questions dangereuses. Tellement dangereuses qu'elles lui avaient fait perdre son sang-froid.

Elle caressa les cheveux de la fillette. La seule chose au monde qui lui importait, c'était son enfant. Pour la défendre, elle était prête à tout.

Des lumières éblouissantes défilaient sur l'écran. Kate avait mal aux yeux. En dehors d'elle, il n'y avait qu'une douzaine de spectateurs dans la salle. Elle était assise tout au fond, le buste penché en avant, la tête mollement appuyée au dossier d'un siège de l'avant-dernier rang. Peu à peu, le sommeil l'envahissait de sa vague silencieuse. D'abord, une espèce de crainte imprécise la retint d'y céder, puis elle s'y abandonna. A son réveil, un homme en tuait un autre dans une maison, dansant un étrange ballet avec un couteau, comme si l'histoire de la mort de Michael – la vraie – s'était déroulée sur l'écran.

Kate se couvrit les yeux d'une main, mais les images persistèrent. Un homme, un couteau à la main. Elle s'efforça de faire le point, mais la vision se brouillait sans arrêt. Peut-être qu'elle allait comprendre ce qui s'était passé... Qui était cet homme... Pourquoi il avait fait cela. C'était un homme, et il avait un couteau à la main. C'était sa seule certitude. Un bras se leva, s'abattit, et aussitôt elle reconnut le geste. Ce n'était plus celui de l'assassin poignardant Michael ; c'était son bras à elle, frappant Jeff. Elle le frappait, le regardait s'affaisser dans la boue. Sa douleur se confondit avec la sienne. Elle porta une main à sa tête, tâta du doigt la plaie béante de son crâne.

A présent, l'écran était noir et blanc ; neige et gel sur un fond de ciel ténébreux. Elle avait dû dormir une heure, si ce n'est plus. La scène du meurtre était déjà de l'histoire ancienne. En plissant les yeux, il lui sembla discerner une silhouette qui se déplaçait à travers l'immense banquise déserte, venant vers elle. Un soleil d'une blancheur aveuglante brûlait au milieu d'un ciel transparent et dur. L'homme avançait toujours, mais Kate ne distinguait qu'une silhouette floue, brouillée par la neige ou les lignes grises et vacillantes des parasites.
Elle s'aperçut qu'elle parlait, sans entendre ce qu'elle disait. Le sommeil s'insinuait en elle, comme un narcoleptique instillé goutte à goutte. Dix minutes plus tard, le bruit de la bande-son la ranima. La banquise était toujours là, mais des gens zigzaguaient à travers, se déplaçant dans tous les sens, comme les pièces d'un jeu d'échecs. Tout à coup, elle se mit elle-même en mouvement, comme si elle avait voulu escalader l'écran pour se joindre à eux, aller et venir parmi eux, au petit bonheur la chance, puisque telle était sa vie désormais.

Elle déambula au hasard dans les rues, qui étaient plongées dans l'ombre à présent, et plus bruyantes que jamais. Personne ne faisait attention à elle. Elle n'était qu'une âme égarée parmi tant d'autres, une zombie anonyme.
Son instinct lui criait : Danger, danger ! Si tu t'écroules, quelqu'un appellera une ambulance. Le médecin de garde verra ta blessure, il préviendra la police, et le commissaire Webb ne tardera pas à faire son apparition. Ces idées lui traversaient l'esprit, mais elle n'arrivait pas à s'y accrocher assez longtemps pour se pénétrer vraiment de leur sens. Les réverbères et les fenêtres encore éclairées projetaient

sur les trottoirs des lueurs phosphorescentes qui lui rappe-
lait celles de la banquise du film. Elle s'imagina surgissant
du fond de l'horizon, avançant pas à pas vers le bord de
l'écran, le franchissant pour pénétrer dans une autre étendue neigeuse, aussi immense que la précédente.

Au bord de la Tamise, elle s'arrêta et se laissa tomber
sur un banc. Comment était-elle arrivée là ? Elle n'en avait
pas la moindre idée. Les reflets du fleuve dansaient sous
ses paupières ; chaque point lumineux la piquait comme
une aiguille. Elle dormait, et personne ne se demandait ce
qu'elle faisait là. Comme les personnages du film, les passants allaient et venaient, animés d'incompréhensibles ins-
tincts. Une femme titubant dans la rue, assoupie sur un
banc, sous la pluie... elle était invisible.

Qui sait ? Elle arriverait peut-être à parcourir un ou deux
kilomètres de plus. La pluie tombait plus dru à présent.
Courbant le dos, Kate affrontait l'averse. Il lui semblait que
son crâne fendu béait à tous les vents.
Tout autour d'elle, des passants allaient et venaient en
silence, parapluie à la main, col relevé jusqu'au menton.
Deux kilomètres, à tout casser, se disait-elle. Là-dessus, un
homme émergea de la foule et fondit sur elle, comme s'ils
avaient été les deux seuls êtres vivants de cette rue, comme
s'il l'avait aperçue de très loin et avait bifurqué pour l'inter-
cepter depuis l'autre extrémité de la banquise, leurs pistes
respectives se dirigeant vers une intersection où ils allaient
fatalement se rencontrer, à l'endroit précis où...

... elle atteignit la limite extrême de la banquise, au
moment précis où elle allait s'abîmer dans le gouffre obscur auquel elle aboutissait, où elle se serait abîmée à tout
jamais si ses mains ne l'avaient pas arrêtée in extremis, si
ses bras ne s'étaient pas refermés sur elle, s'il n'avait pas
crié son nom comme pour la sommer de revenir à la vie.

21

— V<small>OUS ÉTIEZ</small> pratiquement rendue, lui dit Corso.
— Où étais-je ?
— Dans la rue, en bas de chez moi. Je vous ai vue par la fenêtre.
— Comment suis-je arrivée jusqu'ici ?
— Ça, ce serait plutôt à vous de me l'expliquer.
— Je croyais que j'étais complètement ailleurs.
— En un sens, c'était vrai. On ne voyait plus que le blanc de vos yeux.

Pour toute réponse, Kate se contenta de balbutier :
— J'ai envie de vomir.

Il s'agenouilla à côté d'elle et lui passa un bras autour des épaules. On aurait dit deux pénitents. Kate s'efforça en vain de rendre, puis elle fut prise de faiblesse. Si Corso n'avait pas été là pour la soutenir, elle ne serait sans doute jamais arrivée à se traîner jusqu'au lit. Il la fit asseoir sur son séant, nettoya sa blessure, la pansa. La plaie était superficielle, mais le cuir chevelu enflé et bleuâtre lui faisait craindre le pire.

Il la veilla toute la nuit, craignant qu'elle ne sombre dans le coma ou ne se remette à vomir. Elle marmonna dans son sommeil, mais ses paroles étaient incompréhensibles. On aurait dit du morse.

Où étais-tu ? Que sais-tu ? Corso aurait aimé lui poser ces questions, résoudre enfin l'énigme.

Sous leurs paupières closes, les yeux de Kate bougeaient sans arrêt. Ses mains s'agitaient comme des ailes. Elle était

277

sur la banquise, au milieu d'une foule nombreuse, mais personne ne la voyait, personne ne l'entendait, personne ne criait son nom.

Kate dormit trente-six heures d'affilée, n'émergeant que de loin en loin, poursuivie par les mêmes rêves, dans lesquels elle effectuait toujours le même périple. Corso la veilla nuit après nuit, ne se laissant aller au sommeil que quand celui de Kate semblait presque paisible.

Au matin du troisième jour, quand la lumière qui entrait à flots par la fenêtre et la lointaine rumeur de la circulation le réveillèrent, Kate le regardait, un grand sourire aux lèvres.

— Je meurs de faim, lui dit-elle. Le petit déjeuner arrive bientôt ?

Ce jour-là, Corso ne quitta la maison que pendant une petite heure, le temps de faire quelques courses et de passer un coup de fil à Larry Packer.

— Putain, il était temps ! s'exclama ce dernier.

— Je touche au but, dit Corso.

— Peut-être, mais vous avez dépassé la date limite.

— Vous croyez que je ne le sais pas ? Je vous suggère de m'accorder un délai supplémentaire.

— Demandez toujours, on verra.

— Ne vous méprenez pas, dit Corso. Il ne s'agit pas d'une supplique, mais d'une simple suggestion. Si vous refusez de me l'accorder, je m'en fous, c'est votre affaire.

Mais à vrai dire il ne s'en foutait pas tant que ça. Il avait besoin d'un délai parce qu'il n'était pas prêt et parce qu'il voulait faire son travail comme il l'entendait. Du moins c'était ce qu'il se disait.

— Qu'est-ce qu'elle vous a raconté ?

— Qu'elle avait été voir un film histoire de tuer le temps et qu'on l'avait agressée à la sortie du cinéma.

— Qu'est-ce qui s'est passé en réalité ?

— Qui sait ? Peut-être qu'elle a été au cinéma pour de bon.

— Et mon cul, c'est du poulet ? dit Packer.

— Il y a des gens qui se font braquer tous les jours.

— Il y en a aussi qui se font frapper par la foudre, mais il paraît qu'elle ne tombe jamais deux fois au même endroit.

— Bon, je ne sais pas ce qui lui est arrivé. Tout ce que je sais, c'est qu'elle est sur le point de passer aux aveux. Elle me dira aussi comment elle a pris ce coup sur la tête, mais à mon avis ce n'est pas le plus important.

— J'ai promis à Beverley Ho que l'affaire serait réglée sous peu.

— Et ça ne va pas tarder, croyez-moi. Mais ce n'est pas moi qui décide, bien sûr. A vous de voir.

— Autrement dit, vous ne me promettez rien ?

— Les promesses, vous savez ce que c'est. On tire des plans sur la comète, et un beau matin on se réveille avec le cancer.

— De combien de temps avez-vous besoin ?

— Quelques jours, tout au plus.

— C'est un peu vague.

— Je ne peux pas être plus précis. Quelques jours, ce n'est pas le bout du monde.

— Bon, eh bien je m'en remets à vous, dit Packer. Je vous accorde toute ma confiance. J'espère que vous ne la décevrez pas.

— Comptez sur moi, dit Corso.

Je ne peux pas t'encadrer, Packer, se disait-il. Je n'ai jamais eu beaucoup de sympathie pour toi, mais tout à coup mon antipathie s'est muée en franche aversion. Tu n'es qu'une immonde crapule. Ça ne fait plus aucun doute à mes yeux.

Kate s'était remise de sa commotion cérébrale, mais les rêves la poursuivaient toujours. Certains tournaient autour de terreurs bien réelles : l'agonie de Michael, Jeff s'affaissant dans la boue. D'autres la ramenaient à la banquise peuplée d'ombres mouvantes. D'autres n'étaient qu'un kaléidoscope d'images et de faits remontés du tréfonds de son inconscient.

Elle rêvait qu'elle nageait dans l'océan et que des dauphins batifolaient autour d'elle. L'idée venait sans doute d'une émission sur la vie des animaux qu'elle avait regardée avec Corso la veille au soir. Il lui avait préparé à dîner et s'était assis sur le lit pour lui tenir compagnie pendant qu'elle mangeait. Ensuite, il s'était allongé à côté d'elle et ils étaient restés un long moment avachis devant la télé.

Pendant qu'elle nageait, les puissantes et agiles créatures passaient et repassaient, l'effleurant de leur rostre, et leur mouvement continuel créait un courant sous-marin qui la poussait vers le rivage. La mer était verte, profonde, mais ne lui inspirait aucune crainte. Quand elle émergeait des flots, Corso l'attendait, debout sur la grève. Il la prenait dans ses bras ; son corps était musclé, souple et dur à la fois, comme celui d'un dauphin. Il lui faisait l'amour...

Quand elle s'éveilla, il était debout au pied de son lit, la fixant du regard. Elle sentit son visage s'empourprer, mais ce n'était pas la gêne qui la faisait rougir ainsi.

— Je crois que nous en avons fait le tour, dit Corso. Nous n'arriverons pas à en savoir plus.

— Que devons-nous faire, à votre avis ?

— Si nous remettions la disquette à la police ? Elle prouve que Farnol est intervenu pour hâter la mise sur le marché du Neophos X-9, et qu'au moment où il a été tué Michael travaillait à un article qui risquait de faire des vagues. C'est déjà quelque chose.

— Moi, ça ne me suffit pas.

— Évidemment. Peut-être que vous avez raison. Peut-être que pour vous la fuite serait encore la meilleure solution.

— Où irais-je ?

— Je ne sais pas, moi. Aux États-Unis ?

— Où je ferais une deuxième carrière de violoncelliste en me faisant passer pour mon sosie ?

— Et si vous vous battiez ? Si vous affrontiez la justice ?

— La bataille est perdue d'avance, puisque j'ai pris la fuite.

— Ce n'est pas une raison pour vous condamner. Vous avez pris la fuite parce que vous êtes innocente

Kate hésita un instant avant de dire :

— S'il n'y avait que Michael... mais il y a autre chose.

Corso attendit la suite et, comme elle ne venait pas, il alluma la lumière, tira les rideaux et sortit de la chambre.

Il reparut au bout d'un moment, un verre de vin dans chaque main.

— Un petit verre ne vous fera sans doute pas de mal, dit-il.

— Il y a Jeff, lâcha-t-elle sans lui laisser le temps de terminer sa phrase.

Corso s'assit sur le lit et écouta son récit. Pendant qu'elle parlait, Kate ne le regarda pas une seule fois, mais il ne la quitta pas des yeux un instant.

— Est-ce que les flics savent ? lui demanda-t-il à la fin.

— Je ne crois pas.

— Mais vous n'en êtes pas sûre ?

— Non.

— Il est mort ?

Kate haussa les épaules et pinça les lèvres. Elle aurait bien voulu savoir ce qu'il était advenu de Jeff, mais l'incertitude valait peut-être mieux.

Corso se rapprocha d'elle et lui passa un bras autour des épaules.

— C'est un sacré fardeau à porter, dit-il.

C'était trop pour Kate. Des larmes lui jaillirent des yeux, et bientôt ce fut une vraie fontaine. Au bout d'un moment, ses sanglots s'apaisèrent et elle appuya sa joue contre l'épaule de Corso. Ensuite, levant les yeux sur lui, elle bredouilla :

— Qu'est-ce que je serais devenue sans... ?

Corso lui ferma la bouche d'un baiser. Il lui caressa la joue, puis laissa glisser sa main vers sa poitrine. Cette fois encore, il éprouva comme un goût de secret sur sa langue.

Elle portait un tee-shirt en guise de chemise de nuit. Corso saisit le bas du tee-shirt, le retroussa lentement et lui en couvrit la tête, afin de pouvoir la regarder sans être vu d'elle. Jamais elle ne s'était sentie aussi nue.

Il se déshabilla et s'allongea à côté d'elle. Etendus face à face, ils se frôlaient doucement du bout des doigts. Kate tremblait comme une feuille et elle avait le feu aux joues. Ces caresses légères, à peine esquissées, lui donnaient des sensations d'une intensité incroyable. C'était un peu comme de porter un verre d'eau glacée à ses lèvres quand on a très soif, mais en se retenant de boire.

Ses yeux étaient humides, brillants. A la fin, elle dit :
« Viens, viens... »

Qu'est-ce que je serais devenue sans toi ?

Le commissaire Webb avait fait six heures de route pour venir s'asseoir au chevet d'un homme qui venait d'émerger du coma. Le dos bien calé contre le matelas de son lit articulé, l'homme souriait niaisement. Ce matin-là, Webb avait quitté Londres sous un soleil éclatant, mais dès qu'il avait pénétré dans les Cornouailles, une averse épouvantable s'était abattue sur lui. La pluie tombait si dru qu'on ne voyait plus l'horizon. Il pleuvait encore quand il avait pris place sur la chaise d'hôpital face à ce type au sourire béat et au regard un tantinet vitreux qui en reprenant conscience s'était écrié : « C'est Kate qui m'a fait ça ! »

Il pleuvait encore, mais comme le store était baissé, le tambourinement sur les carreaux permettait seul de s'en rendre compte. On avait laissé Webb seul avec le patient, mais l'infirmière de garde passait tous les quarts d'heure. Webb était venu à la demande d'un policier local, le sergent Alan Boyd, qui l'avait mis au courant de la situation quand il était arrivé sur les lieux, en début d'après-midi.

— Il s'appelle Jeff Cotter. Ses agresseurs n'avaient pas été identifiés. Apparemment, on l'avait attaqué pour lui piquer son véhicule. Une vieille camionnette à plate-forme toute déglinguée. On l'a retrouvée abandonnée dans un champ, à côté d'une aire de repos de l'autoroute. On a cru que c'était des gamins qui avaient fait le coup.

— Pourquoi ?

— Ce type est un peu leur souffre-douleur. Une sorte d'idiot du village. Il se vante d'avoir fait la guerre du Golfe.

— C'est vrai ?

— Il était aussi au Viêt-nam et aux îles Falkland.

Tout ça ne disait rien de bon à Webb.

— C'est un fou ?

— Oh non. Il est inoffensif, à part qu'il s'est fait embarquer un jour parce qu'il avait exhibé sa quéquette à deux randonneuses.

Boyd s'esclaffa.

— Ça leur disait trop rien, apparemment. On ne peut pas dire qu'il soit fou. Il a une case en moins, c'est tout.

— Qu'a-t-il dit, exactement ?

— « C'est Kate qui m'a fait ça. »

— Ensuite il s'est expliqué ?

— Il nous a tout raconté, nous a décrit la femme en question en grand détail. Au début, on nageait complètement. Personne ne connaissait cette « Kate », et l'idée qu'il ait pu être attaqué par une femme nous semblait biscornue. Et puis un de mes hommes s'est souvenu de Kate Randall et de l'affaire de Penarven. Quand nous lui avons montré sa photo, son regard s'est illuminé. Cette fille a failli le tuer, mais à voir sa réaction on aurait pu croire que c'était la femme de sa vie.

— Que vous a-t-il raconté d'autre ?

— Il nous a raconté ce qui lui était arrivé. Enfin, il nous l'a raconté à sa manière. Ce n'était pas d'une clarté évidente.

— Que lui est-il arrivé ?

— Il nous a dit qu'elle l'avait tabassé deux fois. D'abord dans la maison, puis dans le jardin, où on l'a retrouvé. Mais ça, nous le savions déjà.

— Il vous a expliqué pourquoi ?

— Il prétend qu'elle s'est mise en colère.

— A quel sujet ?

— Il dit qu'il lui a préparé à manger, que le goût ne lui a pas plu et qu'elle s'est fâchée.

— Qu'en pensez-vous ?

— D'après les indices que nous avons relevés sur les lieux, je dirais plutôt qu'il a essayé de se la faire.

— Donc, c'était de l'autodéfense ?

Boyd haussa les épaules et s'esclaffa.

— Peut-être qu'il la serrait d'un peu trop près, d'accord. Mais elle lui a carrément défoncé le crâne. Autodéfense, moi je veux bien, mais il y a quand même des limites.

— Il ne faut pas que cette histoire s'ébruite, dit Webb. Il ne faut pas que la presse en ait vent.

— Bah, de toute façon, les journalistes s'en fichent. Pour eux, ce n'est qu'un fait divers local...

A Londres, il ne fait jamais vraiment noir. Chaque nuit, le ciel rougeoie comme un feu mal éteint et les lumières de la ville accrochent de pâles lueurs aux nuages.

Kate, allongée dans le clair-obscur, contemplait les rangées d'immeubles éclairés par la fenêtre aux rideaux grands ouverts. On aurait dit des navires à l'ancre. Le bras droit de Corso était posé en travers de ses seins et il lui caressait la gorge, traçant de petits cercles du bout des doigts. Elle avait envie de refaire l'amour. Ou alors de parler. L'attente ne la mettait pas au supplice ; au contraire, elle était voluptueuse, puisqu'elle savait que son désir pourrait être assouvi d'un instant à l'autre.

Corso resta immobile, à part le léger frôlement de ses doigts, tandis qu'elle lui faisait le récit circonstancié de ses mésaventures. Il se dit que cette fois elle ne lui cachait rien, car elle n'hésitait pas, ne cherchait pas ses mots, ne se lançait pas dans de longues explications. La vérité n'est jamais compliquée.

— Personne ne pouvait te venir en aide ? lui demanda-t-il.

— Non, personne.

— Même pas ta sœur ?

Elle lui avait parlé de Joanna, de son divorce, de Nathan, de la maison de Penarven, mais pas des cinq mille livres ni du portable ; il était encore trop tôt pour cela.

— Ma sœur ne peut rien faire, dit-elle. Elle a un fils. Quoi qu'elle fasse pour m'aider, elle tombera sous le coup de la loi. On ne peut même pas se parler au téléphone, ça la compromettrait.

— Donc, dit Corso, tu as envoyé une des copies de la disquette à ce Stuart... ? Comment s'appelle-t-il déjà ?

— Donnelly.

— Stuart Donnelly, c'est ça. Où sont les autres ?

Kate lui avait raconté l'histoire dans ses grandes lignes ; à présent, ils entraient dans les détails. Pourquoi lui aurait-elle caché l'existence du casier de consigne ? Au moment où elle s'apprêtait à lui en parler, le téléphone sonna et il se leva pour aller répondre. Dès qu'il eut quitté le lit, le désir de Kate s'exacerba. Elle l'entendit s'écrier :

— Non ! Ne venez pas chez moi !

284

Il le répéta, avec une pointe d'exaspération dans la voix. Ensuite il revint dans la chambre et entreprit de rassembler ses vêtements.

— Qu'est-ce qui se passe ? lui demanda Kate.

— Un ami journaliste a des informations pour moi. Le Neophos A-9 a été employé pendant la guerre du Golfe. C'est officiel, personne ne l'a jamais nié. Mais il pense pouvoir démontrer qu'en fait c'était du X-9.

Il enfila ses vêtements, remit de l'ordre dans sa coiffure.

— Tu n'as qu'à lui dire de t'envoyer un e-mail, suggéra Kate.

Je me conduis comme une adolescente en chaleur, se disait-elle.

— Il est dans un pub, à une rue d'ici. Il se figurait que j'allais lui dire de passer. Ce qui aurait été assez logique, du reste. Je vais tâcher de le dissuader. Ce ne sera pas long.

— D'accord, dit Kate.

Elle étira ses membres, se remonta les couvertures jusqu'au menton.

— Tu n'auras qu'à me réveiller à ton retour, ajouta-t-elle.

— Compte sur moi, dit Corso en achevant de boutonner sa chemise.

Pourquoi es-tu si pressé ? se demanda-t-elle, puis elle lui posa la question à haute voix.

— S'il sonne à la porte, qu'est-ce que je lui dirai ? Que je ne peux pas le faire entrer parce que ma vieille mère est malade ?

— Je croyais qu'il t'attendait au pub.

— Il n'est pas du genre patient.

Il se pencha sur elle, l'embrassa sur la bouche, puis sortit sans même prendre le temps de lacer ses chaussures.

Il roula vingt minutes, puis se gara au sommet d'un escalier qui descendait vers la Tamise, non loin de l'endroit où Kate avait passé la nuit dans un sac de couchage volé. Quand les passions se déchaînent, les coïncidences se multiplient.

Corso s'accouda au parapet et regarda tournoyer la grande hélice du Royal Festival Hall, dont les néons multicolores se reflétaient sur la surface miroitante du fleuve. Packer le rejoignit au bout de quelques instants, comme s'il avait guetté son arrivée. Corso se retourna et chercha sa voiture des yeux, mais elle n'était nulle part en vue. N'étant pas en service, Packer arborait un blouson de cuir et un jean.

— Pourquoi m'avez-vous fait venir ici ? demanda Corso.

— J'étais chez une amie qui habite à deux pas, dit Packer. J'étais tout disposé à faire le déplacement.

— Ça aurait tout gâché. Elle est en train de passer aux aveux.

— Qu'est-ce qu'elle vous a avoué ?

— Des choses que nous savions déjà, mais elle ne va pas tarder à déballer le reste. Un peu de patience. Ça ne prendra qu'un jour ou deux.

Elle ne t'a pas encore tout dit, c'est vrai. Mais pourquoi ne l'informes-tu pas de ce qu'elle t'a déjà appris ? Donnelly, les mémos de Naylor, tout ça c'est de la dynamite. Pourquoi t'obstines-tu à la protéger ?

— Je ne peux pas vous accorder plus de temps, dit Packer.

— Donnez-moi jusqu'à demain.

— Vous êtes sûr de votre affaire ?

— Absolument. Si vous ne m'aviez pas téléphoné, c'est moi qui vous aurais appelé au bout d'une heure ou deux. Bref, vous m'avez mis des bâtons dans les roues. Bravo.

— C'est votre faute, dit Packer. Vous me rendez nerveux avec votre méthode tout sucre tout miel.

— Je m'en étais aperçu.

Pauvre con, se disait Packer. Si ça ne tenait qu'à moi, je vous ferais la peau à tous les deux, toi et ta morue. En un éclair, il imagina la sensation délicieuse d'une crosse de revolver au creux de son poing. Il se détourna pour ne rien laisser voir de sa fureur, mais il avait les maxillaires serrés et quand il reprit la parole son ton s'était nettement durci.

— Quand est-ce que j'aurai de vos nouvelles ?

— D'ici demain midi.

— Va pour demain midi. Et qu'aurez-vous pour moi ?

— Tout ce qu'il y aura à savoir.

— Et ensuite, vous tirerez le trait final ?

— Ça va de soi, dit Corso. Elle aura un accident. Nous irons admirer le panorama du haut d'une falaise.

— Je ne veux pas savoir comment...

— Je plaisantais, dit Corso. Vous n'entendrez plus jamais parler d'elle, c'est tout.

— Ni de vous.

— Tout juste, dit Corso. A moins que votre chèque ne soit en bois.

A Londres, il ne fait jamais vraiment noir. Le silence n'est jamais vraiment complet. Certaines nuits, on perçoit un bourdonnement sourd mais continuel, semblable à celui que produirait le volant d'une immense machine à vapeur enfouie dans les profondeurs du sol. Il y a des avions, des voitures, des camions. Il y a toujours une télé quelque part, avec des coups de feu qui claquent sans arrêt. Les hurlements des couples qui se préparent un divorce aux petits oignons. Et même quand on est au lit dans une maison tranquille, au fond d'une petite rue silencieuse, on perçoit de minuscules grincements, d'infimes bruits de robinets qui s'égouttent, une rumeur presque imperceptible vous poursuit sans trêve, surtout quand on est une femme amoureuse qui essaye de trouver le sommeil après le départ inopiné de son amant.

Kate explora la chambre sans arriver à situer la source de ce bourdonnement qui la rendait folle.

Elle chercha dans le reste de la maison, mais dès qu'elle s'éloignait de la chambre le bruit s'estompait, puis disparaissait. Elle revint sur ses pas, se remit au lit et ferma les yeux, mais le bruit continuait à lui résonner dans le crâne.

Peut-être que c'est moi, se dit-elle. Peut-être que je bourdonne.

Elle se releva et colla l'oreille au mur, comme si elle s'attendait à déceler la présence de souris mécaniques de l'autre côté de la cloison. Cette idée la fit rire.

Outre le lit et la télé, l'ameublement de la chambre se composait d'une commode, d'une bibliothèque aux rayons entièrement vides, d'une penderie et d'une grande psyché. Kate se regarda dans le miroir en pied. Comme elle était à contre-jour, son reflet n'était pas très net. Elle se couvrit les seins d'une main, posa son autre main en travers de son entrecuisse et s'adressa un sourire mutin.

Le bourdonnement semblait plus proche, quoique toujours très assourdi. Dans la penderie, les vêtements de Corso étaient proprement alignés sur des cintres. Kate s'immobilisa, l'oreille tendue. Le bruit était là, juste en face d'elle. Ce *brrr* aurait pu être celui d'un cumulus, d'un transformateur – ou même de la souris mécanique qu'elle avait imaginée – mais quand elle écarta les vestons et les chemises, elle constata qu'il provenait en fait d'une caméra vidéo dont la bande se rembobinait automatiquement. Quand le ruban fut arrivé en bout de course, il y eut un déclic et le mouvement s'arrêta. Le petit œil rond et luisant de l'objectif était fixé sur Kate.

Elle inséra la cassette dans la fente de lecture du magnétoscope et enfonça la touche « play. »

Dans le demi-jour gris, son corps était d'une blancheur indécise. Il faisait sa toilette avec des gestes méthodiques, trempait son éponge dans une cuvette, la retournait sur le ventre, lui passait l'éponge sur le dos, les reins, les fesses, les hanches, les cuisses, les mollets, la retournait sur le dos, lui soulevait les bras, lui passait l'éponge sur le visage, lui humectait la racine des cheveux, juste au-dessus du front, lui frottait les joues, la gorge, les épaules, puis les seins, qui durcissaient imperceptiblement au contact de l'eau froide, puis le ventre, puis le triangle noir de son pubis, puis l'intérieur des cuisses.

Corso la bassinant pour faire tomber sa fièvre.

Il lui faisait avaler des œufs brouillés avec une fourchette. Assise dans le lit, elle mangeait mécaniquement, sans appétit ni plaisir. Soudain, le visage de Kate se rembrunissait et la fourchette restait en suspens dans l'air. Elle se souvint de la dépression qui s'était emparée d'elle dans cet instant-là : un abîme sans fond, silencieux et noir.

Assise dans un fauteuil, l'air absent, elle écoutait la *Quatrième Symphonie* de Sibelius. Tout à coup, Corso se matérialisait à côté d'elle et elle lui demandait :

— Vous vous êtes dit que si ça ne m'achevait pas, ça me donnerait un coup de fouet ?

Elle avait la voix rauque, un peu pâteuse. Une voix de convalescente.

La caméra changeait régulièrement de place. Kate se demanda comment Corso s'y était pris, où il l'avait cachée. Dans une séquence, elle se livrait à un véritable strip-tease. Encore mal remise de sa blessure, elle avait des gestes encore maladroits et gourds. Se passant les mains dans le dos, elle dégrafait son soutien-gorge. Comme elle se tenait les épaules voûtées, ses seins s'affaissaient légèrement. Elle faisait glisser son slip le long de ses jambes, puis se glissait sous les draps, tournant le dos à la caméra, lui présentant ses fesses comme pour lui signifier une fin de non-recevoir.

Dans une autre séquence, elle mastiquait un sandwich en regardant par la fenêtre, spectacle tellement ennuyeux qu'on aurait pu croire que la caméra avait cessé de tourner.

Ensemble, ils faisaient apparaître le texte de la disquette de Michael sur l'écran de l'ordinateur. Corso était debout derrière elle, regardant par-dessus son épaule. Ils venaient de rentrer de leur expédition à Penarven.

— Quoi ? s'écriait-elle. En plus, vous brûlez des bagnoles ?

— Chez nous, c'est quasiment une coutume.

— Qui se livre à des coutumes pareilles ?

— Les jeunes qui fauchent une voiture pour s'offrir une petite virée.

Leurs voix étaient bizarrement nasillardes, leur débit un peu saccadé. On aurait dit la bande-son d'un vieux film de gangsters.

Elle était au lit, la couette remontée jusqu'au menton. On discernait un mouvement furtif au moment où elle plongeait la main dans son soutien-gorge pour en retirer la version non expurgée de la disquette de Michael.

Qui d'autre qu'elle aurait pu deviner la signification de ce geste ?

Vinrent ensuite des images qu'elle aurait préféré ne pas voir : son corps était d'une blancheur indécise, celui de Corso aussi. Il posait une main sur sa gorge, la main descendait jusqu'à son ventre, lui effleurant les seins au passage, il la retournait, la saisissait par les hanches, épousait de ses paumes le renflement de ses fesses, lui écartait les cuisses, la retournait encore une fois, remontait vers son visage, les cheveux humides collés à son front, lui embrassait les joues, la gorge, les épaules, elle levait les bras, levait la tête vers lui, lui entourait les hanches de ses jambes.

Corso faisant tomber sa fièvre.

Elle sortit, n'emportant que le strict nécessaire. Bien qu'il soit près de minuit, les rues étaient encore très animées. Les gens allaient et venaient sur les trottoirs, deux par deux, trois par trois, cinq par cinq, riant entre eux, ne se regardant qu'entre eux, enfermés dans leur confort égoïste. Chaque petit groupe restait dans sa bulle, isolé du reste du monde. C'était ce qui permettait à la ville de fonctionner ; c'était ainsi qu'elle préservait sa santé mentale.

Dès que Kate eut tourné le prochain coin de rue, elle devint anonyme.

Aussitôt qu'il eut franchi le seuil, Corso comprit. Un étrange silence flottait dans l'air. Jurant entre ses dents, il se précipita dans la chambre. Le lit était vide, les couvertures rabattues. Elle avait emporté ses vêtements, sa brosse à cheveux, sa trousse de maquillage, ses Tampax, son blouson canadien, son petit ordinateur portable. Son odeur s'était effacée des draps, son reflet s'était effacé des miroirs.

L'absence du petit réticule à fermoir de jais qui contenait le téléphone portable, la carte de crédit de Joanna et près de trois mille livres en espèces ne le frappa pas, car il ignorait tout de son existence. Kate l'avait soigneusement dissimulé dans la doublure du blouson canadien.

Elle lui avait subtilisé le petit sac à dos qu'il avait remisé sur l'étagère du haut de la penderie. Il se l'imagina déambulant dans les rues avec ses maigres biens entassés dedans. Il faudrait qu'il s'assure qu'elle n'avait pas regagné l'un ou l'autre des deux hôtels où elle avait résidé, mais il était certain d'avance qu'il ferait chou blanc dans les deux cas.

Kate arpentait les rues avec son sac à dos, emmitouflée dans son gros blouson, marchant d'un pas décidé. Où allait-elle ? Il n'avait pas de mal à se la figurer, mais impossible de mettre un cadre autour de l'image.

Il se prépara un whisky bien tassé, s'affala dans un fauteuil et entreprit de dresser mentalement le bilan des dégâts.

22

CORSO ne disposait que de deux noms : ceux de Stuart Donnelly et de Joanna Randall. Et des consignes précises qu'il avait reçues de Larry Packer.

Packer était assis dans la salle de séjour de la maison de location de Corso, lampant un triple scotch. Corso avait pris place près de la fenêtre et regardait dehors, comme s'il avait espéré que Kate allait soudain surgir et implorer son pardon telle l'enfant prodigue. Packer venait de lui faire subir une interminable diatribe ; à présent, il réfléchissait.

— Je n'ai qu'une chose à vous dire, reprit-il à la fin. Si vous la retrouvez, ne la lâchez plus. Appelez-moi aussitôt. Ne faites plus le malin. A malin, malin et demi.

Il s'interrompit, avala une gorgée de scotch. Il lui en avait déjà descendu un bon tiers de litre et n'en semblait pas particulièrement affecté. Corso trouvait sa résistance suspecte.

— Il y a un point que j'aimerais tirer au clair, dit-il. Vous m'avez bien dit qu'avant de tuer Lester, votre homme avait nettoyé son disque dur ?

— C'est exact, dit Packer, il avait tout effacé.

— La disquette de Kate Randall est donc la seule preuve que Lester préparait un article sur le Neophos, qu'il s'apprêtait à lancer une campagne contre W.W.I. ?

— A ma connaissance, il n'y a rien d'autre. Farnol avait peut-être un dossier aussi, mais il ne pouvait disposer que de ces documents-là.

— Farnol est mort. Il ne figure plus dans l'équation. Il a cessé d'être un problème le jour où on l'a retrouvé dans une pose digne de *Sado-maso Magazine.*

— Il ne reste plus que la fille, dit Packer.

Corso hocha la tête.

— Soyez franc avec moi, Packer, dit-il. Pourquoi m'avez-vous engagé ? Pourquoi est-ce que W.W.I. est prêt à me verser une somme pareille ?

— Vous me demandez si nous envisageons de prendre des mesures draconiennes, c'est ça ? Ma réponse sera claire et nette : c'est oui. Il n'y a plus d'autre solution depuis que l'affaire est arrivée aux oreilles de Beverley Ho.

— Bref, il faut que Kate Randall meure ?

— On n'a plus le choix.

— Vous ne craignez plus qu'elle en sache trop, vous n'avez plus peur des bombes à retardement qu'elle aurait pu... ?

Packer lui coupa la parole.

— On n'en est plus là, dit-il.

— Vous trouvez que ça en vaut vraiment la peine ?

— De quoi parlez-vous ?

— De votre produit. Le Neophos X-9. Il a déjà causé la mort de deux personnes. Et bientôt d'une troisième.

— Vous n'allez pas me dire que vous avez des scrupules ? dit Packer. Le Neophos n'est qu'une formule. Une formule pour faire de l'argent. On arrose les plantes avec, et il tue toutes sortes de bestioles. C'est du pognon, quoi. (Packer souriait à présent.) On peut faire du pognon avec n'importe quoi, vous savez. Des choses qu'on s'injecte, qu'on nique ou qui font tourner le moteur... à première vue, ce n'est que de la poudre, un troufignon ou de l'essence, mais quand on y regarde de plus près, c'est du pognon.

— Si votre homme de main n'avait pas tué Michael Lester, on n'en serait pas arrivés là, dit Corso.

— Si la merde était de l'or on serait riches, répondit Packer.

Il avala quelques gorgées de plus, puis remit du scotch dans son verre. Corso, lui, ne buvait pas. L'espace d'un instant, Packer resta muet.

293

— L'accident mortel, ce sera parfait, dit-il à la fin. Il n'y aura qu'à maquiller ça en suicide. Ça passera comme une lettre à la poste.

— Vous croyez ? dit Corso.

— Bien sûr. C'est l'évidence même. Elle a dessoudé son petit ami. Rongée de remords, elle met fin à ses jours. Le scénario est sans faille.

Il marqua un temps avant d'ajouter :

— A condition qu'on arrive à lui mettre la main dessus.

— Je la retrouverai, ne vous en faites pas.

— Vous vous êtes planté, Corso. Vous avez déconné dans les grandes largeurs.

Packer dodelina de la tête ; son cou se contorsionnait bizarrement. Le scotch commençait à agir. Sous peu il serait étendu pour le compte.

— J'aurais dû engager quelqu'un d'autre.

— Vous aviez besoin de certaines informations. J'ai fait ce que je pouvais pour les obtenir.

— Vous vous êtes planté, pauvre connard. Elle vous a faussé compagnie. Jamais on la retrouvera, on est dans la merde jusqu'au cou...

La tête de Packer retomba mollement sur son épaule, se redressa, tomba de nouveau. Son verre lui glissa des mains et le scotch qu'il contenait se répandit sur la moquette. Il se hissa tant bien que mal sur ses pieds, esquissa un pas titubant.

— Où sont les chiottes ? demanda-t-il.

— En face de vous, dit Corso. Première porte à droite.

Packer se borna à regarder autour de lui d'un air hébété. Corso fut obligé de le guider jusqu'aux toilettes. Il s'appuya au mur d'une main, en trifouillant sa braguette de l'autre. Corso referma la porte, regagna la salle de séjour et arrêta la caméra vidéo.

Je pourrais écrire un livre sur les petits hôtels, se disait Kate. Un livre court. Il n'aurait qu'un seul chapitre. Une seule phrase même. *C'est toujours le même hôtel.* On croit qu'il sera différent, puisqu'il est dans un autre quartier, porte un autre nom. Mais pas du tout. C'est un attrape-nigaud. Au début, on s'y laisse prendre. Puis on s'aperçoit que c'est la même chambre ; le lit est le même, il y a le même papier peint au mur, l'ameublement est le même. Le lavabo a la même tache de rouille. C'est la même fenêtre, donnant sur la même rue. C'est le même réceptionniste. Il réclame la même somme et donne la même clé en échange.

Kate se laissa tomber sur le lit et éclata en sanglots. Ensuite elle s'endormit. Et fit les mêmes rêves.

En gagnant sa table, sa tasse de café à la main, Joanna s'arrêta devant le tableau d'affichage pour voir s'il y avait un message destiné à Cybulski. Mais il n'y en avait pas, bien sûr. Elle se faisait toujours autant de souci pour sa sœur. Le bref coup de fil de l'autre jour – « C'est moi. Je vais bien » – l'avait momentanément rassurée, mais Kate ne s'était plus manifestée depuis. Le plus angoissant, c'était de ne rien savoir.

Joanna s'installa à une table. Quelques instants plus tard, Corso s'assit en face d'elle avec une tasse de café et un millefeuille. Il mordit dans son gâteau, avala une gorgée de café, sourit et dit :

— Je ne suis pas flic.

Une subite décharge d'adrénaline obscurcit brièvement la cervelle de Joanna. Elle sursauta violemment et resta bouche bée, regardant Corso avec des yeux ronds. Son émotion reflua peu à peu. Elle respirait à petits coups rapides, sa tasse de café en suspens dans l'air. D'un geste très doux, Corso lui prit la tasse et la reposa sur sa soucoupe.

— Je ne suis pas flic, répéta-t-il. Mais il y en a un pas loin, bien entendu. Il lit le *Sun* chez le marchand de journaux d'à côté. Je parierais qu'il va s'y réfugier à chaque fois que vous vous arrêtez dans ce café.

Joanna posa ses mains sur ses cuisses et baissa la tête. Des phosphènes lui dansaient dans les yeux.

— Kate va bien, dit Corso. Enfin, elle va mieux. Mais nous avons un problème. J'ai besoin de votre aide. Combien de temps restez-vous ici d'habitude ?

— Le temps de boire mon café.

— Dix minutes ?

— A peu près. Comment ça, elle va mieux ? Qu'enten-dez-vous par là ?

Le récit de Corso prit exactement six minutes, montre en main. Il minimisa le traumatisme crânien et maximisa son propre rôle. Il parla de nouveaux indices, en se gardant d'être trop spécifique. Il passa sous silence le fait que Kate et lui étaient devenus amants. Il expliqua qu'il était un collègue et ami de Michael, défendant les mêmes causes et disposant d'une adresse e-mail.

— J'ai fait une connerie, conclut-il. J'ai filmé Kate à son insu. Du coup, elle a cessé de me faire confiance et je ne sais pas où elle est. Je m'en veux terriblement, ajouta-t-il, comme si ce mea culpa avait été la meilleure manière de s'insinuer dans les bonnes grâces de Joanna.

— Qu'est-ce qui me prouve que vous n'êtes pas de la police ? lui demanda-t-elle.

Corso haussa les épaules.

— Vous êtes en contact avec elle ? La prochaine fois que vous lui parlerez, vous n'aurez qu'à l'interroger à mon sujet. Je voudrais aussi que vous lui transmettiez un message de ma part. C'est tout ce que je vous demande. Dites-lui que j'ai fait une connerie. Dites-lui que je m'excuse et que je communiquerai avec elle par e-mail.

Il jeta un coup d'œil à sa montre. Huit minutes.

— Vous feriez mieux d'y aller, dit-il.

— Pourquoi l'avez-vous filmée ?

— Je veux l'aider, mais il faut bien que je pense à mon article aussi. J'avais l'impression qu'elle gardait des choses pour elle, qu'elle n'avait pas assez confiance en moi pour tout me dire.

Il s'écartait le moins possible de la vérité, comme tous les menteurs vraiment habiles.

— Je suis son seul espoir, Joanna. Il faut absolument qu'elle le comprenne.

— Je ne peux pas la joindre, dit Joanna. Je dois attendre qu'elle m'appelle. C'est ce que nous avons convenu.

— Comment fait-elle pour vous appeler ?

— Elle a un portable, dit Joanna, et aussitôt elle se couvrit la bouche de la main.

Corso hocha distraitement la tête, comme si cela ne lui

importait guère. Il se disait : Kate a un portable. Où diable le cachait-elle ?

— C'est risqué, je sais, mais vous pourriez essayer de l'appeler, dit-il. Pas de chez vous, bien entendu.

— Je ne suis pas bête à ce point, protesta Joanna.

— Dites-lui que je m'excuse.

— Vous l'avez déjà dit.

Corso détourna les yeux, comme s'il pensait à autre chose.

— Je me fais du souci pour elle, dit-il en tendant un bout de papier à Joanna. Voilà mon numéro. Quand vous lui parlerez, dites-lui que... (Il haussa les épaules.) Non, ne mentionnez pas mon nom. Dites « le Piégeur ». C'est le sobriquet sous lequel elle me connaît. (Il jeta un nouveau coup d'œil à sa montre.) Onze minutes, il faut vous dépêcher.

Joanna sortit du Café Polonais et se dirigea vers l'arrêt du bus. En passant devant la boutique du marchand de journaux, elle eut la sensation que le sol allait se dérober sous elle. Elle dut faire un effort surhumain pour se retenir de jeter un coup d'œil à l'intérieur.

En la voyant, l'inspecteur Nairn replia son journal et se précipita vers la porte. En la poussant, il entrevit son reflet dans la vitre. Elle marchait les yeux baissés vers le sol, comme toujours. Nairn réprima un bâillement. Combien de temps était-elle restée au café ? Huit minutes ? Douze ? Il aurait dû penser à regarder sa montre. Il réprima un autre bâillement et traversa la rue sans se donner la peine de vérifier si Joanna l'avait traversée avant lui. Il connaissait le trajet par cœur.

Vers le milieu de la matinée, de gros nuages s'amassèrent au ciel, l'obscurcissant comme un dais. Ils étaient d'un violet malsain, soulignés d'un bilieux liseré jaune. Dans l'immeuble de W.W.I., la lumière blanche et artificielle des halogènes se propagea de bureau en bureau. Depuis l'autre côté de la haute clôture grillagée qui entourait la vaste étendue de terrain – parking, pelouse, parking, parterres de fleurs, autre parking –, les fenêtres qui s'illuminaient l'une après l'autre devaient évoquer les alvéoles d'une ruche.

Packer abaissa le store vénitien du bureau de Beverley Ho tandis que cette dernière achevait une conversation au téléphone. Elle raccrocha, lui intima le silence d'un geste, nota quelque chose sur son bloc-notes, puis se laissa aller en arrière dans son fauteuil et posa les yeux sur lui. Elle portait un chemisier en soie vert foncé ; les pointes de ses seins menus tendaient le tissu, formant des plis auxquels l'halogène accrochait de mouvants reflets.

— Je dois m'absenter pour quelques jours, annonça Packer. Jimmy Rose assurera l'intérim. C'est un type bien.

— Quel est le motif de cette absence ?

— Une affaire dont je dois m'occuper personnellement.

— Est-ce que cela comporte des risques pour moi, Larry ?

— Non, Beverley. Si c'était le cas, je vous aurais prévenue.

— Pourquoi devez-vous régler cette affaire vous-même ?

— Ce sont des choses qui arrivent, vous le savez bien. Quelquefois, on ne peut pas faire autrement.

— Ça va nous coûter cher ?

— Pas un rond. A part le temps pris sur mon salaire.

— Ça ne m'ennuie pas de dépenser de l'argent. L'argent, on en a autant qu'on veut.

— Si vous tenez tant que ça à en dépenser, vous n'avez qu'à m'accorder une augmentation, dit Packer en riant.

Beverley Ho éclata de rire aussi, mais elle n'avait pas l'air amusé. Quand leur hilarité se fut apaisée, elle le fixait toujours aussi intensément des yeux. Packer fit mine de se lever pour sortir, mais il comprit qu'elle avait encore des choses à lui dire.

— C'est nous qui menons la danse, Larry, vous ne l'ignorez pas. Nous, les grandes sociétés multinationales. Nous contrôlons tout. L'économie, les élections, les politiciens, la circulation de l'argent. Les gouvernements viennent nous supplier de les aider. Et nous les aidons. Les choses s'arrangent toujours comme nous le souhaitons. Enfin, presque toujours. C'est parce que nous disposons de moyens phénoménaux. Nous sommes fabuleusement

298

riches, Larry. Notre richesse a pris des proportions mythiques. Elle représente une puissance au moins égale à celle que représentait autrefois l'armement nucléaire. Elle façonne l'histoire, préfigure l'avenir. Je peux vous prédire l'avenir, Larry, mais je n'ai pas besoin d'une boule de cristal. Il suffit de consulter les cours de la Bourse. L'avenir, c'est le marché à terme.

« En dehors de nous, il n'existe plus qu'une seule véritable puissance en ce monde. Vous savez laquelle ? La religion. Dieu, Jésus, Mahomet, Bouddha et nous. Le soir, quand je me couche, cette idée m'aide à trouver le sommeil, Larry.

Tout en parlant, Beverley Ho ne l'avait pas quitté des yeux une seconde. Et Packer ne l'avait pas vue ciller une seule fois.

— Mais il y en a une autre qui m'empêche de dormir, reprit-elle. Vous voulez savoir laquelle ?

Il fit oui de la tête.

— Celle que les *visages* ne comptent pas. Vous me suivez ? Les *gens* ne comptent pas. Ceux qui croient détenir le pouvoir. Il faut des gens pour faire tourner une machine comme la nôtre, exactement comme il faut de l'essence pour faire tourner un moteur. Mais la machine se fout complètement de savoir qui ils sont. Nous ne sommes que du carburant, vous comprenez, Larry ? Vous, moi, les hommes que nous employons et ceux qu'ils emploient, les subordonnés de ceux qu'ils emploient... C'est nous qui manions la carotte et le bâton, qui entretenons les armées, qui lubrifions les rouages avec des dollars. Mais n'importe qui pourrait le faire à notre place. N'importe qui pourrait vous remplacer, Larry. N'importe qui pourrait me remplacer.

« Pourquoi est-ce que je vous raconte tout ça ? Je vais vous le dire : je n'en ai pas encore fini avec W.W.I., parce que je n'en ai pas encore tiré tout ce que je pouvais en tirer. J'ai encore quelques échelons à gravir. Je ne veux pas rétrograder à cause de vous, Larry. Je veux continuer à faire ma pelote en paix.

Beverley Ho lui sourit, comme pour l'encourager, mais elle ne dit pas un mot de plus. Au bout d'un moment, elle se leva pour le raccompagner jusqu'à la porte. Ses tétons pointus tressautaient gaiement sous le satin vert.

— On dirait qu'il va y avoir de l'orage, dit-elle. Il est un peu tôt pour la neige, vous ne trouvez pas ?

— Le temps est détraqué. Il paraît que c'est à cause d'« el Niño ».

Elle lui ouvrit la porte en souriant.

— Comment vont Beth et les enfants, Larry ?

— Bien, dit-il. Les vôtres ont quel âge maintenant ?

— Huit et dix ans. Ils s'amusent bien en Angleterre. Mais ils n'arrivent pas à comprendre pourquoi tout le monde est si poli et pourquoi il n'y a que cinq chaînes de télé.

Ils rirent en chœur, puis Beverley Ho referma la porte derrière lui.

Kate : J'ai fait une connerie. Tu avais raison, bien sûr. Je veux un max d'informations, c'est vrai, mais ça ne fait pas de moi un traître. Je veux t'aider. Autrement dit, j'aimerais bien qu'un de mes articles porte en gros titre : KATE RANDALL EST INNOCENTE. *Qui t'a soignée quand tu avais une pneumonie ? Qui est venu récupérer la disquette avec toi à Penarven ? T'ai-je lâchée une seule fois ? Reviens. Tu ne t'en sortiras jamais toute seule. Je veux t'aider. Appelle Joanna. Tu as le numéro de mon portable.*

Robert

Kate relut le message plusieurs fois, comme s'il avait été rédigé dans un code qu'elle n'était plus capable de décrypter qu'à moitié. Elle s'approcha de la fenêtre et regarda dehors. Elle vit des toits s'étageant à l'infini sous un ciel lourd et bas. Les nuages semblaient frôler le sommet des buildings de leur ventre rebondi ; ils étaient d'une couleur violacée, auréolés de jaune, comme une plaie infectée. D'ordinaire, la température de Londres dépassait de plusieurs degrés celle des banlieues environnantes à cause des gaz d'échappement et des émanations des appareils de chauffage, mais ce jour-là la ville s'était réveillée dans le frimas – il y avait du givre sur le gazon des accotements, les panneaux de signalisation et le pare-brise des voitures à l'arrêt. Une odeur de neige flottait dans l'air.

Kate se souvenait du professionnalisme dont Corso avait fait preuve pendant leur expédition à Penarven. Elle se souvenait aussi de l'explication qu'il en avait donnée : j'étais dans l'armée. Les forces spéciales.

Et puis il y avait cette ultime consigne, mystérieuse et un peu menaçante : *Appelle Joanna.*

Quand Kate essaya d'utiliser le portable, l'écran d'affichage resta désespérément vide. Elle avait oublié de le recharger. Elle aurait dû le brancher sur une prise et attendre, mais elle ne supportait plus d'être enfermée entre quatre murs. Elle avait une envie folle de quitter cette chambre d'hôtel qui la rendait claustrophobe, de se retrouver dehors, dans des rues où elle pourrait se déplacer à sa guise, où elle serait anonyme et invisible. Elle se sentait oppressée, son cœur se mettait à battre la chamade chaque fois qu'elle entendait des pas dans le couloir, il lui semblait que la chambre rapetissait à vue d'œil, que les murs allaient bientôt l'écraser. Elle jeta le portable sur le lit et sortit. Elle parcourut un bon kilomètre à pied avant d'entrer dans une cabine de téléphone.

— Je dois te demander de te rendre, lui dit Joanna. C'est mon devoir, tu comprends ?

Pour éviter d'être incriminée, le mieux était d'appliquer à la lettre les instructions de Webb. Kate comprit aussitôt de quoi il retournait.

— Pas besoin de me faire un dessin, dit-elle, puis elle ajouta : Je me sens seule. Tu me manques. Mes amis me manquent.

Ses *amis.* Il lui sembla que le nom qu'elle évitait de prononcer faisait comme un bruit de friture sur la ligne.

— J'ai eu une longue discussion avec le commissaire Webb, dit Joanna. Il dit que tu ferais mieux de te rendre.

— A ma place, tu lui ferais confiance ? demanda Kate.

Joanna savait que ce « lui » ne désignait pas Webb, mais l'homme dont Kate s'était gardée de prononcer le nom.

— Je crois, dit-elle. Il paraissait sincère.

— Tu penses qu'il est digne de confiance ?

— Jusqu'à un certain point, oui.

— Jusqu'à quel point ?

— Je suis mal placée pour en juger, Kate. Que veux-tu que je te dise ? Tu es toujours en fuite, non ?

Webb écoutait leur conversation, essayant d'en percer le sens. *Tu es toujours en fuite, non ?* Qu'est-ce que ça pouvait bien signifier ? La suite lui parut tout aussi énigmatique.

— Tu ne peux pas continuer comme ça, disait Joanna. Ta situation t'empêche de voir les choses clairement. Faut-il renoncer à la liberté pour t'en remettre à la justice ? A toi d'en décider.

Kate décodait tout mentalement au fur et à mesure : *Tu es toujours en liberté. Si Robert avait eu l'intention de te livrer, il l'aurait fait depuis belle lurette. Donc, ce n'est pas un indic. Il est sans doute ce qu'il prétend être.*

Webb se retourna vers John Adams.

— Est-ce qu'on a localisé l'appel ? lui demanda-t-il.

Adams lui tendit un fax de British Telecom. Elle était dans une cabine, quelque part dans Islington.

— Deux voitures sont en route, dit-il. Pourvu qu'elle ne raccroche pas.

Webb hocha la tête. Quelques minutes, se disait-il. Je ne vous en demande pas plus. Dites-lui que c'est de la folie. Qu'un jour ou l'autre elle finira par se faire pincer. Dites-lui de se rendre.

— J'hésite, dit Kate. Je vais y réfléchir.

— Je t'aime, dit Joanna, qui avait toutes les peines du monde à refouler ses larmes. Tu vas bien, au moins ?

— La prochaine fois que tu verras le commissaire Webb, je voudrais que tu lui transmettes un message de ma part, dit Kate, feignant d'ignorer que Webb n'en perdait pas une miette. Dis-lui que je n'ai pas tué Michael. Dis-lui que j'ai de nouveaux indices. Dis-lui que je me rendrai dès que j'aurai rassemblé toutes les preuves dont j'ai besoin pour me disculper.

— Je t'aime, répéta Joanna. Prends bien soin de toi.

Encore deux petites minutes, se disait Webb. Pour un peu, il l'aurait dit tout haut, aurait interrompu leur conversation pour les implorer de la poursuivre encore un peu. Allez quoi, soyez gentilles, continuez à parler.

— Tout va bien, dit Kate.

A présent, elle était en larmes, comme Joanna.

— Je me porte comme un charme, conclut-elle.

Elle raccrocha le téléphone et ressortit de la cabine. Arrivée au prochain coin de rue, elle tourna à gauche. L'instant d'après, des sirènes se mirent à hululer et elle sentit son estomac se nouer. Elle s'engouffra dans un grand magasin, prit l'ascenseur jusqu'au dernier étage et alla se réfugier dans les toilettes. Elle s'enferma dans une stalle et pleura sans bruit pendant dix bonnes minutes. Les battements affolés de son cœur lui résonnaient dans le crâne. Elle avait du chagrin pour sa sœur et elle était morte de peur.

Tu es idiote, ou quoi ? Qu'est-ce qui t'as pris de parler aussi longtemps ?

Je voulais entendre la voix de Joanna. Je voulais lui parler de Robert. Savoir ce qu'elle pensait de lui. Lui demander des conseils.

Tu es folle. Tu ne peux pas te permettre un luxe pareil, tu le sais bien.

Je voulais seulement...

Tu ne peux compter que sur toi-même. Il faut te le mettre dans la tête. Maintenant ils savent où tu es.

Non, ils ne le savent pas.

Ils ont repéré le quartier. Tu vas être obligée de changer de crémerie.

Est-ce que je peux lui faire confiance ?

Malgré la caméra vidéo ?

Il s'est expliqué là-dessus.

Expliqué, si on veut.

Donc, je ne peux pas lui faire confiance ?

Pas encore.

Tu veux dire que plus tard... ?

Pour l'instant, il n'en est pas question, c'est tout. Et peut-être qu'il n'en sera jamais question.

Joanna a raison. Il aurait pu me livrer, mais il ne l'a pas fait. D'ailleurs, tu étais arrivée à la même conclusion.

C'est vrai, il ne l'a pas fait. Mais peut-être que je devrais le faire moi-même.

Te livrer ?

J'ai la disquette de Michael. Je pourrais leur parler de la veuve Naylor. W.W.I. ne s'en relèverait pas.

Ça ne suffit pas.

C'est mieux que rien.

C'est pour ça que tu es restée si longtemps au téléphone ? Sans te soucier du danger ? Tu espérais inconsciemment que Webb allait t'alpaguer ?

Kate ne répondit pas à sa propre question. Elle sortit de sa stalle, se lava les mains et le visage. Craignant que les sorties du magasin ne soient surveillées, elle descendit au rayon prêt-à-porter et s'enferma dans une cabine d'essayage avec une brassée de robes. Il lui fallut trois bons quarts d'heure pour s'assurer qu'aucune n'était à son goût et décider de ne rien acheter.

Ensuite elle se rendit au rayon sport, où elle fit l'acquisition d'un sac de couchage en vrai duvet, de grosses chaussures de marche, d'une chapka en fourrure synthétique, de gants et de six paires de chaussettes en laine.

— Alors, qu'est-ce que vous foutez ? demanda Webb.

— On quadrille le secteur, lui expliqua John Adams.

— Ça nous fait une belle jambe. Ils l'ont ratée de beaucoup ?

— L'écouteur était encore tiède.

C'était une métaphore, mais Webb la prit au pied de la lettre et elle lui fit grincer des dents.

— Vérifiez tous les hôtels, toutes les pensions de famille. Faites placarder des affiches, faites passer des annonces à la radio, aux infos régionales. Il faudra aussi essayer de reconstituer ses faits et gestes à partir du moment où elle a quitté la cabine de téléphone, les hommes du commissariat local nous donneront un coup de main...

— Nous ne disposons que de ressources limitées, lui rappela Adams.

Webb se renfrogna.

— Vous croyez que je ne le sais pas ? maugréa-t-il. Arrêtez de me faire chier avec ça. Pour la reconstitution, Carol Tanner fera l'affaire.

Adams haussa les épaules.

— Carol a une tête de moins que Kate Randall et elle est beaucoup plus baraquée. Elle n'a vraiment pas la gueule de l'emploi.

Webb le fusilla du regard.

— Vous par contre, vous êtes de la bonne taille, dit-il. Enfilez une robe, coincez-vous la bite entre les cuisses et promenez-vous un violoncelle à la main. Quelqu'un vous reconnaîtra fatalement.

Adams se retourna sans rien dire. Au bout de quelques minutes, Webb rassembla ses documents et ses notes et sortit de la pièce. Adams abattit le poing sur son bureau avec un fracas retentissant. Il attendit un instant, puis frappa encore. Dans son imagination, c'est la gueule de Webb qu'il écrasait. Ça lui faisait un mal de chien, mais il n'en avait cure.

Kate regagna son hôtel et fourra ses affaires dans le sac à dos de Corso. Elle plaça le duvet enroulé sous le rabat et serra au maximum la lanière de fermeture pour bien l'assujettir. Avant d'emballer le mini-ordinateur, elle vérifia son e-mail. Elle avait reçu un message qui disait simplement : *Je suis là*. Elle entoura le petit appareil de deux sachets en plastique et le glissa dans l'une des poches extérieures du sac à dos. Après avoir réglé sa note, elle sortit de l'hôtel et à son grand étonnement se retrouva sous la neige. De légers flocons tournoyaient paresseusement dans un demi-jour gris. Quinze mètres plus loin, Kate croisa deux policiers, un homme et une femme, qui se dirigeaient vers l'hôtel. Ils la dévisagèrent au passage, mais sans la reconnaître. Du moins pas encore.

Kate les regarda entrer dans l'hôtel, puis s'éloigna d'un pas pressé. Il y avait du monde dans la rue. Kate louvoyait entre les passants, la tête baissée, psalmodiant un petit mantra entre ses dents : *Je suis saine et sauve, je suis saine et sauve*.

Elle prit la première rue à droite en jetant régulièrement des coups d'œil en arrière. La neige tombait toujours, poudreuse et légère, tamisant la lumière des réverbères, brouillant les silhouettes des voitures qui roulaient au loin sur l'avenue et celles des passants. Deux formes humaines surgirent au coin de la rue, derrière Kate. La femme s'appuyait un objet contre l'oreille – un talkie-walkie, sans doute. L'homme se mit à courir, bondissant à travers les flocons ; on aurait dit un vieux film à la pellicule hachurée

305

de lignes blanches et sautillantes. Kate recula de quelques pas sans cesser de le regarder, comme si elle avait espéré qu'il allait se dissoudre dans l'espèce d'ouate indécise qui l'enveloppait, puis elle fit volte-face et partit au galop vers l'autre bout de la rue.

Elle bifurqua dans une rue en tout point semblable à celle qu'elle venait de quitter, puis dans une autre, puis dans une troisième, qui zigzaguait au milieu d'un dédale de petits pavillons aux fenêtres soigneusement calfeutrées. Le vent soufflait de plus en plus fort, et les rares passants marchaient en rentrant la tête dans les épaules. Derrière elle, le flic s'était mis à vociférer, mais ils ne prêtèrent pas la moindre attention à ses cris. Tout en courant, Kate jetait des regards autour d'elle. A un coin de rue, juste après l'enseigne au néon d'un pub, se dressait une église de construction récente, dont l'architecture évoquait plutôt celle d'un garage. Une allée latérale la longeait. Kate s'y engouffra et au bout d'une vingtaine de mètres buta sur un mur aveugle. Elle fit demi-tour, hésitant sur la conduite à tenir. Elle avait l'impression d'être une cible au fond d'une galerie de tir.

De combien de temps disposait-elle ? C'était difficile à évaluer. Une minute, peut-être même moins. Elle regarda d'un côté, puis de l'autre. A sa gauche, il y avait la façade latérale d'une maison. A sa droite, le haut mur de l'église. Celui-ci comportait une ouverture, une petite fenêtre à hauteur d'homme. Kate délaça une de ses chaussures et s'en servit pour briser la vitre. Elle glissa un bras à l'intérieur et fit jouer le loquet. Elle fit passer son sac à dos par l'étroite ouverture, puis opéra un rétablissement et se laissa retomber de l'autre côté.

Elle se retrouva dans une pénombre glaciale. L'unique éclairage provenait d'une ampoule nue qui pendait du toit en tôle ondulée. Les murs en briques étaient blanchis à la chaux. Une odeur de pourriture et de crottes de souris flottait dans l'air. La Sainte Église apostolique et romaine, réduite à l'état de taudis. Kate s'engagea dans l'allée centrale, passant entre des rangées de prie-Dieu en bois blanc, et s'avança jusqu'à l'autel. Un christ décharné, la tête ceinte d'une hideuse couronne d'épines dégouttante de sang, les yeux révulsés, se tordait sur sa croix. Écartant le rideau de velours, Kate pénétra dans la sacristie. C'était une pièce minuscule, ténébreuse, pleine de remugles. Elle posa son sac à dos par terre et s'assit dessus, les genoux ramenés sur la poitrine, haletant bruyamment. Elle avait la nausée et une douleur atroce, dont elle ignorait l'origine, lui vrillait le bras droit.

Il ne s'en est fallu que d'un cheveu.

C'est vrai, tu étais à deux doigts d'y arriver.

Que veux-tu dire ?

Tu as failli te faire piquer encore une fois. On dirait que tu le fais exprès.

Sûrement pas.

Tu as décidé de jeter l'éponge. Inconsciemment, c'est ce que tu veux. Tu en as par-dessus la tête de tout ça.

C'est pas vrai.

Ça te libérerait d'un poids, hein ? T'en remettre à Webb, t'en remettre à la justice, en espérant que la disquette de Michael te disculpera.

Pas question. Mais les rues sont sous la neige à présent, il fait froid...

Tu aimerais bien te rendre, hein ? Aller au-devant d'eux, les mains en l'air...

Pas question. Mais sur qui vais-je pouvoir compter désormais ?

Pas sur M. Robert Corso, puisque tu en as décidé ainsi. Donc, il ne te reste plus qu'une issue possible. C'est l'évidence même. Je jure de dire la vérité, toute la vérité, rien que la...

Pas question. Mais une chose est sûre, c'est que je vais me les geler.

Kate appuya ses bras croisés sur ses genoux et posa la tête dessus. Elle avait compris pourquoi elle avait mal : elle s'était coupée sur du verre brisé en passant par la fenêtre. Elle déplaça légèrement le bras, et la douleur s'atténua. Elle s'endormit presque instantanément, sachant que le sommeil était son plus sûr refuge. A son réveil, le silence était si profond qu'elle en déduisit qu'il devait être tard.

307

Elle ressortit de la sacristie. La nef lui parut plus sombre que tout à l'heure, l'ampoule au plafond plus jaune et plus chiche. Elle fit le tour de la vaste salle en empruntant les travées latérales, passant devant les tableaux successifs d'une macabre station de croix. La fenêtre brisée se trouvait juste après la descente de croix, ses tessons déchiquetés laissant pénétrer le vent glacial, comme si le Christ fatigué de son calvaire avait décidé de renoncer à la gloire et de prendre ses jambes à son cou.

Kate jeta un coup d'œil à sa montre. Neuf heures et quart. Elle avait dormi trois heures. Tournant le dos à la fenêtre, elle se dirigea vers l'entrée principale et constata que la porte était fermée de l'intérieur par un simple verrou. Elle le fit jouer, entrebâilla le battant. La rue était déserte et la neige avait pratiquement cessé. Seuls quelques rares flocons soulevés par le vent tourbillonnaient encore çà et là autour des réverbères. Kate sortit de l'église, descendit les marches du parvis et s'éloigna, laissant des empreintes bien nettes, en direction d'une artère commerçante où la neige s'était déjà muée en une espèce de gadoue noirâtre.

Elle passa devant une galerie marchande et sauta à bord d'un bus qui descendait vers la Tamise et les dortoirs de fortune où se retrouvent marginaux et zonards.

Je savais que je pourrais toujours y retourner, se disait-elle. Redevenir une de ces créatures sans visage dont tout le monde se détourne, que personne n'ose regarder en face.

Webb était seul, assis à l'un des bureaux de la salle de travail qu'il partageait avec son équipe. Il lui semblait que les murs lui renvoyaient encore les paroles qu'il avait prononcées un peu plus tôt, des paroles de rage et de dépit, injustes et blessantes. Il revoyait Adams, Nairn et Carol Tanner se tortiller sur leur chaise, les yeux baissés, l'air accablé.

Il sortit, descendit l'escalier et se retrouva sur le parking bourbeux, pataugeant dans la neige glaciale. Il monta dans sa voiture, mais ne mit pas le contact. Il ne lui restait plus qu'à rentrer à la maison.

Là, il s'assit en face de Janice à la table du dîner, mangeant des petits pois surgelés, échangea avec elle des propos insignifiants, l'écouta raconter les événements insignifiants de sa journée.

Il lut son journal tout en regardant à la télé le début d'un film narrant les exploits d'agents du F.B.I. chargés d'enquêter sur une catastrophe aérienne. Janice lui dit qu'elle avait vu le film et que c'était un navet.

Etendu dans le lit, s'étirant au maximum pour lutter contre la désagréable sensation de pesanteur que lui avait laissée son dîner trop tardif avalé à la hâte, il regarda Janice se dépouiller de ses vêtements, les laissant épars sur le sol, et admira son corps svelte et lisse, s'enivrant de sa subtile odeur de parfum et de sueur.

Allongé dans le noir, il se demanda comment Kate Randall avait réussi à lui échapper et à survivre. Il se demanda où elle irait chercher refuge cette fois-ci se demanda ce qu'il aurait fait à sa place ; se demanda combien de temps elle tiendrait le coup ; se demanda (pensée qu'il ne s'autorisait qu'au plus profond de la nuit et du silence) si elle avait vraiment tué Michael Lester, car plus il y réfléchissait plus le mobile lui semblait ténu.

Il ferma les yeux, et pour la énième fois se repassa le même scénario dans la tête : Kate était forcément coupable. Tous les indices matériels concordaient. Sa raison l'incitait à pencher pour cette hypothèse. Son expérience aussi. Ensuite il aborda l'autre scénario, idée obscène qui faisait tache dans son univers de pures certitudes : Kate était peut-être innocente après tout. Car en dépit des indices, de sa raison et de son expérience, Webb avait de plus en plus l'impression qu'il faisait fausse route.

Son sommeil fut troublé par un rêve qui lui revenait souvent ces jours-ci : Kate s'approchait de lui dans le noir et lui disait la vérité, mais il l'entendait comme on entend quand on nage sous l'eau, sa voix était déformée, les mots se confondaient en une bouillie inaudible.

En se réveillant à trois heures du matin, il se demanda où et quand Janice avait bien pu voir le navet en question ; il se demanda aussi pourquoi, pendant l'amour, il lui arrivait d'avoir le regard étrangement vide et l'air un peu renfrogné.

23

L E CABINET de Stuart Donnelly occupait un pavillon de
style victorien dans un quartier qui n'était ni tout à fait
le centre ni tout à fait la banlieue. Il y avait un parc en face
et une librairie à côté. Corso resta un bon moment planté
devant la vitrine de la librairie, attendant qu'il y ait un peu
moins de monde dans la rue, ensuite il se livra à une rapide
inspection de la serrure du pavillon. C'était une serrure trois
points, difficile à forcer. Il y avait un pub au coin de la rue.
Corso y entra, s'installa au bar et commanda une bière. Il
ressortit au bout de dix minutes, s'enfila dans une allée latérale et rejoignit le pavillon de Donnelly par-derrière. Le jardin était protégé par un mur assez haut. La porte qui permettait d'y accéder était munie d'une serrure rudimentaire,
mais Corso se dit qu'elle était probablement verrouillée de
l'intérieur. Le mur était surmonté d'une frise de barbelés.

Corso ôta son manteau, le jeta en travers des barbelés,
puis il prit son élan et sauta. Il dérapa sur le verglas et
s'étala les quatre fers en l'air. Quand il se releva, la forme
de son corps resta imprimée dans la neige.

Le saut suivant fut plus efficace. Il se hissa jusqu'au sommet du mur, passa au-dessus des barbelés, se laissa retomber de l'autre côté et récupéra son manteau. La porte de
derrière, blindée et pratiquement inexpugnable, était flanquée de deux fenêtres à guillotine dont même un enfant
aurait eu raison. Corso tira d'une gaine dissimulée sous sa
veste un gros couteau de chasse à manche de corne et d'un
geste brutal en inséra la lame entre le chambranle et le

montant de la fenêtre. Il exerça une pression latérale sur le manche et le montant s'écarta d'un ou deux centimètres. Il répéta l'opération sur l'autre montant. A présent, la fenêtre bâillait des deux côtés. Il écarta le châssis en soulevant alternativement les deux montants avec son couteau jusqu'à ce qu'il ait suffisamment d'espace pour y glisser les doigts. Il empoigna les deux montants, tira un bon coup et arracha la fenêtre. Il jeta un coup d'œil à l'intérieur et aperçut les fils qui couraient dans la pièce. Si on ouvre une fenêtre munie d'une alarme, c'est le son et lumière assuré. Mais si on la retire d'un bloc, en la tirant vers l'extérieur, il ne se passe rien. Corso sortit une torche électrique de sa poche et en balaya la pièce jusqu'à ce qu'il ait repéré le boîtier de contrôle du dispositif d'alarme. Il eut un sourire : c'était vraiment de la camelote. Il coupa les fils de la fenêtre avec son couteau, passa à travers l'embrasure et déconnecta le circuit.

Autant laisser ses objets de valeur au milieu de la rue, se dit-il. Ils seraient mieux protégés.

Le reste de la maison était à l'avenant – meubles à classeurs même pas fermés à clé, courrier négligemment empilé dans les paniers d'arrivée. Corso s'émerveillait de ce laxisme, mais il changea d'avis en voyant que le bureau de Donnelly était muni d'un coffre-fort tout à fait respectable. Il aurait fallu de la nitroglycérine ou un pain de plastic pour s'y attaquer. Si le bureau renfermait des documents confidentiels, Donnelly les mettait sans doute à l'abri dans le coffre. Pourtant, Corso se livra à une inspection en règle, ouvrant tous les tiroirs, examinant tous les papiers qui traînaient sur les bureaux. Il ne savait pas ce qu'il cherchait au juste ; il était simplement à l'affût de toute mention de Michael Lester, de Kate Randall, ou de W.W.I. Mais sa pêche le laissa bredouille.

Dans le bureau qui jouxtait celui de Donnelly, il y avait un fichier rotatif. Corso y trouva l'adresse du domicile personnel de l'avocat. Il décrocha le téléphone et composa les deux numéros qui figuraient sur la fiche. Dans les deux cas, il tomba sur un répondeur. Le premier lui communiqua le numéro du bureau ; le second lui demanda simplement, sur fond de musique, de laisser un message après le bip.

Donnelly avait deux lignes chez lui, une pour le travail, l'autre pour les amis. Puisqu'il ne répondait ni sur l'une ni sur l'autre, c'est qu'il était sorti. Le système d'alarme de son domicile était-il aussi rudimentaire que celui de son bureau ? C'était probable.

En effet, l'appartement n'était protégé que par une malheureuse cellule à infrarouge, doublée d'une minuterie qui allumait et éteignait les lumières automatiquement, chaque pièce s'éclairant à tour de rôle, toujours dans le même ordre : entrée, cuisine, salon, chambre. Cette régularité d'horloge aurait mis la puce à l'oreille au cambrioleur le moins aguerri. Donnelly habitait un rez-de-chaussée sur jardin, dans une rue bien éclairée où quelques rares passants allaient et venaient encore, la tête rentrée dans les épaules. Corso attendit un moment dans l'ombre du jardin, et quand il n'y eut plus de passants en vue, força une fenêtre et se glissa à l'intérieur. Mettre le dispositif d'alarme hors circuit fut un jeu d'enfant.

Corso passa d'une pièce à l'autre en parcourant tous les murs des yeux. Il repéra sans peine les deux coffres maquillés en socles multiprise. Celui du salon renfermait une Rolex en or, une épingle à cravate ornée d'un cabochon en diamant, quelques bijoux de femme d'époque Art déco et mille livres en espèces. Dans celui de la chambre, il y avait le testament de Donnelly et la disquette de Michael, accompagnée de son texte imprimé. Corso avait enfin trouvé ce qu'il cherchait.

Il s'assit sur le lit pour prendre connaissance du texte. Il n'eut besoin que de lire les passages qui ne figuraient pas dans la version qu'il connaissait déjà. Il n'eut même pas besoin de l'emporter. Il se contenta de mémoriser les points les plus saillants des mémos de Packer à Ralph Farseon. Naylor avait succombé des suites d'une intoxication aiguë au Neophos X-9. Sa mort avait été soigneusement maquillée et W.W.I. avait acheté le silence de sa veuve.

Corso s'imagina que Kate était là, en face de lui, prête à entendre le langage de la raison.

— Bon, à présent je sais tout, lui aurait-il dit. Il ne reste plus qu'une seule inconnue : à qui d'autre que Donnelly as-tu confié ces informations ?

Il répondit à sa question par d'autres questions, en souriant d'un air navré :

— Combien d'autres individus sont dans le secret ? Un seul ? Deux ? Vingt ? As-tu dissimulé une bibliothèque entière de disquettes et de textes dans un tas d'endroits différents, en demandant qu'on les ouvre si jamais il t'arrivait malheur ? Si tu te figures que c'est une protection suffisante, tu te mets le doigt dans l'œil. Un jour ou l'autre, cette histoire finira par sortir. Si tu meurs, la presse en aura vent. Mais si tu ne meurs pas, tu seras obligée de dévoiler le pot aux roses toi-même. A ton avis, quelle est la meilleure solution pour W.W.I. ? C'est simple, non ? Il vaut mieux que tu meures. Ils auront moins de mal à désamorcer cette bombe si tu n'es plus là pour les montrer du doigt. Larry Packer aboutira fatalement à cette conclusion. Il m'a déjà ordonné de te liquider, tu sais. Je ne peux pas te tuer deux fois, évidemment, mais je suis sûr que Larry ne demanderait pas mieux. Il t'a vraiment dans le nez, crois-moi. L'enjeu est de taille pour lui. L'enjeu, c'est son salaire et sa position au sein de la société, qui risque d'être salement compromise si ça tourne mal.

Tout en remuant ces pensées dans sa tête, Corso replaça les documents dans le coffre et remit le socle en place. Il souriait. Ces coffres « indétectables » étaient un secret de polichinelle. Les magazines spécialisés leur consacraient d'innombrables pages de pub. Il aurait fallu être aveugle ou débile pour ne pas en repérer un dans une pièce où on cherchait des documents cachés.

Corso ouvrit quelques tiroirs au hasard, jeta des objets par terre, puis il regagna le salon et lui fit subir le même traitement. Il empocha l'argent liquide et la Rolex, mais dédaigna l'épingle à cravate et les bijoux. Ainsi, on attribuerait l'effraction à un glandu qui était tombé sur un pactole imprévu en cherchant de quoi se payer sa dose de crack. Il reconnecta le système d'alarme, puis jeta un coup d'œil dans la rue. Il n'y avait personne à proximité. Il déclencha volontairement la sonnerie, enjamba la fenêtre et se retrouva dans le jardin. Personne n'accourut. Personne n'ouvrit sa porte à la volée pour se précipiter dans la rue. En s'éloignant, il croisa quelques passants attardés. Aucun ne leva les yeux, aucun ne ralentit le pas.

Ah, ces citadins, partout les mêmes. Ils ne s'intéressent qu'à leur nombril.

Corso se prépara un scotch bien tassé avant de décrocher son téléphone. Il fit le numéro du bureau de Packer et tomba sur un message enregistré, comme il s'y attendait. Par contre, sa teneur le déconcerta quelque peu.

— Ici la boîte vocale de Larry Packer. Je serai absent de mon bureau pendant quelques jours. C'est James Rose qui assurera l'intérim. Soyez assez aimable pour me laisser votre numéro et m'exposer le motif de votre appel. Je vous contacterai dès mon retour.

Corso jeta un coup d'œil à sa montre. Vingt-deux heures trente. Il composa le numéro personnel de Packer. Sa femme mit un temps fou à décrocher.

— Il est pas là, dit-elle d'une voix pâteuse.

Elle était pompette, et franchement gaie. Quand le chat n'est pas là, les souris dansent, se dit Corso.

— Vous ne savez pas où je pourrais le joindre ? lui demanda-t-il.

— Non. Il est en mission, ou je ne sais quoi. En principe, il doit m'appeler. Vous voulez lui laisser un message ?

— Demandez-lui d'appeler Robert Corso.

— D'accord.

— Quand rentre-t-il ?

— Il m'a dit qu'il s'absentait pour deux jours, peut-être trois.

— Il est à New York ?

— Ça m'étonnerait.

— Bon eh bien, vous n'aurez qu'à lui demander d'appeler Robert Corso.

— D'accord.

— Dites-lui de m'appeler sur mon portable.

— D'accord.

— Dites-lui que c'est urgent.

— D'accord.

De toute évidence, elle avait la tête ailleurs. Corso raccrocha. Non seulement madame Packer avait la voix pâteuse, mais il avait perçu de la musique en arrière-fond. Pourquoi est-elle de si joyeuse humeur ? se demanda-t-il. Elle profite de sa solitude, conclut-il. Packer est loin, les enfants sont restés dormir chez des copains, et elle a un invité. Il attend qu'elle se décide à raccrocher, lui caresse les cheveux pendant qu'elle parle, laisse glisser sa main jusqu'à ses seins, et elle sourit en pensant à ce qui va suivre.

Il n'avait qu'à moitié raison. Beth Packer s'était préparé un souper tardif et avait enfilé un kimono noir au-dessus d'une combinaison en soie de la même couleur avec un col en chantilly qui caressait agréablement sa peau laiteuse. Sur la table de la salle à manger éclairée d'une unique chandelle, elle avait dressé un unique couvert : vaisselle de porcelaine blanche, nappe et serviette en damassé blanc. Le menu était d'une simplicité biblique : une demi-douzaine d'huîtres, suivies d'une salade de homard – ses mets préférés. Une demi-bouteille de veuve-clicquot était au frais dans un seau à glace.

Cette soie douce et caressante était pour elle et elle seule. La chandelle, le luxueux linge de table, le délicieux souper, le champagne, tout cela était pour elle et elle seule. Elle versa du champagne dans sa coupe et la leva pour porter un toast.

Un toast aux maris absents.

Les chaussures de Kate avaient encore l'air neuf, mais son duvet était déjà tout chiffonné et constellé de taches. Elle s'était rencognée contre une porte d'immeuble, le visage tourné vers le mur pour ne pas sentir le vent. Sa nouvelle copine, Stacey, s'était installée dans l'angle opposé, collant ses jambes contre celles de Kate pour se réchauffer. Son sac de couchage déchiré et crasseux avait perdu une partie de son molleton. Tous les biens qu'elle possédait au monde étaient rassemblés dans le fourre-tout de toile qu'elle portait en bandoulière la première fois que Kate l'avait vue, et qui ne la quittait jamais. Avant d'arriver à cet endroit, elles avaient arpenté un bon moment les rues de Soho à la recherche de ce que Stacey appelait « la bonne planque ». Kate ne voyait pas très bien pourquoi elle avait jeté son dévolu sur cette entrée d'immeuble plutôt qu'une autre, mais il fallait à tout prix que ce soit celle-là, à proximité d'un certain pub, d'une certaine allée latérale.

— Cette nuit, j'aimerais être ailleurs, avait dit Stacey. Il ne fait pas bon rester dans les rues.

Un vent coulis, aigre et coupant, s'insinuait partout. Il n'y avait pas moyen d'y échapper.

Vers la fin de l'après-midi, alors que le jour commençait à décliner, Kate avait pris place sur un banc, au centre d'un petit rectangle de gazon pelé et sale. Stacey était venue s'asseoir à côté d'elle et, sans un mot, lui avait tendu sa canette de bière. Kate avait bu une gorgée à la régalade. La bière lui avait fouetté les sangs ; on l'avait corsée avec un produit plutôt décapant. Quand Kate s'était remise en route, Stacey lui avait emboîté le pas. Tout en marchant, elle avait parlé sans discontinuer. Jadis, elle avait traversé toute la France en auto-stop, et passé quelque temps sur la côte d'Azur. « Quand je faisais la manche, je ne m'adressais qu'aux touristes anglais », avait-elle précisé en riant. Elle avait parlé des vols d'hirondelles qui s'abattaient en tourbillonnant sur les villages à la tombée de la nuit, du pain, des olives et du gros rouge dont elle se nourrissait, des champs de tournesols où elle passait la nuit. « Ah, si seulement je pouvais y retourner, avait-elle dit. Qu'est-ce qui m'a pris de revenir ici ? Cette nuit, qu'est-ce que je ne donnerais pas pour être ailleurs ! »

Kate avait compris que Stacey s'en remettait entièrement à la chance. Et ces temps-ci, la chance ne lui souriait guère. La guigne anglaise – la guigne de Soho – lui collait aux semelles. C'était pour cela qu'elle avait échoué dans cette entrée d'immeuble, en plein gel.

— J'ai la dalle, dit-elle. Tu aimes la pizza ?

— Oui, dit Kate.

— T'as du fric ?

Du fric, il y en avait plein dans le réticule à fermoir de jais dissimulé dans la doublure du blouson de Kate, mais elle ne connaissait pas assez bien Stacey. Elle fit non de la tête. Stacey hocha tristement la sienne en guise de réponse, puis elle se mit à observer les allées et venues des passants.

La neige balayait la chaussée de ses blancs tourbillons, encroûtant leurs sacs de couchage.

— J'ai une de ces faims, dit Stacey. Non, décidément, je ne tiens pas à passer la nuit dehors par un temps pareil.

Elle s'extirpa de son sac de couchage et se leva. Quoique anguleuse, elle était plutôt jolie : menton pointu, lèvres pulpeuses, cheveux bruns épais et bouclés, pommettes saillantes, orbites creuses soulignées de cernes blafards. Elle portait une longue jupe qui semblait avoir été taillée dans un rideau et un blouson de cuir en loques au-dessus d'un pull à col roulé trop grand.

— Où tu vas ? lui demanda Kate.

— Garde mes affaires à l'œil, dit Stacey.

Kate hocha la tête. Stacey marcha jusqu'à l'entrée de l'allée et s'y engagea. Au bout d'un quart d'heure, Kate s'extirpa à son tour de son sac de couchage et parcourut sans bruit les quelques pas qui la séparaient de l'angle du bâtiment. L'allée était légèrement en pente et plongée dans une obscurité totale. Kate n'y voyait goutte, mais elle perçut un battement étouffé, régulier, comme si quelqu'un avait esquissé un pas de danse dans les ténèbres. Elle avança de deux ou trois mètres, et s'arrêta. Le son était plus proche, et apparemment le danseur s'essoufflait, car les battements de pieds, de plus en plus rapides, étaient maintenant accompagnés d'un halètement rauque.

Puis, dans un renfoncement du mur, elle discerna la silhouette de Stacey, le dos contre la paroi, la jupe retroussée jusqu'à la taille, les jambes écartées, et celle d'un homme debout entre ses cuisses, qui la chevauchait en ahanant comme un phoque. C'étaient leurs semelles qui produisaient ce bruit étouffé en heurtant rythmiquement le sol couvert de neige à demi liquéfiée. Kate resta pétrifiée sur place, contemplant la scène d'un œil fasciné. Debout dans la pénombre de l'allée, elle les regarda. Elle avait la sensation d'être une voyeuse, l'œil collé à un trou de serrure. Elle vit les mains de l'homme glisser sous les cuisses de Stacey, seule partie visible de son corps. Tremblant un peu sous le poids qui les écrasait, elles paraissaient d'une blancheur irréelle dans la pénombre.

L'homme avait le buste plié et nichait sa tête au creux

de l'épaule de Stacey. Stacey tordit le cou vers la gauche pour écarter son visage du sien, et son regard rencontra celui de Kate. Il était vide, entièrement inexpressif, ses traits n'avaient plus de contours définis, comme si on les avait effacés d'un coup d'éponge. Le mouvement de l'homme s'accéléra. Le dos de Stacey heurtait le mur de briques, sa tête dodelinait mollement, mais son visage n'exprimait rien. Elle regardait fixement Kate, sans ciller, les halètements de l'homme se muèrent en une espèce de gémissement aigu, il donna de terribles coups de boutoir, la faisant osciller d'avant en arrière, puis un dernier spasme le secoua et il s'immobilisa.

Kate s'éloigna à reculons, tourna les talons et regagna son précaire abri. Quelques instants plus tard, Stacey la rejoignit et entreprit de rouler son sac de couchage.

— On a de quoi se payer une chambre, dit-elle. On sera mieux que dans la rue. Il fait pas bon être à la rue par un temps pareil. On pèle de froid.

Dans la chambre, il faisait à peine moins froid que dehors, mais le lit était encore tiède. De toute évidence, il venait de servir. Elles ouvrirent leurs sacs de couchage en grand, les étalèrent au-dessus du couvre-lit, puis se déshabillèrent. Il y avait un évier dans un coin. Stacey lava les sous-vêtements qu'elle avait sur elle et les sous-vêtements de rechange qu'elle transportait dans son fourre-tout. Ensuite, nue comme un ver, elle se glissa entre les deux sacs de couchage. Kate s'allongea à côté d'elle.

Stacey sombra instantanément dans le sommeil. Sa respiration était lente et régulière. Elle se colla contre Kate, nichant ses fesses au creux de ses cuisses, et frissonna voluptueusement, comme si elle faisait un rêve agréable. Kate sentit la chaleur qui émanait d'elle, et elle ne se rétracta pas. Elle entoura d'un bras le corps nu de la jeune femme, effleurant ses seins menus, et se coucha en chien de fusil. Elles étaient imbriquées l'une dans l'autre, comme deux fourchettes dans un tiroir à couverts.

Kate s'endormit, bercée par la respiration de Stacey. Ses rêves furent d'une légèreté impalpable. Elle rêva de neige et de nuages. Au loin, elle entendait une musique.

Le lendemain matin, Stacey se retourna vers elle, l'enlaça et lui déposa un fugace baiser sur les lèvres, puis se leva pour faire sa toilette à l'évier.

— L'eau est à peine tiède, fit-elle observer.

Ecartant les jambes, elle s'aspergea le ventre et l'intérieur des cuisses, puis s'essuya à l'aide d'une serviette usée jusqu'à la trame. Kate s'approcha de la fenêtre et regarda dehors. De lourds flocons dérivaient lentement dans l'air gelé. Il y avait du givre aux carreaux.

— Tu veux qu'on retourne dans la rue, ou tu préfères qu'on reste encore un moment ? lui demanda Stacey. On a jusqu'à dix heures, je crois. On peut prendre le petit déjeuner ici, mais c'est pas fameux, autant aller ailleurs. T'as des ennuis, ou quoi ?

Apparemment, elle n'avait posé toutes ces questions que pour arriver à celle-ci.

— Alors, t'as des ennuis ? insista-t-elle.

— Oui, dit Kate.

— Avec les flics ?

— Oui.

— C'est grave ?

— Ils croient que j'ai fait du mal à quelqu'un.

— C'est vrai ?

— Non.

— C'est pour ça que tu dors dans la rue ?

— Oui.

— Qu'est-ce que tu vas faire ?

— Ça, j'en ai pas la moindre idée.

Stacey médita là-dessus un instant, puis entreprit de s'habiller. Au bout d'un moment, une ampoule s'alluma dans sa tête.

— Est-ce que tu es célèbre ? demanda-t-elle.

— Quelle idée ! répondit Kate en riant.

— T'es pas une criminelle célèbre ?

— Non.

— Ils croient que tu as tué quelqu'un, c'est ça ?

— Oui.

Stacey s'apprêtait à enfiler une chaussette. Elle laissa son geste en suspens.

319

— Oh merde, siffla-t-elle entre ses dents. De quoi ils t'accusent ?

— D'avoir poignardé un homme.

Les yeux de Stacey s'agrandirent.

— Mais c'est pas vrai ? demanda-t-elle dans un souffle.

— Non, Stacey, c'est pas vrai.

Stacey acheva de s'habiller en silence.

— Vaut mieux qu'on traîne pas ici, dit-elle à la fin.

Je lui ai fait peur, se dit Kate. Elle va me fausser compagnie sous peu. Dès qu'on sera dans la rue, elle va prendre ses jambes à son cou.

— T'en as du fric, ou pas ? lui demanda Stacey.

Kate glissa une main dans la doublure du blouson canadien et en ramena le réticule en satin noir. Elle montra le rouleau de billets à Stacey – il lui restait autour de deux mille cinq cents livres – et se dit aussitôt : *Peut-être que je suis en train de faire une connerie.* Mais Stacey se borna à fixer l'argent d'un œil incrédule, puis éclata d'un rire un peu amer.

— Quand je pense que j'ai fait une passe pour avoir de quoi payer cette chambre et deux pizzas au jambon.

— Excuse-moi.

— Tu te méfiais de moi ?

— Je ne savais pas que tu allais te faire sauter au fond d'une allée, dit Kate.

Elle détacha un billet du rouleau et le tendit à Stacey.

— Mais non voyons, dit Stacey. T'étais mon invitée.

— Prends-le.

Stacey empocha le billet et se dirigea vers la porte. Kate la regarda s'éloigner, s'apprêtant déjà à lui adresser un signe d'adieu.

— Allez viens, dit Stacey. Je vais t'emmener à un endroit où tu pourras faire bon usage de ton magot.

Corso et Packer s'étaient donné rendez-vous pour déjeuner dans le restaurant dont le patron traitait ses clients comme des chiens. La salle était bourrée, et des gens qui n'avaient pu obtenir une table faisaient la queue sous la neige, espérant une annulation de dernière minute.

320

— Vous avez envoyé un mémo à Ralph Farseon, dit Corso. Pas le mémo destiné aux archives, mais celui qui...

Packer leva une main.

— Elle l'a vu ? demanda-t-il.

— Elle l'a.

Packer déplia la carte et la fixa d'un œil ulcéré, y cherchant peut-être le proverbial plat qui se mange froid.

— A part elle, qui est en possession de ce document ? demanda-t-il.

— Stuart Donnelly.

— Personne d'autre ?

Corso s'esclaffa.

— Comment voulez-vous que je le sache ? dit-il. Mais à mon avis, il doit y avoir d'autres copies en circulation.

— Merde ! fit Packer en buvant une gorgée d'eau. Où est celle de Donnelly ?

— Chez lui, dans un coffre mural.

— Vous l'avez récupérée ?

— A quoi bon ? Il l'a déjà lue. Une disquette, ça peut se reproduire à l'infini. Si la fantaisie lui en prenait, Kate Randall pourrait la balancer sur Internet.

— Vous auriez dû la barboter.

— Ça lui aurait mis la puce à l'oreille. Tandis que là, il attribuera l'effraction à un camé.

— Vous croyez qu'on pourrait l'acheter ?

— Donnelly ? Ça m'étonnerait.

— Il est avocat, non ?

— On n'est pas aux États-Unis.

— Et alors ? Je lui proposerai des livres à la place des dollars.

— C'est une éventualité à laquelle vous pourriez peut-être songer.

— Donnez-moi son adresse.

— Il ne mange pas de ce pain-là, j'en suis quasiment certain.

— D'accord, c'est Monsieur Propre. Alors, vous me la donnez cette putain d'adresse ?

Corso obtempéra.

— Où vous en êtes avec Kate Randall ? lui demanda Packer.

— Au stade de la discussion.

— Elle vous a appelé ?

— On communique par e-mail.

— Et elle vous dit quoi ?

— Elle dit qu'elle va revenir.

Packer hocha la tête. Un garçon s'approcha de leur table et nota leurs commandes d'un air suprêmement dédaigneux, comme si leur choix avait été dépourvu de toute originalité. Quand il se fut éloigné, Corso dit :

— Vous avez pris quelques jours de congé ?

— J'ai des affaires à régler.

— Des affaires qui me concernent ?

Packer s'esclaffa.

— Vous croyez qu'il n'y a que Kate Randall, que je n'ai pas d'autres emmerdements ?

Corso détourna les yeux, feignant d'être désappointé. Packer lui mentait, c'était ennuyeux. Ça l'aurait arrangé d'en savoir plus, mais il faudrait qu'il se contente de conjectures.

— Vous croyez vraiment qu'elle va revenir ? lui demanda Packer. Qu'est-ce qui vous rend si optimiste ?

— Elle n'a pas d'autre endroit où aller, dit Corso.

— Où est-elle, alors ?

— Dans la nature. C'est une situation précaire, elle ne la supportera pas longtemps.

Ce mec-là ne me livrera pas Kate Randall, se disait Packer. Il la veut pour elle. Il y a quelque chose entre eux. Un lien qui m'échappe. Il faut que je m'arrange pour le garder à l'œil. Que je ne le lâche pas d'une semelle.

— Je dois m'absenter de Londres pendant quarante-huit heures, dit-il. Tenez, voilà mon numéro de portable.

Le numéro était bidon.

— D'accord, dit Corso en prenant le petit bristol que lui tendait Packer.

Le sommelier exhiba une bouteille à Packer, la déboucha et versa un peu de vin dans son verre.

— Vous n'avez qu'à le remplir, lui dit Packer. Si le vin n'est pas bon, je vous le recracherai à la gueule.

Stacey entraîna Kate dans une suite de magasins, dont elles ressortirent les bras chargés de paquets. Elle ne lui fit pas vraiment jeter l'argent par les fenêtres. Si Stacey avait eu des goûts dispendieux un jour, elle avait dû les perdre dans la rue. Elle aurait voulu faire de folles dépenses, mais elle ne savait pas comment s'y prendre. Dans une galerie marchande, elle s'acheta une veste brodée et une boule de cristal montée sur un petit socle en émail. Elle la leva vers la lumière afin qu'elle capte leur reflet, puis l'inclina peu à peu. Leurs visages distordus rapetissèrent et le socle sembla les happer.

— Je connais ton avenir, dit Stacey, aux anges.
— Qui te l'a dit ?
— Ma boule de cristal.
— Qu'est-ce que tu as vu ?
— Un endroit où crécher.

C'était un squat où il fallait acquitter un droit d'entrée, puis verser un loyer au taulier, qui s'appelait Mario. Sa petite entreprise tournait à merveille. C'était lui qui gérait la caisse commune, distribuait les chambres, répartissait les corvées. Mario avait beau être tout en bas de l'échelle sociale, il semblait promis à un bel avenir. Après avoir pris possession d'une chambre, Kate et Stacey eurent un assez long conciliabule.

— Mario est une crapule, dit Kate.
— Peut-être, mais on est à l'abri, rétorqua Stacey en haussant les épaules. On a autant besoin l'une que l'autre d'un toit sur la tête. Il neige.
— Je sais.
— La neige est arrivée trop tôt cette année. D'habitude, il n'en tombe jamais avant Noël.
— Je sais. Il y a combien d'habitants dans ce squat ?
— Six. Avec nous, ça fait huit. On ne voit jamais les mêmes têtes. Ceux qui ne payent pas leur loyer se font jeter.
— Où est-ce qu'ils trouvent l'argent ?
— Ils font la manche, ou ils chapardent. On est à l'abri ici, Kate. On est mieux que dans la rue.
— Ce type est un exploiteur.

— Que veux-tu, le monde est comme ça. Quelle importance, tu as de quoi payer, non ?

Mario entra dans la pièce. C'était un homme d'une trentaine d'années, mince et fluet, avec un début de barbe et de longs cheveux noués en queue-de-cheval. Son jean et son blouson de cuir étaient à peine élimés. Avec un grand sourire découvrant une incisive cassée, il présenta sa main ouverte à Kate. Elle sortit de sa poche la mince liasse de billets qu'elle avait prélevée dans son réticule et en détacha le montant du loyer.

— Bienvenue et merci, dit Mario en empochant l'argent.

Il fixait du regard les sacs en plastique qui contenaient les emplettes de Stacey.

— Cette chambre est à nous ? lui demanda Kate.

— Il y a six autres personnes ici. Chacun dort où il veut.

— On peut l'avoir pour nous seules ?

— C'est une communauté, on partage tout.

Kate lui donna les quelques billets qui lui restaient.

— D'accord, dit-il en les fourrant dans sa poche avec les autres. La chambre est à vous.

Quand Mario fut ressorti, Stacey entreprit de changer le mobilier de place. Il se composait d'un vieux canapé, d'un fauteuil, d'une table basse et d'un matelas posé à même le sol. Un poêle à pétrole emplissait la pièce d'une odeur âcre, un peu écœurante. Une lumière froide, blafarde, entrait à flots par la fenêtre, conférant aux objets des contours un peu irréels. Dehors, la neige avait redoublé. De gros flocons duveteux s'abattaient sur la ville, amortissant les sons, recouvrant tout d'un épais tapis blanc.

Stacey posa la boule de cristal sur la table basse, plaça ses mains en coupe autour et la fixa intensément des yeux.

— Qu'est-ce que tu vois ? lui demanda Kate.

— De la neige. Un avenir tout blanc.

Quand ils ressortirent du restaurant, Packer était ivre. Pourtant, il ne titubait pas, ne trébuchait pas sur les mots. Il aurait suffi de deux verres de plus pour qu'il ait la voix pâteuse et le pas mal assuré, mais il s'était bien gardé de franchir cette limite.

— Vous pourriez me déposer quelque part ? demanda-t-il à Corso.

— Bien sûr. Où est-ce que je vous emmène ?

— A la gare de Charing Cross, dit Packer. Une affaire m'appelle en province.

Il aimait être dans cet état. Ivre, mais pas suffisamment pour perdre le nord. Ça lui donnait la sensation d'être invincible, et excessivement malin. Il sortit un paquet de chewing-gums de sa poche, s'en fourra un dans la bouche, jeta le papier d'emballage.

— C'est du chewing-gum à la cannelle, annonça-t-il à Corso. Vous aimez ça ?

— Non.

— On n'en trouve pas à Londres, vous savez.

— Sans blague ? dit Corso, en actionnant l'ouverture automatique.

Packer s'affala lourdement sur le siège du passager.

— Cette affaire qui vous appelle en province, elle est d'ordre professionnel ?

— Évidemment, dit Packer. Sinon, ce ne serait pas une affaire.

Corso s'engagea sur la chaussée enneigée. Sa voiture de location était une Ford de modèle courant, d'une banalité rassurante. Autour de lui, les automobilistes patinaient à qui mieux mieux sur le verglas, et ses essuie-glace ramenaient la neige en tas sur les deux côtés du pare-brise. Packer abaissa sa vitre et jeta son chewing-gum dehors. En apparence, du moins.

Corso le déposa devant la gare et rejoignit le flot de circulation, ignorant qu'un minuscule émetteur, enrobé de chewing-gum à la cannelle, était collé sous le siège que Packer venait de quitter.

Pour avoir du courant, Mario s'était branché directement sur le réseau. De temps en temps, des techniciens de la compagnie d'électricité venaient lui saboter son installation, l'obligeant à jouer les spéléologues pour la remettre en place. Mais ils ne jouaient à ce petit jeu-là que quand il faisait beau. Aucun technicien n'était assez zélé pour aller dégager une lourde plaque d'égout obstruée par la neige.

Kate brancha son mini-ordinateur sur une prise pirate et rédigea un e-mail :

Pourquoi te ferais-je confiance ?
Laisse Joanna tranquille.
Donne-moi une bonne raison

La bonne raison, elle est toute trouvée. Après tout, tu l'as abusé aussi. En matière de duplicité, tu n'as rien à lui envier.

Il ne m'inspirait pas confiance. Aujourd'hui, c'est encore pire.

Pourquoi ne lui as-tu pas parlé des mémos de Packer ?

Parce que je me méfiais de lui.

Pourquoi ne lui as-tu pas dit que tu avais été voir madame Naylor et que c'était elle qui t'avait assommée, prouvant par là même qu'elle avait des choses à cacher ?

Parce que je me méfiais de lui.

Et il a prouvé que ta méfiance était fondée en te filmant à ton insu, c'est ça ?

Exactement.

Il pensait que tu lui cachais des choses, et il avait raison.

D'où sort-il, d'abord ? Je ne sais pas qui il est.

Mais si, tu le sais. Il est journaliste. C'est un ami de Michael. Il t'a soignée quand tu étais malade, il t'a soignée quand tu avais le crâne fendu, il t'a sauvé la mise à Penarven, il ne t'a pas livrée à Webb alors que rien ne l'en empêchait, et en plus il baise bien.

Pardon ?

En plus, il...

Qu'est-ce que tu ferais à ma place ?

Parle-lui des mémos. Demande-lui son avis. Est-ce qu'ils suffiront à convaincre Webb ? Parle-lui de madame Naylor. Retourne la voir avec lui. Tu n'as pas encore épuisé toutes les pistes.

Je suis bien ici.

Tu trouves ?

Je suis en sûreté.

Tu vas rester là jusqu'à la fin de tes jours, c'est ça ? Avec

Stacey et Mario ? C'est le foyer de tes rêves, peut-être ? Ton idéal dans la vie ?

Si je m'enfuyais à l'étranger ?

Robert te l'a suggéré. Tu te souviens de ce que tu lui as répondu ?

D'accord.

Quoi, d'accord ?

Lâche-moi un peu, j'ai besoin de réfléchir.

A quoi veux-tu réfléchir ?

Tu vas la fermer, oui ? Ferme-la, je te dis !

Kate expédia l'e-mail sans y changer une virgule.

Packer but un café au buffet de la gare, puis il prit un taxi pour regagner l'appartement où il avait déjà passé la nuit précédente, non loin du parapet d'où il avait contemplé la Tamise avec Corso tandis que Kate fixait le petit œil immobile et froid de la caméra vidéo. C'était l'appartement d'une certaine Susan, qui appréciait les largesses de Packer à leur juste valeur.

Il était un peu plus de quatre heures quand il y arriva. Il gagna aussitôt la chambre à coucher, se déshabilla, se glissa entre les draps et s'endormit.

Corso reçut l'e-mail de Kate et composa une réponse sur-le-champ.

Elle disait : *Une seule raison : tu n'as que moi. Tu connais mon numéro.*

Stacey sortit pour aller chercher de quoi dîner. Elle se glissa dehors par une fenêtre et fit de même en sens inverse. Après la tombée de la nuit, aucun des habitants du squat ne faisait usage de la porte, décidément trop vulnérable.

Stacey avait rapporté un menu chinois pour deux : nouilles sautées, porc à l'aigre-doux, riz blanc, légumes baignant dans une sauce brune. Elles mangèrent en silence. Kate n'avait guère d'appétit. Au bout d'un moment, elle demanda :

— Tu fais ça souvent ?

La fourchette de Stacey resta un instant en suspens au-

327

dessus de sa bouche. Puis elle sourit et enfourna sa nourriture.

— Quoi ? demanda-t-elle, et sans laisser à Kate le temps de lui répondre elle ajouta : Bof, ça m'arrive de temps en temps, pas toi ?

— Pas pour du fric dans une ruelle obscure.

— La ruelle, je m'en serais bien passée. Il faisait tellement froid.

— Mais ça ne t'ennuie pas de... ?

— De baiser pour du fric ? compléta Stacey. Pourquoi ça m'embêterait ? Tu baises pour quoi, toi ?

— Parce que j'en ai envie.

— Ben moi aussi, tu vois. J'avais envie de ce fric.

— Je pensais à un autre genre d'envie.

— Tu veux dire que tu baises par amour ?

Kate eut un sourire.

— Quelquefois, oui.

— Moi aussi, dit Stacey. Moi aussi. Mais les autres fois, tu le fais pour quoi ?

Susan se glissa dans le lit et enlaça Packer. Il se réveilla, lui sourit, puis se leva et entreprit de s'habiller. Il éprouvait une excitation fébrile, comme un pilote de course sur la grille de départ, un jockey derrière le starting-gate.

Enfin de l'action, se disait-il. Du travail de terrain ! Depuis le temps que ça ne m'était pas arrivé !

— Faut que je sorte, dit-il.

— D'accord.

— Mais je reviendrai.

— D'accord.

— Quelle heure est-il ?

— Dans les dix heures.

— Je ne tarderai pas. Prépare-moi à dîner.

— T'as qu'à acheter des plats cuisinés, dit-elle.

— Quel genre ?

— Je sais pas moi, chinois.

Elle avait pris un air renfrogné.

— Où tu vas comme ça ? demanda-t-elle.

— J'ai à faire.

Packer souriait, mais son intonation était sèche, brutale.

— C'est si important que ça ?
— Bien sûr que c'est important. Pourquoi ?
— Parce que tu bandes.
Ah, le travail de terrain. Ça vous met des frissons partout.
— C'est toi qui me fais cet effet-là, dit-il.
Susan repoussa les couvertures, découvrant son corps nu.
— Garde-moi ça au chaud, je reviens, dit-il.
Susan se retourna sur le ventre et enfouit son visage dans l'oreiller.
— Pas de glutamate, dit-elle. Ça me fait gerber.

24

QUAND Packer sortit de l'immeuble, il faisait nuit noire. L'air était immobile, glacial. Un épais manteau de neige recouvrait la ville, la nimbant d'une phosphorescence blême, un peu fantomatique.

De l'action !

Il se gara à deux rues de l'immeuble de Stuart Donnelly, s'en approcha sans hâte, sonna à la porte. Donnelly vint ouvrir et Packer le gratifia de son plus beau sourire, désarmant de candeur et de charme.

— Stuart Donnelly ?

— C'est moi.

— Je vous apporte un message de la part de Kate Randall.

Packer avait dit cela sur le ton de la confidence. Sans répondre, Donnelly esquissa un mouvement en arrière et Packer avança d'un pas, franchissant le seuil.

— On peut parler ? demanda-t-il. Personne ne risque de nous entendre ?

— Non, je suis seul, dit Donnelly, toujours sous le coup du sourire, de la voix douce et chaleureuse.

Du moment qu'il me laisse entrer dans la salle de séjour, tout ira bien, se disait Packer.

— C'est Kate qui m'a donné votre adresse, dit-il. J'ai pensé qu'il valait mieux ne pas me montrer à votre cabinet.

— Je comprends, fit Donnelly, qui essayait de mettre de l'ordre dans ses pensées. Vous êtes un ami de Kate ?

— Je suis journaliste à *Planète verte*, dit Packer. Je collaborais souvent avec Michael Lester. Kate m'a contacté.

— Vous l'avez vue ?

Packer s'esclaffa et fit non de la tête.

— Elle m'envoie des e-mails.

— Elle vous les envoie d'où ? demanda Donnelly tout en se dirigeant à reculons vers la salle de séjour.

— D'où voulez-vous qu'elle me les envoie ? Du cyberespace, de quelque part sur le Web. Du bout de ses doigts.

Maintenant que sa supercherie était au point, Packer n'y aurait renoncé pour rien au monde. Il s'amusait comme un petit fou.

— Otez donc votre manteau, lui dit Donnelly. Puis-je vous offrir un verre ?

— Ça ne sera pas de refus, dit Packer. Mais je ne suis là que pour vous transmettre un message, je ne vais pas m'attarder.

Il ne discerna aucune trace de la visite de Corso, hormis une minuscule fêlure au bas du trumeau de la cheminée. Tout était en ordre à présent : les livres avaient retrouvé leurs rayonnages, les tiroirs étaient refermés, les bibelots avaient repris leur place habituelle. Une statuette en bronze représentant un cheval cabré, fixé à un socle lourd et massif, trônait au milieu de la table basse.

Tournant le dos à Packer, Donnelly fit un pas en direction d'un buffet sur lequel s'alignaient plusieurs rangées de bouteilles.

— Voyons, j'ai du scotch, du gin, de la vodka, du sherry...

— Un scotch ferait tout à fait mon affaire.

Donnelly déboucha une bouteille et l'inclina au-dessus d'un verre en demandant :

— Qu'est-ce qu'elle vous a... ?

Packer empoigna la statuette, avança d'un pas en lui faisant décrire un moulinet et la lui abattit sur le crâne. Le lourd bloc de bronze l'atteignit juste au-dessus de l'oreille, produisant un craquement sinistre. Lâchant la bouteille et le verre, Donnelly fit un pas en arrière et tomba assis sur le bord d'un fauteuil, le regard vide, les yeux écarquillés. Packer le frappa une deuxième fois au même endroit. Les muscles de l'avocat se relâchèrent et il s'affala comme un pantin désarticulé, sa tête pendant mollement au-dessus de l'accoudoir. Packer avala une grande goulée d'air, recula pour prendre son élan et abattit sa massue improvisée pour la troisième fois, avec un *han* de bûcheron, en se dressant sur la pointe des pieds pour que le coup fasse un maximum d'effet. L'impact produisit un bruit mouillé, spongieux.

Packer passa dans la chambre à coucher, ôta ses vêtements et les examina un à un, cherchant des traces de sang. Il ne décela que quelques éclaboussures sur ses gants. Il s'était dépouillé entre autres d'une gaine fixée à l'arrière de sa ceinture qui contenait un .38 à canon court. Il ne s'était muni du revolver qu'à titre de précaution. Il fallait que le meurtre passe pour l'œuvre d'un camé revenu sur les lieux pour s'offrir un petit rabiot.

Nu comme un ver, mais toujours ganté, il passa dans la cuisine et se munit d'un couteau bien aiguisé. Donnelly n'avait pas bougé d'un poil. Packer lui trancha la gorge et fit un bond en arrière, mais malgré cela un peu de sang lui gicla sur l'avant-bras, lui dessinant un bracelet de petites perles écarlates autour du poignet. Il laissa tomber le couteau sur la moquette, éteignit toutes les lumières et gagna la salle de bains. Il fit couler la douche, attendit que l'eau soit très chaude et se plaça sous le jet, sans retirer ses gants. Après s'être essuyé, il nettoya la cabine de douche à fond, puis se rhabilla et retourna dans la cuisine. Il emballa la serviette-éponge dans un sac-poubelle, enroula le paquet sur lui-même pour qu'il tienne le moins de place possible et se le glissa sous l'aisselle.

De l'action, se disait-il, de l'action ! Il avait la tête légère. La douche brûlante lui avait rosi les joues.

Il retourna dans la chambre, descella le socle multiprise qui dissimulait le coffre et en retira la disquette et le texte imprimé. Il y jeta un rapide coup d'œil, reconnaissant le mémo confidentiel qu'il avait adressé à Farseon.

Sale petite garce, pensait-il. *Tu m'as assez chié dans les bottes comme ça. Je vais te faire passer le goût du pain, moi.*

Il regagna la salle de séjour, força l'autre coffre mural, fit main basse sur l'épingle à cravate et les bijoux. La veste de Donnelly était accrochée au dossier d'une chaise. Packer en sortit son portefeuille, le vida de l'argent liquide et des cartes de crédit qu'il contenait. Ensuite il s'approcha de la fenêtre et jeta un coup d'œil dans la rue. Elle était déserte. En marchant de la porte au trottoir, il traîna des pieds à la façon d'un skieur de fond, pour brouiller ses empreintes. Il regagna sa voiture sous un ciel constellé d'innombrables étoiles qui répandaient une lumière crue sur les rues étincelantes de givre.

Les étoiles, se disait-il. C'était écrit. Cette pauvre cloche de Donnelly n'y pouvait rien. J'étais l'instrument du destin.

Il éclata de rire. De l'action, comme au bon vieux temps.

Corso était attablé dans un restaurant, devant une bouteille de vin à moitié vide. Sa deuxième bouteille de vin. Il était le dernier client, avait fini de manger. Par l'effet d'une de ces coïncidences mystérieuses qui régissent l'univers, lui aussi avait fait un repas chinois ce soir-là.

Le froid le dérangeait, comme un trappeur qui ne retrouve plus les traces de sa proie dans la neige fraîche, ne discerne plus ses laisses enrobées de gel. Il pensait au petit homme gris qu'il avait tué. Sa quatrième victime. C'était par un soir de neige, dans le bas de Manhattan, non loin des quais de l'Hudson. L'homme rentrait chez lui à pied, comme d'habitude. Corso lui avait fendu le crâne, sachant qu'il ne serait jamais qu'un passant assassiné de plus, un cadavre de plus à la morgue. Il l'avait délesté de son portefeuille par souci de réalisme. Il se souvenait de l'étrange auréole rouge s'élargissant dans la neige autour de la tête du mort.

Un garçon vint poser des chaises retournées sur la table de Corso, mais il lui tapota l'épaule comme pour lui dire : « Restez tout le temps que vous voudrez. Toute la nuit, si ça vous chante. » Sa corvée une fois terminée, le garçon alla s'installer à une table du fond avec d'autres employés du restaurant. Ils mangèrent leur soupe en fumant et en bavardant. Corso aurait voulu se joindre à eux, aurait voulu leur demander : « Comment faites-vous pour mener une vie pareille, une vie où on peut manger sa soupe en grillant une cigarette et en bavardant avec ses copains, avant de rentrer à la maison par les rues couvertes de neige, en sachant que vous ferez la même chose demain, après-demain, et tous les autres soirs ?

« Quel est votre secret ? », leur aurait-il demandé.

Les nouilles sautées de Kate, le bœuf à la sauce piquante de Corso, les cartons de soupe au vermicelle chinois et de beignets de crevettes que Packer ramena chez Susan... L'univers tournant sur lui-même comme une roue gigantesque, la fuite des galaxies, les flocons de neige tous dissemblables mais se répétant à l'infini...

Susan aimait manger avec des baguettes, en approchant le bol de sa bouche.

— Ton affaire a bien marché ? demanda-t-elle.

— Oui, tout s'est bien passé, dit Packer.

Il se sentait incroyablement lucide et bien dans sa peau. Il n'en revenait pas que ça ait pu être aussi facile. Il se sentait bien, et il débordait d'une énergie surhumaine. Les muscles de ses mollets et ses biceps étaient tendus comme des câbles.

Putain, qu'est-ce que c'était facile.

Aussi facile que dans sa jeunesse. En ce temps-là, Packer faisait partie d'une équipe. On pouvait même parler de famille. Il y a des familles partout, se disait-il. Dans la mafia, dans l'industrie, dans la politique. Sa famille à lui avait son siège à Langley, en Virginie. Le monde est organisé en tribus. Le monde obéit à certaines lois. En matière de réussite, c'est la loi des proportions inversées qui s'applique. S'il y a des gagnants, il y a forcément des perdants. Et quelquefois, les perdants ne s'en relèvent pas. Il y en a même qui y laissent leur peau.

Au temps de sa jeunesse, l'époque la plus passionnante de sa vie, Packer en avait vu quelques-uns, de ces perdants. En simple témoin, parfois aussi en exécutant. C'était ça, le travail de terrain. Finalement, il était assez étrange qu'il n'ait jamais croisé Corso sur son chemin. Les étoiles n'en avaient pas voulu ainsi, se dit-il. Les desseins de la Providence sont impénétrables.

Sa vie avait pas mal changé depuis, mais il était resté un homme d'affaires. Il avait toujours été un homme d'affaires. Dans ce métier, on est rarement mû par une vindicte individuelle. Il ne s'agit pas de souhaiter la mort de quelqu'un comme si c'était un ennemi personnel, comme si on avait une dette de sang à régler. On l'abat, on le regarde s'écrouler, et c'est un peu comme si on venait de décrocher un super-contrat, de lancer une O.P.A. ou de souffler une promotion à un rival. Les affaires sont les affaires, quoi.

Susan l'enfourcha, un grand sourire aux lèvres. Elle pencha le buste en avant pour que ses seins soient à sa portée.

— Dis-moi tout, lui dit-elle. Tu fais quoi, comme genre d'affaires ?

— On gère, répondit Packer.

Elle se laissa descendre, tout doucement.

— Vous gérez quoi ?

— On gère tout.

Le commissaire Webb fut informé de la mort de Donnelly par John Adams, qui venait de recevoir un e-mail de Carol Tanner.

— Comment est-ce arrivé ? lui demanda Webb.

— Un cambriolage qui a mal tourné.

— Qui a fait le coup ?

— Mystère et boule de gomme.

— Qu'en pensent les collègues ?

— Que c'était sans doute un camé qui cherchait de quoi se payer sa dose de crack. Donnelly l'a surpris, et il a perdu la tête. Sacrée déveine.

— Rien pour nous là-dedans ?

— Non, rien.

— Demandez toujours à jeter un coup d'œil dans la maison, dit Webb en haussant les épaules. Qui sait ? Peut-être qu'on tombera sur quelque chose.

— J'y ai pensé. Ils n'y voient pas d'inconvénient.

— Parfait.

Webb feuilletait la liste, mise à jour et annotée par Carol Tanner, des gens qui affirmaient avoir aperçu Kate Randall. Elle était interminable. On la voyait partout : dans la rue, dans l'autobus, dans un train de banlieue, chez des voisins. Si ça continuait comme ça, Webb allait tomber nez à nez avec elle au pub du coin.

— Parfait, répéta-t-il. Peut-être que nous allons trouver une confession signée de Kate Randall, accompagnée de ses coordonnées actuelles.

Corso apprit la mort de Donnelly à l'heure du petit déjeuner, en écoutant la radio. La dépêche était brève, sans fioritures. Il expédia aussitôt un e-mail, puis regagna sa chambre à coucher et sortit l'automatique et les quatre chargeurs qu'il avait fixés par de l'adhésif fort au tiroir du bas de la commode.

Après avoir vérifié son arme, il inséra un chargeur dans la crosse. Ensuite il s'assura que la poche intérieure de sa veste contenait bien son portefeuille, son passeport et son stylo. Le stylo lui importait particulièrement. Il l'avait toujours sur lui.

Il composa le numéro du bureau de Packer et tomba sur Jimmy Rose, qui lui demanda s'il voulait laisser un message.

Ne voyant pas ce qu'il pourrait faire d'autre dans l'immédiat, il s'installa dans un fauteuil et attendit.

Quand le téléphone sonna enfin, ce ne fut pas la voix de Packer qu'il entendit, mais celle de Kate.

— Qui l'a tué ? lui demanda-t-elle.

— Comment veux-tu que je le sache ?

— Les flics pensent que c'était un cambrioleur. Ils disent qu'il s'était déjà introduit chez lui le soir précédent, et qu'il est revenu.

— J'ai entendu ça aux infos.

— Quelle raison pouvaient-ils avoir de tuer Stuart ?

La raison, tu la connais très bien, se dit Corso. *C'est toi qui lui as envoyé le document et la disquette, non ?*

— Je n'en sais rien, dit-il. Mais ça me fout la trouille. Tu n'as pas peur, toi ?

— Bien sûr que si.

— Pardon pour la caméra vidéo. Kate ? Tu m'entends, Kate ?

Trop tard. Elle avait raccroché.

336

Elle le rappela au bout d'une heure.

— Je ne veux plus que tu me parles de cette histoire de caméra.

— Je ferai ce que tu voudras, Kate. C'est toi qui décides. Dis-moi ce que tu veux que je fasse, et je t'obéirai.

Elle lui donna l'adresse du pub voisin de l'entrée d'immeuble qu'elle avait partagée avec Stacey. Corso prit sa voiture et roula jusqu'à Soho. Elle le laissa mariner une bonne demi-heure au bar avant de venir se jucher à côté de lui sur un tabouret. Corso l'inspecta du regard et ne put se retenir de rire : avec ses grosses chaussures de marche, ses cheveux sales et emmêlés et son sac à dos, elle avait vraiment une drôle de touche. Ce rire la désarma ; pour un peu, elle lui serait tombée dans les bras.

— Je crois que je ferais mieux de me tirer, dit-elle.

— Mais non, reste. Je suis à ta disposition, je te l'ai dit.

Kate commanda un brandy. Elle en but une gorgée et le reposa sur le comptoir, comme si elle venait de prendre une décision.

— Tu nous as filmés pendant que... nous étions ensemble.

— Je sais. Excuse-moi.

— Tu l'avais déjà fait ?

— Tu veux savoir si j'ai déjà filmé des gens qui... ?

— Oui.

— Tu me prends pour un détraqué, c'est ça ?

— Pas des gens en train de baiser. Des gens sur qui tu essayais d'en savoir plus.

Corso haussa les épaules.

— Oui, ça m'est arrivé.

— C'est efficace, comme procédé ?

Il sentit qu'elle était à deux doigts de basculer. La caméra la troublait moins. Elle relativisait le problème.

— Oui, quelquefois ça donne de bons résultats.

— Tu croyais que je te cachais des choses ?

Elle lui tendait une perche. Il fallait absolument la saisir.

— Je le croyais, en effet. Et je le crois toujours.

— C'est une manie chez toi de vouloir tout savoir ?

— Je suis journaliste, Kate. Un journaliste est prêt à se

337

procurer des informations par n'importe quel moyen. C'est le métier qui veut ça.

Il attendit, un grand sourire aux lèvres. Sa voix intérieure lui disait : *Tu la tiens. Surtout, ne la lâche plus. D'ici ce soir, l'affaire sera bouclée et il ne te restera plus qu'à sauter dans le premier avion pour New York.*

Kate sirotait son brandy. Elle aussi écoutait sa voix intérieure : *C'est ça, ou les flics. Autant jouer le tout pour le tout.*

Corso sentait le poids rassurant de son arme contre sa hanche.

— Bon, je vais te mettre au courant, dit Kate.

Elle lui parla d'abord des mémos de Packer à Farseon, en lui résumant leur contenu, puis elle lui décrivit sa rencontre avec Mme Naylor. Corso écouta son récit bouche bée.

— Elle t'a assommée ?

— Elle m'a frappée avec un vase, puis elle a couru se planquer à l'étage. Elle a été prise de panique, je crois.

— Oui, de toute évidence, ses nerfs ont craqué, dit Corso en hochant la tête, puis il ajouta : Nous lui tirerons les vers du nez, ne t'en fais pas.

Tu dérailles, ou quoi ? protesta sa voix intérieure. *A quoi bon tirer les vers du nez de Mme Naylor ? Elle ne t'apprendra rien que tu ne saches déjà. Finis ton boulot, et en route pour l'aéroport !*

Dans la voiture, Kate lui demanda :
— Qu'est-ce que tu as fait de la cassette ?
— Quelle cassette ?
— Celle où on est tous les deux.
— Je me la repasse tous les soirs.
Elle ne put réprimer un sourire.
— Tu es vraiment tordu, dit-elle.

Les petits points lumineux défilant sur l'écran à cristaux liquides, en surimpression de la carte d'état-major, indiquaient leur position exacte. Packer les suivait de très loin. A cette distance, le risque de se faire repérer était des plus minimes. Il avait mis une cassette dans le lecteur du tableau

338

de bord, et reprenait le refrain en chœur. Il était de si bonne humeur qu'il ne se mit même pas en rogne quand un enfoiré en Range Rover lui refusa la priorité à un croisement.

Tu me fais chier, Corso, j'ai assez vu ta sale gueule. Et ta pétasse aussi, je l'ai assez vue. J'en ai ma claque, de toutes vos conneries.

Souriant jusqu'aux oreilles, chantant à tue-tête, il peaufinait son plan.

De l'action !

Madame Naylor essaya de leur refermer la porte au nez, mais Corso la bloqua du pied. Ils gagnèrent ensemble la salle de séjour. Kate chercha des yeux le vase et les taches de sang sur la moquette. Elle avait l'impression que tout cela n'avait été qu'un rêve.

Madame Naylor s'assit dans un fauteuil, les deux mains à plat sur ses genoux serrés, la tête très droite. Les tendons de son cou saillaient. On aurait dit une condamnée à mort sur la chaise électrique, juste avant que la manette ne s'abaisse.

— L'état de Leonard se dégradait de jour en jour. Il avait des trous de mémoire, vomissait, s'affaiblissait à vue d'œil. Il n'a pas été consulter un médecin. Pourquoi l'aurait-il fait, d'ailleurs ? Il savait de quoi il souffrait.

Un étrange petit sursaut la secoua, comme si elle venait soudain de se souvenir de quelque chose, comme si une crainte subite l'avait prise.

— Qu'est-ce qui va m'arriver s'ils apprennent que je vous ai dit tout ça ?

— Rien, dit Corso.

— Et si la police apprend que je vous ai... ? ajouta-t-elle en se tournant vers Kate.

— Je m'en suis remise, dit Kate.

— Je vous ai reconnue tout de suite, vous savez.

— Ça, je n'ai pas tardé à m'en apercevoir.

— Votre ami Michael Lester me téléphonait sans arrêt. Je n'arrivais pas à me débarrasser de lui. J'ai fait changer mon numéro, mais il a continué.

— Je ne l'ai pas tué, dit Kate, comme s'il avait été important de la convaincre de son innocence.

Madame Naylor secoua la tête.

— Bien sûr que non, dit-elle, puis elle ajouta : Elle est chez une amie, elle ne va pas tarder à rentrer.

Corso regarda Kate d'un air interrogateur.

— Mme Naylor a une petite fille, expliqua-t-elle.

Madame Naylor hocha la tête, comme si Corso avait eu besoin d'une confirmation.

— Il faut que vous soyez partis à l'heure où elle rentrera.

— On fera notre possible, dit Corso. Je ne peux pas vous le garantir.

Madame Naylor le fixa d'un œil interdit, comme s'il s'était soudain mis à lui parler dans une langue incompréhensible.

— Il le faut, c'est tout, dit-elle.

Corso lui adressa un sourire dépourvu de toute chaleur.

— Votre mari a été empoisonné par l'organophosphoré ultraconcentré qu'on lui avait demandé de mettre au point, dit-il. La société qui l'employait a soudoyé un certain nombre de gens pour obtenir que ce produit soit mis sur le marché sans avoir fait l'objet de tests préalables, au mépris de toutes les règles de sécurité. Vous le saviez. Michael Lester le savait aussi. Vous n'avez rien dit. Michael Lester est mort. Vous devez bien vous douter qu'il y a un rapport.

Madame Naylor regarda Kate, comme si elle avait espéré d'elle des paroles moins cruelles.

— Ils ont acheté votre silence, dit Kate. Et ils vous l'achètent toujours.

Madame Naylor sortit de la pièce et reparut quelques instants plus tard, une épaisse chemise en carton sous le bras.

— Allez-vous-en maintenant, je vous en prie. Tout est dans ce dossier, les documents qu'il avait conservés, les notes qu'il avait prises.

Corso lui prit la chemise des mains, l'ouvrit et feuilleta rapidement les papiers qu'elle contenait.

— Alors ? lui dit Kate.

— Tu n'as qu'à regarder toi-même, dit-il en lui tendant le dossier.

Dès la première phrase, on entrait dans le vif du sujet : *L'histoire des insecticides organophosphorés débute avec le T.E.P.P., que les Allemands avaient mis au point pendant la Seconde Guerre mondiale...* Malgré la profusion de détails, les grandes lignes du récit étaient assez faciles à suivre. Le Neophos X-9 avait causé la mort de Leonard Naylor, et ce dossier le prouvait par a plus b. Kate lut en silence pendant quelques minutes, puis madame Naylor s'exclama :

— Il faut que vous partiez à présent !

Kate et Corso se levèrent et elle les accompagna jusqu'à la porte.

— Nous ne risquons rien, dit-elle. Personne n'est au courant.

Elle s'efforçait de dire cela d'un ton assuré, mais on sentait l'inquiétude dans sa voix.

— Vous n'avez rien à craindre, dit Corso. Tout cela restera strictement entre nous.

Packer était assis dans sa voiture, à l'autre bout de la rue, dissimulé entre deux autres véhicules.

La Naylor, je m'en occuperai un autre jour, se disait-il.

La Ford de Corso démarra et il attendit qu'elle ait parcouru une centaine de mètres avant de démarrer à son tour. Une fois qu'ils eurent atteint une grande artère, les aléas de la circulation l'obligèrent à se rapprocher plus qu'il n'aurait voulu, mais il se dit qu'il risquait moins de se faire remarquer au milieu du flot. Le seul ennui, c'était qu'il soit au volant de sa propre voiture, la Lexus à bord de laquelle il avait emmené Corso au restaurant dont le patron traitait ses clients comme des chiens. Pour plus de sûreté, il laissa passer deux voitures venant d'une rue latérale. Quand un véhicule bifurquait ou s'arrêtait, le rapprochant de Corso et de Kate, il faisait exprès de ralentir, histoire de buter sur le prochain feu rouge.

Packer forçait sa nature en se montrant prudent, et c'était une erreur. L'excès de prudence le rendait maladroit. Quand il s'arrêta pour laisser passer les deux voitures, il déclencha une tempête de coups de klaxon. Il pila si brutalement à un feu rouge que la voiture qui le suivait fut obligée de faire une embardée pour ne pas l'emboutir, faisant crisser ses pneus. Son premier arrêt avait éveillé les soupçons de Corso. L'incident du feu rouge les confirma. Il identifia la manœuvre, puis il identifia la voiture.

— Ne te retourne pas, dit-il à Kate. Regarde droit devant toi.

Par pur réflexe, elle esquissa une torsion du buste.

— Bouge pas ! s'écria Corso en lui balançant un coup de latte dans le tibia.

Elle grimaça et se pétrifia, raidissant le dos, comme si elle s'était attendue à ce qu'on la frappe par-derrière.

— Qui est-ce ? demanda-t-elle.

— J'en sais rien.

— Les flics ?

— Sûrement pas.

— Comment le sais-tu ?

— Je ne les aurais pas repérés aussi facilement.

— Qu'est-ce qu'on fait ?

— Où tu crèches, ces jours-ci ?

— Dans la rue, dit Kate, comme si c'était une adresse, puis elle précisa : Dans un squat.

— C'est un endroit sûr ?

— Oui, je crois.

— Il est où, ton squat ?

Kate lui donna l'adresse.

— Bon, je t'y emmène, dit Corso. Et tu n'en bouges plus.

— Qu'est-ce que j'y ferai ?

— Tu m'attendras.

— Qui ça peut être ? lui demanda-t-elle. Qui peut nous avoir pris en filature ? Comment ont-ils fait pour nous repérer ?

Corso savait de qui il s'agissait, mais quant au reste il en était livré aux conjectures. Le feu en avant de lui était sur le point de passer au rouge. Il le franchit à l'orange, les doigts dans le nez, sans se presser. La voiture qui le suivait hésita, puis pila brusquement. Corso dépassa un camion de livraison, et se rabattit de l'autre côté. Se sachant hors de vue de la Lexus, il prit la première rue à gauche, mit le pied au plancher, bifurqua de nouveau au prochain croisement et se perdit dans un dédale de ruelles dont à la fin il émergea pour mettre le cap sur le squat.

— Je me fais peut-être des idées, dit-il.

Il ne fallait pas que Kate s'affole. Elle aurait été fichue de déménager encore une fois.

— Tu crois ?

A en juger par le ton de sa voix, elle avait compris qu'il ne disait cela que pour la rassurer.

De la main gauche, Corso rabattit le pare-soleil côté passager. Il était muni d'un miroir de courtoisie.

— C'est une Lexus noire, dit-il. Si jamais tu la vois, préviens-moi.

Corso imagina le dialogue qu'il aurait pu avoir avec Larry Packer si celui-ci avait été assis à l'arrière de la Ford, faussement jovial mais caressant des idées de meurtre.

— *Bon, vous avez le dossier Naylor, vous avez la fille, Donnelly ne risque plus de nous embêter. L'affaire est dans le sac. Finissez le boulot. Le prochain avion pour New York décolle aux alentours de dix-huit heures.*

— *Qui vous dit qu'il n'y a pas d'autres copies de la disquette en circulation ?*

Packer secoua la tête en souriant.

— *Qu'importe, dit-il. Nous savons ce qu'elle contient, c'est le principal. Il ne nous reste plus qu'à circonscrire les dégâts.*

— *Vous aurez du mal.*

— *Oui, ça ne va pas être de la tarte. Mais comme on dit, mieux vaut prévenir que guérir. Nous avons beaucoup d'amis. Ils nous aideront à étouffer une partie du scandale. Le reste, on trouvera bien un moyen de s'en accommoder.*

— *Je fais quoi, alors ? Je la livre aux flics ?*

Packer fut secoué d'un gros rire.

— *Oh non, dit-il. Si quelqu'un déballe l'histoire du X-9, ça nous gênera, bien sûr. Mettons que les informations proviennent d'une disquette que Kate Randall avait expédiée à plusieurs personnes. Bon, tout le monde sait que son petit ami était un écolo enragé. Le petit ami qu'elle a assassiné. A cause duquel elle a mis fin à ses jours, tellement elle était bourrelée de remords. D'accord, ce mec avait constitué un dossier accablant sur le Neophos X-9.*

343

Ça risque de nous coûter un bon paquet en dédommagements divers. On sera peut-être même obligés de s'excuser. Mais pas question que ce soit Kate Randall en personne qui nous dénonce. Ce ne serait pas du tout la même chose. Elle s'en servirait pour se défendre dans un procès criminel. On débattrait de tout ça en cour d'assises. Elle ne se contenterait pas de dire : « Ce produit est un poison dangereux. » Elle dirait : « Les gens qui fabriquent ce produit sont des assassins. » Alors, faites ce que vous êtes payé pour faire, ensuite vous n'aurez plus qu'à sauter dans un taxi et à prendre la direction de l'aéroport. Rentrez chez vous. Le Grand Canyon ne vous manque pas ?

— *Le Grand Canyon est dans le Colorado, pas dans l'Utah.*

— *N'empêche, il doit vous manquer. Emmenez-la quelque part, réglez-lui son compte et tirez un trait sur tout ça. Dans quelques heures, vous serez dans le ciel, au-dessus de l'Atlantique.*

Corso coula un regard en direction de Kate. Il imagina le canon de l'automatique posé sur sa tempe, la crosse tressautant au creux de sa paume, le corps de Kate s'affaissant sur le côté. Il s'imagina à bord de l'avion, dégustant un steak arrosé de bourbon en regardant distraitement le film. Ça n'aurait pris qu'une seconde. En une seconde, Kate se serait abîmée à tout jamais dans le néant.

— *Exactement, dit le fantôme de Packer. Effacée, adieu et bon débarras.*

Corso jeta un autre coup d'œil à Kate. Sentant son regard, elle se retourna vers lui.

— On est presque arrivés, dit-elle. C'est au prochain coin.

— *Alors, vous vous décidez ? dit Packer.*

— *A quoi bon user votre salive ? dit Corso. J'entends plus rien.*

— *Vous jetez l'éponge, c'est ça ?*

— *Pourquoi je ferais ça pour une crapule comme vous ?*

— *Vous le feriez pour personne, de toute façon, pas vrai ?*

— *J'en ai marre d'écouter vos discours.*

— *J'en étais sûr. J'étais sûr que ça finirait comme ça. Vous vous êtes entiché d'elle. D'accord, vous l'avez sautée, et alors ? Qu'est-ce que ça change ? Vous avez un boulot à faire, ne l'oubliez pas. Vous savez de quoi vous souffrez ? Je vais vous le dire, moi. Du syndrome Patricia Hearst, mais inversé. Qu'est-ce que vous avez en tête, hein, Corso ? Le mariage, les enfants, la palissade blanche autour du jardin, le rocking-chair sur la véranda ?*

— Je ne veux pas la tuer, c'est tout.

— *Vous n'êtes qu'un pauvre con, dit Packer.*

— C'est là, dit Kate en désignant un immeuble aux fenêtres condamnées.

— *Je ne la tuerai pas parce que je n'en ai pas envie, dit Corso. Parce que vous voulez que je la tue. C'est vous que j'ai envie de tuer.*

— Qu'est-ce que je dois faire ? demanda Kate.

— Je ne le sais pas encore très bien, dit Corso. Donne-moi ton numéro.

— Quel numéro ?

— Celui de ton portable. Il y a un stylo dans la boîte à gants.

Kate lui inscrivit le numéro sur le dos de la main tandis qu'il manœuvrait pour se garer.

— Attends que je t'appelle, dit-il.

Il lui tendit le dossier Naylor.

— Tiens, dit-il, garde ça.

Kate descendit de voiture, courut jusqu'à la fenêtre de nuit, déverrouilla le cadenas. Corso attendit qu'elle ait disparu à l'intérieur de la maison avant de redémarrer, ses roues chassant dans la neige boueuse. Trois minutes plus tard, la Lexus de Packer surgit au coin de la rue. D'après son écran de contrôle, Corso avait regagné la grande artère de tout à l'heure et la remontait en sens inverse.

Il me cherche, se dit-il. Il s'offre à moi. Cette idée le fit sourire. Il veut qu'on règle ça entre hommes. *Mano a mano.*

Packer avait compris que Corso l'avait repéré dès qu'il s'était engagé dans des manœuvres d'esquive. Mais son émetteur lui assurait l'avantage. Il avait d'abord pensé que Corso se dirigeait vers sa maison de location, ce qui lui aurait convenu. N'importe quel endroit clos, à l'abri des regards indiscrets, aurait fait son affaire. Mais il ne pouvait en être certain. Peut-être que Corso et Randall avaient d'autres visites à faire, d'autres personnes à voir. Peut-être qu'ils le mèneraient à d'autres individus qui en savaient trop.

Puis le petit point lumineux de son écran s'était immobilisé, et il avait compris qu'il avait mis dans le mille. Corso était reparti seul, laissant la fille planquée dans... Il vérifia le nom de la rue sur sa carte. Oui, c'était logique. Il la laisse en lieu sûr, puis il rebrousse chemin, cherchant l'ennemi.

Car ton ennemi, c'est moi dorénavant, hein, ducon ?

Et toi, tu es le mien.

Il s'engagea dans la rue, la suivit jusqu'au bout, se gara et revint à pied jusqu'au squat. Deux rangées de pavillons en briques, perrons à encorbellement, jardinets bien entretenus, petites voitures bon marché. Les fenêtres condamnées du squat ressemblaient à des yeux aveugles, sa porte close à une bouche fermée. Packer perçut, venant de l'intérieur de la maison, la pulsation assourdie d'une basse électrique.

Il passa devant le squat sans s'arrêter. Un rapide coup d'œil à la porte suffit à le convaincre qu'il perdrait son temps à essayer de la forcer. L'une des fenêtres était protégée par une barre d'acier fixée à un anneau mural par un cadenas. Pour entrer, il suffisait d'avoir la clé du cadenas. Ce dispositif avait été conçu par des gens qui savaient d'expérience qu'un huissier ne passe jamais par la fenêtre. Un huissier, ça se plante face à la porte principale avec une escouade de flics, des masses de carrier et un bulldozer.

Packer sortit son revolver et fit sauter le cadenas d'un coup de crosse. Il y avait beaucoup de monde dans le squat. Par un temps pareil, même les zonards les plus aguerris répugnent à dormir dehors. La fenêtre était celle d'une cuisine. Une femme, debout au-dessus du fourneau, préparait un frichti. La musique faisait un tel tintouin que le manège de Packer n'avait pas attiré son attention. Elle ne leva les yeux que lorsqu'il fit choir le panneau intérieur, qui s'écrasa sur le sol avec fracas. Packer lui brandit son arme sous le nez et elle se rencogna contre le mur, muette, les yeux agrandis par l'horreur.

— Vous êtes combien dans la maison ? fit Packer.

— On est huit, murmura-t-elle.

Packer lui sourit puis, murmurant aussi, comme s'il s'agissait d'un jeu, lui demanda :

— Comment tu t'appelles ?

— Tina.

— Bon écoute, Tina, je vais te poser une question. Si tu me dis la vérité, tout se passera très bien. Si tu me mens, je te tirerai une balle dans la tête.

Son sourire s'élargit et il hocha la tête en signe d'encouragement.

— D'accord ?

La respiration de Tina s'était tellement accélérée qu'elle avait du mal à parler. Elle fit oui de la tête.

— Est-ce qu'il y a une Kate chez vous ?

Tina hocha affirmativement la tête.

— Elle est là ?

Nouveau hochement de tête.

— Parfait, dit Packer. Maintenant, Tina, il va falloir que tu retrouves ta voix pour me répondre. Où est-elle ?

— A l'étage.

— Excellent. Ma prochaine question sera plus compliquée. A l'étage, mais dans quelle pièce exactement ?

— En arrivant sur...

Elle dut s'arrêter pour reprendre son souffle, haletante, se comprimant la poitrine d'une main.

— En arrivant sur le palier... vous verrez une porte, ce n'est pas celle-là... ni la suivante... la suivante, c'est la salle de bains... sa chambre est juste après la salle de bains... troisième porte à droite.

Des larmes roulaient sur ses joues, mais en guise de sanglots elle n'émettait que de petits hoquets brefs et spasmodiques.

— Très bien, dit Packer. J'ai encore une question à te poser... la dernière, j'espère.

Comme elle ne réagissait pas, il ajouta :

— Ça va, tu y arriveras ?

Elle fit oui de la tête, précipitamment, devinant d'instinct qu'il fallait répondre à toutes ses questions, même quand il blaguait.

— La pièce attenante à celle-ci, c'est quoi ?

— La salle commune.

— Il y a des gens dedans ?

— Oui.

— Combien ?

— Il y a Mario, Ben, Hel...

Packer la fit taire en lui secouant son revolver sous le nez. Quand il reprit la parole, il y avait une pointe d'exaspération dans sa voix.

— Leurs noms ne m'intéressent pas, Tina. Combien d'hommes et combien de femmes ?

— Je ne sais pas.

— Combien étaient-ils la dernière fois que tu as regardé ?

— Il y avait deux hommes et trois femmes.

— Mais Kate n'était pas avec eux ?

— Non.

— Comment ça se fait ?

— Elles ne sortent pour ainsi dire jamais de leur chambre.

— Elles ?

— Kate et Stacey.

— Qui est Stacey ?

— L'amie de Kate.

— Très bien, dit Packer en souriant de toutes ses dents. C'est parfait. Tu m'as rendu un grand service, Tina. Je suis très content de toi. A présent, voilà ce que tu vas faire : tu vas entrer dans la salle commune, très calmement, tu vas t'asseoir avec tes amis et tu vas leur dire que je suis là, que j'ai un flingue et tout ça. Ils ont mis la musique à fond, mais dis-leur que s'ils font du bruit je les entendrai quand même et que je serai obligé de descendre tout le monde. Tu me suis ? Si vous faites le moindre bruit, je vous descends tous. Tu m'as bien compris ?

— Oui.

— Tu vas m'obéir ?

— Oui.

— Et tu te souviendras que je suis juste derrière la porte et que j'ai fait ça... ?

En disant *ça*, il leva le chien de son revolver.

Tina l'assura qu'elle s'en souviendrait. Ensuite elle entra dans la salle commune. Les autres levèrent les yeux sur elle, avec des sourires, en disant : « Salut, Tina » ou : « La bouffe est prête ? » Elle se laissa tomber dans un fauteuil et leur transmit le message de Larry Packer. Elle parlait si

348

bas que la musique couvrait sa voix, mais ses yeux étaient éloquents, eux. Ses yeux criaient à tue-tête.

Quand Packer pénétra dans la pièce, un calme terrible avait succédé au séisme qu'avait provoqué le message à peine audible de Tina. Inertes, hébétés, les deux hommes et les quatre femmes le regardèrent entrer et attendirent docilement ses ordres. On aurait dit une classe de maternelle.

Packer fit signe à Tina de s'approcher et la prit par le bras, comme s'il voulait lui faire jouer le rôle de démonstratrice.

— Je suis venu chercher Kate Randall pour la ramener chez elle, dit-il. Il y a des gens à qui elle manque, qui se font du souci pour elle. Ils m'ont chargé de la retrouver (un sourire jovial l'illumina) et hop ! me voilà.

Mario se leva. Sans lâcher le bras de Tina, Packer fit un pas en avant et lui abattit son revolver sur la tempe.

Mario poussa un grognement étouffé et retomba dans son fauteuil. Un filet de sang lui zigzaguait en travers d'une joue.

— Erreur, dit Packer. On ne bouge pas tant que je n'en ai pas donné l'ordre.

Il agita son revolver en direction de Mario.

— Maintenant, debout !

Mario se leva et esquissa un pas en arrière. Packer émit un gloussement satisfait.

— Tu vois, c'est facile, dit-il. Tu fais ce que je dis, c'est tout. Il doit bien y avoir un placard à balais quelque part ?

— Dans le couloir, dit Mario.

— Allons-y. Dans le plus grand silence. Je ne veux pas me servir de mon flingue, parce qu'il fait un boucan de tous les diables. Mais si vous faites du bruit, ça n'aura plus d'importance.

Le placard était sous l'escalier. Packer en ouvrit la porte et, de la main qui tenait le revolver, leur fit signe d'y entrer. Aussi obéissants que des moutons, ils s'assirent en tailleur dans la pénombre, au milieu d'un fouillis de balais, de seaux et de chutes de moquette. Leurs yeux étaient écarquillés et ne cillaient pas.

— Je vais fermer la porte, leur dit Packer. Si un seul

349

d'entre vous sort d'ici avant que je sois parti, vous y passerez tous. Si vous faites le moindre bruit, vous y passerez tous. C'est clair, je me fais bien comprendre ?

Il referma la porte, alla chercher une chaise dans la salle commune et s'en servit pour coincer la poignée. Mais de toute façon, personne ne sortirait. Il savait que ses menaces seraient aussi efficaces qu'une porte blindée munie d'une serrure à système.

Kate et Stacey étaient dans leur chambre, en train de compulser le dossier Naylor. Elles étaient si absorbées qu'elles ne levèrent même pas les yeux quand Packer passa la tête dans l'entrebâillement de la porte.

— Devinez qui est là ? s'exclama-t-il en riant.

25

L'HISTOIRE des organophosphorés débute avec le T.E.P.P., que les Allemands avaient mis au point pendant la Seconde Guerre mondiale : c'était un dérivé de leurs gaz de combat. Car en réalité les organophosphorés sont des neurotoxiques. Acide ortho-phosphorique et tétraéthyle de pyrophosphate. C'est ce que contenait la mixture des nazis. Je suis impuissant. Aucun doute là-dessus. De la viande morte. En plus, je perds la mémoire. J'oublie des mots de tous les jours, je ne sais plus comment les gens s'appellent.

Les organophosphorés sont utilisés dans l'agriculture, mais on s'en sert aussi pour le désinsectisation des maisons et des cuisines de restaurants. On s'est aperçu qu'ils étaient également efficaces contre les poux et les ectoparasites des animaux domestiques. Certains services officiels estiment que les organophosphorés représentent un risque de santé publique dans des domaines comme les bains antiparasitaires pour ovins, la désinfection des casernes ; d'autres se sont alarmés de leur utilisation systématique à titre de prophylaxie au sein des forces armées durant la guerre du Golfe.

C'est ce qu'écrit la revue Science World, en usant de prudentes circonlocutions.

Bref, tout le monde s'en fiche.

J'étais debout sur le seuil de la chambre de ma fille. J'étais rentré tard de mon travail. Elle dormait. Amy m'a appelé du rez-de-chaussée pour me demander si je voulais boire quelque chose. J'avais le choix, me dit-elle, entre du Chardonnay et un vin rouge — du Chiraz, me semble-t-il. Je ne savais lequel choisir, car je ne me souvenais pas vraiment de leur goût. Cela faisait un moment que j'avais perdu le sens du goût. Mais quelque chose de bien pire était en train de m'arriver. Je l'ai regardée dormir, puis je me suis approché du lit, je l'ai embrassée sur le front et je lui ai dit « Bonne nuit ». « Bonne nuit », tout court, parce que j'avais oublié son prénom. J'avais oublié le prénom de ma propre fille.

Les organophosphorés figurent tous sur la liste noire de la commission de Bruxelles. La directive 76/464/EEC les a déclarés dangereux pour l'ensemble de la faune et de la flore aquatiques.

Je n'essaye plus d'abuser Amy. Elle soutient que je souffre de surmenage. Aujourd'hui, je suis resté assis dans ma voiture pendant dix bonnes minutes, incapable de me rappeler ce que j'avais à faire.

Un groupe de scientifiques de l'université de Liverpool, dirigé par un généticien de renom, a sollicité une subvention du Comité de la Recherche Médicale pour se livrer à une enquête sur les organophosphorés. Leur demande a été rejetée sans explication.

Je glane toutes sortes d'informations dans des revues scientifiques, des journaux et des sites Internet écologistes, les bulletins du comité d'action des anciens de la guerre du Golfe, etc.

Je voudrais apporter ma contribution personnelle, y mettre mon grain de sel. Mais il faut que je pense à Amy — et à notre enfant. Il faut que je les protège.

Ils voulaient un organophosphoré superconcentré. C'était ma tâche. Les rapports du laboratoire sont interminables, mais l'essentiel se résume en trois points :

1. Les manipulations chimiques s'apparentent de très près aux procédés utilisés pour la mise au point des gaz neurotoxiques.

2. De nombreuses expériences de cette nature ayant été menées depuis 30 ou 40 ans, ce ne sont pas les données de base qui nous manquent.

3. Au fond, ce ne sont que des variations sur un thème. Nous élaborons des centaines de composés, puis nous observons leur façon de réagir aux stimuli, leur évolution structurelle.

Un neurologue qui avait fait subir des tests à des agriculteurs et des anciens de la guerre du Golfe et décelé chez eux des lésions

352

neurophysiologiques du même type, le docteur Goran Jamal, a également sollicité une subvention qui lui a été refusée sans explication. Je tiens cela des anciens de la guerre du Golfe. Leurs brochures regorgent d'informations de ce genre. Mais tout le monde fait la sourde oreille. Moi aussi, je faisais la sourde oreille. Ce produit est peut-être dangereux pour vous, mais moi c'est mon gagne-pain. Ah ah, la bonne blague !

Poudrage des récoltes, collier antipuce, destruction des guêpes et frelons, antimite, papier tue-mouche, mort certaine des fourmis, cafards et autres insectes rampants, bain antiparasitaire pour ovins, préparation contre la gale des bovidés, azamethipos, baygon, coumaphos, demeton-O, demeton-S, diazinon, dichlorvos, dimefox, dioxathion, fensulfothion, heptenophos, isazofos, malathion, methamidophos, méthylparathion, parathion, phosmet, pirigrain HM, pirigrain-choc-M, pyridaphenthion, quinalphos, schradan, temephos, vamidothion, vapona.
J'en ai parlé à Farseon aujourd'hui. Lui aussi fait la sourde oreille.

Au fond, c'est de la cuisine tout ça. De la tambouille plutôt. Prenez un organophosphoré, mélangez-le au premier produit qui vous passe par la tête. Du pyrèthre, par exemple. Ajoutez du butyloxide de pipéronyle, afin de pouvoir diminuer la dose de pyrèthre, tout en sachant que le composé n'en deviendra que plus toxique. Assaisonnez de noix de muscade et passez le tout dans un four préchauffé. Vous tuerez plus à moindre coût. La cuisson de ce plat-là m'a pris trois ans. Hormis deux ou trois laborantins de passage, j'y ai travaillé seul la plupart du temps.

Sueurs profuses. Hypersalivation. Vomissements. Diarrhées et crampes abdominales. Fatigue chronique. Céphalées. Difficultés de concentration. Dyspnée. Dépression. Confusion mentale. Crises d'angoisse. Sautes d'humeur.

Je vais expliquer notre manière de procéder le plus simplement possible. Nous avons fabriqué un composé à partir d'un produit naturel. Nous avons essayé un peu de tout : plantes, animaux, mollusques marins. L'extrait de seiche semblait prometteur, mais n'a pas donné les résultats escomptés. Nous nous sommes livrés à

353

des expériences sur des bactéries hautement résistantes. Ça a de l'allure, non ? Ça fait écolo, vous ne trouvez pas ? Produits naturels et tout le tralala. Le seul ennui, c'est que notre potion magique semblait avoir des effets toxiques à long terme sur les neurotransmetteurs humains, et en particulier sur la dopamine. Le neurotropisme de cette dernière exerçant une action bien connue sur les gliales, il y avait un risque (à mon avis, en tout cas) pour que notre produit entrave le développement de la noradrénaline dans le cerveau d'un fœtus. Mais comment en être sûr ? Comment fait-on pour tester une molécule fabriquée de toutes pièces, un mutant de laboratoire ? C'est simple, docteur Frankenstein, il suffit d'en injecter à toutes sortes de bestioles pour voir quel effet ça leur fait.

En attendant, qu'est-ce qui est sorti de tout ça ? Le Neophos X-9, organophosphoré de l'an 2000. Produit tout ce qu'il y a de plus bio et d'un prix de revient on ne peut plus raisonnable. C'est vrai quoi, il ne coûte quasiment rien. Son action bactéricide et fongicide sur les cultures est d'une efficacité encore jamais vue, sans parler de son action antiparasitaire sur les animaux domestiques. Sauf qu'en le manipulant, on dégueule, on voit trouble, on a la chiasse et les guibolles qui flageolent. Rien de tel non plus pour vous faire ramollir de la queue.

— Devinez qui est là ? gloussa-t-il.

Stacey se leva et recula jusqu'au mur. Kate, bouche bée, lâcha les feuillets qu'elle tenait à la main. Packer s'accroupit et attira à lui le dossier Naylor.

— Je me demandais ce que vous aviez sous le bras quand vous êtes ressortie de chez madame Naylor, dit-il.

La Lexus noire, se dit Kate, surprise d'être encore capable de penser.

Packer ramassa les feuillets qu'elle avait laissés choir.

— Si vous les remettiez dans le dossier, Kate ? Il vaut mieux qu'on l'emporte avec nous, je crois.

— Qui êtes-vous ?

— Eh bien...

Packer se tapota le nez de la crosse de son revolver, comme s'il avait un trou de mémoire.

— Disons que je suis quelqu'un qu'on a chargé de vous retrouver. Et vous voilà justement, ça tombe bien.

354

Il jeta un bref coup d'œil en direction de Stacey.

— Elle est au courant ?

— Non.

— Elle ne sait rien de Michael Lester, de W.W.I. et du reste ?

— Absolument rien.

— Elle a mis le nez dans ce dossier, non ?

— Tout ça, c'est du chinois pour elle.

— Elle ne sait pas qui est Leonard Naylor ?

— Non.

— Non ? A la bonne heure. (Il gratifia Stacey d'un sourire rassurant.) Enfin, il va quand même falloir que j'y réfléchisse parce que... qui sait ? Peut-être que vous n'êtes pas entièrement sincère.

— Elle ne sait rien, je vous le jure.

— Mais oui, mais oui, dit Packer en riant, comme s'il avait eu affaire à une fillette un peu mythomane. Bon, maintenant, vous allez vider vos sacs.

Comme Stacey restait pétrifiée, le dos au mur, il ajouta :

— Magnez-vous, sinon je vais me mettre en colère.

Dans le bric-à-brac répandu sur le plancher, il ne préleva que le téléphone portable de Kate.

— A présent, Kate, je vais vous poser une question qui vous prouvera que je vous connais très bien. Robert Corso est-il au courant de l'existence de ce téléphone ?

Sachant que ce serait une erreur de lui répondre : « Qui est Robert Corso ? », Kate dit simplement :

— Oui.

— Il a le numéro ?

— Oui.

Packer déconnecta le portable.

— Vous communiquez par e-mail, n'est-ce pas ? dit-il en désignant de la tête le mini-ordinateur posé sur la table basse. On va lui en expédier un de ce pas.

Kate s'assit face à l'écran, et Packer vint se placer derrière elle. Après avoir vidé son sac, Stacey s'était de nouveau rencognée contre le mur.

— Vous vous appelez Stacey, c'est ça ? lui dit Packer. Venez donc vous asseoir, Stacey. Ce ne sera pas long.

Il se tourna vers Kate et lui dit :

355

— Vous n'avez qu'à écrire : « Je suis avec Larry Packer. Il vous téléphonera bientôt. »

Kate tapa les deux phrases et cliqua pour expédier le message. Packer suivit attentivement la manœuvre des yeux, puis il eut une espèce de sursaut et fronça les sourcils, comme s'il venait soudain de s'apercevoir de quelque chose.

— Quel idiot je fais ! s'exclama-t-il. A présent, vous connaissez mon nom.

C'était à Stacey qu'il s'adressait. Elle secoua la tête.

— J'ai pas entendu, dit-elle.

— Ah bon ? Tant mieux. Mais vous allez venir avec nous quand même.

Il débrancha l'ordinateur, puis fracassa l'écran et le clavier à coups de crosse. Manifestement, il y prenait plaisir. Il s'acharna sur le malheureux portable, et après l'avoir démoli le jeta à terre et l'acheva du talon.

— Allons-y, dit-il à la fin.

Il les fit descendre au rez-de-chaussée. En passant devant le placard à balais, Kate remarqua qu'on avait bloqué la porte à l'aide d'une chaise.

— Où sont les autres ? demanda-t-elle.

— Quels autres ? dit Packer.

— Les autres occupants du squat.

— Je n'ai vu personne.

Une fois qu'ils furent arrivés dans la cuisine, il leur annonça :

— Qu'est-ce que vous diriez d'une petite friture, les filles ? Voyons si nous avons assez d'huile. Ouvrez les placards.

Kate et Stacey obtempérèrent.

— Sortez les bouteilles d'huile. Oui, l'huile d'olive aussi. Videz-les par terre.

— Il y a des gens dans la maison, dit Stacey.

— Ah oui ? Vous avez vu quelqu'un, vous ?

Packer s'avança vers elle et lui posa le canon de son revolver sur la tempe.

— Allez fais pas chier, vide-moi cette bouteille.

Explorant la cuisine du regard, il avisa une grosse boîte

d'allumettes posée sur le plan de travail et s'en empara. Dans le couloir, tout en tenant les deux jeunes femmes en respect, il gratta une allumette et la remit dans la boîte. Ensuite il jeta la boîte enflammée dans la cuisine.

— Prenez le volant, dit-il à Kate. Stacey et moi, on s'installe à l'arrière.

— Où va-t-on ?

— On va faire une petite virée champêtre.

Apparemment, l'idée lui plaisait beaucoup.

— Une chouette petite balade, renchérit-il.

Au moment où elle démarrait, Kate perçut un fracas assourdi, un peu semblable à celui du ressac au pied d'une falaise – *woooosh !*

Packer tourna brièvement la tête, le temps de s'assurer qu'il n'y avait pas de lézard. Non. Tout baignait. Tout baignait dans l'huile.

— Il y a des gens dans la maison, dit Kate.

— Je les ai fait partir. Je leur ai dit de se barrer.

— Qu'est-ce que vous voulez ?

— Concentrez-vous sur la route, Kate. Avec ce sale temps, il vaut mieux être prudent.

— Que savez-vous de Robert Corso ?

— Robert est un vieil ami. On se connaît depuis des lustres.

Kate traversa toute la ville, en suivant les indications de Packer. Il la guida à travers la banlieue nord, et ils se retrouvèrent en rase campagne. Ce fut seulement alors qu'il lui dit :

— Robert, nous le retrouverons plus tard.

Kate adressa des appels de phares à une voiture qui roulait en sens inverse.

— Si jamais vous refaites ce coup-là, je tire dans la jambe de Stacey, dit Packer.

Ils continuèrent à rouler en silence.

Corso attendit deux heures, certain qu'un visiteur allait se présenter d'un instant à l'autre. Il vérifia une nouvelle fois l'automatique et se rendit compte que cet excès de méticulosité trahissait un mélange d'anxiété et d'ennui. Il mit en place deux parades de son invention, qui l'avaient déjà tiré plus d'une fois d'affaire. La première était un couteau de cuisine fixé au dossier du canapé avec du ruban adhésif. La deuxième, un verre posé sur le plan de travail de la cuisine, entre une bouteille de scotch et un seau à glaçons. Le verre contenait une solide dose d'eau de javel concentrée.

Il avait besoin de s'occuper, mais pour l'instant, la seule occupation possible était d'attendre l'arrivée de Packer.

Packer n'arrivait pas, mais Corso était persuadé qu'il n'allait pas tarder. Il se l'imagina au volant de la Lexus, tournant en rond, cherchant sa voiture, espérant qu'il la trouverait garée devant une maison, que les silhouettes de Kate et de Corso se découperaient sur la fenêtre, qu'il n'aurait plus qu'à les tirer comme des lapins. Mais décidément, quelque chose ne collait pas. Corso était de plus en plus perplexe. Plus sa perplexité augmentait, plus ses tripes se nouaient, sensation qui ne lui disait rien de bon.

Il fit le numéro du portable de Kate une bonne douzaine de fois, en laissant s'écouler dix minutes entre chaque appel, mais sans résultat. N'y tenant plus, il finit par reprendre le chemin du squat. Il laissa sa voiture à trois rues de là et continua à pied. La forte odeur de brûlé qui flottait dans l'air lui fit presser le pas.

Les badauds ne s'étaient pas encore dispersés, mais le spectacle touchait à sa fin. Corso se fraya un chemin à travers la foule. Deux véhicules d'incendie étaient garés devant la maison. Des pompiers allaient et venaient autour. Trois hommes juchés au sommet de la grande échelle arrosaient le toit béant. Les tuiles s'étaient effondrées et les chevrons à nu saillaient comme les côtes d'un squelette. L'odeur âcre du bois calciné irritait les sinus de Corso, et du verre brisé craquait sous ses pas, mêlé à la neige fondue. Les fenêtres étaient entourées de zébrures noirâtres. On aurait dit des yeux barbouillés de khôl.

A force de jouer des coudes, Corso réussit à se glisser jusqu'au premier rang. Sa voisine avait l'air très excité. Elle se lança dans un récit auquel les autres personnes présentes avaient sans doute déjà eu droit. Elle avait assisté au drame et voulait en faire profiter tout le monde.

358

— Ça devait arriver, dit-elle. Ils ont ressorti quatre corps emballés dans des sacs en plastique noir. Les deux autres n'étaient pas morts, ou en tout cas ils ne l'étaient pas quand on les a emmenés.

— Combien de victimes ? lui demanda Corso.

— Six. Vu le branchement électrique qu'ils avaient bricolé, ça devait fatalement arriver.

— Où les a-t-on emmenées ?

La dame qui avait assisté au drame lui donna le nom d'un hôpital.

— Vous auriez vu ça, quand la maison cramait. Les flammes gigantesques, le toit qui s'écroulait, les fenêtres qui explosaient. C'était l'enfer.

Corso amorça un mouvement de retraite, se frayant un chemin parmi les badauds qui contemplaient les poutres encore fumantes sous le ciel charbonneux. La dame, visiblement désolée de son départ, se retourna vers lui et répéta :

— Vu le branchement qu'ils avaient bricolé pour avoir de l'électricité à l'œil, ça devait fatalement arriver.

Quand Corso eut disparu, elle fouilla la foule du regard, en quête d'un nouvel interlocuteur.

Alors qu'ils roulaient le long d'une route de campagne bordée de champs et de bois, Packer tapa sur l'épaule de Kate et lui ordonna de se ranger sur le bas-côté. Taches noires et indécises sur un ciel gris-jaune d'où tombait toujours une neige abondante, des corbeaux luttaient contre le vent. Packer avait aperçu, de l'autre côté d'un rideau d'arbres, une aire de repos assez vaste, de forme incurvée.

— On va rester là un moment, dit-il.

— Pour quoi faire ? lui demanda Kate.

— Votre ami Corso doit être en train de remuer ciel et terre pour vous retrouver. Je ne tiens pas à le rencontrer tant que le moment ne sera pas propice.

Il s'étira pour soulager son dos endolori, étendant largement les bras, et le revolver trembla légèrement au bout de sa main droite.

— Aah, soupira-t-il. Oui, je le verrai au moment propice et à l'endroit propice.

359

— Où est l'endroit propice ? lui demanda Kate.

— Vous n'allez pas tarder à l'apprendre, puisque vous y serez aussi.

Il se penchait vers elle à présent, le menton appuyé au dossier de son siège, pointant négligemment son arme vers le plancher.

— Qui êtes-vous ?

— Je vous l'ai déjà dit : quelqu'un qu'on a chargé de vous retrouver. Comme dans les vieux westerns, vous en avez sûrement vu. Les chasseurs de primes, vous vous souvenez ? Tantôt c'étaient des mecs qui payaient pas de mine avec un œil qui disait merde à l'autre et du jus de chique sur le menton, tantôt des gandins coiffés de stetsons modèle grand luxe avec deux colts en argent à la ceinture.

Il s'esclaffa et conclut :

— C'est ce que je suis, Kate. Un chasseur de primes.

— Pour qui travaillez-vous ?

— Pour le plus offrant. Vous feriez pareil, à ma place.

Il eut un large sourire et avança la tête pour lui murmurer à l'oreille :

— Hein, que vous feriez pareil ?

Le sourire s'effaça subitement de ses lèvres quand Stacey ouvrit sa portière et bondit dehors, mais Kate ne put remarquer son changement d'expression, puisqu'il était derrière elle. Elle tourna la tête et vit Stacey qui s'éloignait en pataugeant dans la neige.

— Merde ! s'exclama Packer.

Il descendit de voiture, fit sortir Kate, ouvrit le coffre et lui dit :

— Grimpez.

Comme elle n'avait pas l'air d'accord, il lui frappa la tempe du canon de son revolver. Il n'y avait pas mis beaucoup de force, mais elle eut la sensation que des cloches lui carillonnaient dans la tête. Packer sortit une paire de menottes de sa poche, s'en servit pour attacher le poignet droit de Kate à la charnière, puis rabattit le coffre et actionna la fermeture automatique. Il regarda dans la direction que Stacey avait prise. Ses empreintes s'enfonçaient dans un néant blanc.

— Merde ! s'exclama-t-il encore une fois.

Mais il souriait.

L'infirmière qui était de garde aux admissions annonça à Corso que les deux survivants étaient de sexe masculin. Elle lui indiqua le chemin de la morgue, où un flic du nom de Mitchell, qui avait visiblement hâte d'identifier les cadavres, avala son bobard sans broncher.

Les deux survivants étaient en réanimation. Il y avait quatre morts, un homme et trois femmes. Mitchell resta à distance respectueuse tandis que le préposé sortait les cadavres de leur tiroir. Leurs visages avaient encore l'air de visages, à peu de chose près. Ils avaient tous péri par asphyxie. Les flammes ne leur avaient causé que des dégâts relativement minimes – quelques cloques, quelques cheveux en moins. Leurs traits étaient plus ou moins intacts.

— Prenez votre temps, dit Mitchell, qui savait que les parents de victimes ont souvent du mal à reconnaître leurs chers disparus.

Les chers disparus, se disait-il en regardant Corso s'arrêter tour à tour devant chaque corps.

Les chers disparus ont le visage tout noir, il ne reste plus de leurs cheveux qu'une espèce de tonsure charbonneuse, leur peau est rouge, squameuse, boursouflée.

Ce fut par Tina que Corso termina son inspection. Elle avait les joues couvertes de petites alvéoles rouges et noires, les cheveux hérissés, les lèvres retroussées en un affreux rictus.

— Elle n'est pas là, dit-il.

— Dans ce cas, où peut-elle être ? lui demanda Mitchell.

Corso haussa les épaules.

— La dernière fois que nous nous sommes parlé, elle habitait dans cette maison, mais elle a peut-être déménagé depuis, je ne sais pas.

— Votre sœur... ?

— Au début, elle dormait dehors. Elle a passé quelque temps dans un autre squat avant de venir s'installer dans celui-ci. Je ne l'ai pas vue depuis quinze jours.

Tandis que Corso se dirigeait vers la porte, Mitchell l'examina sous toutes les coutures. Sa sœur était zonarde, mais il portait un blouson de cuir flambant neuf. Un Schott modèle aviateur.

— Pourquoi vit-elle comme ça ?

— Dépression nerveuse, expliqua Corso. Elle est en mille morceaux.

Mitchell lui tint la porte, qui en se rabattant fit entrer une bouffée d'air glacial. Le préposé de la morgue, qui s'apprêtait à suivre le même chemin que Corso, demanda au flic :

— Vous n'avez besoin de rien ?

Mitchell eut un hochement de tête qui voulait dire « la seule chose dont j'aurais besoin, c'est d'une autre affectation ». Le préposé de la morgue s'esclaffa, puis sortit. Mitchell nota la visite de Corso sur sa main courante. Est-ce qu'il la retrouvera un jour, sa chère disparue en petits morceaux ? se demandait-il.

Malgré la couenne qui lui tapissait la taille, Packer était rapide comme l'éclair. Suivant les traces qu'elle avait laissées dans la neige, il gagna vite du terrain sur Stacey, à qui pourtant la peur donnait des ailes. A un endroit, elle avait décrit une boucle et était revenue sur ses pas pour escalader une grille de clôture. Packer ne se laissa pas abuser par ce stratagème enfantin, dont la grossièreté le fit éclater de rire. Il escalada la grille et resta un moment juché sur le barreau du haut pour profiter de la perspective cavalière. Stacey avait parcouru les deux tiers d'un champ en pente ascendante, en direction d'un petit bois de conifères qui couronnait la crête de la colline. Packer se laissa tomber de l'autre côté et se lança à ses trousses. Il avançait deux fois plus vite qu'elle. Elle se retourna, l'aperçut et accéléra l'allure, dérapant sur la neige. Même ainsi, il gagnait sur elle à chaque pas. Quand elle atteignit enfin la lisière du bois, il était à moins de trente mètres d'elle.

Stacey s'enfonça dans la sapinière en zigzaguant entre les arbres. Plus elle avançait, plus la lumière glauque du sous-bois gagnait en densité. Eût-elle disposé de plus de temps, elle se serait cherché une cachette. Du fond d'un buisson, elle aurait regardé la silhouette de Packer s'éloigner en pataugeant dans la tourmente et aurait laissé passer cinq minutes – ou dix – avant de rebrousser chemin pour aller retrouver Kate. Elle aurait voulu qu'il disparaisse, qu'il se trompe de direction, qu'il se foule la cheville, qu'il succombe à une crise cardiaque. Mais chaque fois qu'elle tournait la tête, il était là, la serrant de plus en plus près. Impuissante, elle se mit à hurler : « Non, non, non, non ! », ses cris redoublant à chaque enjambée. A la fin, elle ramassa une branche cassée, fit volte-face et se précipita sur lui en la brandissant comme une massue. Packer fit un pas en arrière puis, prenant son élan, lui assena un violent coup de poing sur l'épaule. Stacey lâcha sa branche et resta là, pliée en deux, agrippant de la main gauche son bras endolori, la poitrine soulevée par des hoquets spasmodiques.

— On va retourner sur nos pas, Stacey, lui dit Packer. D'accord ? J'ai enfermé Kate dans le coffre. C'est inconfortable et elle doit avoir très froid.

— Je ne sais rien, haleta Stacey. Laissez-moi partir. Je me fiche de ce qui arrive à Kate, je me fiche de vos histoires. C'est pas mes oignons tout ça.

— Ecoutez, Stacey, moi je ne demande pas mieux que de vous laisser filer. J'en serai même ravi, croyez-moi, et ça ne va pas tarder. Mais pour l'instant, on ne peut pas se quitter, vous et moi. Vous connaissez la chanson, non ? *Ne me quitte pas, ne me quitte pas...* On en est là, vous et moi. (Il leva les mains d'un air d'excuse.) J'y peux rien, c'est comme ça.

Sa respiration était brève, saccadée. Un bourdonnement tonitruant lui emplissait les oreilles et ses poumons étaient en feu.

D'un geste, il fit signe à Stacey de rebrousser chemin et elle se dirigea vers la lisière du bois. En émergeant d'entre les arbres, elle vit les traces de pas qu'ils avaient laissées dans la neige et loin derrière, du côté de la route, la rangée d'arbres qui dissimulait l'aire de repos. Elle s'arrêta un instant. Packer tenait toujours la branche avec laquelle elle avait essayé de le frapper. Il la leva au-dessus de sa tête, la tenant à deux mains, et la lui abattit sur le crâne, en y mettant toute sa force.

Avec un craquement sinistre, la tête de Stacey ploya vers

363

l'avant puis rebondit vers l'arrière, comme celle d'une marionnette dont on aurait brusquement tendu la ficelle. Ensuite elle s'effondra. Packer la tira en arrière et, quand ils furent de nouveau à l'abri des arbres, lui abattit une deuxième fois son gourdin sur le crâne, en ajustant soigneusement le coup. Il souleva le corps inerte, le prit dans ses bras et s'enfonça dans la forêt avec. Après avoir porté son lourd fardeau sur une cinquantaine de mètres, il arriva au bord d'une ravine aux flancs abrupts où la neige s'était amoncelée. Il laissa tomber Stacey, puis la retourna pour lui vérifier le pouls. Son cœur sautillait faiblement, comme les ailes d'un papillon emprisonné au creux d'une paume. Sa respiration était rauque et irrégulière.

Packer tenait toujours la branche à la main droite. Il l'en frappa encore, à six reprises. Quand il eut la sensation de taper sur une éponge mouillée, il comprit que le cœur avait cessé de battre. Il inspecta rapidement les poches de Stacey, les vidant de tout ce qui aurait pu permettre de l'identifier. Ensuite il la dépouilla de ses vêtements et en fit un baluchon, qu'il affermit en nouant les manches de son blouson.

Un mélange de sang et de cervelle collait aux cheveux de Stacey. Sa tête avait l'air d'un melon éclaté. La pâleur de son corps se mariait bien avec la blancheur de la neige. Aux endroits où la chair formait des replis – le dessous des seins, l'arrière des genoux – il se teintait d'ombres bleuâtres.

Packer jeta la branche ensanglantée dans la ravine, puis fit rouler Stacey à sa suite. Le corps s'enfonça dans une congère d'un mètre de profondeur, mais ne disparut pas complètement. La pointe d'une hanche, un bras relevé vers l'arrière dépassaient encore. Packer ramassa une autre branche et en usa comme d'une pelle pour recouvrir le corps, faisant tomber d'abord la neige que la tête de Stacey avait tachée de sang, puis balançant par-dessus un maximum de neige propre. Ensuite il tourna les talons et reprit le chemin de l'orée du bois, les vêtements de Stacey sous le bras.

Avant d'ouvrir le coffre pour libérer Kate, il fourra le ballot de vêtements sous la voiture. Kate avait les traits contractés, le visage bleu par le froid. En s'ouvrant, le coffre avait tiré vers le haut son poignet menotté. On aurait dit qu'elle levait la main parce qu'elle avait une question à poser.

Elle en avait une, en effet : Où est Stacey ?

Packer la fit asseoir à l'avant de la voiture, la menotta au montant métallique de son siège, revint sur ses pas, jeta le ballot de vêtements dans le coffre, qu'il referma brutalement. Ensuite il s'installa au volant.

— Où est Stacey ? lui demanda Kate.

— Bonne question.

Packer mit le contact et laissa tourner le moteur un moment, le temps que le pare-brise se dégivre.

— Elle est partie. Et on s'en va aussi.

— Partie ? fit Kate d'une voix blanche.

— Oui, partie, dit Packer. Elle m'a filé entre les doigts, quoi.

Voyant la tête que faisait Kate, il éclata de rire.

— Eh bien Kate, on se fait des idées noires ?

Il ajouta :

— Vous avez entendu un coup de feu ?

— Non.

— Moi non plus, figurez-vous.

Il haussa les épaules.

— Elle est partie. C'est pour ça qu'on va foutre le camp d'ici en vitesse.

— Stacey va avertir la police.

— Ça, y a pas de doute.

— Vous feriez mieux de me laisser partir, dit Kate. Laissez-moi ici. Les choses sont allées assez loin comme ça.

Packer s'esclaffa. Apparemment, l'idée l'amusait beaucoup.

— « Assez loin », fit-il. C'est vraiment très anglais, vous voyez ce que je veux dire ? Il faut être Anglais pour dire des choses pareilles. Nous autres Américains, on ne pense pas comme ça. Pour un Américain, les choses ne vont jamais assez loin. Quand elles vont trop loin, ce n'est pas encore assez. C'est ça, le mode de vie américain. C'est une bonne manière de le résumer. Trop loin, beaucoup trop loin, plus loin que tout le monde – quand un Américain en arrive là, il se dit qu'il a encore du chemin à faire.

— Qu'est-ce que vous voulez ? Qu'est-ce que vous allez faire ?

— Ce que je vais faire de vous, Kate ? Car c'est bien le sens de votre question, n'est-ce pas ?

Le pare-brise s'était dégivré. Packer fit demi-tour pour regagner la route. Au moment où ils débouchaient sur la chaussée, une rafale de neige tourbillonnante les enveloppa.

— Je vais vous le dire. Vous êtes une monnaie d'échange. Un simple instrument. Un appât.

La sapinière baignait dans un demi-jour bleuâtre, que les ombres des arbres paraient d'indigo par endroits. Le murmure léger des flocons chassés par le vent faisait paraître le silence encore plus profond. Ils s'amoncelaient entre les arbres, emplissant peu à peu la forêt, emplissant la ravine où reposait le corps livide et nu de Stacey. Le sang de sa blessure avait rougi la neige durcie par le gel. Au fur et à mesure que la neige fraîche tombait, la tache virait au rose. Bientôt, un manteau d'un blanc immaculé la recouvrirait.

Le corps était presque entièrement enseveli. On n'en discernait plus que la courbe d'une hanche, la forme d'un sein, une oreille, une mèche de cheveux humide et rouge. Sa main dressée, aux longs doigts grêles, toute raide à présent, semblait désigner la direction que Packer et Kate avaient prise.

Corso s'attendait au pire, sachant qu'il était inévitable désormais. Assis dans un fauteuil avec son téléphone et son pistolet, son couteau caché et son verre piégé, il avait tout d'un prestidigitateur auquel le public a posé un lapin.

Il pensait à l'avion qu'il aurait pu prendre : le verre de whisky, le film, la distance sans cesse plus grande le séparant du boulot qu'il avait salopé. Mais il y avait un hic. Un hic qui avait pour nom Larry Packer. Packer était l'une des raisons pour lesquelles il n'avait pas pris cet avion. Il n'était pas question qu'il passe le reste de ses jours avec une épée de Damoclès suspendue au-dessus de la tête. L'autre raison, c'était Kate. Il en avait conscience, mais il préférait ne pas y penser.

Il était resté pour Kate – et pour affronter le pire.

26

PACKER entra dans Londres et roula en direction de la
Tamise. Ce n'était pas chez Susan qu'il allait. Même
s'il avait pu la persuader de se tirer, d'aller passer la nuit
chez une copine, l'appartement ne se serait pas prêté à ses
desseins. Il fallait que tout soit parfait, que le suicide de
Kate Randall n'éveille aucun soupçon. Pas plus que la dis-
parition de Robert Corso, si elle s'avérait nécessaire. L'idée
de liquider Corso était une éventualité à laquelle il lui fallait bien songer, mais qu'il aurait préféré éviter. Le mieux
aurait été de lui régler son dû et de le convaincre de prendre le prochain avion pour New York. Tuer un homme
n'est jamais facile, surtout quand sa mort doit rester
secrète. Mais Packer savait ce que Corso lui-même savait :
qu'il restait pour Kate. Désormais, Corso était un empê-
cheur de danser en rond, au même titre que Kate. Il fallait
lui régler son compte.

Packer échafaudait un plan, une combinaison qui lui
permettrait de s'en sortir sans y laisser de plumes. Il tenait
Kate. Stacey ne lui compliquerait plus la vie, mais Corso
lui posait toujours un sacré problème. Corso était-il aussi
redoutable qu'il en avait l'air ? Packer ne s'était jamais
frotté à lui, mais il pressentait que ce salopard allait lui
donner du fil à retordre. Après tout, c'était lui qui l'avait
engagé.

Kate, accablée de remords, allait mettre fin à ses jours.
C'était inscrit dans son plan depuis le début. Il ne lui manquait plus que le lieu et le moment. En attendant de les

avoir trouvés, il aurait fallu qu'il se planque dans un endroit sûr, où il pourrait réfléchir à sa guise.

Où aller ? Pas chez Susan, en tout cas. Mais rien ne l'empêchait de profiter de l'un des deux appartements où W.W.I. hébergeait ses hôtes de marque. En ce moment, aucun grossium n'étant de passage à Londres, ils étaient inoccupés. Le plus proche était au dernier étage d'une tour, du côté des docks de Chelsea. Packer mit le cap dessus.

C'était risqué, d'accord, mais ça ne lui faisait pas peur. Il se sentait en pleine forme, et même au sommet de sa forme. La mort de Stacey était encore toute proche, il lui semblait qu'elle lui appartenait. Après une liquidation rondement menée, il avait toujours éprouvé cette impression-là. Celle d'être un gagnant, sûr de rafler la mise à tous les coups.

Ah, le bon vieux temps...

Au moment où ils arrivaient à la hauteur de l'immeuble, il annonça à Kate :

— Je vais me garer au parking. S'il est vide, on va prendre l'ascenseur aussitôt. S'il y des gens, on attend dans la voiture jusqu'à ce qu'ils soient partis. Si jamais vous essayez d'attirer l'attention, je serai obligé de vous abattre sur place et d'abattre tous les témoins éventuels. C'est pas que ça me plaise, je ne pourrai pas faire autrement, voilà tout. Je me fais bien comprendre ?

Kate fit oui de la tête – mais elle était bien décidée à tenter sa chance à la première occasion. Il n'y avait personne dans le parking. Packer lui enleva ses menottes, la poussa vers l'ascenseur et appuya sur le bouton d'appel. En regardant clignoter les chiffres verts, Kate s'imagina que les portes s'ouvraient et que quatre hommes jaillissaient de la cabine, pistolet au poing, en lui annonçant : « Nous sommes là, vous n'avez plus rien à craindre. » Elle sentit une terrible tension monter en elle et quand les portes automatiques coulissèrent ses nerfs étaient tellement à vif qu'elle faillit hurler. Mais la cabine était vide, bien sûr.

D'une bourrade, Packer la fit entrer dans l'ascenseur et il appuya sur le dernier bouton – celui d'un luxueux appartement en toit-terrasse. A partir du premier étage, l'ascenseur montait à flanc de tour, transparente fusée traçant un sillage lumineux dans le crépuscule, enveloppée de flocons blancs et tourbillonnants, surplombant la ville et le fleuve.

Au septième étage, il s'arrêta pour embarquer trois hommes qui en descendirent au neuvième. Ils jetèrent un bref coup d'œil à Kate et à Packer et reprirent aussitôt leur conversation. Packer avait passé un bras sous le blouson de Kate et la tenait par la taille tout en lui enfonçant le canon de son revolver dans les reins. Kate sentit qu'une vilaine ecchymose était en train de s'étaler autour du point de contact. Au neuvième, une dame en manteau vert, qui allait au quinzième, prit l'ascenseur à son tour.

La dame adressa à Kate un sourire qui semblait dire : *Je vous ai déjà vue quelque part, non ?*

En voyant les traits crispés de Kate et la façon dont son mari la soutenait, elle se dit qu'elle devait être malade. Elle se retourna vers la porte et constata que le bouton du dernier étage était allumé. Au moment où elle descendait de l'ascenseur, la dame au manteau vert entendit la jeune femme émettre un hoquet étouffé, comme si elle avait été sur le point de s'évanouir. Heureusement que je ne monte pas plus haut, se dit-elle.

En fait, Kate avait esquissé un pas en avant dans l'intention de la retenir en la tirant par la manche ou par l'épaule. L'instinct n'est pas forcément rationnel. Packer l'avait avertie que si elle essayait d'adresser un signe à quelqu'un, il les tuerait tous les deux. Sa raison l'incitait à le croire, mais son instinct lui disait de faire quelque chose, de tenter le tout pour le tout.

Packer l'avait empoignée par les cheveux et l'avait tirée brutalement en arrière, lui arrachant un cri étouffé. Quand les portes de l'ascenseur se furent refermées, il lui dit :

— Vous l'avez échappé belle, croyez-moi. Si elle avait jeté un regard en arrière, vous seriez mortes toutes les deux. Bon maintenant, retournez-vous.

Il la fit pivoter sur elle-même, retroussa son pull et son tee-shirt et lui posa le canon de son revolver entre les seins.

— Serrez-vous contre moi, dit-il. Maintenant, on est un couple qui s'offre un moment d'intimité dans l'ascenseur.

Si jamais vous tentez une nouvelle entourloupette, l'intimité atteindra son paroxysme. Un paroxysme mortel.

Kate tremblait comme une feuille. Un vertige la prit, et l'espace d'un instant ses yeux se révulsèrent. Voyant qu'elle allait tourner de l'œil, Packer la secoua et agita le canon de son revolver, lui écorchant la peau sous son soutien-gorge.

— C'est pas le moment de roupiller, connasse, grogna-t-il.

Kate s'affala sur le canapé du salon, le buste replié sur les cuisses. Packer, debout près de la porte, attendait. A la fin, elle se redressa et posa les yeux sur lui.

— J'espère que vous allez crever bientôt, dit-elle.

Packer s'esclaffa, puis il ferma la porte à double tour, d'un geste très théâtral.

— Vous pouvez essayer de vous enfuir par la fenêtre, dit-il. Mais je vous préviens, vingt étages ça fait haut. Alors tenez-vous à carreau.

Néanmoins, il l'obligea à le suivre quand il alla faire du café dans la cuisine.

— On a deux trucs à régler, lui dit-il. Primo, il faut qu'on passe un coup de fil à Corso pour lui fixer rendez-vous, mais y a pas le feu au lac, ça peut attendre jusqu'à demain. Deuzio, vous allez me rédiger quelque chose.

— Qu'est-ce que vous voulez que je vous rédige ?

— Une confession. Dans laquelle vous raconterez comment vous avez tué Michael Lester. Vous lui annoncez votre intention de rompre, il devient enragé, essaye de vous violer, empoignade, couteau et tout le bataclan.

Kate éclata de rire.

— Pourquoi je ferais ça ?

— C'est simple..., dit Packer en versant de l'eau bouillante dans la cafetière. Parce que si vous refusez, je vous tuerai. Si vous vous confessez, vous irez en taule et vous en ressortirez au bout de huit ans. On est en Angleterre, ne l'oubliez pas. Aux États-Unis, un meurtre, ça ne pardonne pas. On finit fatalement sur la chaise électrique ou avec une seringue dans le bras. On peut traîner vingt ans dans le couloir de la mort, mais à la fin on y passe. Sauf dans quelques rares États. La peine de mort est populaire, que voulez-vous. Les gens veulent qu'on applique la loi du talion. Œil pour œil, dent pour dent. Mais ici, ça ne se passe pas comme ça. Bref, à vous de voir. Soit vous choisissez cette solution-là, soit c'est moi qui vous tue.

Il leva la main droite comme s'il allait prêter serment.

— On m'a donné des consignes, vous comprenez.

— Qui vous les a données ?

— Ça, je ne pourrai vous le dire que si je vous tue, et sur ce point nous ne sommes pas encore parvenus à une décision, pas vrai ?

Kate se souvint de la manière dont il avait regardé Stacey après avoir fait irruption dans leur chambre.

Elle est au courant ?

Non.

Elle ne sait rien de Michael Lester, de W.W.I. et du reste ?

Absolument rien.

Elle a mis le nez dans ce dossier, non ?

Tout ça, c'est du chinois pour elle.

Elle ne sait pas qui est Leonard Naylor ?

Non.

Comme s'il avait lu dans ses pensées, Packer lui dit :

— Il y a des choses qu'il vaut mieux que vous ne sachiez pas. Et si vous les savez, surtout ne m'en parlez pas.

Il disait cela d'une voix grave, avec une pointe de sollicitude même. C'était une façon habile de convaincre Kate qu'elle avait une chance de s'en sortir vivante, et ça marcha.

L'hôte de passage qui avait utilisé l'appartement quelques jours plus tôt avait laissé un réfrigérateur bien garni. Packer prépara deux scotches et en posa un devant Kate.

— Vous jouez du violoncelle, dit-il.

— J'en jouais dans une autre vie.

— Quel effet ça fait ?

La question était si saugrenue que Kate ne put s'empêcher de rire.

— Que voulez-vous dire ? demanda-t-elle.

— Ben, quel effet ça fait, quoi ? D'être capable d'en

jouer. Je me demande ce que j'éprouverais si j'étais capable d'en jouer.

— Du violoncelle ?

— Ou de n'importe quel autre instrument. Du piano, de la flûte, ou je ne sais quoi. Quel effet ça fait ?

— Je n'en sais rien, dit Kate.

— Vous le savez forcément puisque vous en jouez.

— J'ai appris à en jouer il y a si longtemps que je ne sais plus quel effet ça me faisait de ne pas savoir. Je ne peux pas vous dire quel effet ça me fait de savoir jouer d'un instrument dont j'ai l'impression d'avoir toujours su jouer. C'est comme si je vous demandais quel effet ça vous fait de marcher.

Packer secoua la tête.

— N'en jetez plus, dit-il. Je n'aurais pas dû vous poser cette question. Oublions ça et écrivez la lettre.

Kate posa les yeux sur la feuille blanche étalée devant elle et demanda :

— Qu'est-ce que vous voulez que je raconte ?

Une expression d'intense stupeur se peignit sur les traits de Packer.

— C'est à moi que vous demandez ça ? J'en sais rien, moi. Vous n'avez qu'à raconter ce qu'ils ont besoin d'entendre.

— Ce que vous avez besoin d'entendre.

— Ça aussi. Vous êtes une fille intelligente. Arrangez-vous pour que ça sonne vrai. Qu'est-ce que vous voulez manger ?

Kate le regarda, l'air interdit.

— Manger ? fit-elle.

— Ben oui quoi, dit-il en haussant les épaules. J'ai la dalle, moi. Pas vous ? Il y a ce qu'il faut dans le frigo. Des œufs, tout ça. Dites-moi ce que vous voulez, je vous le préparerai.

Leur échange de propos sur le violoncelle lui avait donné envie d'écouter de la musique, mais cette idée l'ennuyait un peu. Ça lui faisait penser à la dernière cigarette du condamné.

Elle alluma la radio et tomba sur le « Pie Jesu » du

373

Requiem de Fauré. La voix éthérée de la soprano lui transperça le cœur.

Comme un couteau de cuisine.

Packer prépara une omelette au fromage et de la salade. Il fit cuire l'omelette comme un vrai pro, la repliant juste au moment où il fallait, et la retira de la poêle baveuse à point. Kate fut prise d'un début de fou rire. Quand Packer se retourna vers elle, son rire ne fit que redoubler.

— Vous faites une omelette, hoqueta-t-elle.

— Vous n'aimez pas ça ?

— Oh si, dit-elle. Merci mille fois. Je m'en pourlèche d'avance les babines.

Packer lui resservit un scotch et retourna à ses préparatifs.

Ils mangèrent dans la cuisine, juchés sur des tabourets de bar. Kate se demanda si cela changeait quelque chose à la situation. Il lui semblait que cette apparence de normalité, l'omelette bien baveuse, le *Requiem* de Fauré à la radio, modifiait subtilement leurs rapports, comme si la banalité quotidienne n'avait pu coexister avec la violence, comme si par l'effet de quelque magie la domesticité allait se substituer à l'horreur. Puis elle pensa de nouveau à la dernière cigarette du condamné, et à l'orchestre d'Auschwitz.

Packer repoussa son assiette, lui tendit la feuille de papier, sortit un stylo de sa poche et lui dit :

— Dites que vous l'avez tué, ça suffira.

Après lui avoir remis la lettre qu'elle venait de rédiger, Kate s'approcha de l'immense baie vitrée orientée au sud qui occupait tout un mur de l'appartement. De l'endroit où elle se tenait, elle découvrait les lumières de la ville, la Tamise scintillant d'innombrables fanaux. Elle écarta largement les bras et s'appuya à la paroi de verre, tel un oiseau en vol luttant contre le vent et les rafales de neige.

Packer feuilletait le dossier Naylor. Ce type est impayable, se disait-il. Il fallait vraiment qu'il en ait gros sur la patate pour recopier des paragraphes entiers dans des journaux écolos et dresser la liste des mensonges d'État comme si ce genre de magouilles n'avait pas toujours existé. En plus, vu la façon dont il parle des organophosphorés qu'il a mis au point pour le compte de W.W.I., on croirait que le labo était dirigé par quelqu'un d'autre.

Le mec en blouse blanche, c'était toi, Naylor. Toi et personne d'autre. Le salaire et les primes, tu ne crachais pas dessus, du moment que tu étais bien portant. Tant que tu étais en bonne santé, tu n'avais à te plaindre de rien. Jusqu'au jour où tu as inhalé une dose un peu trop forte d'une saloperie avec un nom à coucher dehors. Quand on a un pied dans la tombe, on ne voit plus les choses de la même façon.

« Les études officielles ont toujours nié que le seul fait d'inhaler un produit organophosphoré pouvait être la cause d'intoxications graves... »

Tu parles, Charles. Je vis entouré d'un brouillard perpétuel, qui ne me lâche jamais. Ecrire ceci me prend des heures. Je perds la mémoire. Tout à l'heure, j'ai entendu un air de musique à la radio. C'était une chanson que je connaissais, mais pas moyen de me rappeler laquelle. J'ai beau me torturer les méninges, je n'y arrive toujours pas.

« Les organophosphorés peuvent entraîner de subtiles modifications dans le système neurovégétatif. D'après certaines études, une exposition prolongée serait susceptible de mener à des états dépressifs graves, avec poussées suicidaires. »

C'est sans doute pour ça que l'idée de mettre fin à mes jours m'obnubile. J'y pense sans arrêt. Si j'étais seul, s'il n'y avait pas Amy et Marianne, je me tuerais. J'envisage diverses méthodes – le saut dans le vide, l'asphyxie à l'aide d'un tuyau fixé au pot d'échappement de ma voiture, le cocktail de somnifères et d'alcool. Je m'invente de petits scénarios : j'imagine qu'on me retrouve mort avec mes notes, mon journal si l'on veut, posé à côté de mon cadavre. Et là je me rends compte que c'est déjà fait. Mon suicide est en route. Ce n'est plus qu'une question de jours.

Tous les ans, on dénombre trois millions de cas d'intoxications aiguës aux pesticides. Tous les ans, vingt mille personnes en meurent. Il y aura bientôt une victime de plus.

Aujourd'hui, je suis tombé. Je n'ai pas trébuché, je ne me suis pas évanoui, je n'ai pas eu d'attaque. Je suis tombé, c'est tout. Je ne me suis pas relevé tout de suite parce que je ne voyais plus rien. L'espace de dix secondes j'ai été frappé de cécité complète.

Mes notes vont être publiées. Un certain Michael Lester m'a contacté. Je ne sais pas qui lui a donné mon nom. Il est journaliste.

Kate, debout contre la paroi vitrée, les bras en croix, regardait un avion passer dans le ciel. Tous ses hublots étaient illuminés. Il transportait des hommes libres, avec un avenir devant eux.

Acculée contre un mur, se dit-elle. C'est le sort des êtres faibles.

Packer s'approcha d'elle. Elle vit son reflet se découper sur un paysage de flèches d'église et de grues de chantier. Il regarda par-dessus son épaule et elle sentit son haleine sur sa joue.

— Qu'est-ce que vous voyez ? lui demanda-t-il.

— Les villes de la plaine.

— Pardon ?

— Allusion biblique.

— La Bible, ce n'est pas mon fort.

— C'est sans importance.

— Comme vous voudrez.

Il lui effleura les cheveux. Une onde de terreur l'envahit et la tête se mit à lui tourner. Ses jambes flageolaient un peu. Elle posa les deux mains à plat contre la vitre. Le visage de Packer s'y reflétait. Il souriait de toutes ses dents.

— Supposez que vous puissiez sauter dans le vide, dit-il. Et vous poser tout en bas, sans coup férir. Comme un oiseau. Vous n'auriez qu'à étendre les bras et à plonger.

— Si je faisais ça, vous auriez l'air fin, dit Kate.

— A moins que je ne sache voler aussi, ricana-t-il.

Kate but une autre lampée de scotch, puis se mit à tourner en rond dans la pièce comme un félin en cage, son verre à la main, revenant sans cesse à la paroi vitrée, à ce vide qui la fascinait.

— C'est vous qui avez tué Michael, dit-elle.

— Non, ce n'est pas moi.

376

— Vous l'avez tué à cause du Neophos X-9, qui avait tué Leonard Naylor.

Une idée subite la frappa.

— Tim Farnol aussi, c'est vous qui l'avez tué.

— Non, dit Packer.

— Quelqu'un s'est introduit chez Michael et l'a tué après avoir effacé le disque dur de son ordinateur. C'était vous, le cambrioleur, n'est-ce pas ?

— Non, vous vous trompez, dit Packer, agitant l'index en signe de dénégation.

— J'étais là ! s'écria Kate, indignée. Je l'ai vu mourir !

— Ça, tout le monde le sait, dit Packer.

— Je l'ai vu mourir, espèce de salaud !

Packer sourit.

— Vous étiez là, je sais. C'est bien pour ça qu'on vous soupçonne de l'avoir tué, d'ailleurs.

Kate se retourna brusquement et lui jeta son verre à la figure. En la voyant se contracter, Packer avait deviné ce qui allait suivre. Il fit un léger écart et le verre s'écrasa sur la moquette derrière lui.

Kate se mit à frapper la paroi vitrée de ses poings. On aurait dit un oiseau se cognant à un mur. Elle tambourinait, vociférante, le visage ruisselant de larmes. Packer la regardait, les yeux brillants.

— *J'étais là, je l'ai vu mourir, il est mort dans mes bras ! Espèce de salaud ! J'étais là quand vous l'avez tué.*

— Puisque je vous dis que ce n'était pas moi, protesta Packer.

Mais il n'avait pas de peine à imaginer la scène : la petite maison près du parc, la cuisine, le porte-couteaux, le salon où Lester était mort, le sang partout, Lester couvert de sang, Kate couverte de sang. L'idée de Kate couverte de sang lui plaisait par-dessus tout.

Souriant, il prépara un autre scotch pour Kate et s'avança vers elle.

— Ce n'était pas moi, dit-il. Vous faites erreur.

Il lui tendit le verre d'un geste très doux, comme un père qui essaye de persuader son enfant malade d'avaler un médicament.

Il connaissait le lieu à présent. Le lieu où elle allait mourir. Le lieu idéal pour une meurtrière rongée de remords. Le lieu auquel l'assassin retourne toujours.

Kate allait se suicider chez Michael Lester.

Il la conduisit dans la chambre et lui montra que la fenêtre était bloquée, tout comme celle de la salle de bains. Ensuite il l'enferma à double tour, de l'extérieur. Il n'avait qu'une idée en tête : finir son boulot. Ça ne prendrait guère plus qu'une journée. Après il ferait un saut chez Susan, puis il rentrerait chez lui : Beth, les enfants, et tout le merdier.

Une journée de travail de terrain, pas plus. Le temps de faire le ménage, de se blanchir et de blanchir Beverley Ho.

Corso dormait, le visage tourné vers la porte. Son sommeil était si léger qu'une brusque risée chassant la neige contre les carreaux le réveilla en sursaut.

Il fit le numéro de Kate, mais n'obtint aucune réponse.

Kate entra dans la salle de bains. Le décor en était sobre, presque sévère : cabine de douche en verre dépoli de forme hexagonale, étagères et carrelage en verre dépoli, grand miroir mural avec cadre en acier chromé. Elle prit une douche très chaude, emplissant de vapeur ce paysage de givre. Tout en se séchant, elle examina la longue ecchymose qui lui barrait les seins, à l'endroit où le canon du revolver les avait labourés. Elle ouvrit le robinet du lavabo, humecta l'éraflure d'eau froide, puis appliqua dessus en guise de compresse un gant de toilette mouillé.

Elle regagna la chambre, s'assit en tailleur sur le lit et regarda la neige qui n'en finissait pas de tomber. On aurait dit qu'elle sourdait du halo jaune orangé des lampes à sodium. Il était un peu plus de trois heures.

Je ne sais plus qui je suis. Qui es-tu ?
Kate Randall.
J'ai l'impression d'avoir vécu une guerre. D'être une personne déplacée. A la personnalité disloquée. J'ai l'impression que tous les gens que j'aimais sont morts. Qu'est-ce qu'il veut, ce mec ?

Il veut que tu avoues. Webb aussi voulait que tu avoues. C'est ce qu'ils veulent tous.

Je les emmerde.

T'as raison, on les emmerde.

C'est W.W.I. qui est derrière tout ça, hein ?

On dirait.

C'est une grande société. Une *entreprise.* Tu crois qu'ils sont capables de monter de pareilles combines ?

Fais comme si Michael était là, et demande-lui ce qu'il en pense.

J'ai pondu ma confession. Il a ce qu'il voulait. Qu'est-ce qu'il attend maintenant ?

Il te l'a dit, il attend Robert Corso.

Mais pourquoi ?

Devine.

La dame au manteau vert s'était dit qu'elle avait déjà vu Kate quelque part. Plus tard, en y réfléchissant, elle se demanda si ce n'était pas la jeune femme dont la télé avait diffusé le signalement, la violoncelliste qui avait tué son amant. Cela ne lui semblait guère probable, mais ce n'était pas non plus impossible.

Elle se dit que la nuit lui porterait conseil.

Des hiboux chassaient en contrebas de la sapinière, volant en rase-mottes au-dessus du champ enneigé, déchirant l'air gelé de leurs cris rauques. Dans le bois, tout n'était qu'ombre et silence.

Stacey gisait sous une couche de neige d'un blanc immaculé. Sa chair livide était dure comme de l'acier et le gel avait incrusté le blanc de ses yeux d'une fine résille.

27

QUAND Kate se réveilla, il ne neigeait plus. La lumière lui faisait mal aux yeux. Elle passa dans la salle de bains et se laissa tomber sur le siège des toilettes. La voix de Packer retentit juste derrière elle. Réprimant un cri, elle se retourna et se retrouva face au mur. La voix était forte, mais un peu indistincte. Regardant autour d'elle, Kate avisa un verre à dents accroché à un anneau de métal au-dessus du lavabo. Elle le plaça en cornet contre le mur et la voix de Packer se mit à lui tonitruer dans l'oreille.

— Elle est là avec moi, Corso. Je la tiens. Tout ce que je vous demande, c'est de faire votre boulot. Vous comprenez ? On vous a embauché pour faire un boulot, je veux que vous le finissiez. (Il y eut un assez long silence, puis la voix reprit :) D'accord, on se retrouve là-bas. Le temps de boucler cette affaire. Et faites vos bagages, hein. Comme ça, dès qu'on aura réglé le problème, vous filerez directement à l'aéroport.

Packer déconnecta le téléphone. Est-ce que Corso se laisserait abuser par le blabla sur le boulot à finir, les bagages et l'aéroport ? Il en doutait sérieusement. Il avait décidé de l'abattre à vue ; c'était la solution la plus sûre.

Il valait mieux ne pas s'attarder dans l'appartement. Peut-être que Beverley Ho avait reçu un coup de fil lui annonçant que des visiteurs de marque allaient débarquer sous peu. Si c'était le cas, la femme de ménage n'allait pas tarder à s'amener. Peut-être que Beverley en faisait quel-

380

quefois usage à des fins personnelles. Il se l'imagina sortant de l'ascenseur en compagnie d'un étalon bien membré ployant sous le poids d'une caisse de champagne.

Il fallait dégager, aller attendre ailleurs la tombée de la nuit. C'était l'heure qu'il avait fixée à Corso : après la tombée de la nuit.

Kate était debout au-dessus du lavabo, s'y cramponnant à deux mains. Elle cracha un dernier filet de salive, s'essuya la bouche du dos de la main.

Je ne m'étais pas trompée sur son compte.

C'est vrai.

J'avais raison de me méfier de lui.

C'est vrai.

Le boulot qu'il est censé finir, c'est quoi à ton avis ?

Tu le sais très bien.

Pourquoi est-ce qu'il ne m'a pas tuée quand il en avait l'occasion ?

Il essayait d'en savoir plus, c'est tout. Tu avais soustrait une partie de la disquette. Il s'en doutait.

C'est pour ça qu'il m'a filmée à mon insu. J'avais raison.

Oui, tu avais raison.

Ils avaient besoin de savoir ce que je savais. Maintenant, ils savent tout. Ils ont même le dossier Naylor.

Eh, attends une minute... Quand il t'a déposée au squat, il avait déjà le dossier Naylor. Il savait déjà tout. Pourtant, il t'a laissée filer et il a essayé de semer le type à la Lexus noire. C'est intéressant, tu ne trouves pas ?

Peut-être, mais il y a une autre question que tu devrais te poser. Et Packer ? Comment il a su où j'étais ?

Packer déverrouilla la porte de la chambre et passa la tête à l'intérieur.

— On met les bouts, annonça-t-il.

Kate se leva du lit. Elle avait le regard fuyant d'un enfant qui vient de faire une bêtise. Packer passa dans la salle de bains. Elle avait inscrit son nom en travers du miroir, en lettres de savon.

Packer eut un sourire de père indulgent.

— Effacez-moi ça, lui dit-il.

Elle mouilla le gant de toilette et en frotta le miroir. Hochant la tête d'un air satisfait, Packer lui fit signe de se diriger vers la porte.

Webb décrocha le téléphone lui-même. La dame au manteau vert lui expliqua ce qu'elle pensait avoir vu la veille au soir. Webb ne prit pas la peine de lui demander pourquoi elle avait attendu si longtemps, car il l'avait aussitôt compris. Elle croyait avoir vu Kate Randall, mais n'en était pas sûre. Comme c'était environ la millième personne qui croyait avoir vu Kate Randall sans en être sûre, Webb poussa un soupir et dit à John Adams qu'il valait mieux vérifier à tout hasard.

Adams revint quelques minutes plus tard et lui annonça que l'appartement en question était la propriété de Wide-world Industries.

— C'est quoi, comme genre de boîte ? demanda Webb.

— Une multinationale dont le siège est à New York, avec des ramifications partout. Ils fabriquent des produits chimiques, entre autres activités. Tenez, voilà leur numéro de téléphone. Les Verts ne les portent pas dans leur cœur.

— Pardon ? dit Webb en jetant un coup d'œil au numéro de téléphone.

— Les écolos sont leurs ennemis jurés, dit Adams.

Il attendit un instant, puis ajouta :

— Michael Lester, par exemple.

Vu la bobine de Webb, on aurait pu croire que son médecin venait de lui annoncer que sa tumeur n'était peut-être pas aussi bénigne que ça.

— Allez voir sur place, dit-il. Pendant ce temps-là, je leur passerai un coup de fil.

Au moment où Adams allait passer la porte, il ajouta :

— C'est une coïncidence.

— Je sais, dit Adams.

— Il n'en sortira rien.

— Bien sûr que non.

Beverley Ho avait ôté sa boucle d'oreille pour prendre la communication. C'était une boucle d'oreille en argent,

ornée de perles fines. Tout en parlant, elle jouait machinalement avec.

— C'est un appartement qui nous sert à loger des hôtes
de passage.

— Qui l'occupait la nuit dernière ? lui demanda Webb.

— Désolée, mais je ne peux pas vous renseigner là-
dessus.

— Vous ne le savez pas ?

— Je suis P.-D.G., monsieur Webb, l'intendance n'est
pas de mon ressort. Je vais me renseigner auprès de mes
subordonnés et je vous rappellerai. Toutefois, j'aimerais
vous poser une question. Pourquoi tenez-vous tant à le
savoir ?

— On y aurait vu une personne que nous recherchons.

— Elle était dans l'appartement ?

— Non, mais elle s'y rendait.

— Elle s'y rendait ?

— Par l'ascenseur.

— Qu'est-ce que c'est que cette histoire d'ascenseur ?

— Le témoin qui a vu la personne en cause nous a précisé que le bouton du dernier étage était allumé. Le dernier étage étant entièrement occupé par un appartement
en toit-terrasse dont Wideworld Industries est le...

Beverley Ho lui coupa la parole, d'un ton à la fois cassant
et un peu las.

— On a aperçu quelqu'un dans un ascenseur, quelqu'un qui aurait pu descendre à n'importe quel étage, et
sous prétexte qu'un bouton était allumé, vous voulez que
je vous communique des informations confidentielles sur
les invités que nous aurions éventuellement hébergés la
nuit dernière ?

— Il s'agit d'une enquête criminelle et ces informations
n'ont rien de confidentiel.

— Chez nous, si. Qui est cette personne que vous
recherchez ?

— Je ne peux pas vous le dire.

— Ah, parce que ça par contre, c'est confidentiel ?

— Il faut que je sache qui occupait cet appartement la
nuit dernière.

— Mais bien sûr. Je ne demande qu'à me montrer

coopérative. Dès que je trouverai un moment, je chargerai ma secrétaire d'interroger la ou les personnes qui s'occupent de ces choses-là, et dès qu'elle aura cinq minutes elle vous passera un coup de fil pour vous dire ce qu'elle aura appris – si toutefois elle a appris quelque chose.

Beverley Ho coupa la communication, attendit un instant, puis libéra la touche d'arrêt et composa un numéro. Quand Jimmy Rose eut décroché, elle lui demanda :

— Avons-nous des visiteurs de marque en ce moment ?

— Non, Beverley.

— L'appartement de Brewer's Wharf n'était pas occupé la nuit dernière ?

— En principe, non.

— Qui en a les clés ?

— Vous, moi, le chef du personnel...

— Pas Larry Packer ?

— Si, Larry en a un double, bien sûr.

— Où est-il ?

— En vadrouille.

— Où ? insista Beverley.

Sa voix était coupante comme de la glace.

— On a un problème ?

— Peut-être, Jimmy. Où est Larry ?

— Je vais appeler Beth.

Jimmy Rose resta silencieux un instant.

— Beverley, dit-il à la fin, est-ce qu'il y a quelque chose que je devrais savoir ?

— Je vous le dirai quand je le saurai moi-même.

C'est Adams qui nota la déposition de la dame au manteau vert. Il lui montra une photo de Kate et elle dit :

— Oui, je crois que c'est elle. J'en suis quasiment certaine. Mais je l'ai à peine entrevue. Ce n'est pas facile de se prononcer.

Ensuite, avec deux collègues, il alla sonner à toutes les portes de l'immeuble. Ils firent chou blanc, bien entendu. En temps normal, avec d'aussi maigres indices, Webb aurait jeté l'éponge. Mais aussi ténu soit-il, le lien entre Michael Lester et W.W.I. existait bel et bien. En outre,

384

Beverley Ho l'avait pris à rebrousse-poil. Il la rappela, mais sa secrétaire lui annonça qu'elle était en réunion.

— Il faut absolument que je lui parle.

— Je l'en informerai dès que la réunion sera terminée.

— Dites-le-lui tout de suite.

— Je regrette, c'est impossible.

— Ah oui ? fit Webb. Vous préférez venir de vous-même au commissariat, ou faut-il que je vous y fasse amener entre deux flics ?

Beverley Ho fit patte de velours. Ce Webb n'était peut-être pas aussi inoffensif qu'il en avait l'air.

— Puisque vous m'appelez, j'imagine qu'il doit y avoir des éléments nouveaux, lui dit-elle.

— L'élément nouveau, c'est que je disposerai sous peu d'un mandat de perquisition en bonne et due forme. Soit vous attendez que le juge me l'ait signé, ce qui ne devrait pas prendre plus d'une demi-heure, soit vous acceptez de coopérer. Dans ce dernier cas, vous pourrez assister à la perquisition si le cœur vous en dit, et nous ne serons pas obligés de défoncer la porte.

Beverley passa elle-même un coup de fil.

— Envoyez-moi un avocat et un attaché de presse, dit-elle. Qu'ils m'attendent dans mon bureau et qu'ils se tiennent prêts à toute éventualité.

Ensuite elle ordonna qu'on lui prépare sa voiture.

George Webb n'avait vu Kate qu'une fois, le lendemain de la mort de Michael.

A présent, il regardait un technicien en blouse blanche, aux cheveux protégés par un bonnet stérilisé, qui relevait des empreintes sur le mur vitré du luxueux appartement de Brewer's Wharf. Il en avait déjà toute une collection.

— Vous aurez les résultats dans combien de temps ? lui demanda Webb.

— C'est difficile à dire, chef.

— Si je hurle, ça ira plus vite ?

— A condition qu'on ait un labo de libre.

Webb émit un petit sifflement exaspéré.

— Vous entendez ça ?

La question s'adressait à John Adams, mais ce fut vers

Beverley Ho qu'il se tourna. Elle avait pris place dans la partie du salon que les hommes en blanc n'avaient pas barrée de rubans bicolores.

— On vous fait souvent ce genre de réponses dilatoires ? lui demanda-t-il.

— Non, jamais.

— C'est bien ce que je pensais.

Sortant d'une des chambres, un homme en blanc s'approcha de Webb et lui murmura quelque chose à l'oreille. Webb eut un sourire, puis il suivit le technicien dans la chambre. Quelques instants plus tard, il reparut et fit signe à Beverley Ho de venir les rejoindre.

Dans la salle de bains, tout était d'une propreté étincelante : le miroir mural, les carreaux de verre, les chromes. Lumière blanche, verre lactescent : on aurait dit que le givre y avait pénétré du dehors. Beverley Ho se demanda pourquoi Webb arborait une mine si réjouie. Puis elle vit que la porte de la cabine de douche était ouverte. Suivant la direction de son regard, elle aperçut sur la paroi en verre dépoli, à une vingtaine de centimètres du sol, une espèce de gribouillis indéchiffrable, qui aurait pu n'être que de la crasse.

Le technicien avait l'air content aussi. Il tendit le bras et actionna la manette de la douche, en réglant le mélangeur sur la température maximale, puis referma la porte. George Webb, Beverley Ho et l'homme en blanc attendirent que la cabine de douche soit envahie de vapeur. Quand le technicien rouvrit la porte, le gribouillis était parfaitement lisible. Kate Randall avait tracé son propre nom dans la buée.

John Adams était debout dans l'encadrement de la porte.

— Pour les empreintes, pas la peine de les bousculer, lui dit Webb. A votre avis, pourquoi a-t-elle inscrit son nom tout en bas de la cabine de douche ? lui demanda-t-il ensuite.

— Elle ne devait pas être là de son plein gré, dit Adams.

— Tout juste, dit Webb, puis se tournant vers Beverley Ho il ajouta : Un homme d'une quarantaine d'années, grand, corpulent, cheveux noirs taillés en brosse. La femme qui les a vus ensemble nous a précisé qu'il avait l'air d'un boxeur, ce qui laisse supposer qu'il doit avoir le nez...

— Il s'appelle Larry Packer, dit Beverley Ho. Larry pour Laurence. C'est le responsable de notre service sécurité.

Elle secoua la tête comme quelqu'un qui émerge à l'air libre après avoir nagé sous l'eau.

— Mais qui est cette Kate Randall ?

Beth Packer posa la même question. En entendant la réponse, elle éclata de rire.

— Vous voulez dire que Larry serait coupable de recel de malfaiteur ? Pourquoi ferait-il une chose pareille ?

— Vous n'avez pas une idée de l'endroit où il se trouve ? demanda Webb.

— Il m'a dit qu'il partait en voyage d'affaires. Ça lui arrive souvent. Qui sait ? Peut-être que c'est vrai, quelquefois.

— Et quand ce n'est pas vrai ?

— C'est qu'il est chez l'une ou l'autre de ses petites amies.

— Vous avez leurs adresses ?

— Non, écoutez, je vous en prie...

— Il ne vous a pas dit où il allait ?

— Il m'a dit qu'il allait en province, c'est tout.

— On peut jeter un coup d'œil ? lui demanda Webb.

— Bien sûr, mais vous ne trouverez rien.

— Comment le savez-vous ?

Beth eut un sourire.

— J'inspecte les lieux régulièrement moi-même. Non que ça m'importe tant que ça, mais j'aime lui tenir la dragée haute.

Adams entreprit de perquisitionner, aidé de Philip Nairn, de Carol Tanner et de deux techniciens en blouse blanche.

— Il faut que nous parlions à votre mari, dit Webb. C'est très important.

— Je connais ce sentiment, dit Beth. Enfin, je le connaissais. Mais je ne sais vraiment pas où il est.

— Est-ce qu'il lui arrive de vous parler de son travail ?

Beth était en train de faire du café. Elle éclata de rire, laissant tomber quelques granulés de Nescafé sur la paillasse de l'évier.

— Il ne me parle jamais de rien, même pas de la pluie et du beau temps.

Tout en versant de l'eau bouillante dans les tasses, elle demanda :

— Quel délit a-t-il commis ?

— Nous ne le savons pas exactement, dit Webb. Si ça se trouve, il n'en a commis aucun.

— C'est quoi, votre spécialité ? lui demanda Beth.

— Ma spécialité ? fit Webb, perplexe.

— Délinquance en col blanc ? Vol ? Homicide ? Police des mœurs ?

— Ce serait plutôt l'homicide.

Les yeux de Beth s'agrandirent.

Beverley Ho était en communication avec New York. Elle parlait à un certain Steve Letterman. Letterman était son supérieur, mais il était aussi le subordonné de quelqu'un. Tout en haut de la pyramide, il devait bien y avoir un homme qui n'était le subordonné de personne. Un homme à qui on adressait des rapports, mais qui n'en rédigeait jamais lui-même.

— Nous avons un problème, Steve, dit Beverley Ho, mais je ne sais pas de quoi il s'agit au juste.

— Qui le sait ?

— Larry Packer, apparemment.

— Passez-le-moi, alors.

— Il n'est pas là, et c'est bien ce qui me tracasse. La police veut l'interroger.

Elle lui dit ce qu'elle savait de Kate Randall – renseignements qu'elle tenait de George Webb.

— W.W.I. est très impliqué dans cette affaire ?

— C'est difficile à dire. A ce qu'il semble, le Neophos X-9 serait en cause.

— On est parfaitement en règle de ce côté-là, dit Letterman.

— Indiscutablement, dit Beverley Ho. Il n'y a pas quelqu'un à qui on pourrait s'adresser ?

— A qui pensez-vous ?

— Vous savez bien ce que je veux dire, Steve. Des gens qui seraient en mesure de nous aider.

— La situation est aussi grave que ça ?

— Je ne sais pas. Tout ce que je sais, c'est qu'il y a un problème avec le X-9.

— Tout est réglé de ce côté-là, Beverley. Nous avons obtenu le feu vert du Sénat, de la F.D.A., de la Commission de Bruxelles – toutes les autorisations dont nous avions besoin. D'accord, j'en parlerai à certains de nos amis, mais nous n'avons rien à cacher. Si Packer s'est livré à des actes répréhensibles, c'était forcément à l'insu de la société. A dater d'aujourd'hui, il n'est plus notre employé. Faites-le savoir.

— C'est allé jusqu'au meurtre, paraît-il. Un journaliste a été assassiné.

— Il n'est pas question qu'on y laisse des plumes, Beverley. Packer est un électron libre. Une tête brûlée. Martelez-le à chaque fois que quelqu'un essayera d'établir un lien entre W.W.I. et lui. Vérifiez le contenu de tous ses dossiers.

— C'est déjà fait.

— Vous avez trouvé quelque chose ?

— Non, rien.

— Vous avez interrogé sa femme ?

— Elle ne sait pas où il est.

— Ça tombe bien. Il perd la boussole, en plus. Non seulement c'est une tête brûlée, mais il souffre de dépression nerveuse. Insistez bien là-dessus, d'accord ? Sa note de frais mensuelle s'élève à combien ?

— Mille dollars par mois, dans ces eaux-là.

— Parfait. Je vais m'arranger avec nos services financiers. Sur notre ordinateur central, le chiffre sera multiplié par deux, ou trois. On pourra l'accuser de détournement de fonds. Tête brûlée, dépressif, escroc. Ça commence à prendre tournure.

— Entendu, Steve. Et encore pardon de vous avoir tiré du lit.

— Tiré du lit ? Enfin quoi, Beverley, il est six heures du matin. Vous dormez plus tard que ça, vous ?

— Déjà six heures ? Je suis un peu perdue, je crois.

— Ce n'est pas le moment de perdre vos marques, Beverley, dit Letterman avant de raccrocher.

Beverley Ho reposa le combiné sur son socle.

— Packer, gronda-t-elle. Crapule, enflure, pourri, j'espère que tu vas crever du cancer.

Roulant vers l'est, Packer traversa une bonne partie de la ville jusqu'à ce qu'il ait pénétré dans le dédale de petites rues du quartier de Limehouse. Craignant qu'on ne reconnaisse Kate ou qu'elle tente de nouveau d'attirer l'attention de quelqu'un, comme elle l'avait fait avec la dame au manteau vert, il l'avait enfermée dans le coffre, menottée à la tringle de charnière et bâillonnée à l'aide d'un torchon maintenu en place par du ruban adhésif. Restait encore à la sortir de là sans se faire remarquer, mais vu l'endroit où ils se rendaient ça ne risquait pas de lui poser trop de problèmes.

Il roula en direction de la Tamise, bifurqua dans une rue entièrement occupée par des ateliers d'artisans, passa devant une station de pompage désaffectée aux vitres brisées et au toit affaissé. A la fin, il s'engagea sur une étroite bande d'asphalte qui courait à travers un terrain vague jonché de mâchefer et pénétra dans un long hangar dont la façade donnait sur la Tamise. Un demi-siècle plus tôt, des péniches venaient y déverser leur chargement de lingots de fonte ; depuis, l'ancien entrepôt avait été converti en garage à bateaux. Deux étaient au sec à l'intérieur, montés sur des cales ; trois autres étaient amarrés dehors à une petite jetée en planches.

Packer descendit de voiture et posa par terre le sac à linge en plastique qu'il avait rempli de victuailles prélevées dans le réfrigérateur de l'appartement de Brewer's Wharf. Ensuite, il ouvrit le coffre, débarrassa Kate de ses menottes et arracha le ruban adhésif qui lui recouvrait la bouche. Kate cracha son bâillon et, pliée en deux, aspira l'air à pleins poumons.

— Salaud ! éructa-t-elle. Je ne pouvais pas respirer !

— Vous voyez bien que si, répondit Packer.

Ils se dirigèrent vers l'extrémité de la jetée. Les bateaux étaient luxueux et de mauvais goût, décorés de cuivres clinquants et de cordages torsadés, équipés de postes de timonerie d'où un homme coiffé d'une casquette à visière, un verre de whisky à la main, pouvait tenir la barre tout en échangeant des plaisanteries avec les filles en bikini qui se prélassaient au soleil sur le pont.

Kate inspecta les environs du regard. Sur l'autre rive, des entrepôts en briques aux murs charbonneux s'alignaient le long de la berge, mais personne ne semblait y travailler. Ils étaient déserts, silencieux. Le ciel et le fleuve avaient la même teinte pisseuse et sans éclat. L'eau était très basse. Des mouettes patrouillaient le long des bords ou tournaient lentement au ciel en poussant des cris rauques et discordants.

Entraînant Kate avec lui, Packer monta à bord de l'un des bateaux. Il fit sauter le cadenas de la cabine d'un coup de crosse et la poussa dans l'escalier. L'habitacle empestait l'eau croupie et le tabac froid.

— Le propriétaire du bateau s'appelle Jimmy Rose, dit Packer. Il fait mumuse avec pendant les week-ends.

— Pourquoi m'avez-vous amenée ici ? lui demanda Kate.

Packer déchira le couvercle en cellophane d'un pot en carton qui contenait du guacamole et ouvrit un paquet de chips de maïs. Il déboucha une bouteille de scotch, dégota deux verres au fond d'un placard.

— C'est l'heure du petit déjeuner, dit-il. Il était temps.

Kate jeta un coup d'œil dehors. En amont, le ciel s'était un peu éclairci et le fleuve miroitait de sombres lueurs. Elle avala un peu de whisky et l'alcool lui brûla la gorge. Packer ouvrait tous les placards l'un après l'autre, comme un locataire qui vient de prendre possession de ses nouvelles pénates. Il en sortit une pile de magazines, une torche électrique, des fusées de détresse, des boîtes de conserve et un rouleau de corde. Il jeta les magazines à Kate.

— Ça vous aidera à passer le temps, dit-il avec un haussement d'épaules.

Il remit les fusées de détresse et les boîtes de conserve en place, ne gardant que la torche et la corde. Kate crut qu'il allait se servir de la corde pour la ligoter, mais il n'en fit rien. Il s'assit sur l'une des banquettes de la cabine et enfourna une poignée de chips.

— Pourquoi ? fit-il comme s'il venait seulement d'entendre sa question. C'est simple, Kate, nous devons attendre la tombée de la nuit.

Joanna était en train de corriger des copies quand on sonna à la porte. C'était Webb. Elle resta debout sur le seuil, derrière le battant entrouvert, comme si elle s'était attendue à ce qu'il lui annonce une mauvaise nouvelle.

— Si vous avez un moyen de contacter votre sœur, il faut essayer, lui dit Webb.

Joanna ouvrit la porte et le fit entrer dans la cuisine.

— Que s'est-il passé ? lui demanda-t-elle.

— Nous ne le savons pas au juste, mais les choses ne se présentent plus tout à fait de la même façon.

Il lui expliqua ce qui avait changé.

— Qu'est-ce qu'il faut en déduire ? demanda Joanna.

Elle était assise sur un tabouret, un bras crispé autour de la taille, comme si elle avait mal au ventre. Mieux vaut ne pas se réjouir trop vite, se disait-elle.

— Je ne sais pas, répondit Webb. Tout ce dont je suis sûr, c'est que la situation n'est plus ce qu'elle semblait être.

— Bon mais comment la voyez-vous, alors ?

— Ça vaudrait la peine d'essayer de la joindre.

— Est-ce qu'elle est en danger ? Est-ce que cet homme risque de... ?

— C'est une possibilité qu'on ne peut exclure.

— Si elle répond, que dois-je lui dire ?

— Ça ne servira peut-être à rien, dit Webb, mais on peut toujours essayer. Attendez qu'elle parle, laissez-vous guider par ce qu'elle vous dira.

Pour passer ce coup de fil, Joanna fut bien obligée de se trahir : oui, elle connaissait le numéro de Kate. Elle décrocha le téléphone et le composa. A la deuxième sonnerie, il y eut un déclic, mais apparemment il n'y avait personne au bout du fil.

— Kate ? fit-elle. C'est moi, Kate, c'est Joanna.

Webb lui fit signe de raccrocher et d'essayer encore une fois. Elle refit le numéro et tomba sur le même silence. Ce silence n'était pas celui d'une communication qui ne passe pas. C'était celui de quelqu'un qui écoute. Webb lui prit le combiné des mains et se colla l'écouteur à l'oreille, à l'affût de n'importe quel bruit de fond qui aurait pu lui fournir un indice, mais il n'entendit que le silence caractéristique d'une personne qui se retient de parler.

Il se demanda ce qui se serait passé s'il avait dit : « Packer ? Laurence Packer ? Vous êtes là ? » Aurait-il cédé à la panique, tenté de parlementer ? Aurait-il compris que c'était sans issue pour lui ? Aurait-il proposé de se rendre et de livrer Kate Randall par la même occasion ? Aurait-il essayé de passer un marché avec Webb ? Aurait-il consenti à lui donner des éclaircissements ? L'écheveau se serait-il enfin débrouillé ?

Il fut à deux doigts de céder à la tentation.

En faisant cela, il aurait signé l'arrêt de mort de Kate.

Mais il raccrocha.

— C'était lui ? demanda Joanna. C'était Packer ?

— Je suppose.

— Qu'allez-vous faire ?

— Je vais essayer de lui mettre la main dessus, dit Webb. Je vais cuisiner sa femme, ses collègues de travail, ses amis, au cas où ils auraient une idée de l'endroit où il se cache. On va diffuser leur signalement partout, contrôler les gares et les aéroports. Mais peut-être qu'il vaudrait mieux le laisser dévoiler ses batteries d'abord.

A vrai dire, Webb n'avait pas la moindre idée de ce qu'il allait faire.

— S'il avait l'intention de faire du mal à votre sœur, il l'aurait déjà fait, dit-il.

Mais Packer ne sait pas que nous savons, pensait-il. *Il se croit au-dessus de tout soupçon. Quoi qu'il puisse avoir en tête, il est persuadé qu'il pourra regagner son bureau après, reprendre son traintrain quotidien comme si de rien n'était, aller retrouver sa chère épouse, celle qui lui tient la dragée haute.*

— Qui est cette Joanna ? demanda Packer.

— Ma sœur.

— Qu'est-ce qu'elle sait ?

Kate était assise sur une banquette, le dos contre la paroi vitrée de la cabine. Packer avait pris place sur la banquette opposée, juste au-dessous de l'écoutille.

393

— Elle sait que j'ai des ennuis.

Packer but une lampée de scotch et avala une bouchée de guacamole.

— Quel effet ça lui fera d'avoir une frangine en taule ?

— Vous vous figurez peut-être que je ne vais pas leur dire que cette confession est du pipeau ? Que je ne vais pas leur parler de vous ?

Un ange passa. Packer continua d'enfourner alternativement une gorgée de whisky et une cuillerée de guacamole. Kate suivit du regard deux mouettes qui dérivaient lentement au vent. C'était comme l'instant qui précède un accident, celui où l'on sent que les pneus n'adhèrent plus à l'asphalte, que la voiture s'est mise à osciller dangereusement.

En un éclair, Kate comprit tout. Cette révélation subite lui fit l'effet d'une piqûre de guêpe, et elle sursauta violemment. Packer ne laisserait jamais les choses en arriver là, bien sûr. Il avait toujours su que la confession de Kate n'abuserait personne.

Il allait la tuer, ça ne faisait pas l'ombre d'un doute.

Elle pensa à Stacey, disparue au milieu d'une tourmente de neige. Disparue, oui.

Le sursaut de Kate n'avait pas échappé à Packer. On aurait dit qu'elle réfrénait un subit désir de fuite. Il vit que son regard s'était assombri.

— Buvez un coup, lui dit-il. Mangez un morceau.

Il lui tapota le bras comme pour l'encourager, émit un bref rire.

— Il paraît qu'en prison la bouffe n'est pas fameuse, dit-il.

Mais il savait à quoi elle pensait. Elle pensait à sa propre mort.

Il monta sur le pont et pianota sur le téléphone portable de Kate. Corso répondit aussitôt.

— Je voulais simplement m'assurer que vous étiez prêt.

— Je serai là, dit Corso. Et je serai ponctuel.

— Parfait.

— Pourquoi attendre ? Le prochain avion pour New York décolle à six heures.

— Chaque chose en son temps et en son lieu, dit Packer.

— Après la tombée de la nuit.

— Exactement.

— Où êtes-vous ?

— Bien planqués, en train de se faire une petite fête. Whisky et guacamole. En tout bien tout honneur, ça va de soi.

— Kate doit s'éclater.

— Bien sûr. Elle est en bonne compagnie. Ma conversation est tellement brillante.

— Si je venais me joindre à vous ? dit Corso. Plus on est de fous plus on rit.

— C'est la dernière fois que je vous appelle, dit Packer.

Il coupa la communication et jeta le téléphone par-dessus bord.

Il va falloir être d'une agilité sans faille, se dit-il. Il va falloir surveiller mon jeu de jambes. C'est une sacrée partie de dupes.

George Webb, assis face à Ian Grant, attendait que celui-ci se décide enfin à parler. Derrière Grant, des rais de soleil filtraient à travers le store, faisant prendre d'intéressantes configurations aux grains de poussière qui flottaient dans l'air. Grant écrivait sur son bloc-notes, d'une main lente et appliquée. Webb était sur les charbons ardents. Au lieu de lui faire sauter son stylo de la main, comme il en avait envie, il reprit la parole.

— J'ai besoin de renforts, dit-il. Je ne peux pas m'en passer. Ce Packer a une famille, des collègues de bureau, des amis. Ça fait du monde, on ne peut pas être partout à la fois. Il faut que vous m'accordiez des supplétifs.

— Vous pensez que nous avons fait une erreur, c'est ça ?

— Ça, je vous le dirai quand je leur aurai mis la main dessus.

Grant ne releva pas le reproche implicite.

— Vous pensez qu'il ne s'agit peut-être pas d'un simple crime passionnel, mais vous n'en êtes pas sûr. Vous pensez qu'il y a un lien entre l'intervention de ce Packer – intervention dont vous ignorez la nature exacte – et Michael

Lester, qui avait la réputation d'être un journaliste particulièrement teigneux. Mais vous n'en êtes pas sûr. Vous pensez qu'il a enlevé Kate Randall, mais vous n'en êtes pas sûr.

— Il est vrai que la situation ne me paraît plus aussi claire que...

— Mais ça non plus vous n'en êtes pas sûr, hein ? dit Grant en relevant le nez de son bloc-notes.

— Si, j'en suis sûr.

— Ah bon..., fit Grant avec un sourire.

Il retourna à ses travaux d'écriture et reprit :

— Moi, je trouve que votre enquête nous a déjà coûté beaucoup trop cher, d'autant qu'elle n'a donné aucun résultat.

Il repoussa le bloc-notes. Il n'y avait tracé qu'un gribouillis informe.

— Très bien, George, soupira-t-il. Prenez tous les hommes qu'il vous faudra, mais n'oubliez pas : pour vous ce sont des renforts, pour moi c'est du pognon.

Au moment où Webb se levait pour sortir, il ajouta :

— Et une manière de vous donner assez de corde pour...

Il laissa sa phrase en suspens, mais détacha le feuillet supérieur du bloc-notes et la montra à Webb.

Il y avait tracé la silhouette d'un pendu.

Le soleil déclinait avec une lenteur exaspérante. Plusieurs fois au cours de l'après-midi, une étrange fatigue s'était abattue sur Kate, lui alourdissant les membres. Mais dès qu'elle fermait les yeux, des cauchemars l'assaillaient et elle se réveillait en sursaut.

— Mais oui, dormez donc un peu, lui dit Packer. Nous avons tout le temps du monde.

Kate éclata d'un rire amer.

— Pourquoi ne pas me tuer tout de suite ? lui demanda-t-elle. C'est un bon endroit pour tuer quelqu'un, non ?

Packer écarta cette idée d'un revers de la main – celle qui tenait le revolver.

— Si quelqu'un vous tue, ce ne sera pas moi, dit-il.

28

Corso avait élu pour poste d'observation une portion de la berge délimitée par une rangée de saules. Les saules étaient au nombre de cinq, et on les avait écimés pour l'hiver. Un peu plus bas en aval, il y avait un pont par lequel on accédait au parc. Le parc où il était à l'affût quand il avait vu Kate pour la première fois, avec ses jumelles à infrarouge. A présent, c'était sur l'arrière de la maison qu'il les braquait, et les fenêtres n'étaient pas éclairées.

On était entre chien et loup. La neige s'était remise à tomber. De gros flocons paresseux et lourds. Corso était arrivé au rendez-vous bien avant l'heure que lui avait fixée Packer. Il savait que Packer s'y attendait forcément. Désormais, c'était bluff contre bluff. Il essaya de se figurer comment Packer allait jouer, et conclut que la partie ne s'engagerait vraiment que quand ils seraient réunis tous les trois, et que Packer tenterait d'emblée de le tuer.

Ça paraît logique, se disait-il. Kate lui sert d'appât. Son véritable ennemi, c'est moi. Il faut que je meure le premier. Aussi longtemps que je n'ai pas fait mon entrée, Kate ne craint rien.

Mais ce n'était pas la seule hypothèse possible.

Pourquoi m'a-t-il donné rendez-vous dans la maison ? Parce que c'est l'endroit qu'il a choisi pour immoler Kate. Pourquoi ? Parce que si elle se suicide chez Michael, ça prouvera qu'elle l'a tué. Mais si on retrouve mon cadavre à côté du sien, ça ne sera pas très crédible. Par conséquent, il faut qu'il me tue ailleurs. Ce qui veut dire que Kate risque d'y passer la première.

Non, ça ne colle pas... Si je la croyais morte, pourquoi irais-je me fourrer dans la gueule du loup ? Je ne m'aventurerai pas dans la maison si je n'ai pas la certitude qu'elle est en vie. Il faudra qu'il m'en donne la preuve, qu'il me laisse lui parler. Donc, il ne peut pas la tuer.

Pour arriver à ses fins, il faudra d'abord qu'il me réduise à l'impuissance. Quel que soit l'ordre dans lequel il compte nous tuer, il fera en sorte que je sois dans l'incapacité de me défendre ou d'attaquer.

Je dois donc m'arranger pour que les choses se passent comme ça. Pour lui faire croire qu'il m'a eu, que l'affaire est dans le sac.

Bluff contre bluff.

Packer s'attendait forcément à ce qu'il arrive au rendez-vous plus tôt que prévu. C'était ce qu'il avait fait. Il s'attendait forcément aussi à ce qu'il observe la maison de loin. Il l'avait fait et n'avait rien vu, ce qui entrait sans doute aussi dans les desseins de Packer. En bonne logique, il ne lui restait plus qu'à s'introduire dans la maison le premier et à attendre qu'ils arrivent. De quel côté était le bluff, en l'occurrence ? Corso n'arrivait pas à en décider. Mais, se disant que Packer avait dû prévoir qu'il agirait ainsi, il se dirigea vers le pont.

Il traversa le parc désert, grand champ de neige immaculé qui s'étalait en bordure de la Tamise. Çà et là, des oiseaux et des petits mammifères avaient marqué le blanc manteau de leurs empreintes ; Corso y laissa aussi les siennes tandis qu'il progressait le long d'une rangée d'arbres pour gagner l'impasse par l'arrière. Ensuite, buste plié, il piqua un sprint jusqu'à grille du jardin de Lester. La clé était à sa place habituelle, sous une dalle du patio. Corso entra dans la maison par la porte de derrière, la laissant entrouverte.

Un calme de mort l'accueillit à l'intérieur. Il lui semblait presque sentir l'odeur du sang. Il s'assit par terre dans le noir, le dos au mur.

En se réveillant, Kate entendit les vagues clapoter contre la coque. L'espace d'un instant, elle crut que le bateau tanguait, mais c'était Packer qui lui secouait l'épaule. Il tenait le torchon dans une main et le ruban adhésif dans l'autre.

— C'est l'heure, dit-il.

Dehors, il neigeait. Ils avancèrent à pas précautionneux le long de la jetée verglacée. La marée était haute à présent, et Kate en déduisit qu'il devait être plus de minuit. Packer ouvrit le coffre en haussant les épaules d'un air désolé. Kate se laissa menotter passivement.

Elle perçut des rythmes dans le crissement des pneus et le cahotement des amortisseurs. On aurait dit un archet effleurant le bas des cordes.

L'attaque du Concerto d'Elgar. Ce foutu Concerto, pourquoi faut-il que j'y pense maintenant ?

Ses yeux s'emplirent de larmes, car elle savait pourquoi.

Il fallait penser à n'importe quoi, sauf à *ça.*

Elle avait du mal à respirer et l'odeur de l'essence lui soulevait le cœur. *Si je dégueule avec ce truc dans la bouche, je suis cuite.* Ils abordèrent un tronçon de route accidenté, et elle se fit un oreiller de ses mains menottées pour amortir les cahots. Ce geste lui rappela la tête de Michael posée sur ses cuisses, sa tête devenant de plus en plus lourde, ses yeux mi-clos, ses muscles qui se relâchaient. Elle essaya de chasser cette idée de son esprit, mais pas moyen de s'en délivrer. Michael couvert de sang, courant de pièce en pièce, poussant d'horribles cris. Michael agonisant.

On aurait dit un cauchemar dont il lui était impossible de se réveiller. Elle revit Annie s'écroulant à l'aéroport, une main pressée sur le flanc. Se revit au volant de la jeep, prenant sa décision... une décision qui allait remettre toute sa vie en jeu. Sa rage, l'expression de douleur intense qui s'était peinte sur son visage quand il l'avait giflée, l'atroce sentiment de solitude qui l'avait étreinte pendant qu'ils faisaient l'amour...

Penser à n'importe quoi, sauf à *ça.*

... Michael tournant sur lui-même comme une toupie, le chuintement qu'avait émis le couteau quand elle l'avait arraché de la plaie...

Quand elle sortit enfin du coffre et se retrouva dans l'impasse déserte, elle éprouva un tel choc qu'elle faillit tourner de l'œil. On aurait dit que Packer avait lu dans son esprit. On aurait dit que son rêve était devenu réalité.

Ils marchèrent jusqu'à la porte comme des invités qui débarquent pour le dîner, et Packer sonna. Sauf qu'il était un peu tard pour dîner – un peu plus de trois heures du matin. Packer se tenait derrière Kate. Il glissa la main gauche sous son blouson, agrippant fermement le haut de son jean. De la main droite, il lui pressait le canon de son revolver sur la nuque.

Corso vint leur ouvrir. Son regard effleura à peine Kate et se posa sur Packer.

— Très ingénieux, dit-il.

— Reculez, dit Packer. Continuez à marcher à reculons jusqu'à ce que je vous dise d'arrêter.

En quelques pas, ils se retrouvèrent dans la salle de séjour. La lueur du réverbère, s'insinuant par la fenêtre, était suffisante pour distinguer les contours des objets.

— Attendez, dit Packer.

Corso s'arrêta, et d'une bourrade Packer propulsa Kate en direction du canapé.

— Prenez un des coussins, lui dit-il.

Ils se remirent en mouvement, Corso marchant à reculons, Kate le coussin dans les bras, Packer les tenant en respect avec son revolver, et parvinrent ainsi dans la cuisine.

Packer referma la porte derrière lui et dit :

— Amenez une chaise par ici.

C'était à Kate qu'il s'adressait. Elle alla chercher une chaise en formica et la posa devant lui.

— Asseyez-vous, lui dit-il.

Corso était à l'autre bout de la pièce, les deux mains bien en évidence. Kate s'assit. Packer lui plaça le canon de son revolver contre la nuque, puis il plongea son autre main dans sa poche et en sortit la torche électrique qu'il avait trouvée dans la cabine du bateau. Il s'accroupit pour poser la torche allumée par terre, puis il dit :

— Tirez les rideaux.

Cette fois, c'était à Corso qu'il s'adressait.

Pendant que Corso masquait la fenêtre, Packer s'accroupit de nouveau, ramassa la torche électrique et la posa sur la paillasse de l'évier, à sa gauche, en l'orientant de façon à ce que le faisceau tombe juste au-dessus de la boucle du ceinturon de Corso, qui était sensiblement à la même hauteur que la tête de Kate et le revolver de Packer. En sortant la torche de sa poche, Packer en avait fait tomber le rouleau de corde, qui à présent gisait sur le carrelage, à quelques centimètres du pied gauche de Kate. Packer lui tapota l'épaule de la main droite, sans lâcher le revolver.

— Ramassez la corde, lui dit-il.

Elle se pencha, saisit la corde et esquissa un geste en direction de la paillasse de l'évier pour la poser à côté de la torche.

— Non, gardez-la, dit Packer. Ne la lâchez pas, Kate. Vous allez en avoir besoin.

Elle comprit alors à quoi il destinait la corde.

— Bon, dit Packer, organisons-nous.

Désignant Corso du doigt, il lui ordonna :

— Videz vos poches.

Il avait l'air jovial et parlait d'une voix douce, parfaitement égale. Corso sortit son pistolet, le tenant entre le pouce et l'index.

— Prenez-le par le canon, lui dit Packer, et retirez le chargeur.

Corso obtempéra.

— Bien. Jetez-les par terre maintenant. Le flingue à droite, le chargeur à gauche.

Corso lui obéit.

— Vous avez fait une belle connerie, lui dit Packer. Pourquoi êtes-vous resté ? Vous avez foiré le boulot, d'accord, mais rien ne vous empêchait de vous barrer. Vous pourriez être dans l'avion à l'heure qu'il est. Elle est donc si importante que ça pour vous ?

— Je ne suis pas resté à cause d'elle, dit Corso. Je suis resté à cause de vous.

— Mon œil.

— Mais si, Larry, dit Corso. Je suis là pour vous.

Packer s'esclaffa.

— Sans blague ? Eh bien, c'est mal barré. Vous savez ce qui va se passer maintenant ?

— Je le devine sans peine.

— N'est-ce pas ? dit Packer. Kate, donnez-moi la corde, et mettez-vous le coussin derrière la nuque.

Quand Kate eut fait ce qu'il lui demandait, il lui posa une main sur l'épaule.

— Ne craignez rien, je ne tirerai pas, lui dit-il. Sauf si Corso m'y oblige. Au moindre geste menaçant de sa part, je vous descends. Le coussin amortira le son. (Il émit un bref rire.) Ça doit vous sembler injuste d'être obligée de le tenir, mais vous n'avez pas le choix, vous êtes bien forcée de m'obéir. La vie est bizarre, vous ne trouvez pas ?

D'une main, il fit un nœud coulant avec la corde, sans cesser de tenir Corso en joue avec son revolver. Ensuite il ordonna à Kate de lâcher le coussin et lui passa la corde autour du cou.

— Ça vous connaît, ces trucs-là, non ? demanda-t-il à Corso. Le lynchage est une vieille coutume de l'Ouest. Combien de temps ça prend ? Deux minutes ? Cinq ?

— Ben..., fit Corso en haussant les épaules.

Packer haussa les épaules à son tour, en exagérant comiquement le geste.

— Enfin, on verra bien, dit-il. La question reste pendante, en somme.

Sa plaisanterie ne le fit pas rire. Il ne quittait pas Corso des yeux, à l'affût de tout mouvement suspect.

La corde grattait et piquait. Packer la tenait comme la laisse d'un chien.

— Levez-vous, ordonna-t-il à Kate.

Epiant toujours Corso du coin de l'œil, il explora la pièce du regard, à la recherche d'un support quelconque auquel il aurait pu fixer la corde. Quand il tira dessus pour la faire lever, le nœud se resserra et Kate eut un avant-goût de ce qui l'attendait. En pénétrant dans ses chairs, la corde lui coupa la respiration et lui comprima douloureusement la cage thoracique. Corso esquissa un geste en direction de sa poche. A peine un geste. Une ombre de geste.

D'une poussée, Packer fit retomber Kate sur sa chaise et il braqua son revolver sur Corso.

— Sortez tout, dit-il. Chaque objet, l'un après l'autre, lentement. Posez-les sur la table.

Corso plongea une main dans sa poche et en ramena son chargeur d'appoint. Packer en conclut qu'il devait avoir un deuxième pistolet.

— Prenez-le entre le pouce et l'index, tout doucement, et montrez-le-moi avant de le poser, ordonna-t-il.

Mais il en fut pour ses frais : ce n'était qu'un passeport. Corso sortit ensuite le couteau qu'il avait fixé au dossier du canapé et le posa sur la table, sous le regard attentif de Packer. Ensuite il sortit son stylo.

Et le feu du ciel s'abattit.

Packer était aveugle. Le feu du ciel l'avait frappé de cécité. Le stylo dont Corso ne se séparait jamais, le stylo qu'il avait vérifié avec autant de soin que son automatique avant de l'empocher était un stylo à laser. En le tenant entre le pouce et l'index, comme Packer le lui avait ordonné, il n'avait eu à exercer qu'une infime pression pour en projeter le faisceau lumineux dans les yeux de Packer. Cela lui fit l'effet d'un jet de vitriol. Ses orbites s'embrasèrent. Le feu était si proche, si brûlant, qu'il ne distinguait plus que le cœur incandescent de la lumière.

D'instinct, il appuya sur la détente, mais Corso n'était déjà plus dans sa ligne de mire. Il se déplaça vers la gauche, puis vers la droite, ramassant le pistolet et le chargeur. Packer fit un pas en arrière, se guidant sur le bruit, essayant de deviner une forme au milieu du brasier. Il entraîna Kate dans son mouvement. Elle porta ses mains à sa gorge, essayant d'insérer ses doigts entre la corde et la peau, mais le nœud était trop serré. Packer tirait si fort qu'il lui sembla que sa nuque allait éclater, que les vertèbres et les cartilages allaient en jaillir. Une houle assourdissante lui emplissait les oreilles.

Packer la halait vers lui, en s'efforçant de lui pointer le canon de son arme sur le crâne, tout en hurlant à Corso de rester où il était. Corso s'avança vers lui et le frappa derrière l'oreille, en usant du plat de son automatique. Kate sentit la pression se relâcher. Elle tira sur la corde, mais ne parvint pas à la desserrer. Son souffle s'était arrêté dans sa poitrine, s'enflant en une boule insupportablement douloureuse. Corso la délivra du nœud coulant et elle tomba à quatre pattes, hoquetant, sa respiration saccadée lui lacérant les côtes. Elle sentit un objet dur sous sa paume et il lui fallut un moment pour comprendre que c'était le revolver de Packer. Elle resta quelques instants immobile, puis se redressa sur les genoux et chercha Corso des yeux.

Il était accroupi au-dessus du corps inerte de Packer, le coussin dans une main, son pistolet dans l'autre.

— On a fait un raffut de tous les diables, dit-il. Quelqu'un va sûrement appeler les flics. On n'a plus beaucoup de temps devant nous.

Kate avait ramassé le revolver de Packer. L'espace d'un instant, elle regarda Corso en silence, puis elle leva son arme sur lui.

— Je sais tout, dit-elle. Je sais de quel boulot on t'avait chargé.

La main droite de Corso était posée sur son genou, son automatique incliné vers le sol.

— Ah bon ? dit-il.

Kate tenait gauchement le revolver, et sa main tremblait un peu, mais à cette distance même le dernier des amateurs n'aurait pu manquer sa cible. Elle visait la poitrine, sachant qu'il vaut mieux concentrer son tir sur la partie la plus large de l'objectif.

Si tu le tues, tu n'auras plus rien à craindre. Tu n'auras qu'à accuser Packer. Tue-le, et attends tranquillement les flics. Tue-le, et tu n'auras plus jamais d'angoisses à cause de lui.

— Tu es angoissée, Kate ? lui demanda Corso, comme si elle avait formulé ses pensées à voix haute.

Elle sursauta et le revolver vacilla.

— Qu'est-ce qui t'angoisse ? ajouta-t-il.

— J'avais confiance en toi. Tu avais gagné ma confiance. Mais tu n'étais qu'un imposteur.

— Tu es toujours là, non ? Tu es saine et sauve.

Il posa le coussin et l'automatique par terre, se redressa et s'approcha d'elle. Kate leva son revolver, accompagnant son mouvement. Il était à bout touchant à présent. Il n'y avait plus qu'une alternative possible : soit elle tirait, soit elle lui laissait prendre le revolver.

Elle décida de tirer, mais rien n'arriva.

Il était tout près d'elle. Le revolver était braqué sur son cœur. Elle le regardait droit dans les yeux. Elle décida de tirer, mais rien n'arriva.

Son index était tellement crispé sur la détente qu'il faisait pratiquement corps avec elle. Corso prit sa main dans la sienne, la dévia d'un côté et lui fit lâcher prise avec beaucoup de délicatesse. Ensuite il plongea une main dans sa poche et en sortit un trousseau de clés.

— Va chez moi, lui dit-il. J'ai laissé un paquet pour toi.

Kate prit les clés mais ne fit pas un geste de plus.

— Je te faisais confiance, lui dit-elle.

— Vas-y, je t'en prie, dit Corso.

Il s'accroupit de nouveau à côté de Packer et attendit qu'elle s'en aille.

— Qu'est-ce que tu vas faire ? lui demanda-t-elle.

— Il ne faut pas qu'on te trouve ici, dit-il. Avant de partir, essuie le revolver.

Kate prit un torchon accroché au-dessus de la cuisinière et s'en servit pour effacer ses empreintes. Elle posa le revolver sur la table, et resta là, regardant le torchon d'un air hébété. C'était le torchon de Michael. Comment était-il possible qu'elle tienne le torchon de Michael entre ses mains ?

— Parfait, dit Corso en ramassant le coussin et le pistolet. Sauve-toi maintenant. Il vaut mieux passer par le parc.

Kate sentit comme un éternuement monter en elle ; elle comprit qu'elle allait éclater en sanglots ou se mettre à hurler. D'une main, elle s'accrocha au rebord de la table.

— Dépêche-toi, Kate, le temps presse, dit Corso.

L'espace d'un instant, le pistolet qu'il tenait à la main sembla hésiter entre Packer et elle.

— Pourquoi ? dit Kate.

C'est à Packer qu'elle pensait. A la mort de Packer.

— Il sait qui je suis.

Kate s'approcha de la porte qui donnait sur le patio. Au-delà du patio, il y avait le parc, plongé dans d'épaisses ténèbres.

— Au fait, qui es-tu ? dit-elle.

Froid, blancheur immaculée. La neige tombait toujours, recouvrant les traces des prédateurs, recouvrant ses traces au fur et à mesure qu'elle s'éloignait. Elle avait la gorge à vif, le gosier en feu. Elle se baissa, ramassa une poignée de neige et mordit dedans. L'eau glacée lui ruissela sur la langue.

Tout à coup, elle eut la vision de Packer remontant en voiture. Stacey n'était plus là. La neige tombait de plus en plus fort. Le paysage était blanc, glacial.

Vous avez entendu un coup de feu ?

Non.

Moi non plus.

29

— Il me faudra un moment pour trouver un avion, disait Corso. Si le mauvais temps continue, j'irai à Douvres en voiture, et de là en France. Enfin, peut-être que les avions arrivent quand même à décoller, je ne sais pas. Tâche de calculer le temps que ça me prendra.

Il la fixait des yeux, en très gros plan. Son visage emplissait l'écran.

Kate tendit la main vers la bouteille de scotch posée sur la table. Elle en avait déjà descendu un bon tiers ; pourtant elle n'était pas ivre.

— Donc, tout ce que je te demande c'est de m'accorder le temps dont j'ai besoin. Ensuite, tu détruiras cette cassette et tu remettras l'autre aux flics. Rien ne t'oblige à faire ça. Je te le demande, c'est tout.

Il souriait avant de conclure :

— A un de ces jours, Kate.

Pour se filmer, il avait utilisé les premières minutes d'une cassette qui avait déjà servi. Son visage s'effaça de l'écran, faisant place à un vide bleuté. Puis...

... des images qu'elle aurait préféré ne pas voir : son corps était d'une blancheur indécise, celui de Corso aussi. Il posait une main sur sa gorge, la main descendait jusqu'à son ventre...

Elle décrocha le téléphone et composa le numéro de Joanna.

407

— Je vais bien, dit-elle. Ne t'inquiète pas pour moi. Tu n'as plus aucune raison de t'inquiéter.

Ensuite elle composa le 999 et demanda à parler au commissaire George Webb.

Webb regarda le film avec elle. Ils étaient côte à côte sur le canapé, un verre de scotch à la main. On aurait dit un couple bourgeois qui s'offre une petite soirée télé.

Packer était en gros plan. Un peu bituré, mais pas trop. De Corso, on n'entendait que la voix.

Il y a un point que j'aimerais bien tirer au clair. Vous m'avez bien dit qu'avant de tuer Lester, votre homme avait nettoyé son disque dur ?

C'est exact. Il avait tout effacé.

Webb enfonça la touche d'arrêt de la télécommande.

— Cette nuit, un des voisins de Michael Lester a appelé police secours. Il avait entendu des bruits suspects. Une voiture de patrouille s'est rendue sur place. Packer était dans la cuisine, mort.

Il regarda Kate comme s'il s'attendait à ce qu'elle l'éclaire sur les circonstances de la mort de Packer.

— J'ai réussi à lui échapper, dit-elle. Ensuite je suis venue ici, espérant trouver Robert Corso.

— Où est-il ?

— A ce qu'on dirait, il a pris la poudre d'escampette.

— L'homme qui parle avec Packer, c'est Corso ?

— Oui.

Soyez franc avec moi, Packer. Pourquoi m'avez-vous engagé ? Pourquoi est-ce que W.W.I. est prêt à me verser une somme pareille ?

Vous me demandez si nous envisageons de prendre des mesures draconiennes, c'est ça ? Ma réponse sera claire et nette : c'est oui. Il n'y a plus d'autre solution depuis que l'affaire est arrivée aux oreilles de Beverley Ho.

Bref, il faut que Kate Randall meure ?

On n'a plus le choix.

— La voix, c'est toujours celle de Corso ? demanda Webb.

— Oui.

— Il n'y a pas d'autre cassette ?

— C'est la seule que j'ai trouvée.

— Vous croyez qu'on l'avait engagé pour vous tuer ?

— Il m'a dit qu'il était journaliste. Qu'il était sur un coup fumant.

— Et vous lui avez fait confiance ?

— Je suis toujours là, non ? dit Kate. Je m'en suis tirée saine et sauve...

— Pardon de vous réveiller, Steve, dit Beverley Ho.

Letterman se dressa sur un coude et jeta un coup d'œil à son radio-réveil.

— C'est une bonne nouvelle, au moins ? dit-il.

— Hélas ! non, dit Beverley Ho.

— On a retrouvé Packer ?

— Oui.

— Tout va bien, alors.

— Non, Steve, tout ne va pas bien.

Letterman alluma sa lampe de chevet. Sa femme se mit à s'agiter, émit un juron étouffé et se retourna pour ne pas être incommodée par la lumière.

— Qu'est-ce qui ne va pas ?

Beverley Ho lui donna quelques éclaircissements.

— Il faut l'isoler, dit Letterman. Il faut tout lui coller sur le paletot. Tête brûlée, dépressif, escroc. Maintenant il est mort. Ça nous arrange. Il a agi de son propre chef. Personne ne lui a donné quelque instruction que ce soit. Vous me suivez, Beverley ?

— Je vous suis sans peine, Steve. D'ailleurs, c'est la pure vérité.

— Donc, ça passera comme une lettre à la poste.

— J'en doute. Les premiers échos ne sont pas bons.

— Il ne faut pas que la presse s'en mêle.

— Vous plaisantez ? dit Beverley Ho en riant. Demain, le mot *Neophos* s'étalera à la une de tous les quotidiens.

— Il agissait de son propre chef, dit Letterman.

— Je sais, dit Beverley Ho. C'est ce que je me tue à leur répéter, mais apparemment tout le monde s'en fiche.

Letterman raccrocha le téléphone, puis le redécrocha. Il fallait en référer en haut lieu.

30

*... L*A MAIN *descendait jusqu'à son ventre, lui effleurant les seins au passage, il la retournait, la saisissait par les hanches, épousait de ses paumes le renflement de ses fesses...*

Elle arrêta le magnétoscope, s'approcha de la fenêtre. Le crépuscule allait bientôt tomber. Le pré de derrière était en train de s'assombrir. On aurait dit qu'une ombre immense s'était abattue sur la maison, s'étirant vers la falaise et la mer. Kate enfila le blouson canadien et sortit. Des restes de neige s'accrochaient encore aux sillons et aux anfractuosités des rochers, mais à l'ouest le ciel était d'un bleu tendre, strié de fines veinules rouges.

Le champ, la petite route, le chemin de crête, le sentier serpentant à flanc de falaise... Kate le descendit une fois de plus, le buste penché en arrière, posant les pieds en biais. La mer refluait et le mugissement assourdi de la houle semblait répondre aux cris discordants des mouettes.

Un trou aussi petit et obscur que possible...

Elle retrouva l'étroit orifice en forme de fer de lance et entra dans la grotte. Elle perçut des bruits furtifs tout en haut de l'immense plafond voûté. La planche qui lui avait servi de lit était toujours là. Un pot de yaourt vide et une boîte à œufs en plastique étaient restés échoués sur les galets.

Kate s'étendit sur la planche et écouta le grondement régulier de la mer.

411

C'était Joanna qui lui avait suggéré Penarven. Kate s'était d'abord dit qu'elle irait chercher refuge à l'autre bout du monde, à un endroit où elle serait vraiment hors d'atteinte. Puis elle s'était rendu compte que Penarven lui convenait parfaitement. A présent, sa vie avait changé, elle n'avait plus rien à craindre de la police ni de la justice, elle était libre comme l'air.

Elle s'assoupit dans la grotte. A son réveil, la nuit était tombée. Une lune pâle éclairait vaguement les ténèbres. Un vent glacial la faisait frissonner. Elle reprit le chemin de la maison. Elle était heureuse de sa solitude, heureuse de n'être obligée de parler à personne. Elle mit un CD et se prépara un scotch. C'était le *Concerto pour violoncelle* d'Elgar. Elle avait décidé de s'imposer une série d'épreuves. Le Concerto d'Elgar en faisait partie.

... épousait de ses paumes le renflement de ses fesses, lui écartait les cuisses, la retournait encore une fois...

Ce visage dont le souvenir la hantait s'étalait en gros plan sur l'écran.

— A un de ces jours, Kate...

...remontait vers son visage, les cheveux humides collés à son front, lui embrassait les joues, la gorge, les épaules, elle levait les bras, levait la tête vers lui...

Ce visage, ce sourire.

— A un de ces jours, Kate.

Elle regarda la cassette jusqu'au bout, deux fois d'affilée. Ensuite elle rembobina, enfonça la touche « enregistrement » et l'effaça. Effaça son visage. Effaça leurs deux visages.

— A un de ces jours, Kate.

La cassette continua de se dérouler sur l'écran noir, avec un sifflement assourdi.

Ssssssssssss...

« SPÉCIAL SUSPENSE »

Composition Nord Compo
Impression Bussière en octobre 2004
Editions Albin Michel
22, rue Huyghens, 75014 Paris
www.albin-michel.fr
ISBN 2-226-15388-8
N° d'édition : 22540. – N° d'impression : 044192/4
Dépôt légal : novembre 2004
Imprimé en France.